De madonna van Saronno

Van Marina Fiorato verscheen eveneens bij Artemis & co

De glasblazer

Marina Fiorato

De madonna van Saronno

Vertaald door
Nini Wielink

Artemis & co

ISBN 978 90 472 0109 0

Oorspronkelijke titel *The Madonna of the Almonds*
Oorspronkelijke uitgever Beautiful Books
Omslagontwerp Janine Jansen

Verspreiding voor België:
Veen Bosch & Keuning uitgevers n.v., Wommelgem

Voor mijn vader Adelin Fiorato –
een ware Renaissance-man.

ZWITSERLAND
Lago Maggiore
Luino
LOMBARDIJE
Como
Saronno
Milaan
Lodi
Pavia
Mantua
VENETO
PIEMONTE
EMILIA-ROMAGNA
N

1

•

De laatste slag

’t Is zinloos je mijn naam te vertellen, want ik sta op het punt te sterven.

Maar laat ik je haar naam vertellen: Simonetta di Saronno. Voor mij klonk die altijd als een wondere melodie of een dichtregel. Hij heeft een aangename cadans, en de tred van de woorden is bijna even volmaakt als haar gelaatstrekken.

Misschien moet ik je mijn sterfdatum vertellen. Het is de vierentwintigste februari in het jaar onzes Heren 1525, en ik lig op mijn rug in een veld buiten Pavia in Lombardije.

Ik kan mijn hoofd niet meer draaien maar alleen nog mijn ogen bewegen. De sneeuw valt op mijn verhitte oogballen en smelt meteen, ik knipper tegen het water als tegen tranen. Tussen de neerdalende vlokken en de razende soldaten door zie ik hoe Gregorio – mijn uitmuntende wapenknecht! – nog steeds vecht. Hij keert zich naar me toe en ik zie angst in zijn ogen, ik zal er wel vreselijk uitzien. Zijn mond vormt mijn naam maar ik hoor niets. Terwijl er om me heen hevig gevochten wordt, hoor ik alleen het bloed in mijn oren suizen. Ik hoor niet eens het geknal van die gemene nieuwe wapens, want het wapen dat mij heeft geraakt heeft me met zijn geluid verdoofd. Gregorio’s tegenstander eist zijn aandacht op; hij heeft geen tijd voor medelijden met mij, wil hij er heelhuids afkomen, en toch heeft hij veel van me gehouden. Hij slaat met zijn zwaard van links naar rechts met meer kracht dan behendigheid, en toch staat hij nog op beide benen en ik, zijn heer, niet. Ik wens hem toe dat hij de dageraad haalt, misschien zal hij mijn vrouw vertellen dat ik eerbiedwaardig ben gestorven. Hij draagt nog steeds mijn uniform, al zit het onder het bloed en is het vanachter zowat van zijn lichaam gescheurd. Ik kijk aandachtig naar het blauw-met-zilveren wapenschild: drie zilveren ovalen tegen een azuren achtergrond. Het doet me plezier te bedenken dat mijn voorouders die ovalen als amandelen bedoelden toen ze onze wapens lieten registreren. Ik wil dat zij het laatste zijn wat ik zie. Als ik er drie heb geteld sluit ik voorgoed mijn ogen.

Toch voel ik nog. Denk nog niet dat ik dood ben. Ik beweeg mijn rechterhand en tast naar mijn vaders zwaard. Het ligt nog waar het is neergevallen en ik grijp het gevest vast – ik heb het in menig gevecht gebruikt en het staat naar mijn hand. Hoe kon ik weten dat dit zwaard voor mij volkomen nutteloos zou zijn? Alles is veranderd. Dit is de laatste veldslag. De oude methodes hebben, net als ik, afgedaan. En toch is het nog steeds passend dat een soldaat sterft met zijn zwaard in zijn hand.

Nu ben ik klaar. Maar mijn geest beweegt zich van mijn eigen hand naar die van haar – haar handen zijn haar grote sieraad – alleen haar gezicht is nog mooier. Ze zijn lang en blank, mooi en vreemd, want haar derde en vierde vingers zijn precies even lang. Ze voelden koel aan op mijn voorhoofd en in mijn herinnering leg ik ze nu daar. Nog maar twaalf maanden geleden rustten ze daar en verkoelden ze mijn voorhoofd toen ik de modderkoorts had. Ze streelde mijn voorhoofd en kuste het ook, haar lippen koel op mijn gloeiende huid; koel als de sneeuw die mijn huid nu kust. Ik open mijn lippen zodat ik de kus kan proeven, en de sneeuw valt in mijn mond en verfrist mijn laatste ogenblikken.

En dan herinner ik me dat ze een citroen had gepakt, hem doormidden had gesneden en het sap in mijn mond had geknepen, om mij beter te maken. Het was bitter, maar gezoet door de liefde van haar die het mij toediende. Het smaakte metalig, als het staal van mijn kling toen ik dat vanochtend nog kuste terwijl ik mijn mannen ten strijde voerde. Ik proef het nu. Maar ik weet dat het geen citroensap is. Het is bloed. Mijn mond raakt ermee gevuld. Nu is het met me gedaan. Laat me voor de laatste keer haar naam zeggen.

Simonetta di Saronno

2

•

Het zwaard en het vuurwapen

Simonetta di Saronno zat bij het raam van haar kamer boven in het huis, en door het hoge vierkante kozijn leek ze een engel van een altaarstuk. De inwoners van Saronno maakten er dikwijls opmerkingen over; iedere dag zat ze daar met nietsziende ogen naar de weg te staren. De villa Castello, dat vierkante, sierlijke huis, lag in eenzame pracht even buiten de stad; zoals het spreekwoord zei: '*passeggiata lunga ma cavalcata corta*', een lange wandeling maar een korte rit. Het huis stond daar waar het land van de Lombardische vlakte in de richting van de bergen omhoog begon te lopen; het lag precies zo hoog dat het een voortreffelijk uitzicht over het stadje bood en de stadsbewoners het vanaf het plein konden zien. Met zijn kreeftrode pleisterkalk, witte sierlijke zuilengangen en mooie grote ramen oogstte het huis veel bewondering, en het zou het voorwerp van afgunst hebben kunnen zijn, ware het niet dat de hoge poorten altijd openstonden voor bezoekers. De neringdoenden en petitiebrengers die over het lange kronkelpad door de weelderige tuinen en parken naar de deur liepen, konden er altijd zeker van zijn door de bedienden aangehoord te worden, wat unaniem werd gezien als een teken dat de heer en vrouw des huizes grootmoedig waren. Eigenlijk was de villa symbolisch voor de Di Saronno's zelf: dicht genoeg bij de stad en hun feodale verplichtingen, maar ver genoeg weg om op zichzelf te staan.

Simonetta's venster was zichtbaar vanaf de weg naar Como, waar de zandweg zich in de richting van de met sneeuw berijmde bergen en spiegelende meren slingerde. De marketenters en kooplieden, de venters en waterdragers zagen allen dag in dag uit wanneer ze aan het werk waren de dame bij haar raam zitten. Voorheen zouden ze er misschien een grap over hebben gemaakt, maar in deze tijden viel er weinig te lachen. Te veel mannen waren de oorlog in gegaan en niet teruggekeerd. Oorlogen die weinig te maken leken te hebben met hun land, Lombardije, maar grotere belangen dienden en hoge heren met lage motieven: de paus, de Franse koning en de hebzuchtige keizer. Hun eigen welvarende saffraankleurige stadje Saronno, gelegen tussen de stedelijke pracht en praal van Milaan en de zilveren glans van de bergen, was door de strijd beschadigd en gehavend. Soldatenlaarzen hadden het zachte plaveisel van de piazza bekrast en stalen stijgbeugels hadden bij de hoeken van de huizen brokken van de warme stenen af geslagen toen de ruiters van Frankrijk en het Heilige Roomse Rijk met misplaatste arrogantie voorbijstoven. Dus de brave burgers van Saronno wisten waar Simonetta op wachtte; en alhoewel ze een vooraanstaande dame was, hadden ze met haar te doen vanwege de menselijke gevoelens die ze koesterde samen met alle moeders, echtgenotes en dochters in de stad. Ze zagen allemaal dat, zelfs toen de gevreesde dag kwam, ze nog steeds dag en nacht bij het raam zat in de hoop dat hij zou thuiskomen.

Over de weduwe van villa Castello, want dat was ze nu, werd op het stadsplein veel gesproken. De oude goudkleurige stenen van Saronno, met zijn ster van straten die straalsgewijs vanaf de piazza liepen waar het Sanctuarium stond, hoorden alles wat de inwoners te zeggen hadden. Ze spraken over de dag waarop Gregorio di Puglia, heer Lorenzo's wapenknecht, bebloed en uitgeput over de weg naar de villa was gewankeld. De amandelbomen langs het pad zwaaiden heen en weer terwijl hij voorbijging, en hun zilveren blaadjes fluisterden dat ze wisten van het treurige nieuws dat hij bracht. De dame was uiteindelijk voor één keer bij het raam weggegaan en verscheen opnieuw in de deuropening op de loggia. Ze tuurde in de verte in de hoop dat de persoon die naderde de meester was in plaats van de knecht. Toen ze aan zijn tred en bouw zag dat het Gregorio was, begonnen de tranen uit haar ogen te rollen, en toen hij dichterbij kwam en zij het zwaard zag dat hij droeg, zakte ze bewusteloos op de grond. Het was allemaal gezien door Luca, de ondertuinman van de villa, en de jongen was in de stad als enige getuige van deze scène een paar dagen beroemd geweest. Hij sprak, als was hij een rondtrekkende predikant, een kluitje stadsbewoners toe die zich verzamelden in de schaduw van de klokkentoren van de kerk om te schuilen voor de felle zon en de roddel aan te horen. Het publiek verplaatste zich met de schaduw mee, en het duurde minstens een uur voor er een eind kwam aan de belangstelling en de speculaties. Ze spraken zo lang over Simonetta dat zelfs de pastoor van de kerk, een vriendelijke man, zich geroepen voelde de deuren te openen en vanuit de koele duisternis zijn hoofd naar Luca te schudden. De ondertuinman maakte haast met het einde van zijn verhaal toen de deuren weer dichtgingen, want hij wilde niet het boeiendste en meest mysterieuze aspect van de tragedie weglaten: de knecht had ook nog iets anders van het slagveld meegebracht. Een lang, metalen ding; nee, geen zwaard... Luca wist niet precies wat het was. Hij wist wel dat de dame en de knecht een paar uur lang ernstig met elkaar hadden beraadslaagd zodra zij weer bij bewustzijn was gekomen; daarna was de dame opnieuw voor het raam verschenen om daar, naar het leek, te blijven zitten tot de dag van het Laatste Oordeel. Waarop ze, zo baden allen, weer met haar heer verenigd zou worden.

Simonetta di Saronno vroeg zich af of er een God bestond. Ze schrok zelf van deze gedachte, maar nu ze die eenmaal had, kon ze haar niet uit haar hoofd zetten. Ze zat met droge ogen stijf rechtop naar de amandelbomen en de weg te kijken, terwijl de lucht langzaam verduisterde en de stenen onder haar handen koud werden. De stad Saronno lag onder aan de bergen in de verte, zilverkleurig in de schemering als een gevallen munt. Het gevoel van afzondering dat ze ooit op prijs had gesteld, was nu compleet: haar afgelegen huis was nu haar gevangenis, alsof ze een maagd uit vroeger tijden was die in een door draken belegerde toren zat opgesloten, of een novice die eenzaam in haar cel verbleef. Rafaela, haar kleedster, legde een zachte deken van eekhoornbont over haar schouders, maar ze merkte het nauwelijks en de warmte drong niet tot haar door. In plaats daarvan voelde ze alleen het verdriet dat in haar borst huisde alsof ze een steen had ingeslikt. Nee, een amandel: want toen men haar voor de eerste keer een vrucht gaf van de bomen die haar bruidsschat haar had opgeleverd, had ze die in zijn geheel doorgeslikt. Ze was een bruid van dertien geweest, en Lorenzo, zelf nog maar vijftien, had haar een amandel gegeven als deel van de plechtigheid die was gehouden in dezelfde boomgaard waar ze nu dag en nacht op uitkeek. Ze waren getrouwd in de Sanctuariumkerk van Santa Maria dei Miracoli in Saronno. De mooie witte kerk met zijn achthoekige doopkapel, koele kloostergang met bomen aan weerszijden en ranke, hoog oprijzende nieuwe toren was nog nooit getuige geweest van zo'n prachtvertoon. Het nieuwe klokkenspel luidde de tijdingen over de vlakte: twee vooraanstaande families werden met elkaar verbonden terwijl het volk juichte en feestvierde op de piazza in de schaduw van de klokkentoren. En daarna de meer heidense plechtigheid in de boomgaard, waarbij de piepjonge bruid en bruidegom kronen van zilveren amandelblaadjes droegen en elkaar een noot overhandigden. Het geven en eten van een oneven aantal amandelen op een bruiloft was blijkbaar een eeuwenoude traditie, die geluk, een goede oogst en vruchtbaarheid moest brengen. Maar het ging even mis toen Simonetta bijna was gestikt in een poging het ding in zijn geheel door te slikken. Lorenzo had tegen haar gelachen, terwijl haar moeder haar water en wijn gaf om de noot weg te spoelen. 'Je moet hem doorbijten, met je tanden vermalen!' riep hij liefdevol. 'Pas dan proef je hoe zoet hij smaakt.' Hij had gelijk, want nu had ze alleen dor hout geproefd. Toen kuste hij haar, alles wat ze ooit aan zoetheid wilde.

Ze herinnerde zich dat de amandel gedurende het hele huwelijksfeest in haar keel was blijven steken. Haar moeder, dol op zedenpreken en in staat overal Gods hand in te zien, had haar onverbiddelijk verteld dat ze niet moest klagen. 'Je moet deze les onthouden, mijn dochter. Soms moeten dingen voor ons kapotgemaakt worden zodat we hun vruchten kunnen proeven zoals ze bedoeld zijn. Je hebt een leven gehad van comfort en geluk, je was een geliefd kind, gezegend met rijkdom en schoonheid en een uitmuntend huwelijk, maar niemands leven gaat eeuwig zo door. Ooit zul je lijden en je kunt dit maar beter onthouden. Pas dan voel je ten volle de kracht van je temperament en het leven zoals God het voor je heeft bedoeld; in lijden, maar ook in verlichting.'

Simonetta zweeg en dronk nog wat wijn. Ze dacht aan de gehoorzaamheid en eerbied die ze haar moeder verschuldigd was, maar uiteindelijk zakte de amandel naar haar maag en ze voelde de warmte van de drank ervoor in de plaats komen. Ze richtte haar blik meteen op haar bruidegom en voelde nog meer warmte: een smachtende opwinding en vreugde omdat ze getrouwd was met deze jonge god, en spoedig hun huwelijksnacht zou aanbreken... Ze wilde haar moeders woorden niet horen. Ze was van plan met Lorenzo eeuwig gelukkig te zijn, en wist dat ze in voorspoed zouden leven. Bovendien dacht Simonetta dat ze wist wat de oorzaak van haar moeders misnoegen was – ze keek langs haar heen naar haar vader. Hij was een knappe, zwierige man die zijn dochter altijd had aanbeden, maar ze was beslist niet de enige jongedame die hij aanbad. Simonetta wist dat haar moeder veel verdriet had gehad om haar vaders liefjes; dienstmeisjes die plotseling brutaal werden, wijnverkopende boerendeernes die te vaak naar hun huis kwamen. Simonetta wist dat haar niet zo'n toekomst te wachten stond. Ze greep Lorenzo's hand en vergat haar moeders beeldspraak.

Tot nu.

Hoe had ze kunnen weten dat haar leven op déze manier kapotgemaakt zou worden, dat ze ten slotte gedwongen zou worden zoveel pijn te voelen door de dood van de man die haar zo lang zo gelukkig had gemaakt? Ze was ervan overtuigd dat ze alles zou hebben overleefd behalve dit. Zelfs als Lorenzo naar een andere vrouw gekeken zou hebben, wat hij nooit had gedaan, zou ze opgewassen zijn geweest tegen de problemen van ontrouw, dacht ze nu. Als hij er in elk geval nog maar was, nog echt, nog warm, om met haar te lachen en grappen te maken zoals ze altijd hadden gedaan. Maar ze voelde dat dit, het tumorachtige gezwel in haar borst, dit verdriet dat ze heel precies in haar lichaam kon localiseren, vast en zeker ook háár dood zou worden. En dat zou een zegen zijn. Ze legde haar blanke handen op het zwaard, zijn zwaard, dat Gregorio van het slagveld naar huis had meegenomen. Daarna draaide ze zich om naar het andere ding dat Gregorio haar had gebracht. Het was lang en angstaanjagend, en bestond uit een metalen buis en een houten handvat, en aan de zijkant stak er een gebogen metalen poot uit. Ze kon het ding nauwelijks optillen, als ze er de kracht al voor had gehad.

'Wat is het?' haar stem was weinig meer dan een fluistering. Gregorio stond voor haar, zijn fluwelen capuchon in zijn hand geklemd, zijn ogen vol tranen.

'Ze noemen het een haakbus, mevrouw. Het is zo'n nieuw wapen. 't Is zoiets als een kanon, maar een man kan het vasthouden en het afvuren met een lontslot.' Hij wees naar een verschroeid stukje touw aan het handvat van het ding, en naar de kronkelige S-vormige trekker op een metalen spil.

'Waarom heb je me dit gebracht?' vroeg ze met schorre stem.

'Omdat mijn heer door zo een werd gedood. Ik moest het u brengen om u te laten zien dat hij geen enkele kans had. U kent mijn heer. Hij was de beste strijder die er bestond. De volmaakte ridder. Geen mens kon beter schermen dan hij. Maar de Spaanse markies De Peschara overviel ons met meer dan vijftienhonderd mannen met vuurwapens. Ik zag hele rijen van de Franse cavalerie bezwijken onder het vuur van de arkebussiers. De mannen die niet geraakt werden, werden van hun paarden geworpen toen die ervandoor gingen. En een lawaai! 't Was alsof de *diavolo* zelf daar rondliep en een duit in het zakje deed.' Gregorio in zijn vergane wapenkleed maakte een kruisteken.

Simonetta slikte. Ze kon niet van haar stem op aan. Ze knikte naar Gregorio ten teken dat hij kon gaan en ze nam de twee wapens, het oude en het nieuwe, mee naar het raam, zodat ze kon blijven uitkijken.

Jij dwaas, dacht ze, plotseling boos op Lorenzo. Ze legde op beide wapens een hand, en haar vingers verstijfden van het koude staal. Het verleden en de toekomst. Je was inderdaad de volmaakte ridder. Maar dit heb je niet zien aankomen, toch? Wat had je aan je ridderlijke code en je hoffelijke gevechtstechnieken tegenover zoiets? Jouw methoden zijn verleden tijd en we leven nu in een nieuwe wereld. Een wereld waarin zulke technieken niets waard zijn. Simonetta wist helemaal niet of ze wel in zo'n wereld wilde leven. Niet voor de eerste keer vroeg ze zich af of ze op een of andere manier met de haakbus zichzelf kon neerschieten en zich bij Lorenzo voegen in het paradijs. Of misschien kon ze zich ophangen in de boomgaard zoals in de steek gelaten dienstmeisjes vroeger weleens deden. Maar ze wist dat dat de allergrootste zonde was; de zonde van de grootste zondaar, Judas Iscariot. Simonetta was door haar moeder grootgebracht met strikte inachtneming van religieuze voorschriften en ze herinnerde zich goed *Het Laatste Oordeel* in de doopkapel waar ze thuis in Pisa naar de mis ging. Elke dag zat ze daar terwijl de pastoor het vertrouwde Latijn reciteerde, en keek ze naar de zwarte duivels die de zelfmoordenaars opaten, knagend op hun ledematen en met wellustige tongen plassen bloed oplikkend. Ze waren angstaanjagend en opwindend en dan zat ze te wiebelen op de bank die voor haar familie was bestemd, en voelde ze hoe haar gezicht warm werd alsof de vlammen ook haar te pakken kregen, tot haar moeder hard in haar arm kneep.

Nee, ze kon zich niet zelf van het leven beroven. Maar haar leven zoals ze het gekend had, was voorbij. Ze had niet gedacht dat een huwelijk zo gelukkig kon zijn. Zij en Lorenzo hadden heel intiem geleefd in villa Castello, feestvierend, jagend, reizend naar hoven en feesten, drinkend van hun wijnstokken en etend van hun amandelbomen. Ze waren wekelijks naar de mis gegaan in de Santa Maria dei Miracoli, de kerk waar ze getrouwd waren, maar ze leidden een meer werelds leven in het genot van tafel en bed. Ze kregen geen kinderen, maar in de volheid van hun liefde voor elkaar voelden ze geen gemis. Ze waren jong, ze hadden alle tijd van de wereld. Toen in 1523 hun beider families stierven aan de pest, drong dat nauwelijks tot hun door; daar hoog in hun kasteel, beschut tegen epidemieën, speelde hun leven zich af en beminden ze elkaar. Ze lachten het hele jaar door, Lorenzo was een speelse jongen, en hij leerde zijn vrouw met humor naar het leven te kijken en naar alle lachwekkende dingen, tot ze net zo gevat werd als hij. Simonetta werd als getrouwde vrouw steeds mooier en ze verloor de molligheid die ze als meisje had gehad. Ze werd een gerenommeerde schoonheid met haar engelachtige gelaatstrekken, haar overvloedige rode haar en haar parelblanke handen. Ze hoefden geen armoede te lijden, hun beider vermogen bracht hun in ieder opzicht geluk en weelde. Hun wanden waren bedekt met kostbaar tapijtwerk, ze begunstigden de beste kunstenaars en musici. Hun tafel bezweek onder de heerlijkste vleesschotels en gebak, en hun knappe gestalten gingen gekleed in kostbaar bont en fluweel. Simonetta's ellenlange koperkleurige krullen waren opgestoken met strengen parels en prachtige kapjes van edelstenen en zilverdraad.

En toen braken er oorlogen uit, jaren van beroering en strijd tussen de ene staat en de andere, de Welfen en de Ghibellijnen. Milaan, Venetië, Genua, de pauselijke gebieden, het werden allemaal stukken in het kegelspel tussen zowel buitenlandse als binnenlandse machten. Lorenzo, vanaf zijn geboorte geoefend in de krijgskunst, behaalde roem en kreeg algauw een leiderspositie. Door zijn opdrachten was hij vaak van huis, en meer dan eens vierde zijn vrouw Sint-Michiel of Kerstmis terwijl zijn grote gebeeldhouwde stoel leeg aan het hoofd van de tafel stond. Op zulke momenten voelde Simonetta zich heel neerslachtig, maar dan gaf ze zich over aan andere pleziertjes zoals boogschieten of luitspel als tijdverdrijf. Soms had ze tijdens Lorenzo's afwezigheid het gevoel dat ze graag een kind van hem bij zich zou willen hebben wanneer hij weg was, om iets te doen te hebben, maar die wens verdween weer zodra hij tussen de amandelbomen de weg naar huis opreed en zij hem tegemoet rende. Nog gekleed in zijn harnas drukte hij haar tegen zich aan en kuste haar stevig op haar mond, en hoewel ze zich meteen terugtrokken in hun slaapkamer, hoopte ze dan niet langer op nakomelingen.

Nu zouden er nooit meer nakomelingen geboren worden. Van deze laatste campagne, waar hij had gevochten onder bevel van maarschalk Jacques de la Palice, zou Lorenzo nooit meer terugkeren. Die beroemde Franse generaal was dood, Lorenzo was dood, en nu voelde ze pas duidelijk wat een troost een zoon of dochter van hem haar had kunnen bieden. Maar nu was ze zeventien en de beste jaren om te baren waren voorbij. Ze was helemaal alleen.

En daarom vroeg Simonetta di Saronno zich af of God wel bestond. Want zou Hij haar zo geteisterd hebben? Zou Hij twee zo aan elkaar verknochte schepsels uit elkaar hebben gehaald, wier verbintenis in Zijn huis was gezegend als een van de sacramenten?

Toen begon ze bang te worden. Ze had niet één keer gebeden sinds Gregorio was gekomen. Als ze God haar rug toekeerde, zou ze vast en zeker in het niets verdwijnen en dat andere pad inslaan, het allerduisterste pad. En als ze eenmaal in de eeuwige verdoemenis van de hel was beland, zou ze Lorenzo nooit terugzien. Dat zou een erger lot zijn dan het lot dat ze nu onderging, want alleen in de hoop op een toekomstige hereniging in het paradijs kon ze doorgaan met ademen. Toen ze nog gelukkig was, had ze haar gebeden altijd gericht tot de Maagd, want wist de Heilige Maria niet van de liefde van een man en de vreugde van het huwelijk met Sint Jozef? Simonetta was vastbesloten: ze zou de volgende dag naar het Sanctuarium van Santa Maria dei Miracoli gaan, de kerk van de wonderen, en tot die gezegende Maagd bidden om troost. Want dat zou inderdaad een wonder zijn, en aan niets minder dan dat had ze behoefte. Ze liet het zwaard en het vuurwapen los en ging ten slotte bij het raam weg. Ze knielde bij haar bed om het Onzevader te bidden, waarna ze zich in het eekhoornbont wikkelde en op haar beddensprei neerzeeg alsof ze werd geveld.

3

•

Selvaggio

'Nonna, er zit een wilde man in het bos.'

'Amaria Sant'Ambrogio, je bent nu al twintig zomers op deze aarde en je hebt nog steeds geen greintje verstand. Wat is dit voor onzin?'

'Echt waar, Nonna, ik zweer het bij Sint Ambrosius zelf. Silvana en ik waren bij de bronnen en toen zagen we hem. En bovendien wordt er in de stad over hem gepraat. Ze noemen hem Selvaggio, de wilde!' Amaria's donkere ogen waren zo groot als schoteltjes.

De oude vrouw ging aan hun eenvoudige tafel zitten en staarde haar kleindochter aan. Het meisje leek zelf wel een wilde. Haar zwarte haar, dat doorgaans steil tot aan haar middel hing, zat vol smeerwortelbloemen en heide zodat het naar alle kanten uitstak. Haar gelaatskleur, die doorgaans gebruind was, had nu een roze blos van de inspanning. De olijfzwarte ogen van het meisje lieten een rand wit zien als de verbijsterde blik van een verschrikt paard. Haar lijfje was gescheurd zodat er meer van haar boezem te zien was dan betamelijk genoemd kon worden, haar volle borsten drukten tegen het rijgkoord en de rokken van het meisje waren tot haar knieën opgeschort om makkelijker te kunnen rennen, waardoor haar stevige benen zichtbaar waren. Je kon Amaria niet dik noemen, beslist niet, want hun povere huishouden liet geen vraatzucht toe. Maar met haar zachte rondingen was ze een prachtmeid, qua figuur een en al vrouwelijkheid, de glanzende belichaming van een gezonde levenslust. Ze was met haar blozende, overvloedige schoonheid een aanlokkelijk object voor iedere heer die voorbijkwam, ondanks het feit dat haar ronde gezicht en stevige figuur niet overeenkwamen met de heersende mode. Elegante dames begeerden een witte, albasten huid en wreven zelfs loodpasta op hun gezicht om de juiste kleur te bereiken; Amaria had de zonnige kleur van warm zand. Vrouwen van adel waren slank als hazewindhonden; Amaria was een en al welvingen en kuiltjes. Vooraanstaande *signoras* gebruikten allerlei middelen om hun haar rood of goudkleurig te bleken; Amaria's waterval van haar had de blauwzwarte glans van een kraaienvleugel. Hoewel geen enkele vrouw in de ogen van Nonna mooier kon zijn dan haar kleindochter, had de oude vrouw de hoop opgegeven dat Amaria getrouwd zou raken; want wie wilde er een meisje van twintig met volop vlees aan haar botten maar geen verstand en geen geld? En helemaal als ze er in Pavia zo bij liep: als de hoeren die in de schemering bij het plein rondhingen.

Nonna zuchtte en verplaatste de tabak die ze altijd kauwde van haar ene papierdunne wang naar haar andere. Ze hield vreselijk veel van Amaria en wenste haar het allerbeste, en omdat haar liefde voor het meisje zo groot was dat ze er bang van werd, sprak ze altijd snibbiger tegen haar dan ze bedoelde. 'Ik had kunnen weten dat Silvana er iets mee te maken had. Zij moedigt je aan in al je dwaasheden. Knap jezelf een beetje op, kind, en zeg je Weesgegroetjes. Kijk naar God in plaats van naar die dikke vriendin van je, en bid in plaats van te kwetteren als een papegaai.'

Amaria streek haar haren glad en liet haar rokken zakken. Ze was dit soort vermaningen gewend en die deden niets af aan haar genegenheid voor de oude vrouw. Ze vond een klosje en een naald op de schoorsteenmantel en ging zitten om haar lijfje te naaien.

‘Maar ik heb hem gezien, Nonna. We... keken in het water en ik zag zijn spiegelbeeld voordat ik hemzelf zag. Hij heeft een rode huid, klauwen en een vacht, maar vriendelijke ogen. Denk je dat het een bosgeest is?’

‘Een rode huid? Klauwen en een vacht! Een bosgeest? Waar haal je zulke goddeloze ideeën vandaan? Het zal eerder een arme kerel zijn die op de vlucht is geslagen na die gevechten van laatst, een soldaat die zijn verstand kwijt is. Wellicht een Spanjaard, want die zijn stom genoeg.’ (Uit Nonna’s luchthartige manier van praten had niemand kunnen opmaken dat de Spanjaarden haar leven hadden verwoest.) ‘Wat deed je eigenlijk bij de bronnen als ik vragen mag? We hebben water volop en bovendien hebben we een uitstekende put op het stadsplein voor zover ik weet.’

Amaria boog haar hoofd over haar naaiwerk en ze bloosde opnieuw. ‘We waren... ik bedoel... Silvana wilde... in de *pozzo di marito* kijken.’

Nonna snoof verachtelijk, maar uit haar oude ogen sprak vertedering. Ze wist dat volgens de plaatselijke folklore werd gezegd dat als je in een van de natuurlijke bronnen in de bossen voorbij Pavia keek, je het gezicht van je toekomstige echtgenoot zou zien. Ze wist dat Amaria er hevig naar verlangde op een dag verliefd te worden en te trouwen, maar ze wist ook dat de gevorderde leeftijd en lage status van het meisje betekenden dat een goed huwelijk onmogelijk was, en haar grootmoederlijke liefde sloot een slecht huwelijk uit. Dat ze haar kleindochter moest teleurstellen maakte dat Nonna nog bitser was dan gewoonlijk.

‘Onzinnige meidenpraat! Wees daar maar zeker van. Het was een of andere kluizenaar, of wellicht een Fransman. Ze zeggen dat de Franse koning door de Spanjaarden is gepakt bij Pavia... Finaal van zijn paard geslagen door Cesare Hercolani... Droeg hij een kroon, je toekomstige echtgenoot?’

Amaria glimlachte. Ze wist niets van de politieke achtergrond van de recente veldslag, alleen dat er veel mannen heen waren gegaan en weinig teruggekeerd, waardoor haar kans op een huwelijk nog kleiner werd. Maar ze hoefde tenminste geen man te bewenen en te jeremiëren en geen kaarsen aan te steken zoals de weduwen in de basiliek. Ze wist dat de Franse koning François inderdaad gevangen was genomen door de zegevierende Spanjaarden die nu Milaan bezet hielden. Maar ze wist weinig van zijn onderdanen behalve dat ze staarten hadden, en er werd gezegd dat ze konden praten met hun paarden, in die vreemde taal van ze met al die neusklanken. Ze zuchtte. 'Je hebt gelijk. Het zal wel een gek zijn geweest. Of een of andere soldaat.'

Zwijgend naaide ze verder, zich concentrerend op haar werk, maar het gesprek over oorlog en de Fransen bracht haar grootmoeder ertoe naar de muur te kijken, waar Filippo's dolk boven de schoorsteenmantel hing. Was het werkelijk al meer dan twintig jaar geleden dat Nonna haar zoon had verloren, haar geliefde enige zoon, haar fantastische jongen? Was er al zoveel tijd voorbijgegaan sinds de grote slag bij Garigliano in 1503, toen zij en alle andere moeders hadden gebeden om nieuws van hun zoons? Het lot van de anderen, die maar moesten raden of hun zoons nog leefden of dood waren, zou echter niet het hare worden: de Spanjaarden lieten haar geen twijfel over Filippo's lot toen ze honderden lijken naar Pavia terugbrachten om op het plein uit te stallen. Zij en die andere moeders hadden de weerzinwekkende stapel doorzocht terwijl de vliegen en gieren rondcirkelden, totdat ze zijn geliefde gezicht zag, bont en blauw en onder het bloed. De *Comune* had verordonneerd dat de stapel verbrand moest worden om een pestepidemie te voorkomen, dus kon ze hem niet eens naar huis meenemen om zijn lichaam te wassen zoals ze zo vaak had gedaan toen hij nog een jongetje was, en hem afleggen onder het uitspreken van gebeden zoals ze dat hoorde te doen. Ze had nauwelijks tijd om meer te doen dan zijn ogen te sluiten en de dolk mee te nemen die hij in zijn broek had gestoken – het enige wat de plunderaars hadden achtergelaten. Ze was naar huis teruggekeerd met de gedachte dat ze nooit de stank van mensenvlees zou vergeten bij dat hoog oplaaiende vuur, waarvan de rook haar ogen eindelijk de tranen bezorgde die maar niet wilden komen.

Ze zou altijd zo hebben kunnen doorgaan, verdoofd van verdriet en zonder enig gevoel, als God haar niet Amaria had geschonken. Want bij diezelfde bron waar het meisje deze ochtend heen was gegaan, had ze haar gevonden, als Mozes tussen de biezen. Daar werden vaak baby's achtergelaten, en nu helemaal, met zoveel oorlogswezen van meisjes die in de problemen waren geraakt door soldaten die niet terugkeerden. Nonna was erheen gegaan om water te halen, omdat de stadsbronnen verontreinigd waren door de lijken. Terwijl ze zich naar het water boog, hoorde ze een gesmoorde kreet en nadat ze een opening had gemaakt tussen het stugge gras, vond ze een naakt, bebloed kind dat armpjes en beentjes heen en weer bewoog tegen het licht dat het niet gewend was, terwijl donkere ogen haar knipperend aanstaarden vanuit het geplette gezichtje van een pasgeborene. Nonna had de baby ingebakerd en naar huis meegenomen, niet wetend of het een meisje of een jongen was. Ze zocht alleen een bezigheid en een mogelijkheid om weer iets te vóélen nu ze de zoon had verloren die alles voor haar was geweest. Ze zat er onbewogen bij terwijl de baby hele nachten huilde omdat haar tandjes begonnen door te komen, en ook wanneer ze de hele dag brulde om haar speen en wanneer ze protesteerde tegen de windsels waarin ze haar inbakerde, want nu wist ze dat het een meisje was. Nonna was nog steeds gevoelloos tot op een dag de baby haar ronde oogjes op haar richtte en haar eerste tandeloze glimlach lachte, zo argeloos, zo onwetend van de oorlog en alles wat daaraan vooraf was gegaan. Nonna hield de baby tegen haar gebroken hart en voor het eerst sinds ze Filippo's ogen had gesloten huilde ze aan een stuk door.

Nonna had Amaria gered en Amaria had haar gered. Haar hart was zo vol liefde en verdriet dat het zou zijn gebarsten als ze niet een ander menselijk wezen had gevonden om het ermee te overladen. Ze noemde het kind Amaria naar *amore* en gaf haar de naam van de plaatselijke heilige van Milaan: Ambrogio. Zo werden wezen in die streken altijd genoemd in de hoop dat de heilige zijn zegen zou schenken aan hun beschadigde levens. Ze had het opgroeiende meisje verteld dat ze haar gewoon *Nonna*, grootmoeder, moest noemen, omdat ze zichzelf met haar veertig jaar te oud vond om voor moeder door te gaan. Amaria was een mooi, levendig meisje geworden, dat onophoudelijk praatte, waarbij ze tegelijk zowel zinnige als onzinnige dingen zei. Haar schoonheid en goede karakter strekten haar tot aanbeveling bij menige jongeman, maar haar status als wees en haar armoede waren er altijd de oorzaak van dat ze het erbij lieten zitten. Amaria dankte God dat ze Nonna had die van haar hield. En Nonna dankte dezelfde God dat ze iemand had gevonden om van te houden. Door Amaria te helpen was ze weer opgeleefd. Nu, twintig jaar later, klonk het alsof er iemand anders, Spaans of niet, hulp nodig had. God had Filippo weggenomen maar Hij had Amaria naar haar toe gestuurd, en ze prees zich gelukkig. Vroeg Hij daar nu iets voor terug? Ze keek naar haar geliefde kleindochter en daarna weer naar de dolk. Ze nam hem van de muur en stopte hem onder in haar pofbroek, bij de rechterenkel, precies op die plaats van haar scheenbeen waar ze hem had weggehaald bij haar overleden zoon. Amaria keek verrast op toen Nonna zei: 'Laat me maar eens zien.'

Tussen de vespers en de completen liepen ze bijna een uur. De klokken van de basiliek en het voortdurende gebabbel van Amaria begeleidden hun tocht en Nonna wendde zoals altijd haar blik af van het plein terwijl ze langs de grote kathedraal liep. Ze kon de piazza nooit zien zonder dat ze de brandstapel zag en het vlees van haar zoon rook. Hierdoor ontgingen haar, in tegenstelling tot Amaria, de verzoeken tot God en al Zijn heiligen, die op de kerkdeur waren geprikt: honderden en nog eens honderden flapperende stukjes papier, smeekbeden voor terugkeer van de vermisten, degenen wier dood werd gevreesd.

Waar aan het eind van de stad de grond begon te stijgen, gaf Amaria haar grootmoeder een arm en zo liepen ze verder, waarbij Nonna zo hard liep te blazen dat ze haar tabak wel moest uitspugen. Ze hielden even rust en keken achterom naar Pavia, de plaats die 'de stad van de honderd torens' werd genoemd; de tweede stad van Lombardije, na Milaan dat vlakbij in noordelijke richting lag. Grootmoeder en kleindochter kwamen weer wat op adem terwijl ze even in het hoge gras zaten, met hun armen om elkaars schouders geslagen. Ze keken hoe de roeken tegen het vallen van de avond opstegen en ronddraaiden om de hoge stenen torens die de bloedrode hemel doorboorden. De rode schouder van de Duomo stak af tegen de horizon en de roodbruine huizen klampten zich vast aan de steile helling langs de waterkant, waar aan de drukke kade hun eigen nederige huisje stond. De Ponte Coperto, de beroemde overdekte brug, leek een knobbelige rode slang die zich over de rivier heen had gekronkeld. Het water van de Ticino had de kleur van het blank van een zwaard. Voorbij de rivier naar het zuiden lag het grote veld waar onlangs duizenden waren gestorven. Nu was het er stil en leeg; een donkere, treurige vlakte, waar alle gevallen wapens waren buitgemaakt en de gevallen lichamen waren opgeruimd. Terwijl de zon verder wegzonk, gloeiden de bakstenen van de huizen en torens rood op in het avondlicht, alsof ze bloed uit het gevechtsterrein hadden opgezogen zoals een bloem water opzuigt.

Zich bewust van het feit dat het laat begon te worden, vroeg Nonna aan Amaria haar overeind te helpen, en ze liepen het duistere bos in. Ten slotte bereikten ze de plek die ze zochten, maar in het stille schemerdonker zagen ze alleen de donkere blauwe poel en geen wilde man. Maar er brak een takje, en Nonna trok meteen haar mes tevoorschijn. In deze moeilijke tijden was ze alerter geworden en ze kwam vaak in deze heuvels om konijnen te vangen die ze in de pot stopte. Haar oude oren waren scherper dan die van Amaria en ze leidde het meisje door het kreupelhout naar de bebladerde ingang van een donkere grot.

Daar was hij. Terwijl de oude en de jonge vrouw voetje voor voetje de duisternis in liepen, riep Amaria de naam waarmee ze de weifelende schim had horen aanduiden. 'Selvaggio!'

'Dwaas,' siste haar grootmoeder. 'Hoe kan hij luisteren naar een naam waarvan hij niet weet dat hij die heeft?' Nonna riep in Milanees dialect: 'Wees niet bang! We zijn hier om u te helpen in de naam van Sint Ambrosius.' Het bleef akelig stil terwijl beide vrouwen nadachten over wat ze verder nog konden roepen. Nonna dacht terug aan Filippo en zei: 'We zijn noch Spaans, noch Frans, maar vrienden.'

Ze zagen zijn heldere ogen terwijl hij naar het licht schuifelde, maar toen hij tevoorschijn kwam, stokte Amaria's adem van schrik. De stakker was vreselijk mager, je kon zijn ribben tellen. Zijn rode huid bestond uit vastgekoekt bloed. Zijn vacht bestond uit samengeklit haar en een baard van vele maanden. Zijn klauwen waren de nagels van tenen en vingers die onbelemmerd waren doorgegroeid tot ze kromgetrokken waren. Hij had ergens tussen de zeventien en de zeventig kunnen zijn. Maar zijn ogen waren zo groen als blaadjes en hadden, zoals Amaria had gezegd, een vriendelijke uitstraling. Het leek alsof hij niet kon praten maar hij kon wel horen; hij kwam naar voren, maar bij elke stap in de open lucht zakte hij bijna in elkaar. Nonna voelde dat ze voor het eerst sinds twintig jaar tot tranen geroerd was, want zo had Filippo er kunnen uitzien als hij nog geleefd had en bij haar terug was gekomen. Het was geen wilde. Het was gewoon een jongen. Degenen die dit gedaan hadden, dat waren wilden. Met haar ene hand hield ze haar kleindochter tegen die op de vlucht wilde slaan, en haar andere hand strekte ze naar hem uit. Ze wist nauwelijks wat ze zei maar ze wist dat het goed was. 'Kom mee naar huis,' zei ze.

4

•

Kunstenaars en engelen

Op het moment dat Filippo stierf op de slagvelden van Garigliano, begon een beroemd kunstenaar aan zijn beroemde werk. Precies op het moment dat Filippo zijn laatste adem uitblies, stipte het penseel van de meester het doek aan van wat zijn beroemdste schilderstuk zou worden. Maar niet deze man, maar zijn leerling is voor ons van belang, een jongeman die precies even oud was als de ongelukkige Filippo. Een man die ooit beroemd zou worden maar het nog niet was, een man die lui en losbandig was en geneigd tot lichtzinnigheid, een man met talent maar zonder principes, een man die zich zijn hele leven nooit ergens druk om had gemaakt, en zeker niet genoeg om er zijn leven voor te geven, zoals Filippo had gedaan. Op diezelfde noodlottige dag dat God een soldaat van zijn moeder wegnam en een kunstenaar de goddelijke toets gaf die zijn werk zou bezielen, was deze genotszoeker waarschijnlijk Zijn aandacht niet waard. De naam van deze man was:

'Bernardino Luini!' De schreeuw, welhaast een brul, echode door de *studiolo*. Bernardino herkende de stem onmiddellijk. Het was de stem die hij en zijn minnares hadden gevreesd te zullen horen toen ze de nacht tevoren in haar slaapkamer zich samen hadden vermaakt tot het ochtendlicht de daken van Florence had verwarmd. Als Bernardino eerlijk tegenover zichzelf was, moest hij toegeven dat de angst dat de echtgenoot zou thuiskomen iets opwindends aan hun gemeenschap had toegevoegd, want de vrouw was waarachtig geen schoonheid; ook al had hij haar ontmoet terwijl ze model zat voor zijn leermeester. Bernardino was gewend aan woedende echtgenoten, of wat zijn vrienden lachend *il male marito* noemden wanneer Bernardino hen tegenkwam met weer een blauw oog of een snee in zijn lip die zijn buitengewoon knappe uiterlijk ontsierde. Maar er school zo'n boosaardigheid in deze stem dat hij ogenblikkelijk zijn penselen liet vallen en de *studiolo* afzocht naar een plaats om zich te verschuilen.

Overal stonden doeken die geolied of opgespannen werden, lijsten die in elkaar gezet werden, of leerlingen die het werk van hun meester afmaakten. Ongelukkigerwijs deed zich geen ideale schuilplaats voor, tot Bernardino's blik bleef rusten op de verhoging aan het eind van de langgerekte ruimte. Daar zat zijn huidige liefje, met haar handen zedig over elkaar geslagen, maar haar ogen waren vanwege haar nachtelijke inspanningen een beetje omfloerst. Haar haar hing in donkere golven rond haar gezicht en haar groene jurk deed haar vale gelaatskleur beslist geen goed. Als er meer tijd was geweest had Bernardino zich misschien voor de zoveelste keer afgevraagd waarom zijn meester Da Vinci zo vastbesloten was haar te schilderen; ze had niet eens de frisheid van de jeugd, want ze was moeder van twee zoons. Wanneer hij uiteindelijk de hele vrouwelijke gestalte zou mogen schilderen, zou hij een dame van uitzonderlijke schoonheid kiezen, een engel, die de goddelijkheid van zijn werk zou weerspiegelen... Maar er was geen tijd voor zulke overpeinzingen. Bernardino had zijn schuilplaats gevonden: er stond een onafgewerkt scherm achter het hoofd van het model, een soort drieluik dat hij zelf had vervaardigd. Het was een houten lijst met daaroverheen een doek gespannen waarop Bernardino, in opdracht van zijn meester, een gefantaseerd idyllisch Toscaans landschap had geschilderd:

bomen, heuvels en een beek. Bernardino had tegengestribbeld, hij had zelf gedacht dat hij klaar was om mensen te schilderen, maar Leonardo leek om een of andere reden vastbesloten zijn leerling de oninteressantse karweitjes te laten opknappen. Hij mocht amper een penseel hanteren, tenzij het was om handen te schilderen. Handen, handen en nog eens handen. Op een of andere manier had Bernardino een natuurlijke aanleg voor dit uiterst moeilijke onderwerp, en steeds weer werd hem gevraagd die te schilderen. Aan interessanter werk kwam hij helemaal niet toe, behalve dan dat hij de grote houtskoolschetsen mocht maken die zijn meer getalenteerde meester dan afmaakte. Hij had gehoopt dat Leonardo zijn tekentalent zou erkennen en hem zou belonen met een opdracht. Maar nu was hij blij dat zijn talent zo weinig was erkend, want het scherm zou hem een goede dienst bewijzen. Terwijl hij naar de verhoging rende, sperde het model verschrikt haar ogen open; ook zij had de stem herkend en was bang dat een confrontatie onvermijdelijk zou zijn. Maar ze had niet bang hoeven zijn: Bernardino was een lafaard. Hij hield vlug zijn vinger tegen zijn lippen en glipte achter het scherm, enige seconden voordat de dubbele deuren van de *studiolo* open vlogen en Francesco di Bartolomeo di Zanobi del Giocondo naar binnen stoof.

Bernardino loerde met een oog door de scharnierende spleet in zijn geïmproviseerde scherm waar het ene paneel op het andere aansloot. Eén blik op zijn meester, en hij wist dat Leonardo, zoals altijd, alles had gezien. Maar hoewel een flink aantal emoties van de grote meester door zijn baard verborgen bleven, was er niets wat zijn opgetrokken wenkbrauw aan het oog onttrok terwijl hij doorging met werken.

Da Vinci was niet godsdienstig, en zijn gebrek aan belangstelling voor religie grensde aan ketterij, dus het lokte spottende opmerkingen uit dat hij, met zijn golvende witte baard en haar, eruitzag als de personificatie van een God in wie hij niet geloofde. Het maakte de meester niet uit of er zulke grappen over hem werden gemaakt; hij genoot van de menselijke dwaasheid in al zijn verschijningen, en was dus bijzonder toegeeflijk tegenover Bernardino met zijn liefdesavonturen. Hij was de jongen vanaf het begin gunstig gezind geweest, en had hem zelfs zijn legendarische tekenboek, het *Libricciolo* genaamd, cadeau gedaan; vijftig bladzijden met de mooiste grotesken ooit getekend. Er stond een boerendeerne in met alleen twee gaten waar haar neus hoorde te zitten; een man met zulke grote gezwellen in zijn nek dat het leek alsof hij drie hoofden had; en een arm schepsel wiens mond van nature dicht zat zodat hij alleen door zijn neus kon eten, met een soort rietje dat Leonardo zelf had uitgevonden. Bernardino kon urenlang de gedrochtelijke beelden zitten te bestuderen en dan knikte de meester goedkeurend. 'Dus dan weet je, Bernardino,' merkte hij op, 'wanneer je je smetteloze Lombardijnse schoonheden tekent, dat niet alles wat de natuur maakt mooi is.' Maar het *Libricciolo* mocht dan lelijkheid in zijn natuurlijke verschijningsvorm laten zien, het werd bekeken door iemand die zo knap was dat het gerucht de kop opstak dat de schoonheid van de jongen bij de meester in de smaak viel op een manier die niet louter esthetisch was. Waarom anders nam Leonardo de jongen mee terug naar Florence, een jongen die nog maar net bij hem in de leer was genomen in zijn atelier in Milaan, een jongen die nog nooit de platte vlakte van Lombardije had verlaten, aan de ene kant door bergen en aan de andere kant door meren begrensd?

Bernardino zag hoe Francesco door het atelier stapte, met een zwierig gebaar van zijn cape die meer dan één doek deed omvallen. Alle leerlingen draaiden zich om om te zien wat er gebeurde, maar niemand was nieuwsgierig naar de oorzaak, ze wisten allemaal dat het te maken had met Bernardino. Het vooruitzicht beloofde in dit geval niet veel goeds, want Francesco werd geflankeerd door twee van zijn in livrei gestoken mannen die de wapens van de Del Giocondo-familie droegen, en hun zwaarden kletterden bij iedere voetstap. Francesco zou alle hulp krijgen die de Florentijnse wet een van de rijkste kooplieden uit de stad kon verlenen. De verongelijkte man hield stil voor Leonardo, en dat hij zijn toon nauwelijks matigde was tekenend voor zijn minachting voor kunstenaars en dat soort volk.

'Vergeef me dat ik zo binnen kom vallen, signor Da Vinci,' begon Francesco op een manier die veronderstelde dat de vergiffenis al was geschonken. 'Ik zoek uw leerling Bernardino Luini, die mij groot onrecht heeft aangedaan.' Bernardino zag dat zijn blik in de richting van zijn vrouw gleed, die bewegingloos op haar stoel zat. Francesco deed hem denken aan de kat van zijn grootmoeder: welgedaan, dik en gevaarlijk.

Signor Da Vinci schilderde doelbewust nog een paar streken en legde toen zijn penselen terzijde. Hij draaide zich om naar Francesco, maar voordat hij zijn gezicht in de plooi had, zag Bernardino de schittering in zijn ogen. De meester was van plan zich te amuseren. 'Ik ben verbijsterd, signor Del Giocondo,' zei hij. 'Mijn leerling is een man van drieëntwintig, een beginneling in de schilderkunst. Wat voor kwaad kan hij een koopman hebben aangedaan die zo voornaam is als u?'

Francesco leek enigszins van zijn stuk gebracht. Bernardino glimlachte. Hij wist, evenals Da Vinci, dat Francesco nooit zou toegeven dat hij was bedrogen door een eenvoudige handwerksman zoals hij. Hij wist ook dat Leonardo zich alleen voor deze zaak zou interesseren voorzover het invloed had op zijn werk; als Del Giocondo zou besluiten zijn vrouw weg te halen en het portret niet afgemaakt kon worden, zou de meester werkelijk boos zijn. Daarom zou hij de reputatie van zijn model hooghouden, en dientengevolge ook die van zijn eigenzinnige leerling.

Francesco verplaatste zijn aanzienlijke gewicht van het ene naar het andere been en beantwoordde de vraag. 'Da's een privékwestie. Een... zakenkwestie.'

Da Vinci kuchte fijntjes. 'Wel, signor, het spijt me zeer dat ik niet in staat ben u te helpen... uw *zaken* tot een goed einde te brengen.'

Hier gingen de wenkbrauwen weer omhoog, 'maar ik ben bang dat signor Luini hier niet meer is. Ik heb een opdracht gekregen van Zijne Eminentie de doge van Venetië, en Bernardino is net onlangs naar die stad vertrokken om met het werk te beginnen.'

Wantrouwig kneep Francesco zijn ogen dicht, tot Da Vinci een brief uit zijn mouw tevoorschijn haalde. 'U kent misschien het embleem van de doge?'

Francesco pakte de hem aangereikte brief en bestudeerde aandachtig het zegel. Hij erkende nors dat dit het wapen van de doge was en maakte aanstalten de missive te openen toen Leonardo die uit zijn handen rukte. 'Neem me niet kwalijk, signor,' zei hij onbewogen, 'maar ook mijn zaken zijn privé.'

Francesco kon niet veel meer beginnen. Hij probeerde zijn zelfbeheersing terug te krijgen door te zeggen: 'Nou, zolang hij uit het zicht is verdwenen; want mocht ik hem weer in de straten van Florence zien, dan houd ik hem aan en dan is hij er geweest.'

Bernardino rolde ongezien met zijn ogen. In Jezusnaam, het was 1503! Drie jaar in de nieuwe eeuw en die man praatte als een minnaar uit vroegere tijden aan de middeleeuwse hoven! Hij vestigde zijn blik op zijn rivaal en zag hem een hand uitstrekken naar zijn vrouw die daar op de verhoging zat. 'Kom, mevrouw.'

Bernardino zag zijn meester verstijven.

'Blijft u alstublieft stil zitten, mevrouw.' Leonardo wendde zich tot Francesco. 'Signor, er kan toch zeker geen reden zijn uw vrouw hier weg te halen? Nu de man die u heeft beledigd, weg is, kan er toch geen kwade invloed zijn? Uw vrouw treft in deze kwestie toch zeker geen blaam?'

Dit laatste kon Francesco niet openlijk ontkennen. Hij leek te aarzelen en daarom ging Da Vinci over op vleierij. 'Bedenkt u eens, signor, wat dit portret zal betekenen voor uw reputatie als beschermheer, als liefhebber van de beeldende kunsten?'

In feite hielde Francesco niet van beeldende kunst en verstand ervan had hij ook niet; maar hij wist heel goed dat de reputatie van Florence te midden van de stadsstaten berustte op haar kunst en architectuur, en hij voelde hoe belangrijk het was daar deel van uit te maken. Maar hij leek nog niet overtuigd. ''t Is maar een portret,' zei hij. 'Niet een van uw beroemde veldslagen of een bijbelse scène of zoiets. Niemand zal het zien buiten onze familiekring, want het hangt in mijn palazzo.'

'Nee, signor, u vergist zich.' Leonardo raakte geanimeerd door zijn liefde voor zijn werk. 'Want dit portret wordt iets speciaals. Het wordt een voorbeeld van mijn nieuwste technieken. Ziet u hoe ik licht en donker heb gemengd in dit wonderbaarlijke chiaroscuro? En hoe hier bij de mond mijn penseel de hoeken vervaagt zodat haar gelaatsuitdrukking iets dubbelzinnigs krijgt, op een manier die ik 'sfumato' noem? Gelooft u mij, meneer, uw vrouw zal over de hele wereld bewonderd worden, en in de dienst die u haar hiermee bewijst, laat u zien dat u niet alleen een vooraanstaand beschermheer en kunstliefhebber bent, maar ook een geweldige echtgenoot.'

Dat deed 't 'm. Want ondanks zijn achternaam had Francesco geen gevoel voor humor maar wel veel eigendunk. Hoe kon hij beter praatjes over onenigheid met zijn vrouw de kop in drukken dan door haar op dit portret te laten vereeuwigen? Hij liet zijn uitgestoken hand zakken, maakte een buiging voor Leonardo en vertrok.

Bernardino liet opgelucht zijn hoofd tegen de houten lijst van het doek leunen. Hij ademde de lekkere geuren in van olie en populierenhout, en ook nog iets anders... de heerlijke geur van sandelhout die zijn dame ophad, en nog verder weg de scherpe, kruidige geur van haar geslacht, die hij zich zo goed kon herinneren van gisteravond. Door die herinnering voelde hij een rilling in zijn kruis en even moest hij zich goed inprenten zich niet meer zo onverstandig te gedragen; hij was net aan de dood ontsnapt en mocht niet weer het slachtoffer worden van zijn lusten. Hij moest *la signora* met rust laten. De stem van zijn meester bracht hem weer bij zinnen. 'Je kunt nu tevoorschijn komen, Bernardino.'

Bernardino kwam schaapachtig tevoorschijn, wat tot gelach en hier en daar applaus van zijn collega's leidde. Hij maakte met een overdreven zwierig gebaar een buiging naar het gezelschap. Leonardo trok weer zijn wenkbrauwen op, alsof hij aan een vishaak vastzat. Bernardino boog in ernst. 'Dank u, signor,' zei hij. 'Mag ik nu alstublieft weer aan het werk gaan?'

'Je mag weer aan het werk gaan, Bernardino. Maar niet hier.'

'Wat?'

'Je hebt als luistervink kunnen horen wat je te wachten staat. Ik wil dat je naar Venetië gaat en deze opdracht aanneemt, want het was geen list die ik verzon om je rivaal weg te sturen, maar een echt verzoek van de doge.' Hij haalde de brief opnieuw uit zijn mouw en zwaaide ermee naar zijn leerling. 'Het lijkt mij het beste dat je een tijdje buiten bereik van signor Del Giocondo bent.'

'Venetië?'

'Inderdaad. Zijne Eminentie schrijft dat hij driehonderd dukaten zal betalen voor een fresco in de Frarikerk. Een heiligentafereel. De Maagd Maria, engelen, het gebruikelijke werk. Ik denk dat je er nu wel klaar voor bent.'

'Figuren? Een heel tafereel? Niet alleen handen?'

Leonardo schonk hem een van zijn schaarse glimlachen. 'Figuren, ja. Maar handen moeten ze zeker hebben, anders denk ik niet dat de doge je zal betalen.'

Het duizelde Bernardino. Venetië. De Veneto. Hij wist weinig van de stad, behalve dat die op het water dreef, en daarom waren de vrouwen melaats en hadden de mannen voeten met zwemvliezen. Hij genoot van zijn tijd in Florence; het was de eerste keer dat hij zijn geboortestreek Lombardije had verlaten en hij genoot met volle teugen. Hij had hier vrienden en... minnaressen. Hij hield van Florence. Maar toch, het zou niet voorgoed zijn. Een of twee jaar zouden volstaan. En voor het eerst zou hem toevertrouwd worden hele figuren uit te beelden in plaats van al die handen die hij had geschilderd, eindeloos veel vingers en knokkels, hij kon de aanblik niet meer verdragen. En het geld. Hij zou zijn fortuin kunnen maken. En er zou toch zeker ook wel een mooie vrouw in die staat wonen? Hij pakte de brief van zijn meester aan met een bedankje en nam hartelijk afscheid. Leonardo nam Bernardino's gezicht in zijn handen en keek hem langdurig in de ogen. 'Luister goed naar me, Bernardino. Raak niet overweldigd door het gewicht van je eigen genialiteit, want je bent niet geniaal. Je bent een goede schilder en zou een heel goede kunnen worden, maar dan moet je eerst iets vóélen. Als je hevig verdriet hebt omdat je bij deze dame weggaat, als je zielsbedroefd bent, des te beter. Want in je werk zal de passie die je ervaart weerspiegeld worden, en pas dan zul je die emoties op het doek brengen. Mijn zegen heb je.' Hartelijk kuste de meester zijn leerling op beide wangen. Daarna wendde Bernardino zich tot het model, wier ogen hem overal door het atelier volgden. Nee, mooi was ze niet, dus er zou weinig zijn waarnaar hij hoefde te smachten. Maar terwijl hij zich dicht naar haar toe boog, fluisterde hij, want hij kon het niet laten: 'Ik hoop van u later afscheid te nemen, mevrouw. Wanneer uw echtgenoot niet thuis is.'

Bernardino liep verborgen onder een cape door zijn geliefde straten; hij wilde zijn rivaal niet tegenkomen voordat hij de stad veilig kon verlaten. Maar op de terugweg naar zijn kamer ging hij langs de plekken waar hij graag kwam. Hij liep in de pas met de daverende kerkklokken die met hun heerlijke kakofonie tot in zijn ribbenkast doordrongen. Door het Florence waarvan hij hield, het plein waar Savonarola was verbrand, evenals de IJdelheden. Bernardino keek niet vaak in de spiegel, dus hij kon niet weten dat toen hij het standbeeld van de worstelaar op de Piazza della Signoria liefdevol vaarwel zei, het Carreramarmer precies dezelfde kleur had als de vreemde zilveren tint van zijn ogen. Hij leunde tegen de warme stenen balustrades van de Arno en nam afscheid van de volmaakte bogen van de Ponte Vecchio. De late avondzon, zijn meest favoriete licht, toverde zoals elke dag de amberkleurige stenen van de brug om in goud. Maar Bernardino wist niet dat zijn eigen huid dezelfde blozende kleur had. Terwijl hij over het terrein van de Santa Croce dwaalde en *arrivederci* zei tegen de monniken van de Misericordi, was hij zich er niet van bewust dat deze heilige vaderen pijen droegen die net zo zwart waren als zijn eigen haar. Hij was onwetend van het feit dat het parelachtige marmer van de grote koepelvormige Basilica precies even wit was als zijn tanden. Ja, of hij het wist of niet, Bernardino was even mooi als de stad zelf. Ten slotte dronk hij wat water bij de fontein van het gouden everzwijn en wreef over de neus van *Il Porcellino* om er zeker van te zijn dat hij ooit zou terugkeren. Bernardino was niet geneigd tot zelfonderzoek. Hij zou de stad missen, dat was zeker, maar zijn geest borrelde al naar het oppervlak. Terwijl hij naar huis liep, keek hij naar de toekomst en zong zachtjes een liedje, geschreven door Lorenzo de Medici, *Il Magnifico* zelf:

Quant' e bella giovinezza,
Che si fugge tuttavia!
Chi vuol esser lieto sia:
Di doman non c'e certezza.

O, hoe heerlijk is de jeugd,
Maar wat is ze toch kortstondig!
Laat wie blij wil zijn, z'n gang gaan:
Duister is de dag van morgen.

In de *studiolo* was Leonardo even stil terwijl hij aan Bernardino dacht. Het was goed dat hij weg was, want de jongen was te mooi om hem elke dag vlak voor zijn ogen te hebben. Hij dacht aan de glanzende zwarte krullen, de opzienbarende ogen die duidden op voorouders uit verre landen; de zwarte wimpers die eruitzagen of ze stuk voor stuk waren geschilderd met het kostbaarste penseel van hooguit drie haren. Bernardino had zelfs al zijn tanden nog, en ze waren nog wit ook. Leonardo zuchtte ten afscheid en keerde terug naar zijn model. Zíj was geen schoonheid, hoezeer hij haar echtgenoot ook mocht vleien, maar toch had ze iets, al was het maar de grote ernst in haar gelaatstrekken. Hij nam aan dat haar bijnaam *'La Gioconda'* haar voor de grap was gegeven, als woordspeling, en niet om haar algemene gemoedsgesteldheid aan te duiden. Maar wacht... er was iets veranderd... rond haar mondhoeken speelde, bijna maar niet helemaal, een glimlach? Haar ernst had in een ogenblik plaats gemaakt voor deze mysterieuze, geheel misplaatste gelaatsuitdrukking. Leonardo vervloekte Bernardino ronduit. Wat had hij tegen haar gezegd? Hij pakte zijn penselen op en werkte nogmaals aan de mond. Die rotjongen.

Toen Bernardino zwoer dat elke vrouw die hij zou schilderen zo mooi moest zijn als een engel, wist hij niet dat hij meer dan twintig jaar zou moeten wachten voordat hij haar vond. Toen hij zijn eerste opdracht voor de doge schilderde, waren haar ouders net getrouwd. Toen hij aan zijn *Pieta* begon in Chiaravalle vlak bij Rogoredo, werd ze net geboren. Toen hij in 1522 een van zijn beroemdste werken maakte, de prachtige 'Kroning van Onze Heer', geschilderd voor de Broederschap van de Heilige Kroon in Milaan, werd zij op dat moment uitgehuwelijkt aan een ander en verslikte ze zich op het feest in een amandel. Bernardino's meesterschap groeide, maar hij trof bij geen van zijn modellen gelaatstrekken aan die hij het schilderen waard vond. Pas toen hij in 1525 een opdracht aannam, bevond hij zich toevallig in dezelfde ruimte als het object van zijn esthetische verlangens. Dat was omdat hij op verzoek van de kardinaal van Milaan in de kerk van Santa Maria dei Miracoli in Saronno was op dezelfde ochtend dat Simonetta di Saronno daar kwam bidden om een wonder.

* * *

'Wie is dat?'

Pater Anselmo wendde zich tot zijn bezoeker. Hij schatte dat de kunstenaar ongeveer even oud was als hijzelf, zo'n beetje van middelbare leeftijd, maar zijn stem verraadde dat hij voor heel andere zaken gevoelig was. Terwijl Anselmo aan God en hemelse dingen dacht, leek deze knappe vent voorbestemd om alleen aardse pleziertjes na te streven. Hij mocht de man nu al, hoewel ze misschien nog maar een kwartier geleden kennis hadden gemaakt. Maar het antwoord van de priester hield een waarschuwing in.

'Signor Luini, dat is signora Simonetta di Saronno.'

'O ja?' Luini's stem was vol hunkerende fascinatie.

Anselmo keek de langere man recht aan. 'Signor, zij staat hier in de omgeving bekend als een heel vooraanstaande dame.'

'In elke omgeving, dat kan ik u verzekeren, *padre*.'

Anselmo probeerde het opnieuw. 'Ze is nog maar kort *vedova*, door de oorlog weduwe geworden.'

'Dat klinkt nog beter.'

Nu was de priester echt geschokt. 'Signor! Hoe kunt u zoiets zeggen? De oorlog heeft in de hele vlakte van Lombardije vernielingen aangericht; niet alleen deze arme dame, maar ook vele anderen lijden onder het verlies van hun geliefden. Vooraanstaande en eenvoudige families hebben evenzeer te lijden. Die veldslag laatst in Pavia heeft het leven gekost aan de echtgenoot van deze arme ziel, en wat een man was hij! Vol jeugdigheid en kracht en ware godsvrucht.'

'Dat klinkt alsof u hem zelf mist.'

Anselmo probeerde korte metten te maken met zulke ongepaste pogingen tot humor. 'Deze oorlogen brengen zoals alle oorlogen alleen maar ellende.'

Luini, een onberekenbare vent, haalde alleen zijn schouders op. 'Oorlog is niet altijd zo'n slechte zaak. Honderden jaren van oorlog op dit schiereiland van ons hebben de stadsstaten zozeer tegen elkaar opgezet dat ze allemaal proberen op het gebied van de kunsten hun buren te overtreffen. We hebben de beste kunstenaars ter wereld; en ook architecten en letterkundigen. Hoeveel Zwitserse kunstenaars kunt u noemen?'

'Misschien houdt God meer van een land waar vrede heerst.'

'Vrede! Misschien hebben ze bij hen geen oorlogen die gunstig zijn voor de kunst, maar het is niet echt een vredelievend volk. De Zwitsers beroemen zich erop de beste huursoldaten ter wereld te zijn,' riep Bernardino met een door de discussie verlevendigde blik. 'Maar zij moorden tenminste aan beide kanten als ze genoeg betaald krijgen. Heel onpartijdig. Ik weet zeker dat God erg blij met ze is.'

Het maakte Anselmo niet uit op hoeveel punten hij zich in het debat gewonnen moest geven, zolang ze maar het gevaarlijke onderwerp, mevrouw Di Saronno, hadden opgegeven. Maar Luini's aandacht kon niet voor lange tijd afgeleid worden. 'Lombardije zit onder het bloed en de verf; het bloed vloeit weg, maar de verf blijft voor eeuwig. Vooral met zo'n onderwerp.' Hij keek weer naar de vrouw. 'Ze is godvruchtig, zegt u?'

'Inderdaad. Ze woont hier elke week de mis bij, ikzelf heb haar hier in de echt verbonden en dit is de kerk die het dichtst bij haar huis staat.'

'En waar is dat huis?'

Anselmo schudde zijn getonsureerde hoofd. 'Dat ga ik u niet vertellen. U moet haar met rust laten.'

Maar Luini was al door de kerk heen op weg naar de Mariakapel. Hij moest haar van dichterbij zien. Anselmo kwam achter hem aan en trok aan zijn mouw. 'Signor, u mag nu niet naar haar toe gaan! Wanneer we bidden, praten we met God.'

Bernardino schudde de hand van zich af. 'Met hem kan ze later praten.'

Ze lag geknield naast een vrouw die, naar hij veronderstelde, haar dienstmeisje was. De dame was in het zwart gekleed en droeg een sluier, maar van zulke dunne stof dat hij de glans van haar rode haar door de tule heen kon zien. Ze bad niet met gebogen hoofd maar met haar gezicht geheven naar het votiefbeeld van de Maagd. Haar samengeknepen handen waren lang en blank; maar haar gezicht! Hij had gelijk gehad: ze had de gelaatstrekken van een engel en het overtrof ruimschoots alles wat hij ooit in zijn beste tijden had gemaakt. Zijn hart begon te bonzen. Hij móést haar schilderen. Bernardino ging in de kerkbank voor haar zitten en siste nadrukkelijk: 'Signora!'

Hij zag het dienstmeisje opschrikken en een kruis slaan, maar de jonge meesteres richtte alleen haar ogen op hem. Die waren zo blauw als het water van het Lago Maggiore, waar Luino, het dorp van zijn kinderjaren, aan lag. Nog nooit had hij het meer zo mooi gevonden als op dit moment, nu hij het kon vergelijken met haar ogen. Haar gezicht was onaangedaan en haar blik was verstard, maar de sereniteit van haar gelaatstrekken deed niets af aan haar schoonheid. 'Signor?' vroeg ze. Ze had een lage, welluidende stem, maar haar blik was ijzig. Ze kon niet ouder zijn dan, pakweg, zeventien. Maar die houding, die zelfbeheersing! Niet van zins zachter te gaan praten, zei Bernardino: 'Signora, ik wil dat u voor me poseert. Ik wil u schilderen.'

Hij had nu haar volle aandacht. Simonetta was gekomen voor een wonder, en had de Heilige Maagd dit op haar pad gebracht? Een man van misschien veertig jaar of ouder, lang en vreselijk knap, die haar een verzoek deed dat ze niet begreep. Was dit nog een test? Wat kon de Hemelse Koningin hiermee bedoelen? 'Míj... schilderen?'

Tegen die tijd was Anselmo bij hen gearriveerd, want zijn omvang en gewaad hadden hem in zijn gang door de kerk belemmerd. 'Ik bied mijn excuses aan voor deze man, mevrouw. Het is een kunstenaar,' ('Een beroemd kunstenaar!' kwam Bernardino tussenbeide, maar niemand luisterde) 'die hier onlangs is gekomen om de muren van deze kerk te beschilderen, en als ik hem goed begrijp is zijn brutale vraag of u... model wilt staan, voor een van de figuren.'

'Niet zomaar een van de figuren,' onderbrak Bernardino. 'De hoofdfiguur. De Heilige Maagd zelf,' en om zijn verhaal kracht bij te zetten, gaf hij een standbeeld van die Heilige Vrouw dat vlak naast hem stond een vriendelijk klapje op haar achterste.

Simonetta di Saronno had genoeg gehoord. Ze spoedde zich de kerk uit, op de voet gevolgd door Rafaela. Ze vond de toon waarop de man sprak niet prettig, noch zijn gebrek aan eerbied voor de Maagd, maar er was nog iets. Ze was tot de vernederende ontdekking gekomen dat ze ondanks haar verdriet ontvankelijk was voor zijn grote fysieke charmes. Hoewel ze besefte dat het al lang geleden was dat Lorenzo bij haar in bed had gelegen, was deze zonde onvergeeflijk. Ze voelde zich verward en schuldig en besloot thuis voor haar bidstoel, waar hij niet was, urenlang boete te doen. Ze hoorde de verontschuldigingen van pater Anselmo niet, maar wel de laatste woorden van haar kwelgeest. Hij stond nota bene op de stoep van de kerk en riep haar achterna: 'Ik zal u betalen!'

Anselmo trok Luini bij de deur weg. 'Doe niet zo dwaas! Ze is een van de rijkste dames van Lombardije! Ze heeft uw geld niet nodig!'

'Iedereen heeft geld nodig,' zei Bernardino, met zijn blik op de wegvluchtende gedaante. 'En nu we het er toch over hebben...' Hij liet zich door de priester weer naar binnen voeren en zich de betalingsvoorwaarden van de opdracht uitleggen.

'Voor elke heiligenfiguur ontvangt u tweeëntwintig franc per dag.'

'U wilt zeker flink wat heiligen, hè?' vroeg Bernardino met cynisch krullende lippen. 'Die geven het een dramatisch tintje, toch? Harten en ogen en borsten die aan het vrome lichaam worden ontrukt als een soort heilig slachtafval.'

'Inderdaad,' zei de priester onbewogen. 'Maar toch identificeren de gelovigen zich met hun lijden, vooral in deze tijd. Ze bidden tot hen om bemiddeling, noemen hun kinderen naar hen en roepen hen zelfs aan wanneer ze vloeken. Ze zijn ingeweven in het tapijtwerk van ons leven. In Lombardije horen de heiligen er gewoon bij.'

'Wat bedoelt u daar eigenlijk mee?'

Anselmo zuchtte en wendde zich van zijn plaaggeest af en hij begon het middenpad af te lopen. 'Al weet u dat nu niet, ooit komt u daar wel achter.'

Bernardino volgde hem, hij had de kwestie nog niet afgerond. 'Hoe zit het met kost en inwoning?'

De priester draaide zich om. 'Er is mij opgedragen u te zeggen dat wijn en brood zijn inbegrepen, en huisvesting hier in de klokkentoren van de kerk.' Anselmo's stem werd warm van trots. 'U zult het er heel aangenaam hebben. De campanile is helemaal nieuw, ze is gebouwd van een kerkelijke schenking die in 1516 is gedaan en wordt beschouwd als een van de mooiste in dit gebied.'

Bernardino luisterde niet. 'Goed. Voor dat geld maak ik een gratis *Geboorte van Christus* voor u.'

Anselmo probeerde niet te glimlachen. Hij besloot dat het zinloos zou zijn om Bernardino zijn pronkstuk te laten zien, het fragment van het Heilige Kruis dat werd bewaard in een prachtige met robijnen afgezette relikwieënschrijn in de apsis. Ook hij hield niet van Luini's oneerbiedige manier van doen; maar dat nam niet weg dat hij hem aardig vond. En de man kon wel schilderen. Anselmo had Luini's *Christus met doornenkroon* gezien toen hij in Milaan op het seminarie zat; in feite had hij Bernardino al direct herkend toen hij deze ochtend de kerk binnenkwam, want de kunstenaar had met zijn gebruikelijke arrogantie de Christusfiguur naar zijn eigen beeltenis geschilderd. Bernardino mocht er dan goddelijk uitzien, Anselmo wist van horen zeggen dat hij een nogal ongelovige man was met weinig moraal. Het was treffend dat zijn vriend en collega-kunstenaar Vasari een woordspeling had gemaakt op de naam Luini en zijn geboorteplaats Luino, door hem de bijnaam *lupino*, de wolf, te geven. Luini signeerde zelfs nu en dan zijn werk met de Latijnse ondertekening '*lovinus*'. Anselmo zuchtte in zichzelf en hoopte dat Bernardino geen problemen zou geven. Hij keerde naar zijn onderwerp terug. 'Hoeveel tijd hebt u nodig voor zoveel fresco's?'

Luini wreef over zijn kin. 'Ik ben een snelle werker. Ik heb een *Christus met doornenkroon* voor het *Collegio* gemaakt in achtendertig dagen, en daar stonden honderdveertien figuren op.' Hij draaide rond onder het gewelfde plafond, waarbij hij de architectuur van de binnenkant van de kerk bewonderde; het was een mooie suikertaart, helemaal van wit pleisterkalk met subtiel lijstwerk. Er waren door anonieme kunstenaars een paar pogingen gedaan de pilasters en panelen met bijbelse scènes te beschilderen, maar dat was niets vergeleken met de fresco's die hij nu zou schilderen. Hij legde een hand tegen een koude witte pilaar. Hij dacht altijd graag aan zijn kerken als aan levende wezens. Deze was beslist vrouwelijk met haar mooie wit geglaceerde interieur, ranke klokkentoren en met bomen omzoomde kloostergang. Het steen van de pilaar werd onder zijn hand warm bij wijze van welkom, en hij begon zijn handpalm op en neer te strijken alsof hij het dijbeen van een van zijn gewillige veroveringen streelde. 'Maak je klaar,' zei hij zachtjes, als tegen een vrouw. Plotseling kreeg hij een gedachteassociatie en hij keek naar de grote lege muur in het voorportaal van de kerk. 'Aan deze kant,' zei hij, 'komt een grote voorstelling van de aanbidding van de Drie Koningen. Het middelpunt van de voorstelling wordt de Maagd, met Simonetta di Saronno als mijn model.' Hij sprak de naam uit die hij nooit meer zou vergeten.

Anselmo schudde zijn hoofd bij Luini's koppigheid. 'Daar zal ze nooit mee instemmen.'

Bernardino glimlachte, waarbij zijn witte tanden blikkerden als die van de wolf naar wie hij werd genoemd. 'We zullen zien.'

5

•

Het landschap van Lombardije

Nonna en Amaria werkten bij kaarslicht. Dat was maar goed ook, want bij daglicht zou de aanblik van de wilde erg moeilijk te verdragen zijn geweest. Het kaarslicht was genadig. Het veranderde bloedrood in triakelzwart. Het verborg de groene schakeringen waar de huid was aangetast en verguldde de ziekelijk bleke kleur van de huid onder het samengeklitte haar. Het maakte de luizen en vlooien die door het haar kropen goudkleurig en verborg het aderpatroon van de bloeddoorlopen ogen, zodat alleen een vriendelijk sprankje leven overbleef.

Ze hadden de wilde man, of *Selvaggio* zoals ze hem hadden genoemd, op hun eenvoudige tafel gelegd, die Amaria met een zachte laag stro had bedekt. Ze maakte het vuur aan met de takken die ze uit het bos had meegebracht en verwarmde boven het gloeiende hout een emmer water. Daarna begonnen ze.

Ze waren genoodzaakt met Nonna's naaischaar de kleren van zijn huid los te knippen. Selvaggio keek naar hen en gaf geen kik, maar na lange tijd, toen de stof aan zijn wonden vastkleefde en de huid zelf los kwam, verloor hij het bewustzijn van de pijn. Amaria bevochtigde de kleren met water om ze gemakkelijker te kunnen verwijderen. Ze gooide de smerige stinkende kledingstukken in het vuur. Maar om Selvaggio's tors was een mooie donkere lap gewonden; in het kaarslicht leek die zwart van kleur, maar het zag eruit als een soort vaandel en dus legde Nonna de lap opzij om hem schoon te maken, voor het geval dat hij hem wilde houden. De vaandel was duidelijk gebruikt om het bloed uit de grootste wond te stelpen, zo'n diepe jaap dat Amaria naar adem snakte en Nonna verbaasd was dat hij er niet aan onderdoor was gegaan. Toch was dit de enige diepe wond die hij had: de andere beschadigingen van zijn huid waren geen sneeën maar gaatjes, een hele serie ronde wondjes in zijn borst en schouders, zo rond als de gaatjes die een pijl achterlaat, maar dan kleiner, veel kleiner. Nonna sloeg een kruis en riep Sint Sebastiaan aan, een heilige die wel vaker met pijlwonden te maken had gehad. Ze keek nog eens beter, waarbij ze haar gezicht met een schort bedekte om de man niet met haar adem te besmetten. Uit een van de gaatjes stak een ronde metalen erwt. Voorzichtig haalde ze het ding eruit en het rolde van hem af en viel met een korte tik op de houten tafel waarop de wilde lag. Beide vrouwen bogen zich eroverheen.

'Wat is het?' fluisterde Amaria.

'Een kogel,' antwoordde Nonna, en dat woord klonk zwaar en dreigend. '*Una pallottola*. We leven echt in een nieuwe wereld.' Ze hield het metalen ding bij het schijnsel van het vuur en het glansde boosaardig – een metalen kraaloog. Ze keek nog eens goed. Ze had veel geleerd van oorlogvoering sinds ze had gezien hoe Filippo werd verbrand; ze had haar ogen en oren opengehouden toen de huursoldaten door de stad waren getrokken. 'Kleine kanonskogels, afgevuurd vanuit een kanon dat een man kan vasthouden. Een haakbus, noemen ze het. Heel veel mensen zijn deze keer op die manier gestorven.'

Nonna nam de kom over van Amaria en stipte de serie wondjes aan met het water. Het was niet gepast dat een meisje het lichaam van een man aanraakte, zelfs niet in een geval als dat van hem, dus dit was haar taak. Ze verhitte het lemmet van Filippo's dolk in het vuur en begon te spitten.

Amaria hapte naar lucht. 'Wat doe je?'

Nonna keek niet op. 'Deze knikkertjes moeten eruitgehaald worden. Ze zijn gemaakt van een loodmengsel en zijn lichaam raakt vergiftigd als ze erin blijven zitten.'

Amaria liet het eerste balletje in haar hand rollen. 'Het is volmaakt rond,' zei ze verbaasd. 'Hoe worden die dingen gemaakt?'

'Die maken ze nu overal. Zelfs hier in Pavia.'

'Hier?'

'Ja. Die twee rode torens bij de Sint Michielskerk, weet je welke ik bedoel?'

Amaria knikte. 'Ja. De Duivelspoten. Je moet er zo snel als je kunt tussendoor rennen met je ogen dicht want anders poept de duivel op je hoofd.'

Nonna veroorloofde zich een glimlach bij de onzin die Amaria uitkraamde, zelfs op zo'n moment. 'Ja, de *Gambi Diavolo*. Daar. Daar worden ze gemaakt. De duivel poept nu kogels.'

'Echt!' Amaria's ogen stonden wijd open.

Nonna bleef in het zachte vlees spitten. Sommige zaten vlak onder het oppervlak, andere dieper. 'Nee, kind. Zoals voor het meeste kwaad geldt, worden deze door mensen gemaakt. Ze laten gloeiend lood vanaf de bovenkant van de toren naar beneden druppelen. Bij het vallen worden de druppeltjes, net als bij water, in de lucht volmaakt rond. Tegen de tijd dat ze de bodem bereiken, zijn ze opgedroogd en zo hard als de spijkers van Christus.' Ze zuchtte. 'De meeste mannen die bij Pavia stierven waren doodgeschoten.' Ze zweeg nu terwijl ze het metaal uit het opengereten spierweefsel van de wilde peuterde. De wonden lagen over de witte woestenij van zijn vlees gegroepeerd als de locaties van de slagvelden over Lombardije, over het hele schiereiland. Terwijl ze het landschap van zijn lichaam afzocht naar meer van die verraderlijke kogels, noemde Nonna als in een litanie de ene na de andere veldslag. Ze liet de kogels stuk voor stuk met een tik in de schaal vallen. Ze begon met Garigliano, de plaats waar ze Filippo had verloren. Tik. Agnadello. Tik. Cerignola. Tik. Bicocca, Fornovo, Ravenna. Tik, tik, tik. Marignano, Novara. Het beleg van Padua. En als laatste de slag bij Pavia. De oorlog was van ver weg tot bij de drempel van hun huis gekomen. Tik. De kogels vielen in de aardewerken schaal als de tranen van de Maagd Maria en lagen daar op een rijtje bijeen – de kralen van een bloederige rozenkrans. Nonna boog even haar hoofd, bedroefd om alle veldslagen en alle doden.

Daarna pakte ze de schaar en vroeg het meisje zich om te draaien terwijl ze afgestorven gelig vlees wegknipte van de randen van de diepe wond; deze was ongetwijfeld toegebracht door een houw met een zwaard. Ze overhandigde Amaria de schaar om die schoon te maken en daarna gebruikte haar kleindochter die om Selvaggio's haar onder handen te nemen. Amaria knipte hele klitten weg totdat zijn haar overal even lang was. Daarna waste ze het met water en citroen om de luizen te verdrijven, en toen ze de vrucht doorsneed en hem op zijn hoofdhuid drukte, leek hij weer tot leven te komen. Zijn oogleden trilden – misschien door het prikkende sap, want hij had wondjes op zijn hoofdhuid – en ze voelde zich geroepen een excuus te fluisteren toen de ogen weer dichtgingen. Nonna pakte haar benen naald en wasdraad en naaide zo goed mogelijk de schoongemaakte wond dicht. Ze had gehoord van zulke remedies op het slagveld en daar kon ze wel wat mee. Naaien maakte deel uit van haar vocabulaire. Als iets gescheurd of gebarsten was, naaide je het weer dicht. Nonna verliet zich op zulke gruwelijke momenten op haar boerenverstand; ze had behoefte aan zinnige dingen in deze dolgedraaide wereld: een jonge man met een lichaam vol sneeën en kogelwonden. Onder het naaien probeerde ze zich voor te stellen dat zijn huid een batisten kussensloop was en dat ze het dichtnaaide om te voorkomen dat de vulling eruit puilde, en niet de ingewanden uit zijn buik.

Amaria's taak was gemakkelijker: zij sleep Filippo's mes op de haardsteen en sneed de baard weg die het gezicht van de wilde bedekte. Terwijl ze olijfolie in zijn huid wreef en hem zorgvuldig begon te scheren, ging er een schok door haar heen toen ze zijn warme huid en ruwe stoppels voelde, want ze had nog nooit een man aangeraakt. Ze had geen herinneringen aan een kus van een baardige vader of een stevige omhelzing van een broer. Het was helemaal nieuw, zo nieuw en prettig dat haar gezicht in het schijnsel van het vuur warm werd en ze haar hart kon horen bonzen. Dankzij haar goede zorgen kwam er een gezicht tevoorschijn met regelmatige, aangename trekken en een gedistingeerde aanblik die weinig meer te maken had met de primitieve naam van de gewonde man. Nonna keek even op toen de baard was verdwenen en ze zag dat hij jong was. Heel jong. Ze had zich hem voorgesteld als een tweede Filippo, maar terwijl ze doorwerkte begreep ze dat de wilde man nauwelijks meer was dan een jongen, eerder van de leeftijd van een kleinzoon dan een zoon van haar.

Ten slotte begon Amaria Selvaggio's klauwachtige nagels te knippen. Toen die kort waren, waste ze zijn handen en wreef die vanwege de wonden en blaren met aloë in. Ze zag dat de linkerhand, afgezien van de wonden, smal en zacht was, maar rechts had hij de eeltige handpalm van een man die gewend is elke dag een zwaard te dragen. Nonna verzorgde Selvaggio's wonden met zalf die ze had gemaakt van salie en varkensvet, en in de diepste wonden goot ze wijn voordat ze de zalf aanbracht. De twee vrouwen werkten rustig voort, waarbij ze af en toe tegen elkaar mompelden wat ze het beste konden doen, terwijl ze in de loop van de uren om het lichaam heen draaiden. De kaarsen en het uitgestrekte lichaam deden Nonna denken aan een dodenwake, en ze wist dat hun werk zo zou kunnen eindigen, want zijn wonden waren zo ernstig en sommige geïnfecteerd, dat het nog steeds mogelijk was dat hij de volgende dag niet zou halen. Maar ze voelde tenminste dat, ook al zou hij sterven, ze gedaan had wat ze voor haar zoon niet had kunnen doen. Ze had zijn wonden schoongemaakt en hem verzorgd, en ten slotte legde ze een schone linnen sprei over de jongen heen, waarna hij kon gaan slapen, een slaap van verkwikking en genezing of van dood en vertwijfeling. Maar terwijl door het grauwe ochtendlicht de kaarsvlammen verbleekten, trilden zijn oogleden opnieuw en kwam er een blos op het smalle, bleke gezicht die er nog niet eerder was geweest. In het daglicht, toen alle wonden verborgen waren, leek het niet zo'n ernstig geval als eerst. Er was nog reden tot hoop. Hij ijlde niet en had geen koorts, zijn huid voelde niet heet aan en hij had geen opgewonden kleur. Ze konden zijn gezicht nu helemaal zien; als hij zijn ogen opende, waren die zo groen als basilicumblaadjes, en zijn haar was sluik en lichtbruin als de veren van een smelleken. Toen hij sliep, omhelsden grootmoeder en kleindochter elkaar terwijl ze naar hem keken, en daarna kropen ze de trap van het huisje op naar het zolderkamertje dat ze deelden, om ook te gaan slapen. Maar voordat ze in slaap vielen, vergoten ze allebei tranen; Nonna om wat ze had verloren en Amaria om wat ze had gevonden.

6

•

De notaris

Simonetta di Saronno zat met haar hoofd in haar handen. Die lange blanke handen, waarvan de middelste vingers alle even lang waren, verborgen haar hele gezicht. Ze had gedacht dat ze de bodem van haar put van wanhoop had bereikt, maar was nu nog dieper weggezakt door toedoen van de man die tegenover haar zat, aan de andere kant van de zware lege tafel in haar grote hal.

Maar ze huilde niet. En de man die bij haar zat, was hoe dan ook niet Bernardino Luini. In feite had ze erg haar best gedaan om die onmogelijke man te vergeten, en het was haar bijna gelukt overdag zijn gezicht niet meer voor zich te zien. Hij drong tegen haar zin echter wel door tot haar dromen, en haar gebeden waren 's ochtends des te vuriger.

Nee, deze heer was een notaris, Oderigo Beccheria, een man van middelbare leeftijd die eens per maand tijdens een privéonderhoud met Lorenzo in nauw overleg zich vele uren had gebogen over het vermogen van de familie Di Saronno. Simonetta had zich niet gerealiseerd hoe weinig ze zelf tegenover anderen kon uitrichten, dus het was voor haar weldadig om te zien dat Oderigo op de eerste dag van de maand met zijn ganzenpen en zijn grootboek kwam opdagen alsof Lorenzo nog steeds in leven was. Ze had niet geweten dat zij, een vrouw die nooit ergens anders over had hoeven nadenken dan over de kleur van haar jurk en de vorm van haar kapsel, zich nu uitvoerig op de hoogte zou moeten stellen van de boekhouding van haar eigen huishouden.

De boekhouding leek niet op orde te zijn. Oderigo vertelde haar in onbedekte termen dat noch haar winkeliers, noch de bedienden waren betaald van het bedrag dat Lorenzo bij hem in bewaring had gegeven; een bedrag dat meneer hem had toevertrouwd om de rekeningen mee te betalen tijdens zijn, zoals hij stellig had gedacht, korte afwezigheid. Simonetta was op dit punt van het gesprek niet buitengewoon ongerust. Ze was met haar gedachten nog bij haar verlies en was dit gesprek over geldzaken beu en wenste hartgrondig dat Oderigo wegging zodat zij ongestoord kon treuren. Ze haalde de drie bronzen sleutels van haar gordel en ging de trap af naar de amandelkelder. Zoals altijd zorgde ze ervoor dat ze niet gezien werd terwijl ze naar de achterwand van het vertrek liep, waarbij ze de notendoppen onder haar voeten voelde kraken, en in het donker tastte ze naar de drie sleutelgaten die toegang zouden geven tot de ruimte waar de schat van de Di Saronno's zich bevond. Ze was, toen ze de sleutels in de juiste volgorde omdraaide, ervan overtuigd dat ze daarbinnen zou vinden wat ze nodig had. Zelfs toen de eerste kist die ze openmaakte, met het embleem van de drie zilveren amandelen tegen een blauwe achtergrond op het deksel geschilderd, leeg bleek, ging ze gewoon door met de volgende. Pas toen elke kist leeg bleek te zijn, liep ze weer naar boven, ging zitten en hield haar hoofd in haar handen.

Ze deed dat omdat ze voelde dat ze werd gestraft. In haar diepste verdriet had ze tegen God geschreeuwd dat ze er weinig mee opschoot om rijk te zijn en een vermogen en bezittingen te hebben wanneer die ene persoon van wie ze hield van haar was weggenomen. Wel, God had haar gehoord en had ook haar schatten weggenomen. Wat nu?

Oderigo wachtte tot ze haar zelfbeheersing had teruggevonden. Hij was beslist niet zo verbaasd als de vrouw des huizes bij deze ontdekking scheen te zijn. Hij had onder de bankiers en juristen van Saronno en Pavia gehoord dat Lorenzo di Saronno zijn militaire ambities zodanig had nagestreefd dat hij het gevaar liep zijn eigen huis te ruïneren. Een koppige, heethoofdige jonge krijgsman met een sterk ontwikkeld eergevoel vond het noodzakelijker zijn paarden de beste equipage te geven en zijn mannen de mooiste livreien, dan zich bezig te houden met verstandige en oninteressante zaken als een duurzaam inkomen en een jaargeld voor zijn landgoed.

Oderigo zat afkeurend in zichzelf te mompelen. Zulk onverstandig gedrag was ongelooflijk voor een man die zijn financiën keurig op orde had zoals hijzelf. Oderigo was geen slecht mens, hij stond alleen onverschillig tegenover Simonetta's benarde toestand. In zijn werk en in tijden als deze was hij gewend zaken te doen met klanten die zich in behoeftige omstandigheden bevonden. Hij haalde de zakdoek tevoorschijn die hij voor zulke gelegenheden altijd bij zich droeg, maar toen de dame haar hoofd optilde was hij opgelucht dat haar ogen droog waren. Lieve hemel, ze was een mooie vrouw! Voor het eerst in zijn lange loopbaan voelde hij hoe een ongewoon vleugje mededogen zijn hart ontdooide, want hij had nog nooit zo'n uitdrukking van wanhoop op zo'n knap gezicht gezien. 'Mevrouw,' begon hij. 'U moet niet wanhopen. Ik kan wat tijd voor u proberen te winnen. Ik zal uw schuldeisers geruststellen en ik kom over een maand terug. Probeer intussen zoveel mogelijk te bezuinigen. Verkoop wat u kunt, beperk het aantal bedienden; misschien is het toch mogelijk in dit huis te blijven wonen. Maar het kan geen kleine aanpassing zijn: u moet alles doen wat in uw macht ligt, alleen het allernoodzakelijkste mag u houden.'

Simonetta keek hem voor de eerste keer aan. Het huis! Het was nooit, zelfs niet in de diepste wanhoop van de laatste tijd, bij haar opgekomen dat ze villa Castello zou moeten verlaten. Ze kon en wilde zich er voor geen prijs bij neerleggen alles achter te laten wat zij en Lorenzo samen hadden gedeeld. Ze knikte naar de notaris en hij vertrok, en terwijl hij over het pad tussen de amandelbomen liep, voelde hij weer de opwinding van het moment waarop Simonetta di Saronno hem recht in zijn ogen had gekeken.

Wat een maand volgde er toen! Wat een achteruitgang, wat een inboeting aan sociale status! Wat een verschil zou Oderigo zien wanneer hij de volgende keer door de amandelboomgaard naar Castello liep! Elke man en meid die er gewerkt had, was naar huis gestuurd, behalve haar dierbare Rafaela, die ze meer als een vriendin dan als een dienstmeid nodig had. Gregorio werd aangehouden om drie redenen: uit menslievendheid omdat hij gewond was, vanwege zijn dienstverlening en sterke gehechtheid aan haar pas overleden man, en vanwege de genegenheid die ze zag groeien tussen de knecht en Rafaela. Nu ze zelf van haar liefde beroofd was, kon ze twee geliefden niet scheiden.

Eén man en één dienstmeisje zou voldoende moeten zijn. Elke dag liep Simonetta met Rafaela door de kamers van de villa en bepaalde welke kasten, welke mooie draperieën, welke schilderijen konden worden verkocht. Samen liepen ze Simonetta's kledingkasten door. Juwelen, bont en jurken uit gelukkiger tijden moesten allemaal verkocht worden. Het grote wandtapijt dat één hele muur van de eetkamer boven besloeg en waarop prachtig gedetailleerd de ongelukkige liefde van Lancelot en Guinevere was afgebeeld, werd van zijn roeden gehaald. Simonetta ging met haar handen over het verfijnde stiksel terwijl ze het kleed opvouwde dat geveild zou worden. Ze had van het tafereel gehouden; de hartstochtelijke omhelzing van de schuldbewuste koningin en haar schitterende ridder met de in schaduw gehulde figuur van Arthur die toekeek, en als een schitterende kroon de witte, kegelvormige torens van Camelot in de heuvels op de achtergrond. Ook

Lorenzo's kleren, onaangeraakt sinds hij ze had gedragen, zouden weggaan. Simonetta stond zichzelf niet toe haar gezicht in de geur van zijn linnengoed te begraven of eraan terug te denken dat ze harde, warme spieren had gevoeld in deze fluwelen mouw als ze op zijn arm leunde, of zijn brede rug onder dat bontwerk als ze dansten. Met droge ogen deed ze alles van de hand behalve zijn roodbruine jachtkostuum, en dat bewaarde ze voor een speciaal doel.

Want nu er geen geld was voor vlees, begon Simonetta zich te bekwamen in het gebruik van pijl en boog. De sport waarvan ze had genoten als een verzetje, een vaardigheid die paste voor een vooraanstaande dame, werd voor haar nu net zo noodzakelijk als voor de armste slaaf. Ze bracht uren achtereen door aan het raam van haar slaapkamer, nu niet huilend, maar met toenemende precisie pijlen afvurend op de amandelbomen. Toen ze er steeds beter in werd, liet ze de boomstammen met rust, waaruit nu net zoveel pijlen staken als uit de Heilige Sebastiaan, en kleurde ze met leem één noot rood, en dat werd haar schietschijf. Ze kleurde amandelen die steeds verder van het huis vandaan hingen tot ze een echte expert was geworden. Ze werd steeds bedrevener door te fantaseren dat ze op Spaanse soldaten schoot en soms in het geheim op die kunstenaar, die vent die ze maar niet kon vergeten. Zo, díé was voor zijn zilverkleurige ogen en díé voor zijn donkere krullen, en díé voor zijn irritante witte grijns die haar achtervolgde en haar kwelde met de herinnering dat die haar had verwarmd waar ze gedacht had voorgoed verkild te zijn. Soms dacht ze aan hem als ze, gekleed in Lorenzo's afgedragen jachtkostuum, door de bossen liep en valstrikken zette en de konijnen die ze ving de genadeslag gaf. Ze voelde een meedogenloze vreugde als ze de diertjes aantrof terwijl ze al worstelend zichzelf wurgden. Ze haalde met pas verworven behendigheid hun huid eraf en hun maag eruit. Terwijl de stralen warm bloed over haar blanke handen stroomden, genoot ze van het boosaardige plezier en haar hart werd gevoelloos in haar binnenste. Zoals de heidense waarzeggers las ze haar toekomst in de ingewanden. Wat eerst warm en sterk had geklopt, was nu gestold en koud. Ze richtte zich weer op en keek achterom over het open grasland. Glinsterende rijp bedekte de amandelbomen als verpulverde diamanten, en de laag staande winterzon verleende het pleisterwerk van de villa een rozige gloed. Ze keek naar het sierlijke, vierkante gebouw met de laatste restjes genegenheid die ze nog bezat. God had haar haar geliefde afgenomen; ze zou niet toestaan dat Hij ook haar huis afnam.

Ze nam de gewoonte aan de hele tijd Lorenzo's jachtkostuum te dragen. Ze hield maar een jurk, haar groene trouwjurk met goudborduursel, en die droeg ze niet één keer. Ze leek wel een jongen zoals ze door de bossen struinde, en des te meer vanwege haar grootste offer. Terwijl ze over de dode, rode herfstbladeren liep, dacht ze terug aan de avond waarop Rafaela haar haar had afgeknipt, en de schaar in haar oor had gefluisterd dat ze nooit meer mooi zou zijn. Ze had de rode strengen van de vloer geraapt en in vloeipapier gewikkeld om ze te verkopen in Florence, waar rood haar de mode was voor pruiken en haarstukjes. Het kon haar niet schelen. Ze kwam in opstand tegen de schoonheid die ze bezat, ze was blij toen haar blanke handen eeltig werden, blij dat ze haar pronkstuk kwijt was. Ze keek de dag voordat hij verkocht werd een laatste keer in haar zilveren spiegel, zag het haar dat hardnekkig charmant boven haar schouders en rond haar gezicht bleef krullen, maar verheugde zich erover dat *híj* haar nooit meer zou vragen of hij haar mocht schilderen.

Haar dis bevatte nu weinig aanbevelenswaardigs. Avondmaaltijden van konijn of eekhoorn, met de paar wortels die ze in het bos vond, waren haar troost. In betere tijden, toen de siertuinen met rozen en taxuslanen van Castello werden aangelegd, zou het nooit bij haar of Lorenzo zijn opgekomen dat ze misschien meer aan hun landerijen hadden gehad als ze er groenten hadden verbouwd. 's Avonds zat ze in elkaar gedoken bij het povere haardvuur van het hout dat Gregorio had gehakt, en zong ze zonder begeleiding de melodieën die ze altijd op haar luit had gespeeld voordat ook die verkocht moest worden. Wanneer ze haar ogen van alle inspanningen voelde dichtvallen, ging ze naar haar slaapkamer en rolde zich in de enige bontcape die ze had bewaard. Ze sliep gewoon op de stenen vloer, want het mooie ledikant van Engels eikenhout, het bed waarin ze haar huwelijksnacht had doorgebracht, was weg. De winterwind floot ongehinderd door de ramen naar binnen, want de medaillons van Venetiaans glas die ze daarin hadden aangebracht, waren ook verdwenen. De meeste nachten sliep ze van louter uitputting, maar de laatste dag van de maand lag ze wakker, want ze wist dat ze niet genoeg geld had om de volgende dag aan Oderigo te geven.

Geschokt door de veranderingen in de villa en de vrouw des huizes, moest Oderigo op een houtblok bij de haard gaan zitten, want zowel de tafel als de bank waren weg. Simonetta was vandaag niet alleen, maar werd geflankeerd door Rafaela en Gregorio, die klaar stonden om hun mevrouw te verdedigen of te beschermen als Oderigo boos werd. Hij telde de munten die ze hem zwijgend gaf. Hij hoefde haar niet te vertellen dat het er niet genoeg waren. Hij stelde zich tevreden met een blik op haar gezicht. Ze was magerder en harder geworden, maar niet minder mooi. De verandering in haar gedrag was groot, en maakte meer verschil dan het verlies van haar haar en de verandering in haar kledij. Hij vond haar de vorige keer toen hij wegging al mooi, en vandaag zou hij daar niet anders over denken. Zij nam als eerste het woord.

'Signor,' zei ze met haar pas verworven zelfvertrouwen, 'ik ga hier niet weg. Wat kan ik verder nog doen? Zegt u mij, waar kan ik hulp zoeken? Wat moet ik doen? Ik ben tot alles bereid.'

Oderigo opende zijn mond maar bedacht zich toen. Hij wist wel iemand die haar kon helpen, maar aarzelde als christen om hem aan te bevelen. Hij schudde onbedoeld zijn hoofd, maar zij zag het.

‘Wat? Wie?’ vroeg ze dringend. Ze liep naar de notaris toe en pakte zijn arm. ‘Ik weet dat u mij kunt helpen. Vertel me in godsnaam waar ik hulp kan vinden!’

Hij zuchtte. ‘Mevrouw. Ik weet inderdaad iemand die u kan helpen. Maar hij zal dat niet doen uit liefde voor uw God of de mijne, of welke God die wij kennen dan ook. Zijn naam is Manodorata.’

Simonetta hoorde Rafaela naar lucht happen en zag haar dienstmeid op de vloer zakken en haar schort over haar hoofd trekken. Ze wendde zich tot Gregorio, die snel een kruis sloeg terwijl zijn lippen een gebed prevelden. Onzeker, niet-begrijpend wendde Simonetta zich weer tot Oderigo.

‘Manodorata? Wie is dat? Kan hij mij helpen?’

‘Hij kan u helpen, mevrouw.’

‘Waarom zijn jullie daar allemaal zo huiverig voor? Wat voor soort man is het? Moet ik de duivel in eigen persoon om hulp vragen?’

Oderigo wilde haar deze keer niet aankijken. ‘Zoiets, mevrouw. Het is een jood.’

7

•

Manodorata

In de deur was een uitsnijding in de vorm van een ster. Een merkwaardige ster met zes punten, zo geconstrueerd alsof twee driehoeken over elkaar heen waren geplaatst en gedraaid zodat de punten naar buiten staken. Simonetta had nog nooit zoiets gezien, en even voelde ze nieuwsgierigheid in plaats van angst terwijl ze met haar vingers over de diepe groeven in de zware eiken deur streek. Er had op dit moment van alles door haar heen kunnen gaan, want sinds haar onderhoud met Oderigo Beccheria diezelfde ochtend was er veel waarover ze moest nadenken. Ze had haar dienstmeid en knecht moeten aanhoren, die in koor de man veroordeelden die in dit huis woonde, en zijn hele volk.

Simonetta was ooit een gelovig meisje geweest; ze was godvruchtig geweest tot afgelopen maand, toen ze was weggebleven uit de Santa Maria dei Miracoli. Ze zei tegen zichzelf dat ze niet meer naar de kerk was gegaan omdat ze te veel verdriet had om Lorenzo, dat ze het te druk had met het beheer van haar huis, en zelfs dat ze God haatte omdat Hij haar echtgenoot had weggenomen. Ze gaf nooit toe, ook niet tegenover zichzelf, dat ze bang was hém weer te zien.

Simonetta had niet de bedoeling God voorgoed de rug toe te

keren. Alleen kon ze op dit moment niet aan Hem denken, Hem niet prijzen. Ze had het gevoel dat ze weinig had om voor te danken en veel om voor te bidden, maar ze kreeg de indruk dat de Heer was opgehouden naar haar te luisteren. Maar volgens haar bedienden liep ze nu het gevaar voorgoed haar christelijke ziel te verliezen door om te gaan met een jood.

Nooit eerder had ze zo'n veroordeling, zo'n afkeuring gehoord. Nooit had ze zulke bittere woorden uit de mond van haar geliefde dienstmeid en haar aardige knecht gehoord. Want de joden waren kennelijk duivels. De mannen waren tovenaars, de vrouwen heksen. Ze waren afschuwelijk mismaakt, als straf voor de dood van Christus, waarvoor ze direct verantwoordelijk waren. Mannen en vrouwen hadden dezelfde geslachtsorganen, ze konden geen gemeenschap hebben zoals God dat bedoeld had, noch op een natuurlijke manier baren; maar ze spuwden hun baby's uit in bloederige blazen. Ze dronken bloed en vergastten zich aan het vlees van christenbaby's. Ze voelden de warmte van de zon niet en liepen in het duister rond maar nooit in het daglicht. Ze waren bedreven in magie en konden deugdzame christenen beheksen en vervloeken tot ze ziek werden en doodgingen. Ze gebruikten hun listen om grote rijkdom te vergaren door deugdzame, godvrezende mensen af te persen.

Dit was dus wat Simonetta kon verwachten. Maar er was nog meer. De man die zij om geld ging vragen, was de ergste van het zootje. Hij was werkelijk een verdorven creatuur. Hij had het gezicht van een duivel en het lichaam van een beer. Hij had een kwade tong en klopte hardwerkende mannen en vrouwen het geld uit de zak. En hij had letterlijk zijn rijkdom binnen handbereik, want hij had een gouden hand ('massief goud!' zei Rafaela), waarmee hij je kon doden zodra hij je aanraakte. Aan dit lichaamsdeel had hij de naam te danken waaronder hij bekend stond: 'Manodorata' of 'gouden hand'. Ze kon al met al het huis beter verlaten dan Castello financieren met dat verdomde goud van hem. Zelfs als hij hen hielp zou de woning hoe dan ook binnen een paar maanden geruïneerd zijn dankzij de woekerpraktijken van de joden, die in de Bijbel streng verboden werden. De rente zou fnuikend zijn.

Dat zeiden Rafaela en Gregorio terwijl ze hun meesteres dringend verzochten uit de klauwen van de jood te blijven. En toch wist ze dat ze moest gaan. Ze zou niet weten hoe ze Castello moest verlaten en opnieuw beginnen. Waar kon ze heen? Wat kon ze doen? De pest had haar familie weggevaagd, en die van Lorenzo ook. Bovendien begon ze op weg naar de jodenstraat in Saronno sterk het gevoel te krijgen dat, hoe jammerlijk haar omstandigheden ook waren, de strijd datgene was wat haar op de been hield. Dit overlevingsinstinct, waarvan ze niet had geweten dat ze het bezat, was haar enige verzet tegen haar andere neiging, namelijk overal een eind aan te maken door zich in Lorenzo's zwaard te storten. Als de jood haar levend wilde opeten, dan ging hij zijn gang maar. Als de God van de christenen haar niet kon helpen, dan was daar niets aan te doen. Dan moest de tegenstander het maar proberen.

Ze liet de ster voor wat hij was en klopte op de deur, hard genoeg om haar knokkels te bezeren. Ze hoopte en vreesde vervolgens dat er niemand thuis was. Maar ten slotte werd het sierhekje dat boven de ster in de deur zat, opengeschoven en verscheen er een paar ogen. Simonetta schraapte haar keel en zei wat haar was opgedragen. 'Mijn naam is Simonetta di Saronno, en ik ben hier in verband met Oderigo Beccheria.'

Het hekje schoof weer dicht en ze had al bijna de hoop opgegeven binnengelaten te worden, toen de deur met een krakend geluid openging. Daar stond de vrouw van de ogen, gekleed in een paarsrood gewaad met gouden sieraden die kostbaarder waren dan degene die ze zelf had verkocht. Simonetta dacht dat zij de vrouw des huizes was, tot ze haar voorging naar binnen. Simonetta verbaasde zich terwijl ze achter het dienstmeisje aan liep, over koele binnenplaatsen waar fonteinen ruisten, onder sierbogen en tussen hoge slanke pilaren door. Alles was gekleurd en versierd met eigenaardige maar regelmatige vormen, maar het resultaat was smaakvol en niet opzichtig. Het was warm in het huis hoewel het heel groot was, en er hing een kruidige wierookgeur. Het was allemaal heel vreemd en overvloedig en erg aanlokkelijk. Ze was werkelijk een weelderige en onbekende wereld binnengegaan.

Simonetta begon opnieuw bang te worden omdat ze terugdacht aan de verhalen van haar bedienden, en ze had het gevoel dat ze de muil van de leeuw binnenstapte. Maar ze zag iets wat haar weer moed gaf: door een poort links van haar ontwaarde ze twee blonde jongetjes die met hun kindermeisje speelden. De vrouw droeg drie lange donkere vlechten en een scharlakenrode jurk, en rolde een zilveren bal van het ene naar het andere jongetje. In de bal zat een belletje en het gelach van de jongens klonk als het gerinkel van dat belletje. Simonetta keek glimlachend naar het tafereel. Het gelach van de kinderen en de liefdevolle blikken van het kindermeisje gaven haar moed. De joden hielden kennelijk ook van hun kinderen.

De angst keerde echter weer terug toen ze verder het huis in werd gebracht en ze aan een werktafel een figuur zag zitten die schreef met een ganzenveer. Simonetta's idee dat ze echt een andere wereld was binnengestapt werd alleen nog maar versterkt toen haar gespannen brein registreerde dat de figuur in een grootboek van rechts naar links zat te schrijven en niet zoals de christenen van links naar rechts. En de zwarte letters waren ook heel anders dan de letters die zij had geleerd van de nonnen in het klooster in Pisa van wie ze onderwijs had gekregen. De man leek, zoals hij over zijn werk gebogen zat, een omvangrijk lichaam te hebben en hij droeg een *beretto all'antica* in Milanese stijl, waarbij zijn gezicht in de schaduw bleef van het fluwelen hoofddeksel. Was dit nu de duivel met wie zij kwam dansen? Ja, want het dienstmeisje nodigde haar uit in een stoel van goud filigraan tegenover de figuur plaats te nemen. Hij bleef de ganzenveer hanteren met een hand die eruitzag als die van de meeste mensen, en zijn grote gestalte was gezichtsbedrog, want hij droeg binnenshuis een zware bontcape, maar Simonetta begon huiverig te worden voor datgene wat ze zou zien als hij van zijn werk opkeek. Ten slotte legde Manodorata zijn pen terzijde en keek zijn bezoekster aan. Hij had tegen alle verwachtingen in niet het gezicht van de duivel, maar wel iets beangstigends. Hij had koele grijze ogen die heel schrander heen en weer flitsten. Hij had ongewoon volle lippen, maar zijn mond had iets gevaarlijks. In een tijd dat een gladgeschoren gezicht in de mode was, droeg hij een baard die was geolied en in een messcherpe punt geknipt. Zijn haar en baard waren donker maar zijn gezicht leek oud: hij had vijftig of ouder kunnen zijn. Toen hij begon te praten, was dat in vloeiend Milanees, maar met een accent waaruit bleek dat hij over het algemeen gewend was een andere taal te spreken.

'U komt zaken afhandelen voor mijn vriend Beccheria? Maar misschien moet ik hem geen vriend noemen; maar ook geen vijand. Hij kan me net zo goed in mijn gezicht spugen als dat hij me om geld vraagt. Hij is er nog niet uit wat hij van me moet denken. Maar zoals de meeste christenen meent hij dat zakendoen een vies woord is. Dus ik vermoed dat u voor eigen rekening bent gekomen.'

Simonetta was in verlegenheid gebracht doordat hij haar al zo snel doorhad. Ze zag wel dat de jood niet met zich liet spotten. 'Ik ben gekomen om hulp te vragen,' zei ze eenvoudigweg.

'Dan hebt u uw tijd verspild. En de mijne.' Manodorata pakte zijn ganzenveer weer op en gebaarde naar zijn dienstmeisje dat ze zijn bezoekster moest uitlaten. Simonetta stond op en terwijl de ganzenveer begon te krassen, sprak ze met klem. 'Alstublieft. Misschien raak ik mijn huis wel kwijt.'

'Ik zie wel dat u niet gewend bent voor uzelf te pleiten. De kunst is te appelleren aan iets waar ik werkelijk in geïnteresseerd ben. Probeer het nog eens.'

'Ik heb mijn man verloren.'

'Beter, maar nog niet goed genoeg.'

Simonetta liet haar hoofd hangen en ademde diep uit alsof het haar laatste ademtocht was. Ze sprak zachtjes, bijna in zichzelf. 'Dan is het een uitgemaakte zaak. Het is met mij gedaan. De Spanjaarden hadden net zo goed ook mij kunnen vermoorden.'

De ganzenveer stopte. 'De Spanjaarden?'

'Ja. In Pavia.'

'Hebben de Spanjaarden uw man gedood?'

'Ja.'

Manodorata wees met de ganzenveer naar de stoel. 'Ga zitten.'

Simonetta ging zitten terwijl haar hart hoopvol bonsde.

'Ziet u, signora di Saronno, u hebt het door. Uw toestand raakt me niet maar u hebt iets gezegd wat mijn interesse wekt. We hebben iets gemeen, ziet u. Ook ik haat de Spanjaarden. En ik mag graag denken dat ik het recht heb daar iets over te zeggen, dat mijn mening niet berust op geruchten of vermoedens.' Hij keek haar aan met zijn lichte grijze ogen en ze had het ongemakkelijke gevoel dat hij precies raadde wat haar over hem was verteld.

Ze vond haar stem terug. 'Kent u dat volk goed?'

'Dat zou ik denken. Ik bén namelijk een Spanjaard.'

Het duizelde Simonetta. 'Werkelijk?'

'Ja. Ik ben niet altijd Manodorata genoemd. Ik ben in Castilië geboren als Zaccheus Abravanel. Maar desondanks haat ik ze. Want ze hebben ook mij iets afgenomen waarvan ik hield. In mijn geval mijn hand.'

Hij hield de hand omhoog die onder de schrijftafel verborgen was geweest, en Simonetta moest er wel naar staren. Het was inderdaad een gouden hand. Hij glansde in het licht dat door de versierde ramen naar binnen scheen. Ze keek er nieuwsgierig naar. Omdat hij zag dat ze geïnteresseerd was, stak hij de hand naar haar uit. Hij was massief en de vingers waren op vernuftige wijze gemodelleerd. Er zaten zelfs nagels op de vingers en aan de binnenkant liepen er lijnen over de handpalm. Daar zat ook, precies in het midden, waar iemand een munt zou kunnen drukken, dezelfde ster die ze op de deur had gezien.

'Wat vindt u ervan?'

''t Is prachtig gemaakt.'

'Zeker. Misschien beter dan uw eigen hand, want ik zie dat u drie vingers van gelijke lengte heeft, een fout die een handwerksman niet zou maken. Deze is niet door God gemaakt maar door een paar van mijn Florentijnse broeders. Ik heb er veel aan gehad. En het is het enige verhaal dat ze over me vertellen dat waar is.'

Simonetta voelde een blos over haar wangen trekken.

'Wat hebben ze nog meer gezegd? Dat ik baby's opeet?'

Ze keek naar de grond.

'De rest kun je een verstandig mens makkelijk uitleggen. Misschien lijk ik op een beer, maar dat komt doordat ik de hele tijd een bontjas draag, want ik ben gewend aan een warmer klimaat. Ik ben niet geïnteresseerd in mensenvlees. Ik heb een vrouw en twee zoons van wie ik zielsveel hou. Misschien hebt u ze zien spelen.'

'Uw vrouw?'

'Rebecca. En mijn zoons Evangelista en Giovan Pietro. Bent u verbaasd?'

'Alleen omdat ze zo samen spelen. In vooraanstaande... christelijke families zorgen kindermeisjes de hele tijd voor de kinderen. Ik heb mijn moeder nauwelijks gekend.' Ze verbaasde zichzelf met deze bekentenis.

'Dan zijn zulke families misschien niet zo vooraanstaand. Ik hoor dat zelfs de christelijke koning François, die in Pavia gevangen is genomen, zijn twee zoons in zijn plaats als gijzelaars heeft aangeboden.' Een kritisch gesnuif was voldoende om zijn afkeuring jegens het gedrag van de koning te laten blijken. 'Wat mijn rijkdom betreft, die heb ik op eerlijke wijze vergaard, enkel omdat ik in staat ben de beginselen van het bankwezen en de grondregels van de Arabische wiskunde te begrijpen. Wat me weer bij uw problemen brengt.'

Simonetta werd door deze openhartigheid bemoedigd en legde uit in welke situatie ze verkeerde. Terwijl hij luisterde, streek Manodorata met zijn gouden hand zijn baard glad, alsof hij de haren ervan met zijn onechte vingertoppen kon voelen. Toen ze klaar was, bleef hij even zwijgen, en Simonetta vroeg zich af wat hij zou gaan zeggen. Hij verraste haar.

'Ik denk dat ik een bezoek moet brengen aan uw landgoed. Om te beginnen moet u het mij als onderpand schenken voor het geval dat u niet in staat bent mij te betalen.' Ze wilde protesteren, maar hij stak zijn hand op om haar het zwijgen op te leggen. 'Dat is een normale gang van zaken. Maar verder kan ik misschien iets bedenken om de zaak rendabel te maken. Zie je, om het huis te houden moet u misschien iets met het land doen, en ik moet kijken of daar een mogelijkheid voor is. Ik kom over een week bij u langs, maar wel op een voorwaarde. Vóór die tijd moet u zelf wat geld hebben verdiend. Het behoort ook tot de normale gang van zaken dat u mij een bedrag, of geleende som, schenkt voor mijn hulp. Ik zie wel dat u van adel bent en niet gewend te werken, maar u moet werken, wil ik u gaan helpen.'

'Maar hoe dan? Wat u vraagt is onmogelijk! Als ik aan geld zou kunnen komen, zou ik hier niet zijn.'

'Denk goed na. Is er geen manier mogelijk, heeft zich geen gelegenheid aan u voorgedaan? Gebruik uw verstand, want ik help alleen mensen die zichzelf helpen.'

Natuurlijk wist ze het nog. De laatste woorden waarmee *híj* haar had bestookt en die ze toen zo weerzinwekkend had gevonden; de mededeling dat ze betaald zou worden, wat voor een vooraanstaande dame zo beledigend was, kon nu haar redding worden. 'Er was... een man die me wilde schilderen. Voor de kerk, hier in Saronno. Maar het was al een tijdje terug. Ik ben... veranderd. Misschien wil hij me nu niet meer schilderen.' Ze dacht dat ze even een geamuseerde blik in de ogen van de jood zag, hoewel zijn mond onbewogen bleef.

'Ik doe niet aan galanterie, signora, maar ik kan u wel verzekeren dat elke man die u heeft gezien, u zou willen schilderen als hij dat kon.' Hij stond plotseling op, het gesprek was ten einde. 'Ik laat het aan u over een beslissing te nemen. Kom over een week terug, met het geld voor uw lening, of helemaal niet.' Hij stak zijn gouden hand uit en zag haar aarzelen voordat ze hem pakte.

Hij voelde verrassend warm aan, het metaal was duidelijk verwarmd door de stomp waaraan het vastzat. Hun blikken kruisten elkaar en Simonetta zag meteen dat hij tijdens dat moment van aarzeling had geraden wat haar verteld was. Voor het eerst in hun gesprek glimlachte hij echt en het veranderde zijn gezicht. 'Maak u geen zorgen, signora,' zei de man die ze Manodorata noemden, 'het betekent niet het einde.'

8

Amaria ontwaakt

Toen Selvaggio uiteindelijk zijn ogen opende, zag hij alleen maar hout.

Eerst kon hij zijn ogen niet bewegen. Het hout was twee centimeter van de punt van zijn neus verwijderd. Glad, versleten, glanzend van ouderdom. Hij kon even niet naar links of rechts kijken en staarde dus met knipperende ogen recht voor zich uit. Hij zou wel in zijn doodskist liggen. Hij zou wel dood zijn.

Hij verwachtte niet dat het zo zou voelen om dood te zijn. Als hij dood was, waarom kon hij dan nog voelen? Waarom had hij een brandende pijn in zijn borst en buik? Hij probeerde zich te bewegen; het lukte niet. Hij kon beter stil blijven liggen en naar zijn kist kijken. Uitrusten. Hij volgde met zijn ogen de nerf in het hout, mooie, vloeiende lijnen, als een landschap in het klein. Flauwe hellingen en lange vlakke stukken vredig, vruchtbaar land. Of de golven van een kalme zee, eendrachtig rijzend en dalend, nu en dan onderbroken door donkere vissen die de knoesten waren. Hij voelde hoe de textuur hem aantrok, hem insloot. Hij werd een met het landschap. Stof zijt gij. Hout was mooi, waarom had hij dat niet eerder gezien? Waarom zag hij het nu pas, nu hij in zijn doodskist lag, misschien al in een graf gelegd?

Nee, hij kon niet onder de grond liggen, want er kwam ergens licht vandaan, licht dat pijn deed aan zijn ogen. En ook was er ergens, voorbij het landschap of aan de overkant van de zee, een boze vlieg die zoemde en tegen een raam aan stuiterde in een poging naar buiten te komen, en ook zat opgesloten.

Met bovenmenselijke inspanning bewoog Selvaggio zijn ogen van links naar rechts terwijl zijn hoofd bonsde. Ondanks de daverende, brandende hoofdpijn kon hij zich nu oriënteren: hij lag op een lange, met stro beklede tafel. Het stro kriebelde aan zijn neus, de onderlaag was op sommige plekken goudkleurig, op andere zwart van het bloed. Zijn bloed. Hij lag op zijn zij, met zijn gezicht een paar centimeter van de muur; het hout dat hij eerst had gezien, was de onderlaag van het gevlochten rijswerk dat kriskras over de bepleisterde lemen panelen liep. Hij probeerde te roepen, om hulp te halen, maar er kwam geen geluid uit zijn kurkdroge mond. Angstzweet parelde op zijn bovenlip, en zijn voorhoofd werd klam. Hij kon zich helemaal niets herinneren; niet hoe hij hier gekomen was of wat er met hem gebeurd was, noch waar hij vandaan kwam of wat voor leven hij had gehad. Zijn geheugen reikte niet verder dan het hout dat hij had gezien toen hij wakker werd; hij was als de schoongeveegde lei van een schooljongen; een pasgeboren baby. Hij wist dat hij zich vergist had toen hij dacht dat hij in een doodskist lag; het hout was voor hem een begin en geen einde. In den beginne was er hout. En toch moest er iets vóór die tijd zijn geweest; zoals ook het hout waarvan de muur was gemaakt ooit een boom was geweest die in een bos had gestaan, in een ander leven, op een andere plek. Hoe kon hij weten van zeeën en vissen en doodskisten en zo, als hij zijn eigen naam niet wist? Hoe kende hij de woorden voor alles wat hij zag en voelde, terwijl hij nog geen lettergreep kon zeggen? Hij wist alles en toch wist hij niets. Hij zag alles maar kon niks zeggen.

Het vat van zijn bewustzijn, dat elk moment opbolde als pas geblazen glas, zat al boordevol vragen. Hoe kwam hij hier? Waarom lag hij? Waarom op zijn zij? Selvaggio rolde zich op zijn rug en wist meteen waarom; hij werd onmiddellijk doorboord door duizenden scherpe punten alsof hij op een klaarstaand spijkerbed was gerold. Met een ondraaglijke pijn alsof hij een gespietste vis was, rolde hij de andere kant op en viel op de grond. Door het geluid gealarmeerd kwam Amaria aangerend.

Toen Amaria haar hand op Selvaggio's voorhoofd legde, wist ze dat hij buiten gevaar was. Een dag en een nacht had hij op hun tafel op zijn laag stro liggen slapen; ze hadden de tafel tegen de muur aan geschoven zodat hij er niet zo gauw af zou rollen als hij wakker werd. En hij werd niet wakker; al die negen keren niet dat de torenklokken van de Duomo hadden geslagen. Hij merkte niet dat zijn verband werd verwisseld en voelde niet de pijn van de bijtende zalf die Nonna in zijn wonden wreef. Hij hoorde niet dat Amaria op het vuur de polenta klaarmaakte, nee, zelfs niet dat ze de kookpot liet vallen. Maar toen ze haar vingers op zijn hoofd legde, daar op de vloer waar hij lag, wist ze dat hij in leven zou blijven.

Amaria zei tegen zichzelf dat ze wilde kijken of hij nog koorts had. Maar in werkelijkheid wilde ze zijn warme huid weer voelen. Toen hij haar aankeek, deinsde ze schuldbewust terug, maar glimlachte daarna. Zijn mond glimlachte niet terug, maar zijn ogen wel. Ze ging gauw Nonna halen.

Nonna stond op het erf met haar stok de kippen weg te jagen. Ze bromde toen ze hoorde dat de wilde wakker was, maar heimelijk ging haar hart open. Sinds hij voor de eerste keer even wakker was geworden toen ze hem naar huis hadden meegenomen, had ze zichzelf niet toegestaan iets te voelen, voor het geval dat hij achteruit zou gaan en hun ontnomen zou worden. Ze had zich stilgehouden en niets laten merken. Maar nu ze zich achter haar druk babbelende kleindochter naar binnen haastte, kon ze nauwelijks doen alsof het haar onverschillig liet. Ze trof de man al steunend op één elleboog aan, en de twee vrouwen tilden hem elk aan een arm omhoog om hem weer op zijn geïmproviseerde bed te helpen. Amaria legde als steuntje een opgerolde schaapsvacht achter zijn schouders, en tilde, aan één stuk door pratend, de polenta van de haard.

'Nonna, hou jij zijn hoofd vast. Kun je je hoofd stilhouden? Kun je je mond opendoen? Neem hier wat van. 't Zal je goeddoen. Nonna, veeg zijn kin af. 't Is gewoon polenta, maar ik heb haar verdund met een beetje geitenmelk en olijfolie en lekkere Parmezaanse kaas. We hebben een stukje reggiano, in canvas gewikkeld, in de provisiekast liggen, juist voor speciale gelegenheden zoals *Pasqua* en Kerstmis en Sint-Ambrosius. Hij is onze heilige, weet je, ik bedoel: de heilige van Lombardije, de heilige van Milaan. En mijn speciale heilige, want ik heet net als hij. Maar die Parmezaanse kaas, ik dacht dat die je wel goed zou doen. Wanneer iets zo lekker smaakt, moet het wel goed voor je zijn, toch? Ik denk dat we vanavond een kip slachten. Misschien toch, Nonna? Ik denk dat het goed voor je zou zijn, want onze kippen zijn de beste van Pavia, nietwaar, Nonna?'

'Absoluut.'

'Hoe dan ook, ik denk dat je van een lekkere kippensoep zult opknappen. En misschien vind ik morgen wel een paar wortels in het bos, en misschien wat rozemarijn voor de polenta. Rozemarijn is een heel heilzaam kruid, en ik heb wel een beetje verstand van die dingen. Nonna zegt altijd dat ik net de *medico* ben, zo'n hoge dunk heeft ze van mijn medicijnenkennis.'

'Zoiets heb ik nooit gezegd.'

'Vraag het anders maar aan Silvana. Zij is mijn vriendin, weet je. Ze had vorig voorjaar zo'n buikkramp dat we dachten dat ze eraan dood zou gaan, maar mijn saliewater heeft haar van een wisse ondergang gered. 't Is waar dat haar huid een weeklang al helemaal gelig was en haar tong was een beetje gezwollen, maar achteraf voelde ze zich beter dan ooit.'

'Alleen jammer dat haar tong niet voorgoed onbruikbaar is geworden. Dan was ze echt genezen geweest, want ze praat bijna net zoveel als jij, Amaria.'

'Goeie genade, ik ben vergeten je te vertellen hoe ik heet! We hebben nog niet echt kennisgemaakt. Ik ben Amaria Sant'Ambrogio en dit is mijn Nonna. We hebben je gevonden in het bos. Je was er vreselijk aan toe, maar we hebben goed voor je gezorgd en nu zie je er een stuk beter uit. Vind je niet dat hij vooruit is gegaan, Nonna?'

'Toch is er beslist nog een zeker risico.'

'Kun je ons zeggen hoe je heet? Kom je uit Milaan?'

Nonna had genoeg gehoord. 'Gezegend zij de Heilige Ambrosius, kind, maar hoe kan die jongen praten met een lepel polenta in zijn mond en dat geratel van jou in zijn oren? Gun hem even een adempauze; aan ruimte en rust heeft hij meer dan aan al die aansporingen van jou.'

Beide vrouwen keken vol belangstelling naar de zieke. Hij had een klein beetje gegeten en hield hen tijdens hun hele woordenwisseling nauwlettend in de gaten. Hij keek geamuseerd. Hij scheen hen te begrijpen en hij opende zijn lippen een beetje om iets te zeggen, maar er kwam geen geluid. Hij leek onthutst omdat hij niet kon praten en begon zich in te spannen, maar Nonna zei: 'Maak je niet druk. Er is nog tijd zat om over zoiets na te denken. Wanneer je voldoende hebt gegeten en bent aangesterkt, zien we wel verder.'

Amaria kon niet lang haar mond houden. Ze keek hem aan en sprak nu langzamer. 'Maar je begrijpt ons wel?' vroeg ze. 'Spreek je Milanees? Kun je ja of nee knikken?'

Selvaggio knikte zwakjes en leek een beetje achteruit te zakken op de schaapsvacht. Nonna zag het gebeuren. 'Laat hem met rust, kind. Ga maar een van de kippen slachten, de rode hen lijkt me geschikt. Dan kan deze jongen een poosje rusten en maken we straks een soepje.'

Toen Amaria weg was, streek Nonna de sprei van de wilde glad en intussen sliep hij alweer. Ook zij zou al het mogelijke doen om hem te genezen, maar nu ze wist dat hij in leven zou blijven, had ze geen haast meer. Want wanneer hij opknapte en ging praten, zouden er vragen komen en antwoorden en plannen en maatregelen; en uiteindelijk zou hij naar huis moeten gaan, naar waar hij thuis hoorde. Nonna luisterde naar Amaria's wegstervende voetstappen en greep toen Selvaggio's hand. Ze vouwde zijn eeltige zwaardhand in haar knoestige oude vingers en hield hem vast zoals ze Filippo's hand had vastgehouden voordat hij ten strijde trok. Nonna wist weinig van de wilde man, maar ze wist wel dat ze niet wilde dat hij wegging.

Amaria was blij dat ze naar buiten kon gaan: ze was opgetogen, en vastbesloten haar Selvaggio beter te maken. Ze begon de rode hen over het erf achterna te zitten, waarbij ze haar rokken omhoog hield, roepend en schreeuwend als een kind. Toen stopte ze plotseling. Ze mocht geen lawaai maken: ze zou Selvaggio in zijn slaap kunnen storen. Ze liet haar rokken tot een fatsoenlijke hoogte zakken en begon langzamer te lopen. Ze streek haar haren glad en stopte losse plukken achter haar oren. Ze had een opdracht, een verantwoordelijke taak en die moest ze goed uitvoeren. Amaria had nooit eerder voor iemand hoeven te zorgen; zij was Nonna's project geweest, haar geliefde kleindochter, en ze was verzorgd en gekoesterd als een jonge bloem. Ondanks hun armoe had Nonna ervoor gezorgd dat Amaria nooit iets tekortkwam: door haar altijd de mooiste stukjes te geven van het weinige vlees dat ze hadden of het kapje van het brood of het laatste beetje wijn. Nonna had zelfs geprobeerd afstand te doen van haar eigen bed ter wille van Amaria toen het meisje te groot werd voor haar onderschuifbed; hun enige slaapkamer was een kleine dakkamer boven aan een wenteltrap, die werd verwarmd door het haardvuur beneden; maar dat had Amaria geweigerd uit respect voor haar grootmoeders leeftijd en behoefte aan een comfortabel bed, en zij sliep opgerold in een schaapsvacht op de grond.

Amaria was als enig kind opgegroeid zonder ooit te hoeven toegeven aan een veeleisende broer of zus of zich op een of andere manier zelf te hoeven redden. Ze was hooguit verantwoordelijk geweest voor de zorg voor deze kippen die nu aan haar voeten liepen te pikken en te krabbelen. Ze had ze als kinderen behandeld, ze waren haar poppen geweest in een huis waar geen geld was voor speelgoed. Ze had zich altijd omgekeerd als Nonna er een slachtte voor in de kookpot. En nu was de rode hen, haar lievelingsdier, aan de beurt; en zij moest hem doden. Zonder veel omhaal dreef ze de stomme, nietsvermoedende vogel in het nauw en ving haar in haar rokken. Nonna had haar nooit eerder gevraagd een van de kippen te doden, maar vandaag was het anders; iemand anders verkeerde in nood, en Nonna eiste dat Amaria klaarstond als het echt nodig was. En dat zou ook gebeuren. Ze pakte de rode hen met beide handen vast en draaide haar nek om.

Terwijl ze terugliep naar het huis, met de warme vogel aan haar handen bungelend, hield ze haar hoofd wat meer geheven. In die korte tijd op het erf was ze volwassen geworden. Nonna had voor haar gezorgd; goed. Zij, Amaria Sant'Ambrogio, zou voor Selvaggio zorgen.

9

•

De wonderen van de ongelovigen

Toen pater Anselmo keek hoe Bernardino aan het werk was, dacht hij dat hij getuige was van een wonder. Zijn taak was in deze roerige tijden vaak zwaar en hartverscheurend, dus wanneer hij niet bezig was aalmoezen aan de armen te geven, de nabestaanden te troosten of begrafenisdiensten te leiden voor de gesneuvelde soldaten, ging hij om zichzelf op te vrolijken kijken hoe Bernardino de witte muren van zijn kerk aanpakte en tot leven bracht. De priester keek toe terwijl Luini, vlijtig als een wasvrouw, de muren schoonmaakte met water en azijn. Anselmo was erbij toen Bernardino met een touw en een stok rondstapte en metingen verrichtte die hij direct op de muur aangaf. Hij was erbij toen Bernardino de pleisterkalk die hij als basis gebruikte, mengde met kalk en eiertempera. Hij was erbij toen het eerste wonder gestalte kreeg: met grote houtskoolstrepen werden de contouren getekend; uit de zwarte vegen ontstonden wonderbaarlijke zwart-wit afbeeldingen van heiligen en zondaren, engelen en duivels, apostelen en ketters. En wat een wonderen aanschouwde Anselmo ten slotte toen de kleuren toegevoegd werden! Hij keek toe terwijl Bernardino eerst zijn schaduwen aanbracht met een dikke laag zuivere kleur. Krachtig rood, blauw, groen en goud, kleuren waarvan Anselmo niet wist dat ze in Gods spectrum voorkwamen! Bernardino maakte zijn verf zelf zoals Da Vinci het hem had geleerd, met gebruik van natuurlijke vruchten, maar zag je ooit zulke heldere kleuren in de natuur? Zelfs de fleurigste bloem of de bontste papegaai zou verbleken bij het werk van Bernardino! En daarna werd, om het beeld helderder te maken, dezelfde kleur, gemengd met een beetje wit, in een dunne laag aangebracht voor lichtere accenten. En wat verschenen er dan een zachte, gedempte, pure pasteltinten: het lichte blauw van een zomerlucht, de fletsrode kleur van een roos en het glanzende geel van een eierdooier. Nog nooit had Anselmo zulke taferelen gezien, zo zorgvuldig afgewerkt, zo warm van kleur. Zulke wonderen schilderde Bernardino, terwijl hij gevaarlijk stond te balanceren op een gammele stellage van planken en touwen, waarbij zijn penselen en paletten om hem heen hingen in een ingenieus geheel van gordels en riemen. Bernardino werkte in alleen een hemd en een broek, en het hemd vertoonde algauw net zoveel kleuren als gebrandschilderd glas, aangezien Bernardino ongeduldig zijn vingers aan de stof afveegde. Op warme dagen trok hij onder het werken met een snelle beweging het hemd uit wanneer hij het te heet kreeg. Bij zulke gelegenheden kwamen die stammentekens rechtstreeks op zijn huid terecht, en zijn spieren brachten ze tot leven als het verenkleed van een paradijsvogel.

Wanneer de mis werd opgedragen liep Bernardino elke dag zenuwachtig achter de kerk heen en weer terwijl de gemeente zat te gapen naar de halfafgemaakte kunstwerken die tevoorschijn kwamen. Luini nam nooit deel aan zulke godsdienstige plechtigheden, antwoordde nooit bij de beurtzang en knielde nooit in gebed; hij verlangde alleen naar het einde van het ritueel zodat hij kon doorgaan. Het was voor Anselmo een raadsel hoe Luini zulke heilige taferelen kon schilderen en zijn figuren zulke innemende gezichten kon geven met zo'n intense, hartstochtelijke devotie zonder dat hij zelf geloofde. In feite waren zijn ideeën, om het vriendelijk uit te drukken, traditioneel, en, om het cru te zeggen, heidens. Anselmo zat zo vaak bij Luini als die aan het werk was, en ze spraken zoveel met elkaar dat de priester begon te geloven dat hij misschien in staat zou zijn een klein beetje invloed op zijn nieuwe vriend uit te oefenen. Hij voelde zich tot de man aangetrokken: zo getalenteerd en toch zozeer de weg kwijt, een schepsel van God en toch een vreemde voor Hem. Kortom, hij wilde Bernardino's ziel redden, en Bernardino door zijn lessen enig begrip geven van de goddelijkheid van de mens en zijn werk. Daarin zou hij volkomen teleurgesteld worden.

'Bernardino, Sint Hiëronymus was van mening dat de schilderkunsten de meest goddelijke van alle kunsten zijn, omdat ze de ogen van de gelovigen omhoog, naar God lokken.'

Bernardino glimlachte en ging door met schilderen. Hij kende het spelletje onderhand en wist wat hij moest antwoorden. Anselmo zou proberen Luini de weg te wijzen, en Luini zou een poging doen Anselmo te choqueren, en bij beiden zou dat volkomen mislukken. 'In het oude Rome probeerden de schilders van Caesar de essentie van een orgie op zijn friezen vast te leggen door slaven voor hun neus te laten copuleren.'

Anselmo probeerde het opnieuw. 'In het Vaticaan hangt een schilderij van de Maagd dat zo doordrongen is van goddelijkheid dat ze echte tranen huilt om de zonden van de mens. Dit is maar een voorbeeld van hoe een talent als het jouwe de levens van de gelovigen kan veranderen, als zulke werken worden geschilderd met een godvruchtig hart.'

'De oude Maya's metselden in de fundering van hun tempels levende maagden in. Toen zijn er ook heel wat tranen vergoten.'

'In Constantinopel hangt een schilderstuk van de bruiloft in Kanaän waarop echte wijn vloeit. Het is geschilderd door een monnik die het wonder toeschrijft aan zijn eigen geselingen en boetvaardige gebeden.'

Bernardino draaide zich om op zijn plank, die gevaarlijk wiebelde. Hij stak zijn penseel achter zijn oor en nam een slok uit een leren waterzak die aan zijn middel hing. Hij keek met liefdevolle blik naar de mollige priester daar beneden, die hem al vele dagen en uren gezelschap had gehouden. 'Wilt u daarmee zeggen, *padre*, dat als ik vroom zou worden, ik beter zou gaan schilderen?'

Anselmo ging op de treden van het koor zitten, en zijn geschoren kruin verdween toen hij zijn hoofd hief naar zijn vriend die daar ergens boven hem hing. 'Werkelijk, mijn zoon, je bent buitengewoon getalenteerd. Maar ik vrees voor jouw eigen ziel. En misschien treedt er zelfs in jouw werk toch een verbetering op, want alleen God creëert volmaaktheid.'

'Onzin. Mijn werk is al volmaakt. U verspilt uw tijd,' reageerde Bernardino ongeduldig. 'Schilderen komt dichter in de buurt van wetenschap dan van religie. Een schilder die geen perspectief gebruikt is als een letterkundige zonder grammatica. Ik kijk in afmetingen en vergelijkingen; ik heb geen spirituele steun nodig. Ik vind troost in een goede wijn, en de hemel in de armen van een slechte vrouw.' Hij smakte met zijn lippen van genot. 'Is dat het doel van deze godsdienstlessen? Mij bekeren?'

Anselmo glimlachte. 'Waarom zou ik anders komen? Niet vanwege jouw gezelschap, dat is zeker.'

Bernardino keerde terug naar de figuur van Sint Agatha. 'Ik nam aan dat u hier was om naar de vrouwelijke gestalte te staren, zoals schunnige priesters nu eenmaal doen. Maar dan komt u bedrogen uit: morgen krijgt Sint Agatha een lange jurk aan en dan is er niets meer te zien voor uw wellustige ogen.'

Anselmo schudde zijn hoofd. Hij kon Bernardino niet toevertrouwen dat naar zijn mening de mannelijke gestalte heel wat aantrekkelijker was dan de vrouwelijke. Maar voor hem waren zulke vergelijkingen louter esthetisch, omdat de vleselijke geneugten hem vanwege zijn priesterschap verboden waren. Hij was gelukkig in zijn ongehuwde staat, maar hij wist dat Bernardino dat niet was. Door dit soort overpeinzingen moest hij denken aan

Simonetta di Saronno, en haar verontrustende afwezigheid bij de mis. Hij hoopte dat het niet te maken had met Bernardino's ongepaste gedrag tijdens haar laatste bezoek. Misschien moest hij naar villa Castello gaan en haar thuis de biecht afnemen als ze daarvoor voelde.

Bernardino merkte dat het stil bleef. 'Hé, geen bijbelles meer voor vandaag? Mag ik naar huis, meester?'

Anselmo had geen zin om opnieuw Luini's belangstelling voor de weduwe te wekken door te vertellen in welke richting zijn gedachten gingen, en daarom zocht hij naarstig naar iets wat hij kon zeggen. 'Ik stond alleen het werk te bewonderen,' zei hij. Toen werd zijn aandacht getrokken door een grote lege ruimte in het presbyterium van de *Cappella Maggiore*, die maagdelijk wit was en nog niet met houtskool bewerkt. Er was nog geen spoortje te zien, er waren nog geen spijkers en touwtjes die Bernardino als hulpmiddel op de muur aanbracht, geen contouren van houtskool. Niets. 'Waar is die ruimte voor bedoeld, Bernardino? Ben je door je materiaal heen? Want ik heb van de kardinaal instructies gekregen je geld voor te schieten, mocht je dat nodig hebben.'

Bernardino sprong van zijn steiger af, terwijl hij zijn vingers aan zijn borst afveegde, waardoor de haren die daar groeiden helderrood kleurden. Hij staarde naar de lege ruimte naast de priester. 'Nee, daar komt *De aanbidding van de Drie Koningen*.'

'En je hebt nog geen zin eraan te beginnen?'

'De Maagd staat in dit stuk centraal. Bij de geboorte van haar zoon is ze op haar glorierijkst en mooist. Dus ik wacht op Simonetta.' Bernardino staarde naar de muur alsof hij het fantastische dat daar op een dag zou komen, al voor zich zag.

Anselmo zuchtte, en toen hij sprak, was dat op een afgemeten toon, als tegen een kind. '*Signora* di Saronno gaat niet voor jou model staan. Ze is hier niet meer geweest sinds jij haar de laatste keer hebt beledigd.'

'Dat komt doordat ze verliefd op me is.'

De priester snoof spottend. 'Je hebt nogal een hoge dunk van jezelf. Je zit jezelf op te blazen en beledigt die dame en de nagedachtenis aan haar man. Ik adviseer je haar uit je hoofd te zetten.'

Bernardino begon zijn handen af te vegen aan een oude lap. Hij schonk Anselmo zijn wolvengrijns. 'Zij zou me zeker kunnen opblazen. Ze komt terug. En ze gaat voor mij model staan. U zult zien.'

Precies op dat moment zwaaiden de monumentale deuren voor in de kerk open en kwam de dame zelf binnen. Ze droeg de kledij van een man en haar haar krulde over haar schouders. Ze was erg veranderd maar haar schoonheid was onaangetast. Ze leek op een wraakengel, zoals ze op hen af liep.

Simonetta's hooghartigheid was maar schijn. Ze hield haar kin geheven om moed te vatten. Ze hield haar ogen gericht op de twee zeer verschillende mannen die haar stonden op te wachten. De een gezet en klein, met een vriendelijk gezicht waarop grote verbazing stond te lezen. En de ander lang, zwaarmoedig, en – de hemel beware ons – zonder hemd, beschilderd als een wilde en zonder enige blijk van verbazing op dat gezicht dat ze niet kon vergeten. Ze richtte zich tot de laatste met een eenvoudige, van tevoren geoefende vraag. 'Hoeveel?'

10

Vijf zintuigen en twee dimensies

Simonetta zat zo stil mogelijk. Ze was in die kunst bedreven door al die dagen en nachten dat ze bij haar raam om Lorenzo had zitten treuren. Nu kon ze dan op haar gemak uren achtereen aan hem denken, in het bemoedigende besef dat ze voor dat voorrecht betaald werd. Maar ze dacht niet aan Lorenzo, hoe graag ze dat ook wilde. Tegen haar zin dacht ze nu aan een ander.

Het leek alsof ze klaar was met haar verleden. Ze stond midden in de wereld en haar leven was gewoon doorgegaan, ook al had ze het nog zo graag anders gewild. Ze leefde en ademde in een wereld van vier elementen. Ze had de beschikking over haar vijf zintuigen en ze gebruikte ze allemaal tijdens haar aanwezigheid in de kerk van de wonderen. Ze voelde de kou die er in de kerk heerste, aangezien het blauwe kleed dat ze omgeslagen had haar, nu het winter was, weinig soelaas bood. Ze rook de olie van de schilderingen en het gloeiende hout in de stoof die de vriendelijke priester bij haar had neergezet. Ze voelde onder haar voeten en benen de ijskoude steenblokken, die de warmte uit haar lichaam zogen. Ze proefde op haar tong de bekende bittere smaak van de voortdurende honger. Maar wat ze zag, overtrof alles en haar andere zintuigen delfden het onderspit.

Hoe bestond het dat deze onbeschofte, schaamteloze man zulk werk kon maken! Wat een hemels, engelachtig, goddelijk talent had hij! Hoe kon een man, welke man dan ook, niet alleen zo een als hij, zulke dingen voortbrengen? Goedmoedige heiligen die onmiskenbaar pijn leden, engelen met vleugels die volledig hun gewicht leken te dragen, zo zorgvuldig was elk lijntje van elke veer weergegeven. Simonetta kon niet geloven dat ook zij herschapen, getranscendeerd zou worden tot zo'n uitdrukkingskracht, dat ze van drie dimensies naar twee kon worden overgebracht en vereeuwigd in zulke kleuren en vormen. Een ware apotheose.

En toch was het het menselijke, en niet het heilige dat haar overweldigde. Waarom keerde haar blik ondanks de wonderen om haar heen steeds terug naar de man die ze creëerde? Waarom kon ze met al die dingen om naar te kijken haar blik niet van zijn gezicht afwenden? Hij werkte gedreven, snel en nauwkeurig, en bekeek zorgvuldig haar gezicht en gestalte met ogen die haar niet echt leken te zien. Wat voor berekeningen en vergelijkingen werden er in dat levendige brein gemaakt, wat voor wiskundige vergelijkingen, dat hij zijn penseel bij haar neus kon houden, met zijn duim een afstand aangeven, en dat het vervolgens op de witte muur verscheen. En toch was het geen wetenschap wat hij beoefende, maar kunst van het hoogste niveau. Ze moest wel bewondering hebben voor zijn werk, ook al haatte ze de man. Terwijl hij haar gestalte schilderde, bekeek zij nauwkeurig de zijne. Omdat hij lang was, maar iets kleiner dan Lorenzo, waren hij en zijzelf op onrustbarende wijze bijna even groot, waardoor hun ogen als ze tegenover elkaar stonden, op dezelfde hoogte zaten. Die ogen, vreemd zilverachtig als van een wolf, deden de haartjes in haar nek met een prikkeling van gevaar overeind staan. Ook al waren haar ogen even sereen en kalm als de lucht die het meer weerspiegelde en het meer dat de lucht weerspiegelde in een eeuwigdurende weerschijn, de zijne waren dat niet. Die waren levendig, intelligent en hebzuchtig. Zijn blik was nooit onbeweeglijk en vond nooit rust. Die blik keek voortdurend maar zag nooit. Hij berekende en stelde vast. Hij dacht maar hij voelde niet. Meende Simonetta. Maar ze vergiste zich.

Bernardino keek naar Simonetta en wist dat hij was geboren om haar te schilderen. Er was geen enkele maal sprake van een valse start, van aarzelingen of uitwissingen. Hij kon zijn ogen niet van haar afhouden. Haar figuur, de vorm van haar schouders, de zachte spierlaag van de armen, het weergaloze gezicht. De lengte van het been en de gewelfde voeten, en de lichte zwelling van haar borsten onder de blauwe cape, het bekoorde hem allemaal. Zelfs haar haar was nog even mooi: zo kort als het nu was, krulde het en omlijstte het haar gezicht zoals haar lange vlechten dat nooit hadden gedaan. Ze was volmaakt. Maar toch niet helemaal, want de Schepper had haar die handen gegeven, die handen die op zo'n charmante manier asymmetrisch waren. Die handen: fout maar toch goed, bizar maar toch mooier dan die van iedere andere vrouw. Voor de kunstenaar betekende deze grap van de Schepper, deze symbolische onvolmaaktheid, dat wanneer de vingers waren gespreid als een krompasser die een kaart tekent, ze nog steeds even lang leken. Zulke onvolkomenheden weefden de Arabieren in hun kleden of in hun Moorse patronen, juist omdat, zoals Anselmo had gezegd, alleen God volmaaktheid kan creëren. Maar ook al kon God, of Allah, volmaaktheid creëren, Hij had besloten dat Simonetta een klein gebrek moest hebben, en de ongelovige Bernardino was daar dankbaar voor. Hij kon haar niet beschouwen als de hemelse koningin, voor hem was ze vlees en bloed. Ondanks haar etherische houding. Voor de eerste keer keek hij naar een vrouw en zag haar ook werkelijk, niet als een empirisch toonbeeld van schoonheid maar als een levende, ademende vrouw. Haar man was dood maar zij leefde. En Bernardino nu ook.

‘Hoe bedoelt u, hoeveel?’ Bernardino was in de aanval gegaan, hoewel hij heel goed wist waarom Simonetta was gekomen en hij haar allang had verwacht.

‘Ik bedoel dat ik het doe. U zei dat u me zou betalen. Nou, ik heb nu geld nodig. Dus hoeveel?’

Bernardino draaide om haar heen, met een energieke blik. Ze wond hem op, en hij was vastbesloten haar te provoceren om de gloed in haar ogen te kunnen zien. ‘Nou, de prijs is misschien wat gezakt. U draagt – hoe moet ik het omschrijven? – het jachtkostuum van een man. En u ziet er lekker smerig uit. En god mag weten wat u met uw haar hebt gedaan.’

Simonetta hield haar mond en haatte hem. Anselmo vond uiteindelijk zijn spraak terug, nadat zijn mond in een ‘O’ van verbazing was blijven hangen.

‘Signora Di Saronno! Het verheugt me u hier te zien! Ik maakte me zorgen om uw afwezigheid. Maar is alles goed met u? Deze rouwkleding! Uw haar? Een... persoonlijke boetedoening misschien?’

Simonetta schudde haar hoofd, waarbij haar haren in haar nek wapperden, wederom kort, maar ze kon er maar niet aan wennen. ‘Geen boetedoening, pater, want waarvoor zou ik moeten boeten?’ Ze zette de gedachte aan Bernardino uit haar hoofd. ‘Gewoon noodzaak, dezelfde noodzaak die mij hier brengt. Ik ben niet uit op medelijden, alleen op werk, waarvoor ik betaald moet krijgen.’

Bernardino wreef over zijn kin. ‘Hmmm.’ Daarna keek hij resoluut op. ‘Vier maanden, drie uur per week, twee franc per uur.’

‘Wát?’ Simonetta was gewend geweest drie franc uit te geven voor een lintje voor haar schoen. En nog eens drie voor haar andere voet.

‘Graag of niet. De kardinaal betaalt niet voor modellen, hoe adellijk ze ook zijn, dus het komt allemaal uit mijn eigen zak.’

‘Signor Luini...’ kwam Anselmo tussenbeide. ‘Dit kunt u niet van de signora verlangen. Ze moet behandeld worden naargelang haar stand.'

'*Padre, padre.*' Bernardino genoot. 'Laat mij deze zaak afhandelen zoals ik dat gewend ben. Ze is geen adellijke dame meer als ze voor mij werkt, ze is een model en ik ben haar opdrachtgever. Ik ben haar baas. En als zodanig mag ik zulke prijzen bepalen, die meer dan redelijk zijn. Maar, dat gezegd hebbende, ik ben geen monster, de signora kan haar loon verhogen als ze ermee instemt... naast haar model-staan diensten te verrichten.'

Simonetta sloot haar ogen, en de zachtaardige Anselmo spuwde vuur. 'Signor Luini! U respecteert deze dame naar behoren of u verlaat deze kerk. Signora Di Saronno is een dame van adel, ze is weduwe en bovenal is dit het huis van God.'

'Nou, goed. Drie franc dan.'

'Daar gaat het niet om. Signora,' Anselmo liep naar Simonetta toe. 'U hoeft dit niet te doen. Het zijn heel moeilijke tijden, maar misschien kan ik u aalmoezen geven...'

Ze schudde haar hoofd. 'Nee, pater. Ik heb een huis, ik ben gekleed en ik heb genoeg te eten. Er zijn mensen die het meer nodig hebben dan ik; bewaar uw aalmoezen voor hen. Ik kan dit werk doen, en hoe deze man me ook behandelt, ik moet het maar zo goed mogelijk verdragen. God stelt ons op vele manieren op de proef. Het schijnt dat de voorbije en komende maanden voor mij als test zullen fungeren.'

Bernardino krabde zich op zijn hoofd. Een godvruchtig type. Het zou lastiger worden dan hij had gedacht. Hij draaide zich om en liep snel de kerk door, waarbij hij haar wenkte hem te volgen. Anselmo, die voelde dat er een chaperon nodig was, kwam erachteraan. Toen ze bij de apsis aankwamen, wierp Bernardino haar een wijde blauwe cape toe. 'Trek uw kleren uit,' gebood hij zonder plichtplegingen. 'Sla dit om u heen. Ook graag blote voeten.'

Simonetta hield de cape vast alsof die in haar handen brandde. 'Maar dat is ongepast. En ik zal het ijskoud krijgen.'

‘Hou op met zaniken. Ik moet de vorm van uw lichaam onder de plooien kunnen zien, hoe het materiaal valt en hangt. Ik moet kunnen zien wat de kleur met uw huid doet. En u moet ophouden met klagen. Dat doet u maar in uw eigen tijd. Ga hier zitten, onder deze grote lege ruimte.’

‘Nu?’

‘Stel niet uit tot morgen wat ge heden doen kunt.’

Anselmo zuchtte. ‘Ik zal u een stoof brengen.’ Hij wees naar Bernardino. ‘Eerst maar eens één uur. Niet langer. En heb respect.’

Bernardino gaf geen antwoord maar wachtte tot de priester weg was. Hij begon zijn kleuren te mengen, maar keek van onder zijn oogharen toe terwijl Simonetta zich onder dekking van de cape uit haar kleren wrong. Ze was volmaakt, en de blauwe kleur deed haar ogen prachtig uitkomen en haar huid stralen als een regenboog; hij zag in haar huid alle kleuren, als in de binnenkant van een oester. Ze keek hem uitdagend aan. Hij kwam naar haar toe tot ze oog in oog stonden.

‘Nu, Simonetta,’ zei hij, ‘ga ik je cape even op de juiste wijze schikken. Maar maak je geen zorgen. We zullen vandaag geen ontucht plegen. Dat kan later altijd nog.’

Simonetta wilde hem een klap op zijn wang geven, maar tot haar grote ergernis greep hij haar pols en grinnikte. ‘Het is signora Di Saronno, apenkop,’ siste ze. ‘En als je me weer aanraakt, vermoord ik je.’

Bernardino mompelde ‘ts ts’ alsof hij het tegen een kind had. ‘Nou, nou, Simonetta. Doe niet zo naar.’ Hij trok haar naar zich toe en ze dacht dat hij haar zou kussen. Hij boog zich in haar richting tot ze zijn warme adem voelde, maar hij zei alleen: ‘Jij hebt het geld nodig en ik een model. Laten we beginnen.’

De eerste sessie was van Simonetta’s kant in ijzige stilte verlopen. Bernardino sprak alleen om de richting van haar hoofd of de plaatsing van een hand te corrigeren. Ze voerde de aanpassingen nauwgezet uit zonder een woord te zeggen. Ze was het beste model dat hij ooit had gehad. Toen de klokken hadden geluid voor de terts, kleedde ze zich aan, pakte haar geld en liep zonder een woord de deur uit. Toen ze weg was, klom Bernardino vermoeid de trappen van de klokkentoren op. Hij voelde zich gemangeld en uitgeput zoals hij zich meestal alleen voelde nadat hij bij een vrouw was geweest. Hij stak zijn kaars aan en wierp zich neer op zijn stromatras terwijl hij zijn bontpels over zijn hoofd trok. Hij brak zijn brood en schonk zich een glas wijn in, maar schoof brood en wijn terzijde. Ogenblikkelijk stond hij voor het raam en keek hoe Simonetta wegreed. Ze sprong op haar paard als een man en reed zonder zadel – hij vermoedde dat ze haar zadel had verkocht. Vanwege welk onheil, welke dringende behoeften was ze naar hem teruggekomen, ondanks de gevoelens die hij van haar kende? Hij keek hoe ze het dier met haar hakken aanspoorde; ze reed alsof ze moest ontsnappen, alsof ze de duivel probeerde te ontlopen. Hij keek tot ze uit het zicht was verdwenen en drukte toen zijn hoofd tegen de koele kerkmuur en sloot zijn ogen. Wat was er met hem aan de hand?

11

Simonetta overschrijdt een drempel

De groene amandelen begonnen rijp te worden. De steenvruchten bungelden aan de bomen, hun harde doppen waren volgroeid, en ze begonnen te splijten zodat de noot zichtbaar werd. Ze hingen aan hun takken te wachten. De groene bladeren, lancetvormig en gekarteld, bewogen in de herfstwind. Er ging een hand door de vruchten, die bevoelde hoe zwaar ze wogen, de bladeren opzijduwde, en ze weer losliet, zodat ze aan hun takken heen en weer zwaaiden als rinkelende belletjes. De hand ving het licht van de laagstaande zon en glom met een gouden glans.

Manodorata wendde zich tot Simonetta. 'En dit is alles? Geen olijven, geen wijnstokken? Geen levende have?'

Simonetta schudde haar hoofd. Pas nu besefte ze hoe lichtzinnig Lorenzo en zij met hun rijkdommen waren omgesprongen. Ze hadden alleen aan de aankleding gedacht en niet aan praktische aspecten; aan wat mooi was en niet aan wat nuttig was. De bomen zelf stonden hier door een gelukkig toeval: één boom was vanuit het Heilige Land naar huis meegebracht door een lang geleden gestorven Di Saronno die terugkeerde uit Jeruzalem, en die ene had vele andere voortgebracht die de zwaarbeladen boomgaard vormden waarin ze nu stonden.

Manodorata liet zijn gouden hand zakken en schudde zijn hoofd. Hij viel hier onder de bomen nogal uit de toon, want hij zag eruit als een stadsmens, iemand die zich meer thuis voelt onder de filigraan galerijen van zijn woning of in het zwart met goud van zijn tempel. In deze landelijke omgeving was hij weer de beerachtige tovenaar voor wie iedereen bang was, met zijn enorme bontjas die over de gevallen bladeren streek als hij bewoog. De amandellanen waren leeg, want er waren geen bedienden om deze paden te verzorgen. Rafaela en Gregorio waren naar de markt gegaan toen ze hoorden dat de jood op bezoek zou komen. Ze konden niet thuis blijven als de duivel daar rondhing.

Manodorata liep een eindje verder en draaide zich toen om naar Simonetta. '*Shakad*,' zei hij, en voordat ze een vraag kon stellen, 'amandelen.' Op zijn geringschattende toon had hij met dat ene woord de amandelboomgaard als onbelangrijk afgedaan.

'Kent u deze vruchten?' Simonetta zag dat hij verbaasd was. En verwenste toen zichzelf. Waarom zou zo'n man dit eenvoudige gewas niet kennen?

'Natuurlijk. Ik had niet gedacht dat ze hier in het koude noorden zouden groeien.'

'Ze zijn hier toevallig terechtgekomen. Lorenzo's... mijn voorouders brachten ze mee van een kruistocht, en deze warme vlakte in de beschutting van de bergen schijnt heel geschikt te zijn voor de bittere soort.'

Hij knikte, en ze wist niet zeker of hij haar wel of niet gehoord had.

'In het Hebreeuws noemen we ze *shakad*. De naam is heel veelzeggend; het betekent 'overhaast ontwaken' of 'uitkijken naar' en vandaar 'haast maken'; een toepasselijk advies voor uw situatie, vindt u niet?'

Ze gaf geen antwoord, in verlegenheid gebracht door zijn kregelige humeur.

Op zachtere toon, welhaast in zichzelf, ging hij verder: 'In Palestina verschijnen de bloesems in januari en kondigen het ontwaken van de schepping aan. Prachtige bloesems van wit en roze.'

Ze zag dat haar eigenaardige redder niet meer naast haar liep maar ver weg in het Oosten verkeerde.

'De staf van Aäron was een amandeltak, en de amandelvrucht was een van de onderwerpen die waren uitgekozen voor de versiering van de gouden kandelaar die in het tabernakel wordt gebruikt. De joden dragen op belangrijke feestdagen nog steeds amandelbloesemtakken naar de synagoge.'

Simonetta kon niets bedenken om te zeggen, vastbesloten als ze was niet te laten blijken dat ze van zulke rituelen absoluut niets wist. Bijna ieder woord was vreemd voor haar; en zulke godsdienstige plechtigheden waren onbegrijpelijk. Maar Manodorata ging door op een meer zakelijke toon.

'En oogst u deze amandelen? Hebben ze enig nut?'

Simonetta haalde haar schouders op. 'De knechten en de meisjes plukten ze altijd in de herfst en borgen ze op in de kelder waar we onze schatten bewaarden,' glimlachte ze. 'Er is een oud verhaal, dat jaren geleden twee bedienden van dit huis verliefd werden tijdens de amandeloogst. Orsolina en Giuseppe heetten ze. Ze plukten de noten en maakten er zoete koekjes van, *amaretti* genaamd, als een geschenk ter ere van de kardinaal van Milaan, en ze gaven ze hem in de Sanctuariumkerk in Saronno, met de bedoeling dat hij hun huwelijk zou zegenen.' Haar glimlach verdween terwijl ze dacht aan haar bruiloft op dezelfde plek, een vreugdevol huwelijk waar nu niets meer van over was. Ze keek op naar Manodorata om te zien of hij haar gedachten had gelezen, maar hij had een afwezige blik en een spottende glimlach om zijn mond.

'Ja, nou ja, niemand zal waarschijnlijk snoepjes maken voor de huidige kardinaal, dat is zeker.'

'Wat bedoelt u?'

Manodorata vermande zich. 'Niets. Ik sprak voor mijn beurt.

Gaat u alstublieft verder met uw aanwijzingen.'

Ze richtte haar gedachten rigoureus op de lopende zaak. 'Amandelen kunnen ingelegd worden, of gebruikt om vlees en gebak op smaak te brengen. De Engelsen maken een lekkernij die marsepein wordt genoemd. Maar ze kunnen ook los gegeten worden.'

'En zijn ze voedzaam? Hebben ze een lekkere smaak of geneeskrachtige eigenschappen?'

Simonetta reikte omhoog en plukte een van de amandelen. Met geoefende hand haalde ze met haar jachtmes het groene omhulsel weg en bood Manodorata de inhoud aan. 'Proeft u zelf maar, signore.'

Manodorata keek eventjes naar de noot voordat hij hem met zijn echte hand aanpakte. Hij stopte hem in zijn mond en kauwde er een tijdje op, daarna haalde hij, terwijl hij een vreemd gezicht trok, een zijden zakdoek tevoorschijn en spuugde tactvol de noot hierin uit. 'Allemachtig! Het smaakt naar hout!'

Simonetta glimlachte. 'Dat vond ik ook toen ik er voor de eerste keer een proefde. Maar ze hebben iets zoets dat heel lekker kan zijn.' Manodorata trok met zijn tanden zijn handschoen aan. Hij snoof kieskeurig alsof hij twijfelde aan de charmes van deze lekkernij. 'Breng me naar uw huis,' zei hij op bevelende toon. 'Ik wil uw rekeningen en papieren zien.'

Simonetta sloeg haar ogen neer. Ze had Rafaela beloofd dat ze de jood in de tuin zou ontmoeten en dat hij de drempel niet over mocht, want dan zou er een vloek op het huis komen te rusten. Ze had die belofte eerder gedaan om de vrede te bewaren dan omdat ze de bijgelovigheden van haar dienstmeid voor waar hield, maar ze was gewend haar woord te houden. Ze probeerde liever van onderwerp te veranderen dan dat ze haar gast boos maakte. 'Zijn deze bomen en hun vruchten dan werkelijk nutteloos?'

'Het lijkt er wel op,' antwoordde Manodorata, 'maar dit is een flinke lap grond. Als we dit stuk land ontruimen en er olijfbomen planten, kunnen we misschien veel geld verdienen. Druiven duren te lang voordat het een succes wordt, want die moeten jarenlang groeien voordat je er iets voor terug kunt verwachten. Maar dit hout lijkt deugdelijk, het kan verkocht worden als brandhout, of voor apparaten voor de oorlog, die voorlopig beëindigd lijkt, maar gegarandeerd gauw weer uitbreekt.'

Simonetta keek verdrietig naar de ten dode opgeschreven bomen. Ze stak haar lange vingers uit en streek liefdevol over de bast van de dichtstbijzijnde boom. Die huiverde een beetje onder haar aanraking en liet dauwdruppels als tranen op haar hand vallen. Het zou haar spijten als ze voor de bijl zouden gaan, want ze waren nauw verweven met het erfgoed van Castello. Ze leken deel uit te maken van de naam Di Saronno, zelfs op het familiewapen stonden drie amandelen. En toen bedacht ze opeens: zo'n blazoen had Lorenzo waarschijnlijk gedragen toen hij stierf. Van de pijn greep ze zich vast aan de boomstam tot haar vingertoppen zich bezeerden aan de bast. Lorenzo. Wat zou jij zeggen als je wist wat we van plan waren?

Toen ze sprak was het op een luchtige toon, die moest logenstraffen wat ze voelde. 'De oude Grieken vertelden een verhaal over de mooie prinses Phyllis, die verliefd werd op een soldaat, Demophon genaamd. Haar aanstaande had haar op haar trouwdag bij het altaar laten wachten en Phyllis wachtte jarenlang tot hij uit de oorlog zou terugkomen, maar uiteindelijk hing ze zichzelf op aan een amandelboom.' Simonetta dacht eraan terug dat ook zij had gemeend dat zelfmoord voor haar de beste keuze zou zijn. 'Uit mededogen veranderden de goden Phyllis in de tak waaraan ze hing. Toen de berouwvolle Demophon terugkeerde, trof hij Phyllis aan als een bladerloze, bloesemloze boom. Hij omhelsde de boom en meteen schoot die in bloei, waarmee werd aangetoond dat liefde en trouw niet door de dood konden worden overwonnen. Nu nog is in Griekenland de amandelboom een symbool van de hoop.'

Manodorata keek aandachtig naar haar en zijn vreemde grijze ogen leken vertederd. 'Ik bespeur zowel een leugen als een waarheid in dit verhaal. Uw man zal nooit meer terugkeren, maar liefde en trouw kunnen niet door de dood worden overwonnen. Mijn volk weet dat beter dan de meeste andere.' Hij leek in gedachten verzonken, maar sloeg vervolgens de amandellaan in, in de richting van het huis. 'Kom, loop met me mee. In ruil voor uw verhaal zal ik u ook iets vertellen.'

Simonetta liep met hem in de pas, en naast haar voortstappend begon hij te praten.

'Ver weg en lang geleden was er een oord dat Masada werd genoemd. Het was gebouwd door een koning, Herodes genaamd, degene die in jullie heilige geschriften de dood nastreefde van de man die jullie Jezus noemen. Het was een fort dat heel sterk maar ook heel mooi was, want het lag tegen een berg die uitzicht bood op een door land omsloten zee die ze de Dode Zee noemen. Het was jarenlang een Romeins garnizoen, tot het werd veroverd door een volk dat bekend stond als de Zeloten.'

'Joden?' vroeg Simonetta.

'Joden. Toen hun stad Jeruzalem in Romeinse handen viel, namen de Zeloten hun toevlucht tot Masada. Als reactie daarop belegerden de Romeinen het fort. De Zeloten vochten dapper terug maar konden tegen het machtige Rome niets beginnen. Ze beseften dat hun nederlaag nabij was. Hun leider, Eleazar Ben Yair, beval dat alle Zeloten gedood moesten worden. Er werden tien mannen aangewezen om de anderen te doden en daarna moest een van de overgebleven tien de andere negen doden en vervolgens zelfmoord plegen.'

Simonetta bleef ter plekke staan, ongelooflijk geschokt. Maar Manodorata stapte voort en vertelde verder.

'Met de val van Masada kwam er een einde aan de staat Israël, het land dat ons was beloofd. En vanaf die tijd leven we over de hele wereld verspreid, gehaat en bespot, maar we zijn er nog. Onze dood en de dood van onze broeders door de eeuwen heen is een bewijs geweest van de duurzame aard van onze liefde en trouw. Want die eindigde niet met Masada. In York werden joden in Clifford's Tower opgesloten en verbrand, stuk voor stuk. In Mainz werd na de eerste kruistocht onze gemeenschap daar het stadsplein op gedreven en werd elke jood onthoofd. In Spanje ben ik nog maar kort geleden zelf...' hij stopte alsof hij zich iets herinnerde, en gooide het over een andere boeg. 'Wel, u weet wat ze van mijn soort zeggen, zelfs hier in deze keurige, geciviliseerde stad.' Hij glimlachte spottend naar haar en zij keek weg, want ze dacht aan Rafaela en Gregorio.

'Maar waarom haten ze jullie zo?'

Manodorata haalde zijn schouders op. 'Sommige christenen geven de joden de schuld van de dood van Christus. Sint Augustinus van Hippo, wiens beenderen in de Petruskerk in Pavia liggen, was er zo een.'

Simonetta knikte langzaam. 'Ik heb zijn graftombe hier gezien. Hij wordt vereerd als een groot leermeester.'

Manodorata trok zijn donkere wenkbrauwen op. 'Ja. Hij wordt gewoonlijk afgebeeld met in zijn hand een brandend hart, door een pijl doorboord, wat zijn grote vroomheid symboliseert. En toch is hij voor mijn volk een verbreider van onwetendheid, want Christus zelf was een jood, en werd gedood door de Romeinen onder Pilatus, zoals duidelijk in uw Heilige Schrift staat vermeld. Je zou kunnen zeggen dat uw voorouders er meer schuld aan hadden dan de mijne. Toch heeft die beschuldiging ons door de eeuwen heen achtervolgd. Hier in deze stad word ik gehaat om een soortgelijke beschuldiging van moord.'

Simonetta schrok en betreurde het plotseling dat ze zo afgelegen woonde. 'Van moord?' vroeg ze schor.

'Ik heb iemands vrouw vermoord.'

Simonetta draaide zich snel om, Manodorata's gezicht afspeurend om te zien of dit zwarte humor was. Dat was het geval, want zijn dunne lippen krulden zich weer.

'Mijn enige vergrijp was dat ik op een avond met een grote volle maan tegelijk met haar, maar dan in tegengestelde richting, het plein was overgestoken. De vrouw kreeg de melkkoorts, werd ziek en ging dood. Haar man gooit nu op straat stenen naar mijn kinderen.' Simonetta probeerde iets te zeggen, maar hij ging door: 'Ik ben niet uit op medelijden. De essentie van mijn verhaal is dit: een aantal van de eerste mensen van mijn volk – de Zeloten – werd belegerd door de eersten van jullie volk – de Romeinen. En toch zijn we hier. We leven, we ademen. U hebt een man gehad, en ik,' er kwam weer iets teders in zijn blik, 'ik heb een vrouw. En, vergeef me, maar u bent jong. Het zou nog kunnen dat u weer verliefd wordt.'

'Dat zal nooit gebeuren,' zei Simonetta kortaf, en liep een paar passen vooruit.

Manodorata glimlachte even, want hij zag meer dan hij zei. Hij volgde haar, pakte haar arm en draaide haar naar zich toe. 'Vertel eens, signora, bidt u weleens?'

'Bidden?'

'U bent een christen. Bidt u en gaat u naar de mis?'

'Ja... dat wil zeggen, dat deed ik wel altijd.'

'Maar nu richt u zich als troost op de verhalen uit de Oudheid? Zou het misschien niet beter zijn als u zich tot uw God richtte?'

'Hoe kunt ú dat zeggen? U die door de eeuwen heen zo door christenen bent vervolgd! En nog steeds vervolgd wordt!'

Manodorata schudde zijn hoofd. 'De beledigingen die mij zijn aangedaan, waren afkomstig van mensen, niet van God. Uw geloof zal u helpen als u ernaar terugkeert. Ik voel geen haat jegens uw Christus, alleen jegens hen die kwaad doen in Zijn naam.'

Simonetta was verbaasd. Ze had nog nooit een dergelijke vergevingsgezindheid meegemaakt, en wist heel goed dat Gregorio,

Rafaela en de jodenhatende inwoners van Saronno nooit zoveel mededogen of begrip voor een andere godsdienst zouden tonen. Ze voelde dat ze boete wilde doen voor het onrecht dat deze man en zijn volk was aangedaan, maar wat kon ze beginnen? Hij richtte zijn blik op haar en zijn grijze ogen doorgrondden haar gedachten.

'U kunt veel doen door weinig te doen. Als u mij beleefd behandelt, me in uw huis uitnodigt, zullen zulke kleine stapjes een wereld van verschil maken.' Hij bood haar zijn arm aan alsof hij haar uitdaagde haar goede wil te laten zien. Ze ging er graag op in en gearmd liepen ze naar het huis. Rafaela en Gregorio konden intussen wel terug zijn en voor de ramen staan kijken, maar het interesseerde haar niet. Terwijl ze door de loggia liep en Manodorata over haar drempel geleidde, voelde ze een innerlijke dankbaarheid. In een hart dat nu eens de dodelijke kou van het verlies van Lorenzo voelde, en dan weer de brandende hitte van Bernardino's blik terwijl hij haar schilderde, werd ze nu een nieuwe warmte gewaar: ze had een vriend gevonden.

12

•

Selvaggio spreekt en Amaria ziet

Amaria herinnerde zich altijd het eerste geluid dat Selvaggio had gemaakt. Hij was al een paar weken bij hen en had, toen zijn gezondheid vooruitging, zichzelf een paar karweitjes rond het huis en op het erf opgedragen, als hulp voor degenen die hem hadden geholpen. Hij sprak nooit, maar dat hij hout hakte, voor de kippen zorgde of het varken voerde, waren daden die getuigden van een goed hart. Hij paste op zo'n onopvallende manier in het leven van de twee vrouwen en had daar zozeer zijn plek gevonden dat ze nauwelijks hadden kunnen vertellen wat er veranderd was, en toch misten ze hem vreselijk wanneer hij er niet was. Allebei voelden ze het meteen als hij wegging om water te halen of naar de markt te gaan en hen hooguit een paar uur alleen liet. Ze hielden hem voortdurend in de gaten; Nonna omdat het was of ze haar zoon weer zag, en Amaria vanwege een aantrekkingskracht die ze niet precies kon omschrijven. Hij kreeg de oude kleren van Filippo te dragen, ze gaven hem te eten en voorzagen in zijn behoeften alsof hij een kind was, maar tegelijkertijd begon hij voor hen te zorgen zoals zij voor hem hadden gedaan. Hij scheen evenmin te kunnen schrijven als spreken, want ze hadden hem uitgetest met een houten plankje en een verkoold takje. Het enige geluid dat hij maakte, was zijn ademhaling, en soms luisterde Amaria terwijl ze bij het vuur zaten hoe de lucht in en uit zijn lichaam werd gezogen als de getijden van de oceaan die ze nooit had gezien. Op zulke momenten hield hij altijd een stuk hout en Filippo's mes in zijn gehavende handen. Hij leek gefascineerd door de vorm van de nerf in het hout en door het gevoel van het materiaal in zijn handen. Hij klampte zich vast aan de stokken en blokken die hij bewerkte alsof ze iets fundamenteels en elementairs voor hem betekenden; hij was zo geobsedeerd met hout bezig, dat Nonna en Amaria het er stilzwijgend over eens waren dat hij in zijn vroegere leven iets met timmerwerk te maken moest hebben gehad. Ze wisten op dat moment niet dat hout niets met zijn voormalige leven te maken had, maar datgene was wat hij als eerste had gezien in de nieuwe wereld waarin hij nu verkeerde. Eerst maakte hij onbeholpen, lompe vormen, die hij in het vuur wierp. Maar naarmate de dagen vorderden, begon hij steeds vaardiger te worden en fabriceerde hij kleine mannetjes, die Amaria in verrukking brachten. Aan het einde van iedere avond verborg ze wat hij had gemaakt in haar rokken en bewaarde ze allemaal, zodat ze in het geheim haar kast bevolkte met een steeds groter wordende houten menigte. Ze kon uren naar Selvaggio kijken en dat deed ze ook. Ze praatte zowat aan één stuk door tegen hem, en wanneer hij lachte, wat hij nu af en toe deed, zag hij er vreemd uit; want zijn gezicht en lichaam bewogen uitbundig zoals bij de meeste mensen als ze zich ergens vrolijk over maken, maar er kwam geen geluid.

Maar ten slotte kwam er wel geluid. Selvaggio had de taak op zich genomen het gat in de deur dicht te maken waar een knoest had gezeten en de wind nu doorheen floot. Toen hij een nieuwe plank vasttimmerde, sloeg hij op zijn hand en slaakte een kreet. Amaria rende naar hem toe terwijl hij de hamer liet vallen, en ze pakte zijn gewonde hand; ze keken elkaar ongelovig aan en moesten toen lachen, zij welluidend en hij geluidloos zoals altijd. Amaria leidde hem bij zijn gewonde hand naar het haardvuur en vertelde hem dat hij moest gaan zitten, terwijl zij de zalf ging halen om het bloeden te stelpen. 'Probeer het nog eens!' zei ze opgewonden. 'Misschien kun je wel met ons praten. Probeer het nog eens!'

Hij leek de pijn in zijn hand te vergeten toen hij zijn mond verwrong in een poging de kreet nogmaals te laten horen. Na een paar pogingen begon hij een geluid te maken, een lage, schraperige 'o', als de roep van een bosmarmot. Amaria lachte en klapte in haar handen. Selvaggio stond op van zijn stoel, van opwinding niet meer in staat stil te blijven zitten, en danste, met zijn handen zwaaiend, door de kamer, terwijl aan zijn ene hand nog een loshangend verband hing. Amaria wervelde rond als een tol, met zwaaiende rokken, terwijl ook zij 'o, o, o' riep, en zo trof Nonna hen aan toen ze terugkwam. Toen ze het geluid hoorde dat Selvaggio maakte, was ze bijna geneigd om mee te doen, maar haar leeftijd en waardigheid weerhielden haar, evenals het stemmetje in haar hart dat fluisterde dat dit het begin was van zijn vertrek.

Amaria Sant'Ambrogio begon nu aan een taak uit duizenden: een wilde man leren spreken. Ze kon er al haar warmte en hartelijkheid en de haar kenmerkende vrolijkheid in kwijt, en met geduld en plezier begon ze aan haar taak. Zij die zelf altijd een prater was, vond het heerlijk te horen hoe zijn lettergrepen moeizaam en langzaam vorm begonnen aan te nemen. Van 'o' was het maar een klein stapje naar 'i', en vandaar naar 'e', tot alle klinkers op hun plaats stonden. De kwebbelaarster luisterde nu geduldig naar zijn repliek, de lawaaimaakster zweeg terwijl hij zich inspande; de spreekster veranderde in een luisteraarster. Nonna keek toe hoe Amaria Selvaggio onderrichtte en het viel haar op dat het meisje sinds kort volwassen was geworden; ze was inderdaad gegroeid in het werk dat ze zichzelf had opgedragen; ze was niet meer de ademloze, druk kwebbelende adolescente, maar legde een nieuw talent aan de dag; een bijna moederlijke, verzorgende bekommernis en aandacht, die haar vrouwelijke schoonheid completeerden. Nonna zag hoe goed Amaria's nieuwe zelfverzekerdheid bij haar paste, zelfs met haar kritische, liefhebbende blik als grootmoeder. Dus de hemel mocht weten wat een verwarring deze nieuwe Amaria kon aanrichten in het hart van een verdwaalde jongeman, een man zonder naam of familie. In Amaria vond hij tegelijkertijd een moeder en een minnares, een vurig hart en een paar troostende armen. Ze was een en al leven en gezondheid en warmte, en dat voor een man die de kilte van de dood had gekend. Nonna zag dit alles aan met vreugde, maar ook met een akelig voorgevoel.

Toch kon de oude vrouw niet anders dan blij zijn toen Selvaggio zijn eerste woorden sprak. Ze had hout gesprokkeld, en bij thuiskomst trof ze de twee jonge mensen aan in een staat van onderdrukte opwinding. Ze hadden iets voor haar geoefend en ze installeerde zich bij de haard om hen te zien optreden, als iemand die er eens goed voor gaat zitten om naar een *Commedia* te kijken. Ze knielden tegenover elkaar, alsof ze op het punt stonden hun trouwbelofte te doen, en Amaria wees naar haar hand.

'*Mano*,' zei Selvaggio. Nonna maakte bij dit wonder al aanstalten te gaan staan, maar er kwam nog meer. Amaria wees naar haar hart.

'*Cuore*,' zei de wilde man.

Als laatste, maar heel duidelijk, zei hij '*bocca*' toen Amaria naar haar mond wees. Nonna omhelsde hen beiden, dankte God en liet verder niets merken.

Vanaf dat moment leerde Amaria hem geduldig de namen van alle lichaamsdelen en alle dingen in het huis, en ze liet hem nazeggen tot hij foutloos het woord voor olijf, kookpot of vuur kon uitspreken. Daarna gingen ze, een eind van huis, verder. Ze nam hem mee naar Pavia en liet hem de naam van elk van de honderd torens van de stad opnoemen. Ze gingen het bewierookte halfduister van de grote, rode Duomo binnen en benoemden alle heiligen die daar met al hun kleurenpracht in het kaarslicht van de kathedraal stonden, met een ingekeerde blik op hun gelovige gezicht en met hun rechterhand naar de hemel geheven. Te midden van al deze heiligen stond haar eigen persoonlijke schutspatroon Sint Ambrosius, die er die dag bijzonder welwillend uitzag, nu zijn beschermelinge haar wilde man aan hem voorstelde. Ze liepen samen door de Via Cavallotti, de ganzen en ossen ontwijkend die naar de markt gingen, en ze betraden de kerk van San Michele. Hier schoot Amaria's kennis tekort, want zelfs zij wist niet de namen van de vreemde half-dieren en draakachtige vissen die over de friezen en kapitelen krioelden en kronkelden, en met mensen de strijd om hun ziel aangingen. Ze staken de Ponte Coperto over en hielden stil om in de ateliers naar binnen te gluren of naar het verkeer over het water te kijken. Terwijl ze toekeken hoe de exotische, zwaarbeladen specerijenschepen het water van de Ticino doorkruisten, vroeg Amaria zich af uit welke van de vier windstreken Selvaggio afkomstig was. Later nam Amaria Selvaggio mee naar het bos om de vogels en de bloemen, de bomen en de kruiden te benoemen. Eén keer gingen ze naar de plek waar ze hem voor het eerst had aangetroffen, de *pozzo di marito*, en ze glimlachten naar de ongetrouwde meisjes die daar rondhingen, zogenaamd om water te putten. Ze lachten samen als kinderen terwijl ze jonge groene kikkers in een fles vingen voor Nonna's befaamde Paviaanse specialiteit, *risotto con rane*. Amaria voelde grote vreugde als Selvaggio met haar sprak en zijn zinnen begon op te bouwen als een peuter, daarna als een kind en vervolgens als een jongeman. Hij had een lage stem die een beetje kraakte, alsof zijn keel was beschadigd door wat er met hem was gebeurd. Maar het was een prettig geluid, en hij kreeg een echt Milanees accent, hoewel er iets aarzelends en hakkelends bleef bestaan dat nooit meer zou verdwijnen.

Selvaggio zat vaak bij de haard met Amaria te praten terwijl zij hun eenvoudige maaltje klaarmaakte, en 's avonds zaten ze met z'n drieën te praten terwijl ze een stoofpot aten en bij het vuur een glas wijn dronken. Hij kon zich niet herinneren wat zijn naam was, wat hem was overkomen of waar hij vandaan kwam. Nonna ondervroeg hem grondig, maar ook al deed hij nog zo zijn best, hij kon zich niet voor de geest halen hoe hij aan zijn wonden was gekomen of wat voor gruwelijkheden hij gezien moest hebben. Selvaggio kwam, wanneer hij werd ondervraagd, terug op zijn metafoor van het hout dat het eerste was geweest waaraan hij dacht toen hij tot bewustzijn kwam.

'Weet een stuk hout dat het ooit een boom is geweest?' vroeg hij, terwijl hij een grof gehakt blok uit de stapel brandhout koos en in zijn hand ronddraaide. 'Nee, het herinnert zich niet waar het stond, op een vlakte of in een bos, noch de wind die het heen en weer wiegde of de regens die het doornat maakten; en evenmin de zon die het verwarmde. Het herinnert zich niet dat het in de winter zijn bladeren liet vallen en in het voorjaar weer nieuwe kreeg, vele seizoenen achtereen, terwijl in zijn binnenste de jaarringen groeiden. En toch weten *wíj* dat het dat leven heeft geleid, terwijl het hier, nu, alleen maar een houtblok is. Ook ik ben hier, en ooit was ik ergens anders, maar waar dat was weet ik niet. Ik weet niet eens hoeveel zomers ik tel, noch waar ter wereld ik me in levenden lijve bevond.'

Nonna knikte en begon het veilige gevoel te krijgen dat Selvaggio echt van hen was en niet weg zou gaan.

Amaria had er in haar enthousiasme nooit aan getwijfeld dat hij zou blijven en wilde beslist dat hij nooit meer bij haar weg zou gaan. Toen hij gesprekken met haar begon te voeren, ontdekte ze dat hij echt een man naar haar hart was; hij had dezelfde smaak en voorkeuren als zij. Hij hield veel meer van de bossen en de bronnen dan van de wonderen van de stad; hij had meer plezier in de zilveren glans van een vis die zich in de rivier omwentelde dan in de wonderlijke zeedieren op de fresco's van de San Michele. Hij hield van de natuur en gaf niet om kunst; hij hield van de simpele handeling van houtsnijden of van de simpele smaak van eenvoudige wijn. Het deed hem een groot genoegen in de mooie, vlezige groenten op de markt te knijpen als hij voor het weinige geld dat ze hadden de beste uitkoos, vol bewondering voor de purperen glans van een aubergine, de dieprode tomaten of de agaatgroene olijven. Deze groenten, ontsproten aan de aarde die met zijn bloed was gevoed, waren voor hem mooier dan het prachtigste gebrandschilderde glas waar het halfduister van de kathedraal doorheendrong. Niets van de hogere kunsten raakte hem; muziek drong nauwelijks tot zijn oren door, maar hij hield van het fluiten van de wind over de rivier. De ontzagwekkend grote Duomo maakte geen indruk op hem; maar hij keek omhoog tot zijn nek ervan pijn deed om de hoogste bomen van het bos te bewonderen. En Selvaggio wendde zijn hoofd af van de vrouwenbeelden in de San Pietro om ongezien zijn blik even te laten rusten op Amaria's opgetogen gezicht. De heiligen hadden een gesloten gelaatsuitdrukking, hun ogen en botten waren dood, maar Amaria leefde, en werd met haar volwassen schoonheid met de dag mooier. Selvaggio's hart klopte nu in het ritme van de aarde, en niet in een verfijnde cadans.

Het paar liep door de stad, rustiger nu, gesprekken voerend over allerlei onderwerpen, altijd in elkaars gezelschap. Silvana, Amaria's boezemvriendin, was helemaal uit haar humeur; haar vroegere metgezel en de wilde man waren zo vaak samen dat Selvaggio's tong niet de enige was die in beweging kwam. Maar het stel wist daar niets van en ze waren een en al ongedwongenheid en vriendelijkheid, tot op een dag de zus de broer met een andere blik begon te bekijken.

Ze zag hem op een ochtend op het erf, zonder hemd, terwijl hij naar de kroes reikte en het ijskoude water over zijn gezicht en lichaam schepte. Hij maakte zijn haar nat en ze zag de vorm van de spieren onder zijn huid, de pas genezen littekens en de lijnen van de aderen op zijn armen als de nerven van een blad. Alsof hij haar voelde kijken, hief hij zijn druipende hoofd op en wierp haar een blik toe die tegelijkertijd warm en geamuseerd was. De winterzon in zijn ogen, die grasgroen als jonge loten waren, deed aan het voorjaar denken. Ze deed een stap achteruit tot ze in de uitnodigende donkere schaduw van de deuropening stond en beet op haar lip. Haar gezicht gloeide, haar hart bonsde in haar keel en ze voelde dat ze nauwelijks op haar benen kon blijven staan.

13

•

Elijah Abravanel vangt een duif

'Misschien kunnen we even praten, signora, want we hebben nu veel van dit soort sessies zwijgend doorgebracht.'

Bernardino sprak de waarheid. Simonetta had nu gedurende drie sessies geen mond opengedaan; en hij vond haar starende blik, even mooi en kil als die van een havik, nogal verwarrend. Het zenuwslopende stadium was voorbij, het stadium van het tekenen en de bevlogen penseelstreken waarmee hij de vlakken inkleurde, waarvoor hij absolute stilte nodig had; nu was hij bezig lichte en donkere partijen en kleine accenten aan te brengen, en hij was gewend in dit stadium met zijn modellen te praten. Nu was het tijd om gesprekken en dialogen aan te gaan die hij eerder nooit zou hebben toegestaan. Natuurlijk moest ze haar mond houden wanneer hij het gezicht (als allerlaatste) verder zou voltooien. Hij kon zoiets als lippen of ogen nooit vastleggen als het gezicht bewoog. Maar terwijl hij haar jurk schilderde, zou een beetje gebabbel voorlopig heel welkom zijn. Maar toen hij dat voorstelde, keek Simonetta hem aan met een blik waarin ze haar minachting niet kon verbergen.

Bernardino zuchtte en gooide zijn penseel neer. Hier kon hij het mee doen, maar hij zou zich niet zo gauw gewonnen geven.

Hij rekte zich uit en gaapte, waarbij zijn roze tong en witte tanden zichtbaar werden. Als een straathond, dacht ze.

'Nou, dan ga ik maar even naar de kroeg. Als u niet met mij wilt praten, ga ik op zoek naar mensen die dat wel willen. Niet bewegen terwijl ik weg ben, afgesproken?' Hij begon naar de uitgang van de kerk te lopen, terwijl hij de munten in zijn beurs liet rinkelen. Haar munten. Geschrokken kwam ze bijna overeind en verbrak haar stilzwijgen.

'Wat bedoelt u – en het poseren dan?'

Hij draaide zich onder het lopen om, maar bleef niet staan. Hij liep achteruit terwijl hij praatte. Struikelde hij maar zodat hij keihard op zijn kop viel, dacht ze. 'Ik kom later terug, wanneer ik even onder de mensen ben geweest. U moet erop rekenen dat deze sessies langer duren als u uw mondje dicht blijft houden. Maakt u zich geen zorgen: tegen middernacht bent u wel thuis.'

Hij was bij de deuren aangekomen. 'Wacht!' riep Simonetta. Vanbinnen kookte ze van woede, maar in geen geval zou ze haar marteling nog langer laten duren. 'We zullen een gesprek voeren als u dat graag wilt,' mompelde ze zachtjes. Hij hield zijn hand achter zijn oor.

'Wat?' Hij schreeuwde door de hele kerk heen.

Ze zuchtte diep en verhief haar stem. 'Ik zei dat we een gesprek zullen voeren als u dat graag wilt.'

Bernardino kwam terug en ging zitten, terwijl hij zijn penselen oppakte. 'Uitstekend.' Hij keek haar aan en trok in afwachting een wenkbrauw op.

'Waar wilt u over praten?' vroeg Simonetta op afgemeten toon.

Hij liet zijn kin op zijn hand rusten. 'Hmmm. Da's een lastige kwestie: want een gesprek moet vormelijk zijn tussen mensen als wij.'

'Dat wil zeggen?'

'Mensen die zulke gevoelens voor elkaar hebben.'

'Wat bedoelt u daarmee?'

'Haat bedoel ik natuurlijk. Want u haat mij toch? Wat zou ik anders kunnen bedoelen?'

Ze had hem zelden meer gehaat dan op dat moment, maar haar manieren weerhielden haar ervan een eerlijk antwoord te geven.

Hij glimlachte. 'Misschien moeten we als volgt te werk gaan. U stelt mij een vraag – maar hij moet wel interessant zijn, denk erom! En vervolgens stel ik u er een. Elke deelnemer moet naar waarheid antwoorden.'

'U bent gek.'

'Moet ik naar de kroeg gaan?'

'Nee, nee. Wie gaat er beginnen met deze rare ondervraging?'

'U mag beginnen. Dames gaan voor, zelfs al zijn het maar schildersmodellen.'

Ze weigerde boos te worden en pijnigde haar hersens. Ze kon niets bedenken. 'Waar bent u geboren?'

'Ach Simonetta. Wat afgezaagd. Ik zei dat de vraag interessant moest zijn. Maar nu u het toch vraagt, in Luino aan het Lago Maggiore. En nou ben ik. Waarom hebt u dringend geld nodig?'

Simonetta keek naar haar handen. 'Omdat, mijn... we... door de oorlogen arm zijn geworden.'

'Maar waarom hebt u dringend geld nodig?'

'Dat heb ik u net verteld.'

'Nee hoor. Ik mag doorvragen tot mijn vraag is beantwoord. Waarom hebt u dringend geld nodig?'

Simonetta zuchtte ongeduldig. 'We hadden veel uitgaven: personeel, veel landverbeteringen, feesten die we aan onze stand verplicht waren.'

'Waarom hebt u dringend geld nodig?'

Dit ging te ver. Simonetta verhief haar stem. 'Waarom heeft iemand geld nodig? Omdat zijn uitgaven zijn inkomsten overtreffen en...'

'Waarom hebt u dringend geld nodig?'

'Omdat Lorenzo al ons geld aan oorlogen spendeerde!' barstte

Simonetta uit, door zijn aanhoudende gevraag tot een antwoord gedwongen. 'Hij gaf het met gulle hand uit aan zijn strijdrossen en zijn manschappen, zijn livreien en wapens, en toen ik naar de schatkelder ging om geld voor onze administrateur te halen, was het weg. Bent u nu tevreden?'

Hij zag tranen in haar ogen en had medelijden. Hij had haar zo op de nek gezeten omdat hij vermoedde dat haar man in gebreke was gebleven. Iets in hem moest weten dat Lorenzo verachtelijk was, maar het was niet nodig geweest dat hij zichzelf verheerlijkte door de nagedachtenis van die arme dode kerel te bezoedelen. Hij had het leven verloren en ook Simonetta. Nu had Bernardino spijt van de ongepaste opwelling die haar zo van haar stuk had gebracht; ze was gedwongen geweest te beseffen dat de volmaaktheid die de dood verleent, een illusie is, en dat speet hem. Hij zei dit niet met zoveel woorden, maar sprak nu op vriendelijker toon.

'Ja. U bent nu. En maak het interessant – iets wat ik niet zou verwachten.'

Goed dan. 'Hebt u weleens van Masada gehoord?' Simonetta moest nog steeds denken aan het verhaal dat haar gisteren was verteld, en zo'n vraag kon hij nooit verwachten.

Luini was te gewiekst om verbazing te laten blijken, die rotvent. 'Nee,' zei hij domweg. 'Nu ik.' Hij dacht diep na, maar ze had hem nieuwsgierig gemaakt en hij wilde er meer over horen.

'Zeg het maar. Wat is Masada?'

'Waar, niet wat.' Ze genoot van haar kleine triomf, maar de moed zonk haar opnieuw in de schoenen toen ze het verhaal vertelde dat ze maar niet uit haar hoofd kon zetten. Hij schilderde schijnbaar onaangedaan door terwijl zij sprak, en toen ze klaar was, haalde hij zijn schouders op.

'Interesseert het u niet?' vroeg Simonetta ongelovig.

'Is dat uw vraag? Nee, niet echt. Hier komt mijn vraag voor u: waarom zou het me moeten interesseren?'

'Omdat het mensen waren. Die leefden en ademden en voelden.'

'Er is al veel te veel gevochten in naam van de religie. Daarom ben ik er helemaal niet in geïnteresseerd. Het doet er niet toe.'

'Wat doet er voor u wel toe?'

'U bent niet aan de beurt. Mijn vraag is: wie heeft u dat soort dingen verteld?'

'Een jood die ik ken. Hij... helpt me, in omstandigheden waarin veel christenen dat niet zouden doen.'

Bernardino stopte met schilderen en keek haar aan. 'Ik zou niet met joden omgaan als ik u was. Het zijn slechte mensen, alleen maar ellende.'

'Uw mening laat me koud.'

Hij haalde weer zijn schouders op. 'U bent.'

'Goed: wat doet er voor u wel toe?'

'Dat ik met rust word gelaten en kan schilderen. Verder is voor mij niets belangrijk.'

Simonetta was boos en snoof geringschattend, en toen de kerkklokken de sexten luidden, pakte ze haar kleren bij elkaar en liep weg. Luini de jodenhater. Nog een reden om een hekel aan hem te hebben.

Bernardino keek toe hoe ze wegliep. Hij was van de regels van het spel afgeweken, want hij had tijdens hun gesprek veel gezegd wat niet waar was. Met name zijn laatste bewering. Het was een regelrechte leugen. Vroeger was het waar, maar nu niet meer.

Met een verbolgen rechtvaardigheidsgevoel reed Simonetta terug naar Castello en vertelde Manodorata wat er was gebeurd. Hij zat in de leeggehaalde grote hal over haar inventarislijsten gebogen. Maar terwijl ze sprak, legde hij zijn ganzenveer neer. Toen ze klaar was, verwachtte ze woede en een paar zedenpreken over de onwetendheid van christenen, maar hij glimlachte zowaar.

'Hoe kunt u om zo'n man lachen?' vroeg ze ongelovig.

‘Omdat hij niet meent wat hij zegt. Laat me u vertellen over iets wat mijn zoon is overkomen.’

* * *

‘Elijah Abravanel, wat heb je daar in je hand?’ Rebecca Abravanel merkte op dat haar oudste zoon zich met zijn houding geen raad wist. Hij vertoonde een schelms lachje dat haar vertederde.

‘Ik dacht dat ik voortaan Evangelista heette, sinds ik onlangs ben gekerstend.’

Rebecca glimlachte terug, hoewel de herinnering niet aangenaam voor haar was. ‘Je hebt gelijk, maar dat is de christennaam die we buiten deze muren voor je gebruiken. Binnen dit huis ben je nog steeds mijn Elijah. Laat me nu je hand eens zien.’ Rebecca liep naar haar oudste zoon toe en liet hem zijn hand openmaken. Ze had geen verklaring voor wat ze daar zag. Een witte duif, prachtig op zijn huid geschilderd, heel mooi weergegeven met alles erop en eraan. De duif was in volle vlucht afgebeeld, maar in haar bek droeg ze een olijftak. Het was zo mooi geschilderd dat het leek alsof de veren in de wind bewogen en het zilvergrijs van de olijfblaadjes werd beschenen door de zon. Het verenkleed van de vogel was sneeuwwit, maar wanneer je goed keek, zag je dat de veren zo intens wit leken dankzij een hele regenboog aan kleuren. En het geheel was zo klein dat het perfect in een kinderhand paste.

Rebecca knielde neer. Ze wist dat haar zoon dit niet gemaakt had, en het dienstmeisje Sarah evenmin. Jovaphet was nog te klein om zoiets te maken en zelfs de vader van de jongens was weliswaar in vele opzichten getalenteerd, maar kon niet met het penseel overweg. ‘Wie heeft dit gemaakt, Elijah?’

Elijah wist dat hij nog maar één kans had nu hij de avondklok had overtreden, en hij besloot de waarheid te vertellen. ‘De schilderman. Die de kerk inkleurt.’

* * *

Elijah wist dat hij het huis niet uit mocht zonder zijn moeder of Sarah, maar hij had de roep van de venter gehoord en wist dat als hij de ronde zwarte stuiter wilde kopen die hij op de dag van *Yom Rishon* had gezien, hij er nu op af moest gaan. Het was een legendarisch ding, deze stuiter, gemaakt van het glas dat vulkanen uitspuwden, die brandende bergen waarover zijn vader hem had verteld. Elijah haalde zijn geldstuk uit een geheime plaats tussen de vloerplanken vandaan – zelfs zijn broer Jovaphet kende die plek niet – en ging de deur met de ster uit.

Hij volgde de schreeuwende stem van de venter door de mensenmenigte, de straathonden en plassen pis ontwijkend. Uiteindelijk zag hij de bonte cape van de venter, opgebold als een zeil in de wind, en hij liep achter de felgekleurde stof aan tot die zwaaiend als een rafelige vlag om de hoek verdween. Begerig ging Elijah achter hem aan een zijstraat in. Maar hier trof hij niet de venter aan, maar iets veel ergers.

Hij zag een groep christenkinderen, iets ouder dan hij, en het waren er een heleboel. Ze waren op straat met een balletje aan het spelen en keken op toen hij eraankwam. Hij wist dat hij opviel door zijn lange jas en zijn haardracht, en hij begon welhaast voordat hij wist waarom, achteruit weg te lopen. Maar zijn intuïtie was juist. Ze kwamen op hem af en hij begon te rennen.

Hij rende door de straten op weg naar de deur met de ster om daar geborgenheid te vinden, maar daar hadden ze al rekening mee gehouden en ze versperden hem de weg. Hij keerde terug en rende tot zijn longen zowat barstten. Door de tranen die zijn ogen vulden kon hij nog net hun gluiperige, verwrongen gezichten zien. Het bonzen van zijn hart was oorverdovend maar hij kon nog net horen wat ze zeiden over hem en zijn vader en zijn geliefde moeder. Hij wist niet waar hij heen moest, tot hij de kerk voor zich zag opdoemen. Hij wist dat hij daar eigenlijk niet naar binnen mocht, maar de duistere gapende muil bood redding; hij stoof de kerk in, recht in de armen van Bernardino Luini.

Bernardino hield de jongen op armslengte. 'Wat krijgen we nou...?'

'Alstublieft signor,' hijgde de jongen naar adem snakkend. 'Ze komen eraan. Ik moet me verstoppen.'

Bernardino aarzelde niet, maar wierp Simonetta's ruime blauwe cape over het joch heen en liet hem stilzitten op de treden van het koor, zodat hij eruitzag als een berg kleren. Dat was nog maar net gebeurd, of de groep kinderen verscheen. Zelfs zij hadden zoveel eerbied dat ze langzamer gingen lopen en zachter gingen praten in het huis van hun God. Maar ze werden niet begroet door God, maar door Bernardino Luini, met zijn handen in zijn zij.

Luini fixeerde hen met een angstaanjagende blik. 'Wat doen jullie hier? Mij in mijn werk belemmeren, hè. Ophoepelen nou.'

'Maar signor,' zei de leider van de groep, dapperder dan hij van zichzelf had verwacht, 'we zoeken het satanskind. Een jodenjongen, hij is hier naarbinnen gerend.'

Luini schudde zijn hoofd. 'Niet hier. Dan zou ik hem hebben gezien.'

'Maar het is een duivel; misschien heeft hij zich met zijn zwarte kunst weten te verstoppen.'

'Werkelijk. Ik weet van niks. Maar ik zal je zeggen wat ik wel weet. Ik sta bekend als de wolf, en wanneer het donker wordt, verander ik in een gevaarlijk beest dat de armen en benen van ondeugende kinderen verscheurt en opvreet. Zie je...' hij wees naar de donker wordende lucht. 'Het wordt avond. En nou *vaffanculo*.'

Dat hielp. De leider gaf de moed op, en hij en zijn trawanten renden weg, het donker in.

Bernardino schoof de zware deuren dicht en liep rustig naar de treden van het koor. De blauwe cape zat te huilen. Hij tilde de plooien op en zag een doodsbange jongen, snikkend en snotterig van angst en opluchting. Wat hij zei, klonk verward: iets met een venter en een ronde zwarte stuiter en Sarah en Jovaphet en een muntstuk...

Bernardino nam, zonder te weten wat hij deed, de jongen in zijn armen. 'Sst, stil maar.' De jongen bleef snikken, en Bernardino stond intussen naarstig te zoeken naar iets wat hem kon afleiden. Hij had het.

'Kom,' hij trok de jongen mee naar waar zijn verf stond. 'Ik zal je een toverkunst laten zien. Steek je hand maar uit.'

Elijah stak zijn hand uit, waar in de palm nog de afdruk was te zien van het muntstuk dat hij stevig had vastgehouden en onder het rennen was verloren. Luini streek het rode plekje glad, doopte zijn penseel in en begon te schilderen.

Elijah begon te glimlachen. ''t Kriebelt,' zei hij.

Bernardino glimlachte ook en de ogen van de jongen werden steeds groter terwijl er een perfecte duif op zijn handpalm verscheen. 'Kijk, ze doet kunstjes,' zei Bernardino. 'Als je je hand open en dicht doet, zo,' deed hij voor, 'dan vliegt ze.'

De jongen bewoog zijn hand en straalde van plezier toen de duif met haar vleugels leek te klapperen.

'Laat haar maar even drogen,' zei Bernardino, 'dan weten we zeker dat ze weg zijn. Hoe heet je?'

'Elijah. Ik bedoel... Evangelista.' Bernardino hoorde het verschil tussen de twee namen en besefte welke naam hij eerst had gehad.

'En waar kom je vandaan, Elijah?'

Elijah realiseerde zich dat bekend was wie hij was, en besloot te vertellen waar hij vandaan kwam. 'Ik woon in de jodenstraat. De deur met de ster.'

Bernardino zag het voor zich. 'Dan kun je beter naar huis gaan, naar je moeder, Elijah.'

Elijah keek weifelend naar de lucht, die nu paarszwart was als een *melanzane*. 'Ik mag 's nachts niet buiten zijn. Niemand van ons mag dat. Er geldt een avondklok voor joden.'

Bernardino zuchtte. Hij raapte Simonetta's cape op en hing die om zijn schouders. Hij rook naar amandelbloesem, haar geur. Maar hij had nu geen tijd om over zulke dingen na te denken. Hij tilde de jongen op en trok de cape over hen beiden heen. 'Goed,' zei hij. 'Ik breng je.'

Ze liepen ongezien door de donker wordende straten. Elijah hield zich als een aapje stevig aan Bernardino's nek vast en fluisterde welke kant ze op moesten. Uiteindelijk kwamen ze bij de deur met de ster aan, en Elijah zei: 'Hier is het, signor.'

Bernardino zette hem op de grond. En knielde neer om als afscheid de schouders van de jongen even vast te pakken. 'Ik blijf kijken tot je binnen bent. Dag, Elijah.'

'Dag, signor. En bedankt voor mijn duif.'

'Graag gedaan. Maar misschien kun je iets voor mij terugdoen.'

'Ja, signor?'

'Weet je, dat... woord dat ik tegen die kinderen gebruikte?'

Elijah glimlachte, waarbij het maanlicht weerkaatste in zijn kleine witte tanden. 'U bedoelt *vaffanculo*, signor.'

'Precies. Je hoeft je moeder niet te vertellen dat je zulke woorden kent. Ze zijn niet zo geschikt voor kinderen.'

'Ja signor.'

'Tot ziens dan.' Bernardino klopte op de deur en zag dat het hekje openschoof. Hij wachtte tot hij zag dat de jongen werd binnengelaten en in de armen werd gesloten van zijn moeder die blij en boos was, en daarna ging hij met zijn hart vol warme gevoelens naar huis, naar zijn koude bed.

* * *

'Dus, begrijpt u, ik glimlach omdat hij niet meent wat hij zegt,' besloot Manodorata. 'Hij is niet de man die hij aan de wereld toont. Hij doet alsof. Da's een kunst waar ik wel het een en ander van weet.'

'Heeft hij dat gedaan?' Simonetta kon het niet geloven.

‘Ja, dit en nog meer. Het verhaal heeft nog een staartje, maar zonder venijn; een heel lief staartje.’

* * *

Elijah speelde op de binnenplaats van zijn huis, want hij had voor straf de hele week volledig huisarrrest gekregen. Hij was bedroefd omdat hij de zwarte stuiter, die was gemaakt van vulkanisch glas, nu kwijt was, want de venter zou intussen wel verder zijn getrokken. Hij moest maar tevreden zijn met zijn eigen oninteressante knikkers van Venetiaans glas. En hij deed zijn best, want het was een braaf kind. Hij dacht eerst dat hij zich het zachte kloppen op de deur met de ster verbeeldde. Hij haalde een krukje en ging erop staan om het kijkgaatje open te schuiven, en terwijl hij dat deed, plofte er door de kier een klein zakje op de grond. Hij sprong van het krukje en maakte het zakje open – het was eigenlijk een oud lapje schilderslinnen, dichtgebonden met een leren veter – en daarin lag, volmaakt rond en gitzwart, de glazen stuiter waarop hij zijn zinnen had gezet. Elijah gaf een gil en stond op het punt het lapje weg te gooien toen hij zag dat er iets op geschreven stond. Hij kende de christelijke letters goed, want hij was door zijn moeder grondig onderwezen, en hij kon het bijna niet geloven, maar hij las, letter voor letter: voor Elijah. Hij had zijn kennis niet nodig om het laatste letterteken te ontcijferen, want dat was een piepklein tekeningetje van een duif.

14

•

Noli me tangere

'Wanneer denkt u klaar te zijn?'

Bernardino keek bij Simonetta's vraag niet op van zijn fresco. 'Gauw. Ik heb een opdracht in de Certoso di Pavia. De zwijgende monniken van het kartuizer klooster zullen me goed bevallen na dat voortdurende gebabbel van u.'

Ze glimlachte nu, terwijl ze vroeger afkeurend zou hebben gereageerd. Ze begon aan zijn manieren te wennen. Toen knikte ze, plotseling treurig bij de gedachte dat hij wegging. Ze voelde dat ze eindelijk een wapenstilstand hadden bereikt en een paar stapjes in de richting van vriendschap kwamen. Vanaf het moment dat ze had gehoord wat hij voor Manodorata's zoon had gedaan, had ze hem met andere ogen bekeken. Ze zag hem nu alsof hij zelf een soort jongen was, hoewel hij veel ouder was dan zij. Ze keek door zijn gesnoef en poses heen: zijn imago dat niet met de werkelijkheid overeenkwam, de woorden die hij sprak en niet meende. In de ogen van Simonetta, die echt gelovig was, was hijzelf, evenzeer als zijn werk, een voorstelling die voor de buitenwereld werd opgevoerd; ze zag dat de manier waarop hij de menselijke staat presenteerde, niet de werkelijkheid was. Het was theater. Maria, die voorname dame die zij uitbeeldde, had de kwellingen van de liefde en de pijn van het baren en het verlies van een zoon te verduren gehad. Ze kon er in het werkelijke leven onmogelijk zo sereen hebben uitgezien als ze geschilderd werd. En ook de heiligen, die pijn leden en stierven, deden dat ongetwijfeld niet zo onverstoorbaar en gelaten, hoe sterk hun geloof ook was. Net als haar eigen geloof was dat van hen op de proef gesteld door rampspoed en pijn en geestelijke folteringen. Daarna moest ze even glimlachen om haar eigen arrogantie: ze mocht haar eigen geringe pijnen niet vergelijken met die van de heiligen. Ze leed door haar verdriet, maar ze had niet de lichamelijke martelingen ondergaan van iemand als Sint Lucia, wier ogen waren uitgestoken, of Sint Agatha, wier borsten eraf waren gehakt.

Hij zag alleen haar glimlach en niet de akelige gedachten. Hij had zojuist de verrukkelijke ontdekking gedaan dat Simonetta's neusrug rimpelde wanneer ze glimlachte. Het maakte haar plotseling aards en toegankelijk; minder doorschijnend en ongenaakbaar. Hij voelde zich opeens absurd gelukkig en beantwoordde haar glimlach met een even stralende lach. 'U gaat me toch niet vertellen dat u hier weg wilt?' plaagde hij. 'Of dat u geen plezier hebt in het poseren hier?' Zijn stem klonk duidelijk spottend.

'Natuurlijk is het een grote eer om als de Heilige Maagd te worden geschilderd...' begon ze.

'U gaat me toch niet vertellen dat u in dit alles gelooft,' onderbrak Bernardino haar. Zijn geringschattende armzwaai omvatte de hele serie fresco's in wording: *Het huwelijk van de Maagd Maria, De aanbidding van de Drie Koningen, De presentatie van Christus in de tempel*; episodes in een leven waarin hij niet geloofde.

Ze keek hem aan met een onbevangen blik. 'Natuurlijk wel. Het is *lapalissiano*.' Het woord ontglipte haar voordat ze erg in had, en ze kon wel door de grond zakken omdat ze het had gebruikt. Want *lapalissiano*, dat 'vanzelfsprekend' betekende, was een nieuw woord in de Lombardische taal, en het was gevormd uit de letters van de naam van Marechal Palice, Lorenzo's generaal. Hij was rechtschapen en betrouwbaar geweest en was dood, net als Lorenzo. Ze zei snel om zich in te dekken: 'U niet dan?'

'Nee. Niet één woord of bijbelcitaat.'

'Waarom niet?' daagde ze hem uit.

Hij keerde haar de rug toe en begon met verwoede concentratie de doorschijnende, goddelijke kleurenpracht van haar blauwe cape te schilderen. Terwijl hij ingespannen bezig was, riep de hemelsblauwe kleur herinneringen bij hem op en voerde hem terug naar het verre verleden. 'Toen ik klein was, woonde ik aan de rand van het Lago Maggiore. Mijn vader was visser en ging er elke dag met de boten op uit. 't Is een groot meer. Heel blauw, zo ver het oog reikt. Voor een kleine jongen leek het gigantisch. Ik dacht dat het de zee was. Op zomerdagen ging ik daar altijd op het strand zitten.' Bernardino liet de hand met het penseel zakken terwijl hij aan zichzelf als jong jongetje dacht. 'Dan dacht ik aan alle landen die voorbij die grote oceaan lagen – alles wat er te zien was in de wereld, alle onbekende beesten en vreemde landschappen. Ik voelde de harde kiezelstenen onder mijn benen, maar dat maakte me niet uit, ik verdwaalde in al dat blauw. Wanneer ik mijn ogen half dichtkneep tegen de zon, werd het meer de lucht, en de lucht werd het meer, aan de horizon gingen ze in elkaar over en was het een en hetzelfde blauw. Dat blauw... dat heb ik nooit kunnen schilderen.' Hij draaide zich om en keek naar haar ogen; daar was hetzelfde blauw, en het keek hem aan, maar dat zei hij niet hardop. Hij ging verder: 'Ik keek hoe het water over mijn voeten kabbelde. Omhoog en weer terug spoelde het, over de kiezelstenen. Ik vroeg mijn moeder die avond waarom het water dat deed.' Hij zoog zijn longen vol lucht tegen de pijn. En ademde weer uit terwijl hij sprak. 'Mijn moeder had weinig tijd voor me. Ze was altijd bezig met mijn ooms – ik had heel veel ooms – ze kwamen elke middag langs wanneer mijn vader weg was voor de middagvangst. Mijn moeder zei altijd dat ik niet aan mijn vader mocht vertellen dat ze bij ons thuis waren geweest. Ze zei dat er ruzie in de familie was geweest.' Bernardino keek even op en zijn mond verdraaide zich tot een glimlach die geen glimlach was. 'Heel veel ooms, en niet een leek op mijn vader.' Hij ging abrupt weer aan het werk en zette zijn verhaal voort in een waterval van woorden voordat Simonetta tussenbeide kon komen. 'Mijn moeder vertelde me dat er engelen op het strand zaten die steeds maar in- en uitademden, en hun adem deed het water bewegen en veroorzaakte de getijden. Ik vroeg haar waarom wíj de engelen niet konden zien en ze zei dat dat kwam doordat wij zondig waren. Een van mijn ooms was erbij en hij lachte toen ze dat zei; hij zei dat ze helemaal gelijk had en kuste haar op haar schouder. Ik vond het niet fijn dat hij zo lachte en dus ging ik weer naar het meer om op mijn vader te wachten.' Bernardino hield onbewust zijn penseel stevig vastgeklemd. 'De hele middag probeerde ik een goede jongen te zijn en goede dingen te denken zodat ik de engelen zou kunnen zien. Ik zat daar nog toen mijn vader met de boten terugkeerde. Hij vroeg me wat ik aan het doen was en ik vertelde hem dat ik probeerde de engelen te zien die met hun adem de getijden veroorzaakten. Hij zuchtte en ging naast me zitten. "Bernardino," zei hij, "er zijn geen engelen op het strand." Ik had het intussen warm gekregen en was moe, en ik had hoofdpijn door de zon en doordat ik de hele middag intens had geprobeerd de engelen te zien. Door wat hij zei, kon ik wel huilen, dus ik begon te schreeuwen. "Er zijn wel engelen, ze zijn er wel!" gilde ik. "Wie heeft je dat soort dingen verteld?" vroeg mijn vader. Ik verloor mijn verstand en vergat wat mijn moeder tegen me had gezegd. "Moeder!" gilde ik. "En mijn oom." Mijn vaders gezicht verstrakte. "Welke oom?" vroeg hij rustig. Plotseling herinnerde ik me de familieruzie, maar ik was al te ver gegaan om nog terug te kunnen krabbelen. "Ik weet niet welke," zei ik. "Er komen er een heleboel bij ons thuis. Het was de oom die er vandaag was." Daarna stond mijn vader op en keek lange tijd naar het water terwijl de golfjes over het strand spoelden. Hij draaide zich om en zijn ogen waren vochtig. "Bernardino," zei hij, "je moeder is een leugenaar. Dat is ze altijd al geweest." Hij doopte zijn vinger in het water en kwam naar me toe. Hij duwde zijn vinger nogal hard in mijn mond. "Proef eens," beval hij. "Het is zoet water en niet zout," zei hij. "Dit is geen zee, Bernardino. Er zijn hier geen getijden, en geen engelen. En ik heb geen broers." Hij haalde zijn vinger uit mijn mond en raakte eenmaal zacht mijn schouder aan, voordat hij wegliep. "Het is maar een meer, Bernardino," zei hij. "Gewoon een meer."'

Simonetta wachtte af, nauwelijks ademend. Bernardino streek met zijn hand over zijn ogen, waarbij hij een blauwe veeg op zijn voorhoofd achterliet. 'Dat was het laatste wat mijn vader tegen me heeft gezegd. Toen ik thuiskwam, was hij verdwenen. Mijn moeder gaf mij de schuld. Ze begon nog meer te drinken en mijn "ooms" kwamen in het begin niet meer, maar algauw waren ze weer terug. Ik begon met de houtskool die ik op het strand maakte, te tekenen op stukken drijfhout, oude zeilen, wat dan ook. Ik besloot dat als de engelen niet bestonden, ik ze zou verzinnen. Een keer, toen ik vijftien was, maakte ik met houtskool een gigantische muurtekening die ons hele houten huis besloeg. Allemaal engelen, cherubijnen en serafijnen; het hele hemelse gezelschap. Mijn moeder was woedend. Ze gilde en schreeuwde en de oom van die dag sloeg me met zijn riem. Ik wachtte tot ze in bed lagen en ging er toen met zijn paard vandoor. Ik had gehoord dat de beroemde meester Leonardo da Vinci in Milaan aan het werk was voor hertog Ludovico Sforza, en ik nam mijn tekeningen mee en reed de hele nacht door. Ik wachtte een week voor de deur van Da Vinci's *studiolo*, waarbij ik ervoor zorgde dat hij elke dag zowat over me struikelde, tot hij in een gesprek toestemde. Hij wierp amper een blik op mijn tekeningen, maar gaf me wat houtskool en liet me een hand tekenen.' Bernardino keek even naar Simonetta's gespreide vingers en glimlachte bij de herinnering. 'Diezelfde dag nog werd ik zijn leerling.'

Bernardino keek naar zijn eigen hand. Hij had het penseel zo stevig vastgeklemd dat er vier halvemaantjes te zien waren waar zijn nagels zich in zijn handpalm hadden gedrukt. Terwijl hij bleef kijken, werden de plekjes langzaam rood. Hij keek weer naar de engelen, zijn engelen, die boven zijn hoofd rondcirkelden en vanaf de pilasters op trompetten bliezen. 'Leonardo geloofde ook niet,' sprak Bernardino tot het plafond. 'Hij zei dat het heel goed mogelijk was het geloof bij anderen te stimuleren zonder het zelf aan te hangen. Hij had alleen eerbied voor Magdalena, en ik alleen voor mijn moeder, ook een gevallen vrouw. Wat mijn moeder was begonnen, maakte mijn leermeester af. Mijn geloof was verdwenen. Hij hechtte meer waarde aan menselijke gevoelens, en niet aan religieuze toewijding.'

Simonetta was uiteindelijk weer in staat te spreken. 'Wat voor gevoelens?' vroeg ze nu voorzichtig.

Liefde, dacht Bernardino. Hij herinnerde zich het advies dat Leonardo hem bij zijn vertrek had gegeven: dat hij, wanneer hij weer begon te voelen, een betere schilder zou worden. En het was waar. In zijn gemakkelijke veroveringen, zijn lange reeks vrouwen en meisjes, maagden en getrouwde dames, was hij niet één keer de gevoelloosheid te boven gekomen die het verlies van zijn moeder teweeg had gebracht. Op de dag dat zij tegen hem had gelogen en zijn vader was vertrokken, had hij zijn onschuld verloren – zijn beeld van haar als de ideale vrouw. Hij had haar op een voetstuk geplaatst, even stellig alsof ze een standbeeld van de Madonna was geweest. Maar ze had gelogen en geschreeuwd, en hem het huis uit gejaagd, in de armen van de onbetekenende veroveringen die hij had gezocht maar waaraan hij nooit plezier had beleefd. En dat alles omdat hij op zoek was naar dat ene, het heilige ideaal van de liefde. Hij opende zijn mond om dat eenvoudige woord te zeggen, het woord dat alles en niets voor hem betekende, tegen de vrouw die meer voor hem betekende dan ze ooit zou weten. Maar hij merkte dat hij niet kon praten. Zijn stem stokte in zijn keel en er dreigden tranen in zijn ogen te komen. Tranen! Hij had niet meer gehuild sinds de nacht dat hij van de oever van het meer naar Milaan was gereden, toen hij met een stroom van tranen achter zich aan door het donker galoppeerde, terwijl zijn gezicht in de warme wind droogde zodra het nat was. Nu voelde hij intuïtief hetzelfde als toen: hij moest gaan, nu meteen.

Hij legde abrupt zijn penselen neer en liet ze, wat voor hem heel ongewoon was, op zijn palet liggen drogen. Het gezicht van de Maagd was nog een ovale lege plek, maar hij kon vandaag niet verder; hij gaf zich bijna bloot. Terwijl hij langs haar liep, strekte Simonetta zonder te weten wat ze deed haar hand naar hem uit. Hij draaide zijn hoofd weg en ze hoorde hem mompelen: '*Noli me tangere.*'

En zo rende Bernardino voor de tweede keer in zijn leven weg van een vrouw van wie hij hield. Hij beklom de trap naar zijn eenzame toren in grote haast, zonder achterom te kijken, en dat was maar goed ook, want anders had hij een schouwspel gezien dat hem verbijsterd en overweldigd zou hebben, juist datgene wat hij wanhopig had geprobeerd te vermijden. Simonetta's meerblauwe ogen keken hem na met een blik van onmiskenbaar medelijden.

Pas veel later in de avond drong tot Simonetta door wat hij tegen haar had gezegd op dat ongelukkige moment dat zij haar hand naar hem had uitgestoken. *Noli me tangere.* Natuurlijk. Ze pakte de familiebijbel die voor haar bidstoel op haar nachtkastje lag, en sloeg de geel wordende bladzijden om tot ze vond wat ze zocht. '*Dicit ei Iesus noli me tangere nondum enim ascendi ad Patrem meum vade autem ad fratres meos et dic eis ascendo ad Patrem meum et Patrem vestrum, et Deum meum et Deum vestrum.*' Daar stond het; de vermanende woorden van de herrezen Christus tegen Magdalena, de vrouw van wie Hij ooit had gehouden en die van Hem hield, de eerste mens die Hij had uitgekozen als getuige van Zijn verrijzenis. 'Jezus zei tot haar: raak mij niet aan, want ik ben nog niet opgevaren tot mijn Vader. Maar ga heen tot mijn broeders en zeg hun: ik vaar op tot mijn Vader en uw Vader, en tot mijn God en uw God.'

Raak me niet aan.

15

Sint Petrus van de Gouden Hemel

Amaria sloeg haar ogen op naar haar heilige. Voor deze voelde ze geen ontzag of angst, zoals voor de andere, de met pijlen doorboorde Sint Sebastiaan of Sint Bartholomeus met zijn afschuwelijke jas van afgestroopte huid. Nee, deze heilige was háár heilige – San Ambrogio, Sint Ambrosius, haar hoeder, haar vader, haar schutspatroon en vriend. In het kaarslicht waren zijn ogen donker, sullig en vriendelijk. Ze vond hem aardig en ze vond zijn beeltenis aardig in deze kerk van San Pietro in Ciel d'Oro.

Sint Petrus van de Gouden Hemel.

Ze herhaalde de naam steeds voor zichzelf, als een gedicht, zo mooi waren die woorden. Ze dacht aan Sint Petrus met zijn rinkelende sleutels die in de gouden hemel woonde, en aan Sint Ambrosius die daar ook woonde. Hier lagen ook de beenderen van Sint Augustinus van Hippo in een stenen doodskist met uitgehouwen reliëfs over zijn leven. Op de taferelen op het graf zag je dat de kist werd weggevoerd uit Carthago door Liutprand, de koning van de Longobarden, en Amaria streek met haar vingers over de kleine stenen slippendragers. Hun belevenissen leken zo ver weg en Sint Augustinus, met zijn doorboorde, brandende hart, interesseerde haar niet echt. Hij maakte geen deel uit van haar familie zoals Ambrosius, hij droeg haar naam niet. Augustinus' beenderen, die over de dorre vlakten van Carthago hadden gelopen en steun hadden gegeven aan spieren, bloed en organen, waren voor haar minder echt dan het tweedimensionale beeld van Sint Ambrosius. Ze wist weinig van de herkomst van haar heilige: alleen dat hij in de tijd van de Romeinen een vooraanstaand christen was geweest, die Gods woord onder de heidenen had verspreid. Het was voldoende dat ze wist dat hij ooit een man als ieder ander was geweest. Ze kon tegen hem glimlachen zonder oneerbiedig te zijn en dat deed ze dan ook tot ze er zowat pijn van in haar kaken kreeg. Want dit jaar was ze heel dankbaar. Het was de zevende dag van december. Ze stak aan de voet van het heiligenbeeld een kaars aan. 'Gefeliciteerd met uw naamdag, Sint Ambrosius,' zei ze. 'En dank u wel voor Selvaggio.'

Amaria liep naar buiten, het plein op terwijl ze haar capuchon over haar haren trok. Ze had ze vandaag op een nieuwe manier gevlochten en opgestoken. Verdwenen waren haar losse, verwarde vlechten die altijd vol mos en bladeren kwamen te zitten als ze door het bos dartelde. Selvaggio had op haar verzoek een houten kam voor haar gemaakt en die had ze elke avond gebruikt zodat haar verwarde manen zo glad werden dat ze glansden als ebbenhout. Voor haar naamdag had ze haar lokken gevlochten en opgestoken in Milanese stijl, waarbij ze een rood lint rond haar voorhoofd had bevestigd en kleine rozenknopjes in de zware zwarte tressen achter in haar nek. Ze had haar mooiste roodbruine jurk aangetrokken en rode kleipasta op haar rozenrode lippen gewreven. Ze had er voor haar heilige op z'n mooist willen uitzien, maar terwijl ze in de kerk aan het bidden was, fluisterde haar geweten zo zacht als een biecht dat ze al die dingen voor Selvaggio had gedaan. Want hij was degene die eens een winterroos voor haar haar had geplukt en had gezegd dat die zo goed bij haar paste; en híj had haar roodbruine jurk bewonderd toen ze die op Sint-Michiel had gedragen, en gezegd dat hij zo van aardkleuren hield; hij was het die had gezegd dat 't het mooist stond als ze haar haren uit haar gezicht droeg, want dan kon hij haar gelaatstrekken beter bewonderen. Ondanks de bittere kou voelde Amaria een blos over haar wangen trekken.

Ze keek hoe haar warme adem de ijzige lucht in wervelde en daar de neerdwarrelende sneeuwvlokken tegenkwam. De zon ging onder en het was al laat om nog buiten te zijn, ze zou naar de put gaan met de emmer die ze daarvoor had meegebracht, en dan naar huis, naar haar Nonna en naar... hem.

Het was zo koud dat ze het ijs van de fontein moest breken. Ze vulde de emmer en draaide zich om, en zag toen haar vervormde beeld in een glimmend borstschild weerspiegeld. Haar gezicht leek door de soldeernaad in tweeën gespleten. Ze keek omhoog en zag het grove gezicht van een Zwitser.

Ze wist intussen hoe die eruitzagen, de hele stad wist dat. De fonkelende wapenrusting, het vreemde verbasterde taaltje dat klonk als hoesten, en de onbeschaamdheid die het gevolg was van de wetenschap dat ze de beste huursoldaten ter wereld waren. Ze waren niet mooi, deze mannen uit Zwitserland, ze zaten onder de littekens; ze waren jong, maar hun gezichten waren door de oorlog zo verweerd dat ze oud leken. En ze waren een plaag; er was bij de *Comune* vaak over geklaagd dat deze soldaten de vrouwen van Pavia hadden lastiggevallen en met de mannen hadden gevochten. Ze hadden alle frustraties van soldaten zonder werk, mensen die getraind waren om oorlog te voeren maar wier inspanningen tot vrede hadden geleid. Ze moesten kunnen vechten. Ze hadden een hekel aan dadeloosheid, en zochten overal ruzie, tot ze naar hun volgende frontlinie werden gecommandeerd. Ze noemden zichzelf de redders van Pavia vanwege hun hulp bij de laatste veldslag, en ze bleven maar hangen, verveeld en rusteloos. Amaria was al eerder door hen lastiggevallen – ze wist niet wat ze tegen haar zeiden, maar kon dat wel raden. Ze voerden altijd met hun handen dezelfde pantomime op om hun botte bewondering voor haar rondingen te demonstreren. Maar vroeger was ze altijd met Silvana geweest... Ze had Silvana opgegeven voor Selvaggio, en Selvaggio had ze vandaag niet meegenomen. Waarom niet? Omdat ze haar heilige voor hem had willen bedanken, iets wat hij beslist niet mocht weten. Dus vandaag was ze alleen. En vandaag waren er drie Zwitsers.

Ze keek om zich heen. Er liepen weinig mensen op het met keien geplaveide plein aangezien het vroor en de zon verdween. De soldaten stonden om haar heen, pratend, porrend en lachend. Ze sloegen de emmer uit haar hand en haar voeten werden nat van het water, en vervolgens ijskoud. Voordat ze wist wat ze deden, werd ze op de grond geduwd, en op dat moment zag ze de sneeuwvlokken als bij toverslag verdwijnen in het water dat ze had gemorst. Vanuit haar ooghoek zag ze de paar mensen die ze had gezien ook verdwijnen. Die zouden zich niet verzetten tegen zulke mannen die één zielig meisje van haar maagdelijkheid wilden beroven. Het was de moeite niet waard. Amaria voelde handen achter op haar hoofd terwijl ze worstelde en schreeuwde om hulp, die niet kwam. Haar wang werd tegen de ijskoude keien geduwd en ze proefde bloed. Toen hoorde ze dat er een zwaard werd getrokken, ze zou toch niet onthoofd worden? Nee, nog erger, want het zwaard viel een paar centimeter buiten haar gezichtsveld op de grond, en ze hoorde de soldaat zijn broekriem losmaken. De andere twee hielden haar bij haar armen vast, ze was machteloos. Ze staarde naar het zilverkleurige lemmet van het zwaard van haar belager dat op de grond lag terwijl de sneeuw zich daar ophoopte. De soldaat tastte tussen haar rokken. Ze dacht dat ze gek was geworden van angst toen ze zag hoe een ruwe leren schoen zich onder het lemmet schoof en het hoog de lucht in schopte. Ze werd losgelaten en tilde haar hoofd op, samen met de drie huursoldaten, die alle drie vreemd opkeken toen ze zagen hoe het lemmet hoog achter de toren van San Pietro de sneeuwlucht in suisde en daarna precies in de hand van Selvaggio terecht kwam. Langer dan eerst, fier rechtop en met vlammende ogen, zag hij er eerder uit als een wraakengel dan als haar dierbare Selvaggio. Amaria keek toe hoe hij met één slag de keel van haar belager trof tot het bloed over de keien gutste en dampte. Met de volgende stoot dreef hij het lemmet in de buik van de tweede man, met kennis van zaken de opening vindend tussen borstschild en schouderriem. Met een zwaai naar achteren haalde hij het lemmet onder zijn eigen arm door en duwde het in de derde man, zonder zelfs maar te kijken naar wat hij deed. Het was allemaal in een oogwenk voorbij, geruisloos en doeltreffend, en alle drie lagen ze dood om Amaria heen. De rode knopjes van de winterroos waren uit haar haar gevallen en omkransten het tafereel als grafbloemen. De sneeuw bedekte alles, wit en rood, kou en hitte, terwijl het helderrode levenssap wegstroomde. Amaria staarde naar het bloedbad en vervolgens naar Selvaggio, die naar haar keek en daarna naar het zwaard, dat nu slap in zijn hand hing, alsof hij er nooit eerder een had vastgehouden.

Amaria vond haar stem terug, nadat ze even, net als hij in het verleden, geen woord had kunnen uitbrengen. Maar wat er kwam, was geen dankbetuiging. ‘Dus je was een soldaat,’ zei ze.

Hij stond nog steeds als verdwaasd naar het zwaard te kijken. ‘Wat het verleden betreft: dat weet ik niet,’ zei hij met zijn nieuwe, haperende stem. ‘Maar vandaag ben ik een soldaat.’ Toen keek hij haar rechtstreeks aan; met de blik die ze had gezien toen hij zich op het erf stond te wassen. Ze wist niet of het door de drie doden of door de ogen van haar wreker kwam, maar ze verloor het bewustzijn en merkte niet dat Selvaggio haar opving vlak voordat ze op de grond viel.

Hij draaide zijn hoofd achterover naar de hemel, terwijl hij het meisje in zijn armen hield, zo mooi in haar naamdagskleren; en zonder te weten waarom opende hij zijn mond voor de sneeuwvlokken. Selvaggio droeg Amaria helemaal naar huis, onder de gouden hemel de koning te rijk.

16

•

Engelenadem

'Ze zijn wonderbaarlijk.'

Pater Anselmo was werkelijk onder de indruk van de fresco's. Hij liep in de kerk omhoog te kijken, zich verwonderend over wat hij zag. Daar in het kleine transept was *De bruiloft van de Maagd Maria* te zien, met Maria en Sint Jozef in hetzelfde stralende meerblauw; Sint Jozef die een trouwring schoof om de vreemde rechterringvinger van Simonetta di Saronno, terwijl haar gezicht en profil staarde naar de man met wie ze zojuist in het huwelijk was getreden. Anselmo vroeg zich af wat het haar gekost moest hebben te poseren op dezelfde plek waar ze met haar overleden echtgenoot was getrouwd. Op mysterieuze wijze had Sint Jozef, die toch maar een eenvoudige timmerman was, iets van de edele gelaatstrekken van Lorenzo di Saronno. Tegenover dit meesterwerk was er nog een, *Christus te midden van de geleerden*. Hier had Luini met de hem kenmerkende arrogantie zichzelf geschilderd als de volwassen Christus, die met gespreide handen en een door de woordenwisseling verhit gezicht stond te discussiëren, zoals Anselmo hem vaak had gezien; zo levensecht dat het verontrustend was om daar beneden met zijn tweelingbroer te staan. Ook daar stond Simonetta, afgebeeld als een oudere vrouw, en door een of andere perspectivische kunstgreep groter dan haar zoon; in hetzelfde helderblauw gekleed strekte ze haar ene hand naar hem uit terwijl haar andere hand op haar hart rustte. Anselmo voelde opeens enige ongerustheid. Luini had hem nooit in vertrouwen over zijn familie verteld, maar de scherpzinnige priester begon plotseling te vermoeden wat Simonetta waarschijnlijk allemaal voor Bernardino betekende: niet alleen een kortstondige lust die gemakkelijk bevredigd kon worden, maar een ware, intense liefde waarin hij haar de rol toedeelde van moeder, minnares en vrouw. Hij had haar geschilderd zonder versiering of trucjes – nergens zag je de traditionele symbolen van de Maagd. Ze hield geen sierlijke lelie of bijna uitgebloeide roos in haar hand. Ze was niet opgesmukt met amandelbloesem, de bloemen die verwezen naar Maria's onschuld en die Luini's model een diepere betekenis zouden hebben gegeven. Luini moest van al deze beeldspraak, deze symboliek geweten hebben, en toch had hij ze allemaal verworpen ten gunste van een sterfelijke voorstelling. Een wereldse verering, in wisselwerking met haar menselijke familie. Anselmo dacht plotseling aan Bernardino's eigen naamheilige, Bernard van Clairvaux, die de Maagd bovenal had vereerd en haar met intense hartstocht had aanbeden. In verwarring gebracht liep Anselmo peinzend naar het priesterkoor in de *Cappella Maggiore*, met Luini als een schaduw achter hem aan. Daar was *De presentatie van Christus in de tempel*, en ook daar stond Simonetta in hetzelfde hemelsblauw, haar lange blanke handen in gebed samengevouwen, in moederlijke genegenheid kijkend naar haar geliefde zoon. In de heuvels achter het tafereel was nog iets wonderbaarlijks te zien; zijn eigen kerk van Santa Maria dei Miracoli was van Saronno overgebracht naar de heuvels van Bethlehem, en stond, wit en gracieus, te midden van het onbekende graan. En hiertegenover, het stralendst en mooist van al, *De aanbidding van de Drie Koningen*. Hier hield Simonetta, in dat weergaloze blauw, het Kindje dat de Morgenster was in haar armen, terwijl de Koningen afkwamen op het heldere schijnsel van deze rijzende ster. Het was allemaal prachtig uitgebeeld; de stal zo perfect in perspectief weergegeven dat het leek of hij uit de muur naar voren stak, de Koningen met hun gevolg en schitterende juwelen die glansden als hun zwarte huid, en de kamelen en strijdrossen die hooghartig op de achtergrond voortschreden. En toch werd ondanks al dit wonderbaarlijks je blik naar die serene figuur in blauw getrokken.

Bernardino, naast hem, stond stil en zweeg, zijn hand tegen zijn wang geklemd. Anselmo wendde zich tot zijn vriend. 'Zelfs voor iemand als ik, die het werk in iedere fase heeft gezien, is het nog steeds een wonder.'

'Hmm.'

Anselmo keek van opzij naar zijn vriend. Stilzwijgen was niets voor Bernardino, meestal was hij heel blij als hij zijn eigen lof kon zingen. 'Bernardino? Gaat het goed met je?'

Bernardino wist het niet. Hij had beslist het gevoel dat hij ergens door gekweld werd. Hij zou bij de apotheker zijn langsgegaan als hij in medicijnen had geloofd. Maar hij was altijd zo'n gezonde kerel geweest, zo immuun voor ziekte en met zo weinig medeleven voor hen die met hun kwalen te koop liepen, dat hij geen vertrouwen had in de middelen van zulke mannen. Zoals hij evenmin geloofde in de invloed van bidden, het medicijn van een hogere macht. Maar het was waar dat hij zich niet normaal voelde. Zijn hoofd stond niet naar wijn of spijs. En al helemaal niet naar vrouwen. God wist dat er genoeg mooie meisjes in Saronno waren; hij zag er een heleboel die naar hem keken terwijl hij achter de kerk rondhing, ongeduldig wachtend tot de mis voorbij was zodat hij zijn penselen weer kon oppakken. Hij had ze stuk voor stuk kunnen krijgen; hij wist dat zijn talent hem een aantrekkingskracht verleende waarvan hij met zijn knappe uiterlijk al verzekerd was. Toch had hij er niet een uitgeprobeerd, hij had sinds hij hier was geen vrouw meer gehad. Maar Anselmo wachtte op een antwoord.

'Heel goed, dank u wel. Wie zou zich niet goed voelen, wanneer hij zulk werk had geleverd?'

Dat was beter. Anselmo was opgelucht en durfde het aan om nog een vraag te stellen, over iets wat hem had bevreemd toen hij van dichterbij keek. Iets wat ontbrak. 'Is het af?'

'Ja, Anselmo, ik dacht dat ik de Madonna maar zonder gezicht moest laten. Misschien een tikje modern naar sommige meningen, maar ik ben bereid mijn standpunt te verdedigen.'

Anselmo was er nu van overtuigd dat zijn vriend zich beter voelde: zijn ironische manier van spreken was weer terug. De priester liep naar het fresco toe en bekeek de schildering nauwkeurig; zonder twijfel was er een ovale lege ruimte waar je Maria's gezicht zou verwachten. Hij wist niet waarom hij het niet eerder had gezien, zo sterk werd je blik naar de persoon van de Maagd gezogen. Het blauw van de cape en de val van de stof, en het licht dat die Heilige Moeder leek uit te stralen, maakten dat alle aandacht werd gericht op het gezicht, dat ontbrak. Het was een vreemde, detonerende open plek; de Heilige Maagd leek een masker te dragen zoals de Venetianen, maar dan een zonder openingen voor mond of neus. Het had iets griezeligs.

Achter hem liep Bernardino ongewoon deemoedig rond te schuifelen. 'Ik zal haar vandaag afmaken. Nog één sessie met *La Grande Signoria*, de koningin van Castello, en het is klaar.'

'Komt ze vandaag?' vroeg Anselmo, die zijn verbazing niet kon verbergen.

'Ja.' Onderzoekend kneep Bernardino zijn ogen dicht. 'Hoezo? Het is... wat, vierentwintig februari? Is het een of andere duistere christelijke feestdag die ik niet ken? De eerste keer dat het kindje Jezus op de pot poepte?'

Anselmo keek streng bij zo'n gebrek aan eerbied. 'Nee, niets. Laat maar. En het is goed dat je bijna klaar bent, want er komt een belangrijk iemand deze kant op. De kardinaal zelf, op reis naar Pavia, onderbreekt zijn reis hier morgen en zal de mis lezen. Hij wilde het werk zien waartoe hij opdracht heeft gegeven. Het is een grote eer.'

'De kardinaal van Milaan? Morgen?'

'Ja. Ik heb hier zijn brief, die een ruiter zojuist heeft gebracht.' Hij zwaaide met de opgerolde brief naar Luini. 'Ken je Zijne Eminentie?'

'Alleen van horen zeggen.'

Anselmo knikte. 'Men zegt dat hij een... veeleisende man is. Toch denk ik niet dat hij echt nors of wreed is zoals wordt beweerd, maar slechts hard voor zichzelf in het dienen van God, en dat maakt hem hard voor anderen. Vroomheid kan zich op heel verschillende manieren uiten.'

Bernardino glimlachte, voor de zoveelste keer geprikkeld. 'Zolang zijn vroomheid de vorm aanneemt van verdere opdrachten voor mij, maak ik me niet druk om zijn methoden.' Hij sloeg zijn handen tegen elkaar en wreef ze warm. Hij had plotseling het idee dat hij voor zijn redding niet in Saronno moest zijn, en plotseling verlangde hij naar het moment dat hij klaar zou zijn en weg kon gaan. Hij had het onrustige gevoel dat zijn onbehagen op een of andere manier te maken had met Simonetta di Saronno. Misschien had ze hem behekst, vervloekt of zoiets. 'Da's dan afgesproken. Ik schilder haar nog één dag. En dan is het gedaan.' En daarmee doelde hij niet op het fresco.

De waarheid was dat hij maar wat had rondgelummeld en het beëindigen van zijn werk uit de weg was gegaan. En dat was omdat hij voor de eerste keer niet zeker wist of hij was opgewassen tegen de taak die hij zichzelf had gesteld. Hij was er echt niet zeker van of hij haar tot aller tevredenheid en face op de muur kon vastleggen. Op zijn andere fresco's was de Maagd schuin, en profil, te zien, met haar grote ogen van de toeschouwer afgewend. Hij had nog niet geprobeerd de volle kracht van Simonetta's ongelooflijke schoonheid, vanuit de muur recht voor zich uit starend, weer te geven. En dat was niet omdat ze hem haatte. De laatste tijd was ze vriendelijker tegen hem geworden en hij voelde dat hij gevaar liep. Hij stelde zich harder op en was sarcastischer dan ooit, maar had het gevoel dat zijn poses haar niet overtuigden – dat ze hem met die ogen van haar doorzag. Ze ruzieden nog wel, maar hij was nu de harde persoon en zij was zachter. Sinds hij haar over zijn jeugd had verteld – een verfoeilijke zwakheid! – had hij meer dan eens een totaal ongewenst medelijden in haar grote ogen gezien. Eén of twee keer had ze zelfs gelachen terwijl ze hem plaagde, en dat te horen had hem heel erg ontroerd. Haar gezicht werd, in plaats van hemels, aards, en zijn lichaamssappen kookten terwijl het bloed in zijn aderen zich verheugde toen hij dat hoorde. Vandaag zou hij sterker zijn. Haar charmes zouden geen genade vinden.

Hij draaide zich niet om toen ze binnenkwam. Hij wist dat zij het was, want de muziek van haar voetstappen waarde door zijn dromen. Hij negeerde de opwinding die hij voelde toen ze naderde en gooide haar de mantel toe zonder naar haar te kijken. 'Maak je klaar,' snauwde hij. 'Er moet veel gebeuren, want de kardinaal van Milaan zelf komt morgen op bezoek, en we moeten het laatste gezicht nog doen.'

Ze verroerde zich niet en uiteindelijk draaide hij zich naar haar om. Ze was stil en zag bleek, met schaduwen rond haar ogen. Verslagen keek ze hem aan, niet met haar haviksblik. Er was iets veranderd. Om een of andere reden was ze zwak. Hij zegevierde. 'Waarom staat u daar? Ik kan mijn tijd niet verbeuzelen.'

'Signor Luini,' – een verandering inderdaad, want zo had ze hem nooit eerder genoemd – 'ik kan vandaag niet voor u poseren.'

'Waarom niet?'

'Ik ben... ongesteld.'

'Ongesteld? Wat moet ik daarmee? Het kan me niks schelen of

u last heeft van die bloedingen van jullie vrouwen, of dat een of andere vlerk u met kind heeft geschopt. We hebben het hier over hogere zaken. Dit is Kunst. Opschieten nou.'

Ze hapte naar adem bij zijn ruwe gedrag maar beet niet van zich af zoals ze gewend was. Bernardino voelde zich onzeker door deze nieuwe Simonetta. Hij wist niet waar hij aan toe was. Hij had gedacht dat hij wist wat hij aan haar had, maar vandaag liet ze hem een ander gezicht zien. Hij was van zijn stuk gebracht, de draad kwijt, en daardoor werd hij nog hardvochtiger. 'Nou?' Hij kon haar antwoord nauwelijks horen.

'Daar heeft het allemaal niets mee te maken. Alleen... is het precies een jaar geleden dat ik mijn man heb verloren.'

Bernardino balde zijn vuisten om weerstand te bieden aan de golf van medelijden die hij voelde opkomen. Als hij die toeliet, zou die hem verzwelgen en zou hij verdrinken in het verdriet om haar ellende. Het speet hem heel erg dat hij haar pijn had gedaan. Hij had haar voor geen goud willen kwetsen. Hij draaide zich om naar zijn penselen. Hij kon niet toegeven, haar niet laten zien hoezeer hij door zijn eigen wreedheid met afschuw was vervuld. Hij voelde dat als hij dat wel deed, hij verloren zou zijn; hij was bang voor de kracht van zijn gevoelens. 'Ga zitten,' commandeerde hij nors, en dat deed ze, alsof ze eens en voor altijd verslagen was.

Ze voelde inderdaad dit jaar zo mogelijk nog meer verdriet dan het jaar ervoor. Terwijl Lorenzo op het slagveld stierf, had zij in het volste vertrouwen op Castello gewoond. De hele winter had ze niet geweten dat hij al dood was, en dacht ze dat hij in het voorjaar weer thuis zou komen. Maar het voorjaar bracht alleen Gregorio di Puglia, die haar vertelde dat Lorenzo in februari was gedood toen zijn lichaam bedekt werd door de sneeuw. Ze vond het onvoorstelbaar dat hij was gestorven terwijl zij nog leefde – ze had met Maria-Lichtmis zelfs, terend op haar hoop, gedanst en gegeten met haar bedienden, terwijl hij tot ontbinding overging.

Ze kon zich de feestdag nog goed herinneren; zij en een gezelschap adellijke dames hadden het spel van het gouden kussen gespeeld, waarbij een versierd kussen werd opgegooid en gevangen, voor een beker onbetaalbare hipocras die achter slot en grendel was weggeborgen door de Meester van Wanbestuur. Simonetta had het spel gewonnen, en het kussen gevangen, en terwijl ze de door de nar aangereikte beker leegdronk, precies op dat moment moest Lorenzo's warme levensbloed uit hem zijn gestroomd, de bevroren grond van Lombardije in. Ze voelde zich op een vreemde, irrationele manier schuldig omdat ze niet hoe dan ook had geweten op welk moment hij doodging. Een echtgenoot was het vlees van je eigen vlees, met jou verbonden door het allerheiligste sacrament; een goede, godvruchtige vrouw behoorde toch te weten op welk moment haar echtgenoot ophield met ademen? Maar nee, zij niet. Ze zou eeuwig schuldig blijven. Ze moest wel een slechte echtgenote zijn geweest... Maar wat dat betreft wilde haar geheugen haar niet bedriegen: ze kon zich in hun verleden geen momenten van ontrouw, geen slippertjes voor de geest halen. Ze waren niet gepassioneerd geweest maar hadden innig van elkaar gehouden. Ze waren in alles eendrachtig en gelijkgestemd geweest. Als vrouw was ze gehoorzaam, plichtsgetrouw en kuis geweest. Waarom moest ze zich dan zo schuldig voelen, schuldig niet alleen omdat ze niet had gemerkt dat Lorenzo overleed, maar ook op een of andere manier om wat ze elke dag had gevoeld sinds ze tegenover Bernardino Luini's gezicht en gestalte had gestaan en hem in weerwil van zichzelf de aantrekkelijkste mannelijke verschijning had gevonden die ze ooit had gezien, inclusief haar eigen Lorenzo. Zijn duivelse aantrekkingskracht maakte haar eigen dierbare Lorenzo in haar ogen aardiger, gematigder en godvruchtiger. Ze smachtte naar hem, en miste hem elk moment. Dit jaar had ze, na de eerste wilde vlagen van verdriet en de daarop volgende maanden van leegte, een nieuwe boosheid en vastberadenheid gekend, die waren veroorzaakt door haar geldgebrek. Geldzaken hadden geleid tot ontmoetingen met twee verschillende mannen; Manodorata was haar vriend geworden, en Bernardino haar vijand. Beiden hadden haar op verschillende manieren gesteund. Manodorata had haar hulp geboden en Bernardino had haar boos gemaakt, en ze was scherpzinnig genoeg om te weten dat ze haar leven in gelijke mate aan beiden te danken had. Maar nu Lorenzo een jaar dood was, was het haar gaan dagen dat haar verlies blijvend was, dat als hij na een jaar nog weg was, hij het jaar daarop er ook niet zou zijn, noch het jaar dáárop, en zo tot het einde van haar leven. Ze kon vandaag niet eens boos zijn op Luini, ongeacht wat hij over haar zei. Ze voelde zich mat en uitgeput, en de toekomst lag woest en leeg vóór haar, tot in de eeuwigheid. Ze ging in haar blauwe mantel op de treden van het koor zitten en tranen welden op en vielen neer uit haar weergaloze ogen.

Bernardino zag het meteen, want hij had zijn blik niet van haar gezicht afgewend. Hier was hij al bang voor geweest. Haar tranen. Hij wist dat hij haar tranen niet kon weerstaan. Diamanten, gevormd en vergoten door haar ogen – die ogen die bij hem een wirwar aan emoties losmaakten. De kleur van de lucht boven het geliefde meer in zijn geboorteplaats, het Lago Maggiore; het meer en de lucht, de lucht en het meer; wanneer hij zijn ogen dichtkneep, werden ze een blauwe eenheid. De engelen die steeds maar weer in- en uitademden, waardoor het getijde ontstond dat er niet was. De laatste aanraking van zijn vaders hand op zijn schouder toen hij voorgoed Bernardino verliet. Zijn liefde voor zijn moeder, de laatste vrouw die hem echt gelukkig had gemaakt. Hij kon er niet meer tegen en liep naar Simonetta toe. Hij was aan de oever van het meer, wadend door het getijde van haar tranen, knielend als in een smeekbede, en hij nam haar in zijn armen en kuste haar hard op haar mond, en voelde haar armen om hem heen en haar lippen die zich openden onder de zijne. Hij proefde haar tranen, zout en niet zoet, en proefde zijn genezing. Hij wist ten slotte meteen wat hem had gemankeerd; en alles werd in een ogenblik goed gemaakt. Hij had zijn ideaal gevonden. Hij hield van Simonetta di Saronno, en wist op dat ongelooflijke moment dat zij ook van hem hield.

17

Opnieuw geeft Gregorio Simonetta's leven een andere wending

Gregorio di Puglia had weer zitten drinken. Sinds het bijtend koud was geworden, had hij zijn taken buitenshuis gelaten voor wat ze waren en zat hij het grootste deel van de dag in de keukens van villa Castello toe te kijken hoe Rafaela aan het werk was. De keukens waren de enige warme plek in het huis, want daar brandde de hele dag het grote vuur. De enorme bakstenen ovens die ooit urenlang stonden te loeiden om de rijke feestmaaltijden van het huis te bereiden, waren nu leeg en zwart; het domein van wouwen en kraanvogels, die daar nestelden en met hun uitwerpselen een ijswitte laag op de zwart geworden bakstenen achterlieten.

Dus zat Gregorio aan de tafel terwijl Rafaela meel over het tafelblad uitstrooide om het armetierige deeg voor het brood te kneden. Sneeuw, het viel neer als sneeuw – de sneeuw waaraan hij niet herinnerd wilde worden. Gregorio nam weer een slok, een grote slok uit zijn grijsgrauwe beker. Er was in de villa nog steeds weinig te eten, maar Gregorio wist hoe hij zijn eigen grappa kon maken met behulp van druivenpitten en een primitief distilleertoestel dat hij had vervaardigd. Het brouwsel dat daarvan het resultaat was, was helderwit, kwalijk riekend en brandde in je keel, maar Gregorio gebruikte het om de pijn van zijn dagen te verzachten.

Rafaela deed hem ook goed, het was een mooie meid en ze had hem dit jaar veel troost geboden. Maar vandaag kon zelfs de aanblik van haar borsten, die trilden terwijl ze het deeg kneedde, hem niet troosten. Hij wist natuurlijk hoe dat kwam. Het was vandaag een jaar geleden dat hij zij aan zij met zijn meester had gevochten, en zijn meester was gestorven en hij had het overleefd.

Hij was zich er niet van bewust, maar Gregorio had veel gemeen met Simonetta, zijn meesteres van wie hij niet veel wist. Ook hij had het afgelopen jaar een verpletterend schuldgevoel ervaren, en ook hij had getwijfeld aan zijn eigen trouw aan Lorenzo. Want had hij niet door een andere houding, een nieuwe actie of een andere beweging met zijn zwaard de man kunnen redden van wie hij had gehouden als van een broer? Had hij niet zichzelf voor de kogelregen kunnen werpen die Lorenzo had geveld? Als hij dronk had hij het gevoel dat hij ten opzichte van zijn meester alles had gedaan wat hij kon, en werd hij sentimenteel als hij zich herinnerde dat die was gedood door een haakbus. Maar bij daglicht, als hij in de grauwe ochtend met hoofdpijn wakker werd, knaagde zijn geweten aan hem, en wist hij dat volgens de regels van het ridderschap hij zijn leven had moeten geven voordat Lorenzo stierf. Ze hadden zo vaak samen gevochten en menigmaal onderweg grappen gemaakt terwijl hun paarden naast elkaar voortstapten. Ze hadden samen uit dezelfde kom gegeten en op veldtocht zelfs een bed gedeeld door hun slaapmatten vlak naast elkaar uit te rollen voor de warmte. Lorenzo had zich nooit gedragen als de voorname heer; de twee jongens hadden dezelfde leeftijd en waren als broers samen opgegroeid. Gregorio's vader was de schildknaap geweest van Lorenzo's vader, en Gregorio had Lorenzo langer gekend dan zijn eigen vrouw hem had gekend. Lorenzo wilde van geen verschil tussen hen weten, en had Gregorio leren lezen en schrijven zoals het hemzelf was geleerd. Zijn vrouw daarentegen had zich altijd meer als de adellijke dame gedragen. Toen Lorenzo was getrouwd en Simonetta naar Castello had gebracht, was Gregorio van de wijs geraakt. Hij wist dat volgens de regels van de hoofse liefde de liefde van een schildknaap en zijn meester een verbond was dat nooit verbroken kon worden, en toch had Lorenzo's toewijding aan de mooie, elegante jonge vrouw even tot een breuk in hun partnerschap geleid toen hun ridderlijke ideaal plaats had moeten maken voor de geneugten van aardse, echtelijke liefde. Maar Lorenzo was teruggekomen; algauw waren ze weer op oorlogspad en weer onderweg, en doorkruisten ze Lombardije en andere landstreken omwille van de zaak, welke zaak dan ook, want Lorenzo's plezier in oorlogvoeren nam toe met de rijkdom die zijn huwelijk hem bracht. Algauw waren de twee jongemannen weer samen zoals ze dat altijd waren geweest.

Gregorio wist maar weinig van Simonetta. Ze had verlegen en afstandelijk geleken, maar in de nasleep van Lorenzo's dood had hij haar hartelijk gevonden, ze hadden samen verdriet en woede gevoeld en hij had respect voor haar en begon haar aardiger te vinden dan ooit tevoren. Nu het object van hun toewijding er niet meer was, kwamen ze nader tot elkaar, en Rafaela's liefde voor haar meesteres, die in de afwezigheid van de mannen was opgebloeid, had zijn mening over haar alleen maar goedgedaan. Simonetta had laten zien dat ze onder de nieuwe omstandigheden dapper en onverschrokken was, en hoewel Gregorio haar recente verbintenis met de jood niet kon goedkeuren, leek ze een of ander plan te hebben bedacht om Castello en de familienaam, Lorenzo's naam, te redden. Dus tegenwoordig dacht hij gunstig over de vrouw des huizes, en wist hij dat ook zij het moeilijk had.

In zijn melodramatische stemming deed hij, om zijn herinnering aan de sneeuw en het bloed te verdrijven, een onhandige graai naar Rafaela's borsten en de troost die zij hem zo goed kon geven. Rafaela, die het brood in porties aan het verdelen was, gaf hem een afwerende klap, waardoor er een meelvlek op zijn rechterhand achterbleef. 'Laat me met rust. Dit moet klaar zijn voordat mijn meesteres thuiskomt, anders is er vanavond niks voor de herdenkingswake.'

Want Simonetta had voor 's avonds een wake gepland, waarbij ze met z'n drieën bij kaarslicht zouden bidden voor Lorenzo. Met het brood dat in de vorm van een kruis moest worden gebakken, zouden ze zijn overlijden herdenken en bidden voor zijn opstanding. Gregorio mopperde. Hij voelde dat hij de geneugten van het bed nodig had om zijn botten en zijn hart te verwarmen. 'Waar is ze heen op een dag als deze?'

'Waarheen?' Rafaela veegde met haar hand over haar voorhoofd en blies een streng donker haar uit haar ogen. Het haar liep als een snee over haar voorhoofd. Weer kwam er een herinnering bij Gregorio op: zo een had híj eens opgelopen, een snee die een frons vormde over zijn edele voorhoofd. 'Waar denk je dat ze heen is? Naar de kerk, ouwe zuiplap, om te bidden voor haar overleden man. Misschien moet jij dat ook maar 'ns gaan doen.' Rafaela had vandaag geen geduld met Gregorio. Hij liep haar voor de voeten met zijn armezondaarsgezicht, en ze werd moe van hem. Ze hield best wel van hem, maar vandaag wilde ze dat hij haar niet voor de voeten liep.

Gregorio stond onvast op. 'Heel goed,' zei hij. 'Ik ga er ook heen, om te bidden voor de beste man die ik ooit heb gekend.'

Rafaela had meteen berouw. Want ze wist dat hij echt van zijn meester had gehouden. 'Ja, ga maar,' zei ze vriendelijker, 'en breng onze meesteres veilig thuis, want het vriest buiten.'

Dus reed Gregorio nogmaals over de weg van Castello. Er was in een jaar toch wel veel veranderd. Vorig jaar had hij koers gezet naar het huis, en dit jaar reed hij ervandaan. Vorig jaar was hij zich er ten volle van bewust geweest dat hij Simonetta's leven voorgoed zou veranderen. Deze keer wist hij dat niet. Dit jaar ging Gregorio di Puglia naar de kerk waar hij met Lorenzo had gestaan om hem te zien trouwen, om te bidden voor de ziel van zijn geliefde meester. Nogmaals trof hij zijn signora di Saronno aan, maar niet huilend bij een raam, doch op de treden van het koor van de kerk waar ze getrouwd was, in hartstochtelijke omhelzing met een andere man.

18

•

De favoriete schildering van de kardinaal van Milaan

Gabriel Solis de Gonzales, bisschop van Toledo en zelfbenoemd kardinaal van Milaan, had een speciale voorliefde voor het werk van Paolo Uccello. De kardinaal was een liefhebber van kunst, wanneer de terloopse wreedheden die zijn roeping met zich meebracht hem voldoende tijd lieten om zich erin te verdiepen. Hij had waardering voor de compositie van Fernando Gallego, de penseelvoering van Luis Dalmau en de perspectivische vaardigheden van Pedro Berruguete in de steden van zijn geboorteland. Maar naar zijn smaak was er niets op aarde wat de predella van het altaarstuk in de kerk van de Broederschap van Corpus Domini in Urbino kon evenaren. Maar aangezien Uccello zo ongemanierd was geweest om dood te gaan voordat de kardinaal zelf in een positie verkeerde waarin hij een opdracht tot religieuze kunst kon geven, moest hij maar mensen als Bernardino Luini inschakelen. In zijn uitvoering overtrof Luini misschien Uccello, ook al had hij minder kennis van het onderwerp. Dat nam niet weg dat zijn stijl beslist onovertroffen was. De kardinaal vermaakte zich met een zelfgenoegzame analyse van de invloeden die Luini had ondergaan; de maankleurige kleurschakeringen van Bergonones neogotische stijl contrasteerden op aangename wijze met het sterke, heldere realisme van Foppa, met misschien een vleugje van het archeologisch classicisme van Bramantino. Ja, Luini had beslist een paar indrukwekkende werken op zijn naam staan, met name in de *Abbazia* van Chiaravalle, waar de aandacht van de kardinaal voor het eerst op zijn vaardigheden was gevestigd. Zijn werk daar maakte hem de juiste persoon voor een taak die de kardinaal in gedachten had. Het was geen geringe opdracht: het geloof terugbrengen in een gebied dat leed aan *accidie*, de zonde van luiheid in godsdienstig opzicht.

Nadat de joden uit de Spaanse koninkrijken waren verdreven, waarbij ze de keuze hadden gekregen tussen bekering of verbanning, was het te verwachten geweest dat ze zich hier zouden vestigen, in de onlangs Spaans geworden provincie Milaan. Deze tweede invasie verontrustte de kardinaal en was deels de reden dat hij hier, midden in dit gebied, een fresco had gewild om de vroomheid van de Lombardijnen te bevorderen. Lombardije was een smeltkroes, en dat was al zo vanaf 1230, toen de Lombardijnen de Catharen asiel hadden verleend en het gebied een bolwerk van ketterij was geworden. Nu, eeuwen later, was er vanwege de oorlog een geloofscrisis – na een menselijke tragedie twijfelden domme mensen altijd aan God – maar waar de kardinaal zich meer zorgen over maakte, was dat dit tot een toevloed van ongewenste elementen had geleid. Die waren helaas met het leger mee uit Spanje overgewaaid. De kardinaal hield bij die gedachte zijn beringde handen voor zijn mond alsof hij de schadelijke dampen buiten wilde sluiten. Ze waren als een pestepidemie hier met de wind naartoe gewaaid; ze waren als de builenpest op de schepen meegevaren. En de Kerk had hen niet tegengehouden. Het canonieke recht liet hen hier toe op voorwaarde dat ze de christenen geld leenden. De kardinaal wist niet of Bernardino Luini echt vroom was, maar in feite deed het karakter van de kunstenaar er weinig toe zolang zijn werk maar vroomheid opwekte. Zijn leermeester Leonardo stond aan het hof van de Sforza's ook bekend als een dromer en een gestoorde.

En zo dwaalden, op weg naar de inwijdingsmis van de fresco's in de Sanctuariumkerk van Santa Maria dei Miracoli in Saronno, de gedachten van de kardinaal af naar die andere kerk in Urbino, waar je de heuvel beklom en dan door de grote deuren het bewierookte duister binnenstapte. In de geurige warmte liep je door het schip naar voren, waar je even stilhield om te knielen. En boven het altaar een voorwerp van volmaakte schoonheid. *Het wonder van de ongewijde hostie*, het favoriete schilderij van de kardinaal. Uccello's schildering, met die scène van joden op de brandstapel, was zo treffend, zo minutieus weergegeven in zijn voorstelling van de ontwijding van de hostie, dat je de hitte van het vuur voelde en het brandende lichaam van de ongelovige rook. Ooit was hij als jonge man en vreemdeling, die nog maar kort daarvoor toegang had gekregen tot het Vaticaan, naar Urbino gegaan om naar dit nieuwe meesterstuk te kijken. Daar, bij die kleuren en dat goud op het schilderij die in het donker duidelijk naar voren kwamen, kreeg de jonge kardinaal Solis de Gonzales een echte religieuze ervaring. Want in een dor, verschroeid landschap, onder een donkere lucht en een boom met sterren keek een jood met een rood hoofddeksel en tuniek en een blauwe broek in doodsstrijd naar de vlammen die aan zijn voeten lekten. Lager in de vlammen, al bijna verteerd, brandden twee in het zwart geklede blondharige kinderen. Tien mannen en vier paarden stonden naar de vuurzee te kijken, met een even onaangedane blik als de jonge kardinaal, die al kijkend zijn nek aanspande terwijl hij zoveel mogelijk rechtop ging staan om het beter, en van dichterbij te kunnen zien. Hij hield zijn hoofd schuin, alsof hij het opdronk, alsof hij het bloed opslorpte, juist dat getranssubstantieerde bloed dat de joden bezoedelden. Als hij op een ladder had kunnen klimmen, zo'n zwarte ladder als op het schilderij, die leidde naar de boom en de engel die er als getuige boven vloog, was hij omhooggeklauterd en had hij zijn gezicht tegen de verf gedrukt in een orgie van religieuze en sadistische extase. (Toen de kardinaal later, zoals hij gewend was, nog eens over dat moment nadacht, vroeg hij zich af of de afbeelding van het autodafe hem aan zijn geboorteland had doen denken.) Hertog Federigo da Montefeltro en zijn gevolg, afgebeeld boven de scène van de brandende joden, waren te zien op de achtergrond van het bovenste paneel van het altaarstuk. De kardinaal gaf zijn goedkeuring aan de hertog en zijn gevoel voor de juiste proportie bij de respectieve uitdagingen waar de christelijke gemeenschap op het schiereiland mee te maken had. Want hij zag buitenlandse bedreigingen, en met name de invasie van de Osmanen, als minder zorgwekkend dan de binnenlandse tegenstander, de plaatselijke joden. Een stad die van deze elementen gezuiverd was, zou volgens de kardinaal een waar Utopia zijn. Deze aanschouwelijk gemaakte zuivering moest volgens hem in elke grote of kleinere stad van het schiereiland in werkelijkheid tot uitdrukking worden gebracht, precies zoals dat in het oude land gebeurde. Wat symbolisch was, moest werkelijk worden, en de godslasterlijke daad van de ontwijding van de hostie moest gewroken worden.

Hij had het schilderij als jonge man gezien en hij had het nooit vergeten. Zijn haar en baard waren zilverwit geworden, zijn ogen waren achteruitgegaan, maar hij kon zich nog steeds het altaarstuk voor de geest halen. Zijn jongere volgelingen hadden eerbied voor hem nu hij steeds meer begon te lijken op God zoals schilders Hem afbeeldden, maar in werkelijkheid had hij geen goede inborst. Haat jegens de joden had hem verteerd en zijn hart verduisterd. De kardinaal was geen advocaat van Martin Luther; die vent had net zoveel kwaad als goed gedaan met die zogenaamde Reformatie van hem. Maar op één punt tenminste had Luther gelijk gehad: in een brief aan de vriend van de kardinaal, de Eerwaarde Spalatin van Genua, had hij geschreven:

Ik ben tot de conclusie gekomen dat de joden God en Zijn Koning Christus altijd zullen lasteren en blasfemeren, zoals alle profeten hebben voorspeld...

Maar hij kon er niet toe komen in te stemmen met de verdere ideeën:

Want aldus heeft God het opgegeven hen in toorn te verwerpen, omdat ze misschien onverbeterlijk worden, zoals Prediker zegt, want ieder die onverbeterlijk is, gaat er door correctie eerder op achteruit dan op vooruit.

Kardinaal Solis de Gonzales geloofde in correctie van onverbeterlijken en hij was van plan te zorgen dat die zou plaatsvinden.

Zoals dat in Spanje was gebeurd.

Dergelijke prettige gedachten gingen er door hem heen op het moment dat hij in zijn draagkoets Saronno binnenreed, vergezeld van zijn lijfwachten in hun scharlakenrode livrei. Hij kon dit soort vervloekingen niet verwachten op de fresco's hier, maar hij zag nog steeds graag zijn geloof in mooie schilderingen uitgedrukt, en hij was met het werk waartoe hij opdracht had gegeven net zo tevreden alsof hij het zelf had geschilderd. Met een slap handje wuifde hij vanuit het raampje van zijn draagkoets met zijn met edelstenen versierde ring naar de stadsbewoners die zich langs de straten hadden opgesteld om het schouwspel te zien waarvan hij zelf genoot. Sommigen juichten in het wilde weg. Hij keek zonder veel aandacht naar de menigte, met medelijden en minachting. Een optocht was voor hen onweerstaanbaar, het was iets ontzagwekkends in deze tijden van grote schaarste; een amandel voor een papegaai. Hij wist dat de jood zich hier had gevestigd, maar was tevreden dat er vandaag niet één op straat zou zijn, want hij had laten verkondigen dat hij een avondklok wilde instellen en dat alle ongelovigen binnen moesten blijven als hij langskwam.

Toch was er één getuige van zijn komst. Hij stond achter in de menigte, zwijgend terwijl anderen juichten, onherkenbaar onder een monnikspij. Zijn lichte, grijze ogen, het grijs van de koude zee die hij was overgestoken om hier te komen, keken naar de draagkoets en het gezicht van de man die erin zat. Hij kende de kardinaal, en de kardinaal kende hem. Als de kardinaal de toeschouwers echt nauwkeurig had bekeken in plaats van nog aan zijn favoriete schilderij te denken, dan had hij misschien gezien dat de vermomde figuur zich afwendde toen hij voorbijkwam, en dat de wind de pij even openblies, waardoor een gouden schittering zichtbaar werd.

19

•

De Maagd zonder gezicht

Simonetta's zintuigen lieten het afweten.

Ze hoorde dat de woorden van de mis werden opgedreund maar ze begreep amper wat er gezegd werd. Ze zag amper de kardinaal en zijn gevolg onder een laag juwelen door de kerk naar voren schrijden. Ze rook de wierook niet en proefde de maanwitte hostie niet toen die op haar tong werd gedrukt. Ze kon haar ogen niet van de beker opslaan terwijl ze bij het altaar het bloed van Christus proefde. Maar voelen kon ze nog wel, o ja! Dat soort gewaarwordingen bleven haar niet bespaard. De afdruk van Bernardino's warme mond op de hare lag op haar lippen als de sporen van de rode wijn. Ze bracht haar lange vingers naar haar mond om hem weg te vegen, om de schandvlek van ontrouw uit te wissen. Ze ging onder schaamte gebukt.

Ze was hier gekomen om te bidden, want haar zonden waren groot. Hoe kon ze hebben toegelaten dat hij haar kuste, op dezelfde treden waar ze trouw had beloofd aan Lorenzo? De herinnering dat hij haar eerst had gekust, bood geen troost; ze kon niet vergeten dat haar lippen zich onder de zijne hadden geopend, dat hun tongen elkaar hadden geraakt, dat ze in zijn omhelzing was weggezonken. Ze had hem stevig en dankbaar vastgepakt, met een gevoel van geluk dat ze was vergeten. En zelfs meer dan dat: geluk waarvan ze, als ze eerlijk tegenover zichzelf was, wist dat ze het nooit had gekend. Dit besef had ertoe geleid dat ze zich ten slotte had losgemaakt. Ze was op dat moment huilend van hem weggerend en wilde niet meer terugkomen. Ze had zich langs een figuur bij de deur gedrongen, maar had het gezicht van de kerkganger niet gezien, verblind als ze was door tranen van gekrenktheid. Bernardino was achter haar aan gekomen maar ze had hard gereden, geen acht slaand op de gladde paden die een gevaar vormden voor de benen van haar paard. De sneeuw vloog in haar gezicht, maar kon de gloeiende blos op haar wangen niet verkoelen. Simonetta kon de hele nacht niet slapen van de tranen en het berouw, maar toen de dageraad de lucht grijs kleurde, was ze tot een besluit gekomen. Ze wist dat hij naar haar toe zou komen en dat ze niet de kracht zou hebben hem weg te sturen. Dus moest ze naar de kerk teruggaan, om hem, veilig in de menigte, voor de laatste keer te trotseren en hem te vertellen dat ze niet samen konden zijn. De gedachte hem weer te zien was even pijnlijk als de gedachte hem nooit meer te zien. En hier nu te zitten in die wereld van kleur en heiligheid die hij voor de kerk had geschapen, was echt een marteling. Getuige te zijn van zijn wonderbaarlijke talent en te weten dat zo'n man haar begeerde, was welhaast meer dan ze kon verdragen. Een enorm relikwieënschrijn was voor de figuur van de Madonna, haar figuur, neergezet door de tactvolle Anselmo, die niet wist van het incident, maar wel dat de Maagd niet af was. Achter de monstrans waarin een fragment van het Ware Kruis werd bewaard, zat de Hemelse Koningin zonder gezicht. Anselmo dacht dat maar drie mensen hiervan op de hoogte waren, maar in feite waren het er vier. Simonetta huiverde. Ze wist dat Bernardino achter in de kerk was, rondsnuffelend als een straathond. Ze voelde zijn ogen op haar gericht, en tranen brandden in haar keel.

Hij bewoog zich van de ene kant van de apsis naar de andere, steeds om zijn as draaiend, als een wolf die achtjes loopt. Meer dan anders verlangde hij ernaar dat de mis was afgelopen. Hij móést haar spreken. Hij werd verteerd door ongeduld maar ook door vreugde en verwachtingen. Ze moest weten, zoals hij dat nu ook wist, dat ze van hem hield. Dat had de kus hem, hun beiden verteld. Nu had hij de kern van zijn leven gevonden. Zijn beproevingen waren voorbij. De dissonant die in zijn hart had geklonken, had de juiste intonatie gevonden en liet in zijn ziel een lieflijk akkoord horen. Zijn hoofd was vol poëzie; zijn lichaam vol vuur. Hij wilde niets liever dan haar bezitten – alles moest wijken voor hun liefde. Het troubadours-idee van hoofse liefde was niets voor Bernardino; allemaal vergeefs gezucht en gejammer om een onbereikbare geliefde, die je nooit werkelijk kon bezitten. Simonetta's verdriet, haar scrupules, haar man en haar God mochten voor hen niets betekenen. Ze zouden volgens oude gewoontes leven als in vroegere tijden, toen de ongelovigen geen gezang van vrome koren hoorden, maar alleen het suizen van hun bloed. Je kon niet op een hemel hopen of op een hiernamaals. De hemel was hier, en wanneer ze dood zouden gaan, zouden hun beenderen als stof tot in de eeuwigheid samen in de aarde rusten.

Hij kon haar nu zien, hij zou haar overal herkennen. Ze zat in de menigte naast die meid van haar, haar hoofd gebogen onder een kap. Maar hij herkende zo duidelijk de manier waarop de stof langs haar lichaam viel en de houding van haar hoofd, dat hij meteen wist dat zij het was. Ze wilde niet naar hem kijken, maar hij wist dat als hij maar met haar kon praten en haar opnieuw kon vasthouden, alles goed zou zijn.

Rafaela keek naar haar meesteres. Ze wist niet wat haar scheelde, misschien was het hetzelfde gevoel van onbehagen waar Gregorio last van had. Ze wist dat beiden diep waren geroerd door Lorenzo's sterfdag, maar ze had zulke heftige uitingen van verdriet gezien dat het was alsof die gebeurtenis nog maar net had plaatsgevonden. De hele afgelopen nacht had haar mevrouw gehuild bij de kaarsen van de wake voor haar man, maar Gregorio's reactie was nog vreemder, want hij was helemaal niet bij de wake aanwezig geweest. Hij was tegen de ochtend thuisgekomen, stinkend naar de kroeg, met rode ogen van de tranen en de wijn. Hij had zich niet bij hun mevrouw verontschuldigd, maar had zo venijnig naar haar gekeken, dat het haar niet kon zijn ontgaan. Hij was altijd een eerbiedige schildknaap geweest, en Rafaela was stomverbaasd, maar ze had haar vragen moeten uitstellen aangezien hij in een diepe slaap was gevallen, en zij en een zwijgende meesteres hadden zich moeten klaarmaken om naar de kerk te gaan. Rafaela nam aan dat het mysterie na de kerkdienst zou worden opgelost. Na de eucharistie liep ze achter haar mevrouw aan terug naar hun stoelen, en speurde ze tussen de gelovigen naar een beschaamde Gregorio. Maar hij was er niet. Ze nam aan dat hij nog steeds zijn roes lag uit te slapen en niet bij de kerkdienst zou verschijnen. Maar ze had het mis.

Terwijl allen in stil gebed dankten voor de hostie, gingen de deuren open. De hoofden draaiden zich om en daar kwam Gregorio zelf de kerk binnengewankeld. Hij waggelde door het schip naar voren terwijl iedereen zich omdraaide om naar hem te kijken. Bernardino bleef ter plekke staan met een vreselijk voorgevoel, want hij zag hier de man die de kerk in was gekomen. De man die zowel hij als Simonetta bij de deur was gepasseerd, zij om te vluchten en hij om haar achterna te rennen.

De kardinaal, moeizaam zijn teksten lezend, ging, met zijn blik op het boek der boeken gericht, door met het opdreunen van het Ave Maria. Maar toen hij de Heilige Maagd noemde, begon Gregorio te lachen, een bezeten, afschuwelijk geluid, en de kardinaal hield uit zichzelf op. Hij fixeerde de indringer met een ijzige blik en gebaarde naar zijn verborgen opgestelde lijfwachten. Die kwamen als één man van achter de dubbele pilaren van het koorhek vandaan en liepen naar voren om de indringer te grijpen. Ze pakten hem elk bij een arm en trokken hem naar de deur terwijl Rafaela angstig naar adem hapte. Maar het pad door de kerk was lang en Gregorio had ruim de tijd om te zeggen wat hij wilde zeggen.

'De Hemelse Koningin, ja. Maar wist u, Eminentie, dat de vrouw die model heeft gestaan voor de Mááágd,' hij spuwde het woord eruit, 'niet Maria, de Moeder van God, is,' hij sloeg onhandig een kruis, 'maar Maria Magdalena, de eerste onder de hoeren.' Bernardino kwam op dat moment in beweging, snel als een kat. Hij wist niet of hij de schildknaap moest neerslaan of proberen hem de mond te snoeren, maar hij kwam niet ver. 'En hier is haar verleider,' hoonde Gregorio. 'Het genie, de beroemde Bernardino Luini.' Gregorio had alles wat hij van Luini wilde weten de vorige avond in de kroeg gehoord en het vervulde hem met minachting. Hij begon weer als een dronkenman te tieren en hij bleef maar doorgaan. 'Hoe kan een man zo leven, mooie schilderijtjes maken en de vrouwen van goede krijgslieden verleiden; een man die nog nooit een slagveld heeft gezien en nooit het handvat van een zwaard heeft gevoeld of de punt als die zijn lichaam binnendringt. En hier verstoppen ze zich, kussend en kirrend als duiven in het huis van God. Ik spuug op jullie allebei.' Hij voegde de daad bij het woord, maar zijn dikke fluim zakte langs zijn verwrongen gezicht naar beneden, gevolgd door tranen. 'Hoe kon u, mevrouw?' richtte hij zich rechtstreeks tot Simonetta, zijn stem gezwollen van het verdriet en de drank. Haar blik kruiste de zijne, maar ze keek meteen weg, ontzet door de pijn die ze daarin zag. 'U bent hier getrouwd! Getrouwd! En met een man die duizend keer zoveel waard is als hij. Een man die heeft gevochten en is gestorven voor ons allemaal. Net als Christus! Ja, net als Christus zelf!' Gregorio's stem werd weer luid nu zijn verwarde gedachten weer vorm kregen, en de gelijkenissen drongen zich aan hem op alsof hij door de bliksem werd getroffen. 'Christus die stierf aan het kruis, en nu verbergt zijn kruis hun schande.' Met nieuwe geestdrift brak hij los en deed een uitval naar het relikwieënschrijn. Voordat ze hem konden tegenhouden, sloeg hij het tegen de grond, zodat de Maagd zonder gezicht in het midden van *De aanbidding van de Koningen* tevoorschijn kwam. De monstrans rolde om, het stukje hout bleef veilig binnen de robijnrode vensterruitjes, maar de klap weerklonk in de stilte. Gregorio werd snel weer gegrepen maar riep boven het gewoel uit: 'Ja, daar zit ze. Maar nee, ze is nog niet af; want ze hadden het met hun lichamelijke pleziertjes te druk om aan God te denken.'

De menigte bleef kijken, geschokt door een dergelijke beeldenstorm. Ze staarden naar de onafgemaakte Madonna en dan weer naar de dame van Saronno. Bernardino was ter plekke blijven staan, en Simonetta stond rechtop, ijzig en stil als een pilaar. Gregorio's melodramatische smeekbede en zijn tranen hadden haar meer gedaan dan zijn woede; meer dan het omvallen van het relikwieënschrijn, meer dan het onthullen van het onafgemaakte fresco. Ze kon hem niet veroordelen; hij had gelijk en was veel loyaler dan zij.

De schildknaap was ten slotte uitgeraasd; hij zakte snikkend in elkaar en liet zich nu door de lijfwachten gedwee opnieuw gevangennemen en naar buiten duwen. Simonetta en Bernardino waren plotseling de enige twee in de kerk die stónden. Ze staarden naar elkaar over verlaten woestenijen, nu voorgoed van elkaar gescheiden. Ze sloeg haar ogen neer en liet zich op haar stoel zakken, uiterlijk onbewogen maar totaal verslagen, terwijl er om haar heen steeds meer consternatie ontstond. De ogen waren als pijlpunten, de woorden waren weerhaken in haar vlees en ze wist dat ze ze stuk voor stuk had verdiend. Bernardino stond daar nu als enige, vervuld van afschuw omdat de jonge, tere scheuten van hun liefde de dodelijke vrieskou van de schande te verduren hadden gekregen voordat ze de kans hadden gekregen om te groeien. De ogen van de wereld waren op hen gericht en beoordeelden hen, met groezelige vingers hun waarde schattend, en hen te licht bevindend.

De kardinaal in zijn officiële stoel keek naar hen beiden met zijn heldere, lichte, gevaarlijke ogen. Hij kon niet gedogen wat hij had gehoord en gezien; hij wist alleen dat oneerbiedigheid, ketterij en losbandigheid hun intrede hadden gedaan in het huis van God, en de fresco's hadden bezoedeld die door hem waren gepland en betaald. Nu waren de wonderbare schilderingen in zijn ogen vertroebeld. Hij zag de heiligen en engelen niet, alleen de lelijke uitingen van zonde, die breeduit op hun gezichten stonden geschreven. Hij keek naar het tweetal vóór hem en zag op hun gezicht dezelfde zonden. Het moment was voorbij toen de lijfwachten weer binnenkwamen en de kardinaal de volgende woorden sprak, de eerste die hij zonder Latijn in het Milanees had gezegd, zodat iedereen ze kon begrijpen: 'Arresteer hem.'

20

Sint Mauritius en Sint Ambrosius gaan de strijd aan

'Zullen ze hem arresteren?' Amaria's gezicht, in de gloed van het vuur, was een en al bezorgdheid.

'Wie? De *Comune* van Pavia?' vroeg Nonna. 'Nee hoor. De Zwitsers hebben hier geen vrienden, niemand zal ze missen. Niemand houdt van een huursoldaat. Hun familie woont ver weg in Zwitserland. Hun lichamen zullen verdwenen zijn, die worden nooit gevonden. De inwoners van Pavia mogen dan lafhartig zijn, ze ruimen achteraf wel snel hun zaakjes op. Het is allemaal al afgehandeld, vlug en in het geheim. Er wordt al heel lang geklaagd over het gedrag van de Zwitsers. Dit is hun verdiende loon.'

Selvaggio zat zwijgend bij het vuur en wreef over zijn rechterhand die als een dolleman klappen met het zwaard had uitgedeeld. Drie klappen, en stuk voor stuk waren ze dodelijk geweest. Het zwaard had hij naar huis meegenomen. Selvaggio had het, in een gebaar dat hij van zichzelf niet kende, tussen zijn gordel gestoken, bedacht op nog meer uitdagingen op de weg naar huis. Hij zou het later begraven, maar voorlopig stond het in de hoek bij het haardvuur. In het gevest was een amulet aangebracht van Sint Mauritius, de martelaar van het Thebaanse legioen, en in het schijnsel van het vuur knipperde hij verwijtend met zijn ogen.

De Zwitsers hechtten veel waarde aan zijn penningen en hadden vertrouwen in zijn bescherming. Maar vandaag had Sint Ambrosius gezegevierd. In Selvaggio's beleving hadden de heiligen gevochten en had Sint Mauritius verloren. Sint Ambrosius had op zijn naamdag zijn eigen mensen beschermd, dat schitterende meisje dat zijn naam droeg. Selvaggio keek naar Amaria, die in de enige stoel zat, zich warmend bij het vuur. Nonna had een schapenvacht om haar rillende kleindochter gewikkeld en haar een kom bouillon gegeven. Ze was bovenmatig geschokt door wat haar was verteld, maar het feit dat Selvaggio Amaria had gered, verwarmde haar door en door zodat ze geen vuur nodig had. Maar Amaria's kaak klapperde als die van een aap en haar handen trilden zo dat de houten kom tegen haar tanden tikte. Selvaggio nam haar beide handen met kom en al in de zijne om ze te verwarmen.

''t Is voorbij,' stamelde hij. 'Ze zijn weg, ze kunnen je geen kwaad meer doen.'

Amaria zei niet waar ze bang voor was. Want hoewel ze ontroerd was geweest door zijn daad en het feit dat hij haar had weten te redden, was ze bang dat Selvaggio, haar dierbare, vriendelijke Selvaggio die nog geen vlieg kwaad deed, ook weg was.

21

De klokken van de Santa Maria dei Miracoli

Zoals Gregorio terecht had gezegd, was Bernardino geen krijgsman. Hij sloeg op de vlucht. Als hij tijd had gehad om na te denken, dan was hij misschien geamuseerd geweest door de ironische wending van zijn lot, want hij was twintig jaar verder, en weer op de vlucht voor een stel lijfwachten in livrei omdat de deugdzaamheid van een vrouw op het spel stond. Maar hij had nog nooit in zijn leven zo weinig zin gehad om te lachen; hij had, zo leek het, zijn geliefde verloren en was niet van plan ook nog zijn vrijheid te verliezen.

Zijn weg naar de kerkdeur was door bewakers afgezet, en dus zette hij, zonder precies te weten waarom, koers naar de zijdeur die naar de klokkentoren leidde, zijn klokkentoren, en klauterde de trap en de touwladder op als een scheepsaap. Hij kende de weg door het donker en de touwen en de dreigende zachte fluistering van de klokken. Ten slotte kwam hij bij zijn kamer aan, waar hij al die maanden had geslapen. Hij hoorde ze niet achter zich aan komen. Het waren zwaardere mannen dan hij, en ook nog gewapend, maar uiteindelijk zouden ze hem vinden. Hij zat als een rat in de val. En toen begreep hij het. Ze kwamen niet. De kardinaal had een veel effectievere manier om hem beneden te krijgen.

Bernardino keek met stille ontzetting toe toen hij zag dat de klokkentouwen strak getrokken werden en de massieve klokken met een knarsend geluid omhooggingen, hem bespottend met hun donkere open muilen. Hij bedekte zijn oren nog net voordat hun grote tongen neerdaalden, maar evengoed kwam het geluid op hem af met een klap waarvan zijn hart wel had kunnen stilstaan. Hij gilde, maar kon zichzelf niet horen. Terwijl de twee identieke reuzenklokken steeds maar bleven razen, keek hij wanhopig uit de vier gewelfde ramen en stond tegenover de vier winden die hem met ijskoude vlagen weer naar binnen dreven. Hij kon niet zien wat er beneden was, want van de winterse bries en het ondraaglijke gezang van de klokken kreeg hij tranen in zijn ogen. Van de weeromstuit begonnen zijn oren en neus te bloeden. Hij wist dat hij weg moest zien te komen voordat hij gek werd, maar hij kon niet naar beneden klimmen, de muil van de leeuw in. Uiteindelijk ging hij naar het noordelijke venster – want in het noorden lag het Lago Maggiore – en wierp zich naar beneden, de sterrennacht in, terwijl de sterren uit het zicht verdwenen.

Toen hij met een knerpend geluid neerkwam, was hij buiten adem, maar de takken van een vriendelijke boom lagen onder zijn rug en maakten hem duidelijk dat zijn val was gebroken. Hij kon niet zelf opstaan, maar hij kreeg hulp. Er verscheen een donkere, voorovergebogen gedaante. Bernardino pakte de hand die hem werd toegestoken en werd overeind gehesen.

'Kunt u lopen?' werd dringend gefluisterd.

'Ja.'

'Rennen?'

'Ik denk het.'

'Doe het dan. Volg mij.'

Langs steeds smallere straten en door verborgen steegjes volgde hij de beerachtige gedaante. Bernardino's spieren hielden het niet meer en zijn ribben deden pijn. De sneeuw prikte in zijn gezicht waar hij zich verwond had aan de bladeren en hij proefde het bloed dat de klokken uit zijn neus hadden doen stromen. Misschien liep hij regelrecht in een val, maar het kon hem niet schelen: alles was beter dan de moordenaars die een genadeloze kardinaal op hem af stuurde.

Ten slotte kwamen ze bij een deur, en na een klop op de deur draaide zijn redder zich om en wilde weggaan. Op een of andere manier deed dit Bernardino ergens aan denken. Ooit had hij, bij een andere deur, zoiets gedaan voor een jongetje dat hem nodig had. Die gedachte maakte dat hij de arm van de ander vastpakte op het moment dat die in het donker wilde verdwijnen. Zijn redder draaide zich weer om en zilverkleurige ogen werden zichtbaar van onder de monnikspij.

'Waar zijn we?' mummelde Bernardino met een mond vol bloed.

'Bij het huis van de priester. Hij is uw vriend denk ik?'

'Waarom doet u dit?'

'Omdat als u mij en mijn familie helpt, u ook geholpen zult worden.'

Met dit raadselachtige antwoord was Bernardino's redder verdwenen. De deur ging open en Bernardino viel naar binnen, in de armen van Pater Anselmo's kleedster. De moederlijke ziel klakte bezorgd met haar tong, want ze kende Bernardino via zijn vriendschap met haar baas. Bernardino, versuft door alles wat er was gebeurd, kon haar vragen niet beantwoorden. Misschien had de val zijn verstand beneveld, want hij had kunnen zweren dat de hand die hem overeind had getrokken van goud was.

22

•

Alessandro Bentivoglio en het klooster in Milaan

Bernardino doolde door het comfortabel ingerichte huis, rusteloos met voorwerpen spelend en ze dan weer terugzettend. Wanneer hij tijd had om over iets anders na te denken dan over het verlies van zijn geliefde, verbaasde hij zich erover dat Anselmo, die altijd een bescheiden en godvruchtig man had geleken, zo'n ruime prebende was toegekend dat hij zich een huis als dit kon veroorloven, met bedienden en kostbaar meubilair. Hij had volop de tijd om het huis te leren kennen, want Anselmo had hem verteld dat de mannen van de kardinaal nog steeds naar hem zochten en het was te gevaarlijk om zich naar buiten te wagen. De kardinaal was niet een man die een kleinering zou vergeten en hij was ziedend van wraakzuchtige en kwaadaardige woede.

Het was drie dagen geleden dat Bernardino uit de kerk was ontsnapt, en zijn lichaam was genezen maar zijn hart niet. Want hij had gehoord dat Simonetta zichzelf had verbannen; ze zat in haar huis met de luiken dicht als een maagd uit een sprookje.

Hij had haar geen brief geschreven, want zijn handschrift was onbeholpen en in spellen was hij geen kei. In plaats daarvan had hij al zijn vaardigheid gebruikt om iets te schilderen op een stukje velijn dat hij zelf had geprepareerd van lamshuid. Hij had er erg zijn best op gedaan, want nooit eerder had een schildering zo belangrijk geleken. Hij had Anselmo er als zijn afgezant op uitgestuurd. De priester had met zijn onuitputtelijke welwillendheid erin toegestemd het perkament af te leveren, hoewel hij de hele affaire ten strengste afkeurde. Pas toen Luini had gezworen dat de ontmoeting waarvan Gregorio getuige was geweest, kuis was en door echte liefde ingegeven, stemde Anselmo erin toe het 'epistel' te brengen. Bernardino wachtte vol ongeduld tot hij terugkwam van Castello, en toen de deur openging, liep hij meteen op de priester af.

'Heb je haar gezien?'

'Ja.'

'En?'

Anselmo schudde zijn hoofd. 'Ze wil je niet zien. Ze wenst dat je haar met rust laat.'

'Heb je haar het schilderstuk gegeven? Nu moet ze het toch zeker begrijpen!'

'Bernardino. Ik heb haar het schilderstuk gegeven. Maar ze wil hier een eind aan maken en dat moet je respecteren.'

'Ik moet zelf naar haar toe.'

En dat deed hij. Maar zijn enige beloning was dat hij eindelijk het grote huis met zijn kantelen te zien kreeg, een mysterieuze weerspiegeling van het huis dat hij zich had voorgesteld. Hij had met zijn verziende ogen ook een gedaante bij het raam gezien; een gedaante met schouderlang roodblond haar die een roodbruine jachttuniek van een man droeg. Daar zat ze, met een perkament in haar hand. Ze zag hem en wendde zich zo geschrokken af dat hij als door een pijl was getroffen. Op dat moment wist hij, maar wilde niet toegeven, dat hij haar pijn deed. Hij ging weg, terug naar het huis van de priester, om na te denken over wat hij nu moest doen, hoe hij haar kon bereiken. Hij was op de terugweg boos en roekeloos, en reed de stad binnen zonder zich goed te vermommen. De stad was omringd door de lijfwachten van de kardinaal, voor de derde dag achtereen vastberaden op jacht naar zijn persoon, en hij had het griezelige gevoel dat iemand hem had gezien en aangegeven. De cirkel begon zich te sluiten. Tegen al zijn verwachtingen in kwam hij veilig bij het huis aan. Bij kaarslicht hoorde hij Anselmo uit, en van zijn oprechte vriend kreeg hij te horen hoe bitter zijn lot was, en het was wat hij al wist.

'Je brengt jezelf in gevaar door hier te zijn.'

'Het kan me niet schelen.'

'En je kwetst door je aanwezigheid de dame van wie je beweert te houden. Zeg nu nog maar eens dat het je niet kan schelen.'

Bernardino zweeg. Hij wilde niet iemand kwetsen van wie hij hield, maar hij kon haar niet opgeven. Hij voelde zijn levenskracht uit zich wegstromen als zand uit een zandloper, en als hij het tij niet kon keren, was hij verloren. Maar wat kon hij nu nog doen? Hij kon niet bij haar huis postvatten, want ze was vastbesloten en hij zou uitgehongerd en gebroken worden. Hij kon haar kasteel niet bestormen; kon niet inbreken en haar in zijn armen nemen, ook al wilde hij dat nog zo graag. Anselmo bespeurde een moment van zwakte en zette door, want hij had een plan om zijn oude vriend te redden. 'Er is een vooraanstaand man, Alessandro Bentivoglio genaamd. Hij is een groot beschermheer van kunst, en hij mag de opdracht vergeven tot het verfraaien van een beroemd klooster in Milaan waarvan hij de beschermheer is. Zijn oudste dochter is daar tot abdis gewijd. De stichting is opgericht ter ere van Sint Mauritius.'

'Sint Mauritius?'

'Sint Mauritius was een martelaar van het Thebaanse legioen.'

Bernardino had vandaag geen geduld. 'Je weet dat ik weinig kennis heb van theologie.'

Anselmo's gezicht werd levendig nu hij kon uitweiden over een geliefd onderwerp. 'Eucherius, de bisschop van Lyon, noemt als zijn directe bron Isaac, de bisschop van Genève, die zelf het verhaal had gehoord van een andere bisschop, Theodorus, bekend onder de naam Theodorus van Octodurum...'

'Sneller...'

'Het gaat erom dat Sint Mauritius een christelijke martelaar was,' Anselmo koos liever voor beknoptheid dan dat hij zijn toehoorder kwijtraakte, 'een officier die samen met zijn legioen werd afgeslacht toen ze weigerden voorafgaand aan de strijd deel te nemen aan heidense offerandes.'

Bernardino liet een bittere, humorloze lach horen. 'Ik, die publiekelijk ben bespot omdat ik geen krijgsman ben, moet nu een militaire martelaar gaan verheerlijken. Jouw God heeft wel gevoel voor humor, Anselmo.'

'Toch zou het werk je voldoening geven. Ga eens na: een heel klooster met de kerk die erbij hoort. En wanneer je daar eenmaal bent, kun je helderder over je situatie nadenken.'

'Maar Milaan? Het bisdom van dezelfde man die mij te gronde wil richten? Waarom zou ik de leeuwenkuil betreden?'

'Omdat de leeuw zijn prooi nooit binnen zijn territorium zoekt. Je kunt je voor Zijne Eminentie verschuilen door je vlak voor zijn neus, in zijn eigen stad te verstoppen.'

'Zou hij geen bezoek brengen aan de stichting?'

'Dat is niet toegestaan, want het klooster is alleen voor vrouwen. Hoewel iedereen in de kloosterkerk de dienst mag bijwonen, mogen alleen de nonnen in het klooster zelf komen. Achter de lichtbeuk ben je veilig. De fresco's zouden kunnen worden toegeschreven aan "een schilder van de Lombardische school", totdat het vertrouwd is om te verklappen dat jij ze hebt gemaakt. Je weet dat het menigmaal zo gaat.'

Bernardino zweeg. Er werd hem asiel geboden. En zijn handen jeukten om het penseel weer op te nemen, hij had in zijn herinnering nog nooit zo lang niet geschilderd. Er waren een hele dag en nacht voorbijgegaan sinds hij zijn boodschap voor Simonetta had gewrocht.

Anselmo had hoop gekregen en ging door. 'En Bernardino, ik weet van je reputatie als wolf voor het schone geslacht. Maar in San Maurizio woon je tussen vrome vrouwen. Je moet je fatsoenlijk gedragen. Dit is je laatste toevlucht als je aan justitie wilt ontkomen; meer kan ik niet voor je doen.'

Bernardino ademde krachtig uit. 'Geloof me, Anselmo, de nonnen zijn wat mij betreft nog nooit zo veilig geweest. Mijn hart hoort thuis in dat kasteel op de heuvel. Geen vroom meisje in habijt kan mij in verzoeking brengen wanneer iemand als zíj op de aardbol rondloopt.'

Anselmo glimlachte vriendelijk. 'Zoiets dacht ik al. Voor niets ter wereld zou ik je hebben aanbevolen vóórdat dit was gebeurd. Maar nu voel ik dat je net zo ongevaarlijk bent als een monnik – nee,' zei hij met een spottend lachje, 'nog ongevaarlijker, want niet alle monniken zijn onschuldig. Laten we zeggen: een eunuch.' Hij wachtte tevergeefs tot zijn vriend om deze grap zou glimlachen zoals vroeger, en probeerde toen de pil te vergulden. 'Het hoeft niet voorgoed te zijn. Maar op dit ogenblik kun je beter hier ver vandaan zijn.'

Weer kwam bij Bernardino de herinnering op aan zijn verbanning uit Florence, lang geleden.

'En je beschermheer is een hoogstaand man,' ging Anselmo verder, 'een krijgsman en een hoveling, die van kunst houdt.'

'Hoe weet je dat?'

De priester aarzelde. 'Hij is mijn oom.'

Bernardino kneep zijn ogen tot spleetjes. Hij was lang genoeg op de wereld om te weten wat dit betekende. 'Je bedoelt dat hij je vader is.'

'Ja,' gaf Anselmo toe. 'Hij is mijn vader. Mijn biologische vader. Hij is een goed mens, maar zoals elk goed mens is hij niet zonder zonden.' Anselmo sloeg zijn ogen neer en keek terwijl hij sprak naar zijn beringde handen. 'Hij is altijd goed voor mij geweest, want hoewel ik de smet van bastaardij draag, heeft hij me een promotie verleend.' Hij maakte een handgebaar dat het mooie huis en alles daarin omvatte. 'Ik heb het ver gebracht. Het kan zijn dat ik nog verder kom. Maar schandalen of schanddaden die mijn naam aantasten zullen me in de weg staan.' Hij keek Bernardino recht aan, zodat zijn vriend ten volle zou beseffen wat hij bedoelde.

Nu sloeg Bernardino zijn ogen neer. 'Ik begrijp het. Ik breng mezelf in gevaar, tja. Ik ben een bedreiging voor haar geluk, dat mij na aan het hart gaat; zelfs ondanks dat zou ik niet weggaan. Maar ik wil jou niet in gevaar brengen, want jij was mijn dierbaarste vriend. Breng mijn groeten aan je oom over. Ik ga.' De omhelzing die hierop volgde was er een van ware broederschap.

Nog maar een paar uur later, toen de klokken luidden voor de completen, zag Anselmo hem, beschut door het donker, verdwijnen en droevig dacht hij na over hun gesprek. Toen hij had gezegd dat goede mensen niet zonder zonden zijn, had hij dat ook gemeend. Als hijzelf voor de hemelpoort kwam te staan en door Sint Petrus werd gewogen en in het grote boek zou worden bijgeschreven aan de goede kant, zou hij nog steeds rekenschap moeten geven voor het feit dat, terwijl Bernardino Luini zijn hart had verloren, iemand anders zijn hart aan hem had verpand, en dat was pater Anselmo Bentivoglio.

23

•

Er komen drie bezoekers naar Castello

Simonetta zat weer voor het raam uit te kijken. Ze zag de priester aankomen en liet hem binnen en hoorde hem zwijgend aan. Maar Anselmo zag dat ze God haar rug had toegekeerd en dat speet hem. Hij zei dat hij hoopte haar bij de mis te zien, maar wist dat ze niet zou komen nu ze zo was bespot. Terwijl de amandelbomen hem uitzwaaiden, bedacht hij dat, hoewel haar evenbeeld voorgoed in zijn kerk hing, hij haar daar misschien wel nooit meer zou zien.

En Simonetta zat weer voor het raam uit te kijken. Toen kwam hij, zoals ze wist dat zou gebeuren. Ze zag hem door het raam en ze had zijn perkament in haar blanke hand. Ze keken elkaar vanuit de verte aan en ze zag hem achter een omheining van de winterse takken van de rozenheg, door een wirwar van sleedoorns heen. Ze wendde zich doelbewust af voordat hij haar tranen kon zien, terwijl ze het epistel in haar hand verfrommelde. Toen ze zich weer omdraaide was hij weg, en ze was blij en tegelijkertijd gebroken.

Ze mocht dan God hebben gemeden, maar evengoed kon ze niet naar Bernardino toe gaan. Zo makkelijk was geluk niet bereikbaar. Ze hield van hem, maar ze kon zichzelf niet aan hem geven; iets wat zo was begonnen, kon niet goed aflopen. Ze kon God vergeten, maar Lorenzo niet, noch de publieke schande die ze over zichzelf had afgeroepen.

Nu was ze helemaal alleen. Rafaela was in tranen naar haar toe gekomen en had verteld dat Gregorio haar had gezegd dat ze Castello samen met hem moest verlaten of hem nooit meer terug zou zien. Simonetta ontsloeg haar geliefde dienstmeisje, want hoewel ze met afschuw was vervuld toen Gregorio haar openlijk had beschuldigd, kon ze niet zeggen dat hij ongelijk had. Als vrouw die nu al voor de tweede keer gescheiden was van de man van wie ze hield, kon ze een ander zoiets niet aandoen, dus had ze tegen Rafaela gezegd dat ze maar moest gaan.

Simonetta had gedacht dat niets smartelijker was dan de dood van een echtgenoot. Maar ze zou merken dat ze zich vergiste. Bernardino verliezen nog voordat hun liefde kon beginnen, was veel erger, en zulke overpeinzingen maakten haar schuldgevoel en verdriet alleen maar groter. Ze wist dat als ze hem maar één keer van dichtbij zou zien en toeliet dat hij haar aansprak, ze naar hem toe zou rennen en ze samen aan hun geheime, hartstochtelijke liefde ten onder zouden gaan. Maar het verlies van haar geloof kon haar niet bevrijden van haar ethische normen. Ze wist nog steeds het verschil tussen goed en kwaad, en wenste dat het niet zo was. In de koude, lege vesting had ze de nutteloze troost van een verliefd hart en de schuldbewuste herinnering aan zijn kus, om zich aan te warmen wanneer het vuur slechts flauw brandde. Ze rilde zowel van de kou als van de herinnering aan zijn aanraking. Ze liep door de bevroren amandelboomgaard en keek hoe de bladeren vielen van de bomen die zij van de bijl had gered. Ze wist nu dat het een kwestie van tijd was voordat ze deze plek zou moeten verlaten. Aan haar inkomsten van het model zitten was abrupt een einde gekomen, en Manodorata was sinds het incident in de kerk niet meer bij haar in de buurt geweest. Ze kon niet verwachten te worden geholpen door een achtenswaardige man, al was hij van een andere kerk en een ander geloof dan zij nu had bezoedeld. Ze was bang voor de hatelijke opmerkingen van de inwoners van Saronno en daarom bemoeide ze zich met niemand. Ze durfde zich niet in de stad te wagen en de jood te benaderen in zijn huis met de ster op de deur.

Maar ze had hem onderschat. Ze wist niet dat iemand die altijd te maken had gehad met spot en hoon, de wereld zijn andere wang kon toekeren. Ze had niet ingezien dat mensen die uitgelachen worden, goed nadenken voordat ze een ander uitlachen. Ze had zich niet gerealiseerd dat afkeuring van christenen haar bij hem alleen maar tot aanbeveling strekte.

Simonetta zat weer voor het raam uit te kijken. En toen Manodorata het pad naar Castello op kwam lopen en ze zijn beerachtige bontjas zag, was ze zo dankbaar en zo blij met de komst van een vriend, dat ze de trap af rende naar de loggia en haar armen uitstrekte om hem te verwelkomen. Ze wist niet dat haar gebaar de stijve amandeltakken nabootste die ook hun donkere vingers naar hem uitstaken.

24

•

Sint Mauritius en de zesenzestighonderd

Toen Bernardino voor het eerst de kapel van San Maurizio in Milaan betrad, had hij het gevoel dat hij een gevangenis binnenging.

Die indruk was al ontstaan toen hij die ochtend vroeg, gekleed als monnik, op een eenvoudige muilezel de stad was binnengereden. Bij de grote Romeinse poort van Porta Ticinese had de schildwacht zonder hem iets te vragen gebaard dat hij kon doorrijden, en Bernardino was zelfs zo brutaal geweest om terloops een zegenend kruisteken te maken boven de hoofden van de wachten. Maar toen de pieken de weg achter hem kruiselings hadden afgesloten, kreeg hij het gevoel dat hij in de val zat. Milaan was een gesloten stad, omringd door een rozenkrans van muren en poorten. De straten waren bedoeld om de wereld de glorie en grootsheid te tonen van de ideale stad: lange, brede wegen met massieve gebouwen van zilverkleurig steen; je kon hier niet gemakkelijk anoniem zijn, zoals dat wel kon in de wirwar van nauwe middeleeuwse straatjes in de oude steden. De hoofdstad van Lombardije was een stedelijk utopia en een woonplaats voor hovelingen, en niet voor pestlijders van het platteland. Bernardino passeerde de sierlijke Romeinse pilaren van de colonnade van San Lorenzo in de koele schaduw van de massieve kolos van de enorme, plompe basiliek van dezelfde heilige. Bernardino bedacht dat Milaan ondanks alle schitterende, nieuwe gebouwen en drukke, brede straten eigenlijk nog steeds een oude stad was; overal om je heen zag je tekenen van de Romeinse oorsprong, nieuw en oud gingen zij aan zij, en zowel het verleden als het heden getuigde van tijdloze grootsheid en beschaving. Hij huiverde en trok zijn pij dichter om zich heen; de zwakke ochtendzon was nog niet tot in de straten doorgedrongen en de grote architecturale wonderen van de stad stonden er grimmig en somber bij. Zelfs de miraculeuze hooggotische Duomo met zijn woud van zilveren spitsen leek een spijkerbed om hem op vast te pinnen. Bernardino kende de stad goed; hij had hier vele gelukkige jaren doorgebracht in Leonardo's *studiolo* voordat zijn leermeester hem had meegenomen naar Florence en hun betrekkingen waren geëindigd met zijn verbanning vaar Venetië. Maar nu voelde hij geen genegenheid voor zijn vroegere woonplaats. Misschien kwam het doordat Leonardo een paar jaar geleden was overleden en hij zijn favoriete leerling hier niet meer kon verwelkomen. Of kwam het doordat hij zich behalve in Saronno nu nergens thuis kon voelen? Simonetta was zijn thuishaven; waar zij was, lag zijn ankerplaats; en nu was hij van haar losgesneden, doelloos rondzwalkend, en zat hij gevangen in een net dat zich achter hem sloot. Hij was een kreeft in een kookpot. Ook al was het nog zo'n prachtige kookpot, hij zat evengoed in de val.

Maar niet alles was hier even prachtig. Toen Bernardino die avond zijn vermoeide muilezel door de Corso Magenta joeg waar het klooster moest staan, en vervolgens door de eenvoudige ingang in de plompe stenen gevel naar binnen reed, wist hij zeker dat hij Anselmo's aanwijzingen verkeerd had begrepen. Het vertrek waar hij binnenging was vierkant en het verraste hem hoe koud en donker het er was. Terwijl zijn ogen de duisternis doorboorden, besefte hij algauw dat hij in het Lekenportaal van de kloosterkerk stond, en het leek een kubus doordat er een scheidingswand was die in het donker omhoog liep tot vlak onder de gebogen ribben van het plafond. Een gapende opening bovenaan duidde op een andere ruimte daarachter. Hoog in de muren zat een serie kleine, ronde raampjes in de Lombardische stijl waarvan Ludovico Il Moro zo hield, en dat was de enige plek waar het licht naar binnen viel. Bernardino's voetstappen weerklonken terwijl hij verder liep en de muur bestudeerde. Verborgen tussen de muurvakken zaten twee kleine traliehekjes en deurtjes met gesloten luiken, zo te zien de enige verbinding met wat zich aan de andere kant bevond. Terwijl hij stond te kijken, sloegen de eiken deuren waardoor hij was binnengekomen, door een windvlaag dicht. Nu leek het helemaal op een gevangenis. Alsof hij echt een gevangene was, tastte Bernardino rond naar een uitgang, en ten slotte vond hij een open deur in de zijkant van een van de donkere kapellen die het vertrek omringden. Hier was nog een portaal, maar dat leek meer rechthoekig en was zeker groter. Hij liep naar het midden van de grote, gewelfde ruimte onder de dwarsbalken en keek om zich heen. De pilasters rezen omhoog in het donker daarboven. Een schilder die hier vóór hem was geweest, iemand met meer enthousiasme dan vakkundigheid, had gouden sterren tegen een donkerblauwe hemel geschilderd en die sterren draaiden nu boven zijn hoofd. Hij zat niet meer in een gevangenis, maar hij was nog niet vrij. Deze decoratie en de kou gaven hem echter wel het gevoel dat hij buiten stond.

In werkelijkheid had hij het niet meer warm gehad vanaf het moment dat Simonetta's armen hem niet meer omsloten. Hij ging in de dichtstbijzijnde kerkbank zitten en legde zijn hoofd in zijn handen, met schrik vervuld bij de gedachte aan de taak die hem te wachten stond. Waarom had hij hiermee ingestemd? Hoe kon hij, die zich zo dood voelde, het hier levendig maken, in deze twee hoofdportalen en de talrijke kapellen? Zou het penseel zijn hand gehoorzamen of was hij gelijk met zijn geliefde ook zijn passie kwijt? En waar was iedereen, verdomme? Hij had het koud en voelde zich opeens vreselijk moe. Hij wilde op de koude vloer gaan liggen en slapen.

Maar dat kon niet. Wilde hij het geld dat hem was betaald, kunnen verantwoorden, dan was zijn eerste taak het portretteren van zijn beschermers. Zo ging het altijd. Op elke plek waar hij had geschilderd, hoe heilig die ook was, hadden zijn opdrachtgevers erop gestaan dat hun beeltenissen voorgingen, nog vóór de Maagd en de heiligen en Jezus Christus zelf. Vandaag was hij dan gekomen met zijn stiften en krijtjes, zijn houtskool en steigers en touwen, en moest hij zich wagen aan de beeltenis van Alessandro Bentivoglio, de voornaamste heer van Milaan, en de vader van zijn beste vriend.

Hij had signor Bentivoglio die ochtend al ontmoet toen hij voor het eerst de stad in ging, zich er volledig van bewust dat hij zijn opwachting moest maken bij zijn wereldlijke beschermheer voordat hij in het klooster zijn respect zou betuigen aan God. Hij had door de gemarmerde zalen gelopen van signor Bentivoglio's grote paleis in de *Borgo della Porta Comense* en was ontvangen door een man die hem verbaasde door zijn rustige waardigheid. Hij was waarachtig een goed mens, een man op leeftijd maar met uitgesproken gelaatstrekken, die een baard had en pikzwart haar. Bernardino had eerder een soort ijdeltuit verwacht, een losbol, iemand die woorden en rijkdom verspilde en door heel Lombardije bastaardkinderen zoals Anselmo verwekte. Maar terwijl hij schetsen maakte van Bentivoglio, werd duidelijk wat de reden van deze ernst was toen Alessandro begon te vertellen over de tweede patroon die Luini moest schilderen: zijn vrouw. Alessandro's grote liefde, Ippolita Sforza Bentivoglio was de patrones van de Benedictijner orde van San Maurizio, en moest geportretteerd worden op een fresco dat net zo groot was als het zijne.

De stem van deze waardige man werd zo warm toen hij over

de dame sprak dat Bernardino opkeek van zijn grove houtskoolstrepen. Hij voelde plotseling sympathie, want hier zat een man wiens liefde aan die van hemzelf deed denken. Hij nam zich voor de dame eer aan te doen, en zei dat ook. 'Als u mij de eer gunt de dame te schetsen, beloof ik dat mijn portret haar niet tot schande zal strekken.'

De treurige steengrijze ogen keken hem aan. 'Dat kunt u niet. Ik wou dat het mogelijk was.'

Bernardino aarzelde. 'Signor, ik schik me natuurlijk naar uw wensen, maar ik moet u zeggen dat een portret altijd beter is wanneer het naar het leven is getekend.'

Nu leken de kiezelsteenogen plotseling overstroomd te worden, alsof het getij eroverheen spoelde. 'Mijn vrouw is vijf jaar terug overleden. U kunt alleen schilderen naar wat anderen tijdens haar leven van haar hebben vastgelegd.'

En zo begon zijn opdracht in San Maurizio. Een beschermheer en een geest. Bernardino durfde het nog niet aan de dame te schilderen. Hij was aangeslagen door het verhaal van Bentivoglio en had bijna met zijn model meegehuild toen de sessie in stilte eindigde. Hij voelde dat de edelman hem aandachtig bekeek, en de hartelijkheid waarmee hij afscheid nam van Bernardino, gaf de kunstenaar de indruk dat hem een empathie werd toegeschreven die hij niet voelde. Het speet hem natuurlijk voor zijn nieuwe meester. Maar het waren zelfzuchtige tranen die hij vergoot. Alleen zijn eigen verlies kon hem zo ontroeren. Het verlies van Simonetta.

Dus toen hij zich op zijn ladders en platforms had gehesen, begon hij eerst Alessandro te tekenen. Er was hier niemand om hem te begroeten, het enorme Lekenportaal was leeg. Aan de andere kant van de tussenmuur waarop hij zijn tekeningen begon, de belangrijke scheidslijn waar het publiek niet overheen mocht, hoorde hij dan eindelijk de vrome zusters rondlopen en hun godsdienstoefeningen doen. Door de opening boven de muur hoorde hij de gebeden en lofprijzingen van de in afzondering levende nonnen, zonder dat hij hen kon zien. Hij was blij met zijn eenzaamheid. Hij wilde graag alleen zijn op het moment dat hij begon, om te zien of hij zijn gave nog bezat.

Terwijl hij tekende, deed de houtskool precies wat hij wilde en handig bracht hij zijn schetsen over op de temperaverf die hij had aangebracht. Alessandro begon tevoorschijn te komen en al tekenend hoorde Bernardino in de loop van de uren door de muur heen de missen die gezongen werden. Het eenstemmige gezang van de nonnen was zo mooi en lieflijk dat hij er bijna door uit zijn evenwicht werd gebracht. Hij voelde dat hij verdronk, dat het getij ook zijn ogen zou overspoelen en dat hij dan verloren zou zijn. Hij fronste zijn wenkbrauwen en schudde zijn hoofd, het gezang stopte, en pas toen besefte hij dat er naar hem werd gekeken.

Er stond een vrouw, lang van gestalte en onbeweeglijk. Ze had de houding van een adellijke dame, maar haar gezicht was fris gewassen en alledaags als van een willekeurig dorpsmeisje. Haar huid was gebruind en blozend, ze had droge, dunne lippen en kleine, donkere, vriendelijke ogen. Ze kon twintig zijn maar ook dertig, want ze had zich onthouden van alle smeersels en kunstgrepen die dames van haar afkomst voor hun gezicht gebruikten. Ze was onopgesmukt en onopgemaakt, en duidelijk aan de buitenlucht gewend. Desondanks zag ze er aristocratisch uit, afgezien van het feit dat ze het habijt van een non droeg. Ze was geen schoonheid, maar er ging grote rust van haar uit, en toen ze bij wijze van groet glimlachte, straalde haar gezicht zo'n goedheid uit dat Bernardino dat graag had willen schilderen. Hij voelde zich door haar gerustgesteld voordat ze een woord had gezegd. Ze was balsem voor zijn gekwetste gevoelens. Het was alsof hij haar al eerder had ontmoet, alsof hij haar al kende. Na de glimlach kwamen er algauw woorden.

'U bent waarschijnlijk signor Luini. Het spijt me dat er hier niemand was om u te begroeten, maar u kwam toevallig op een tijdstip waarop mijn zusters en ik in stille overpeinzing door de kloostergang lopen. Nee,' ze stak haar hand op toen Luini aanstalten maakte om van zijn platform naar beneden te klauteren, 'kom maar niet naar beneden, want dat lijkt me een gevaarlijke aangelegenheid.' Ze lachte weer haar lieve glimlach. 'Ik ben zuster Bianca, de abdis van dit huis.'

Bernardino staarde haar aan. Ze hield de ring van haar officie omhoog en hij bukte zich om die te kussen. Hij keek aandachtig naar de ring die ze droeg terwijl zijn lippen het sierraad naderden. Het was een rood kruis van Boheemse granaten. Het had de kleur van warm bloed maar voelde steenkoud aan zijn mond. Hij bedacht dat alleen oudere getrouwde dames zo'n ring wensten te dragen.

Griezelig opmerkzaam zei ze: 'U denkt dat ik wel heel jong ben voor zo'n officie.'

Luini sloeg zijn ogen neer. 'Neemt u me niet kwalijk. Ik... dat wil zeggen, ik dacht... dat een dame zoals u ... er is zo veel te zien en te doen in de wereld...' hij bralde maar wat, 'ik dacht dat dames tot het heilige officie toetraden als weduwe of...' hij verstomde.

De abdis glimlachte weer. 'Maar wanneer God je roept, signor, kan dat op iedere leeftijd gebeuren. Ik kwam hier ruim vier jaar geleden, op hetzelfde moment dat onze heer, hertog Francesco II Sforza de stad heroverde. De levensfasen die voor andere vrouwen gelden, de leeftijd om te trouwen en om kinderen te krijgen, spelen voor mij geen rol. Ik dans op de maat van de canonieke uren, en mijn jaar verloopt volgens Gods kalender.'

Luini glimlachte ook. 'Zuster Bianca. Vindt u het erg als ik doorga met mijn werk? Ik moet van het moment profiteren wanneer het zich voordoet en ik heb vandaag de wind mee, schijnt het.'

De abdis deed een stap dichterbij. 'Ja, het gaat goed. Het is hem echt.'

Luini tekende verder en voelde meer dan dat hij het zag dat de abdis bleef kijken. Hij moest terugdenken aan Anselmo in het Sanctuarium van Saronno en glimlachte.

De abdis vroeg: 'Vindt u het niet vervelend als er naar u gekeken wordt?'

'Meestal wel. Maar in dit geval doet u me denken aan iemand anders die zo naar me stond te kijken. Ook hij was een geestelijke.'

'Misschien was hij geboeid door het talent dat God u heeft gegeven. Het is niet niks om een man op een muur te laten verschijnen alsof hij hier in de kamer is. En het is ook niet elke dag dat wij geestelijken een wonder voor onze ogen zien plaatsvinden; ook al lezen we en bestuderen we elke dag de wonderen van de heiligen. Misschien dachten we wel dat de tijd van de wonderen voorbij was. Het is bemoedigend te weten dat dat niet zo is.'

Bernardino had vandaag geen neiging tot arrogantie. Onder de blik van de abdis voelde hij zich het compliment onwaardig, en hij zocht naarstig naar iets om de aandacht af te leiden. Zijn oog viel op zijn werk en de man die hij tekende. 'Uw beschermheer. Wat voor soort man is hij? Hij leek mij een heel edelmoedig mens.'

'Hij is een krijgsman en een dichter en daarnaast nog vele andere dingen,' was het antwoord. 'Hij is ook heel gelovig, en daarom wilde hij geschilderd worden zoals u hem hier portretteert, knielend in gebed. Hij voelt dat onze gemeenschap het vuur van ons geloof heel goed kan overdragen aan het lekendom van Milaan. Kijk,' met een gracieus gebaar wees ze naar de scheidingsmuur. 'Deze wand is de afscheiding tussen het Nonnenportaal en het Portaal der Gelovigen, waar we nu staan.' Bernardino's lippen krulden bij de ironie van die naam en zijn aanwezigheid in deze ruimte, maar de abdis vertelde verder. 'Naar binnen en naar buiten kan men alleen via geheime deuren in de zijkapellen, en het is verboden voor de zusters om aan deze kant te komen, en voor de leken om ons kloosterportaal te betreden. U en ik zullen de enige uitzonderingen zijn op deze regel; want u moet mijn wereld binnen kunnen gaan zoals ik die van u. En toch wonen we allemaal samen de eredienst bij. Kijk maar.' Ze wees omhoog. 'De muur reikt niet tot het plafond, zodat de leken ons gezang kunnen horen. En hier,' ze wees naar de twee hekjes die in de muurvakken verborgen zaten, 'door deze hekjes kunnen we aan de meest heilige delen van de mis deelnemen; door dit deurtje aan de evangeliekant kunnen we de elevatie van de hostie zien en door dit hekje aan de eucharistiekant kunnen we onze Heilige Vader aanbidden.' Ze lachte haar heldere glimlach. 'Voor dit prachtige geloof en om anderen daarvan deelgenoot te maken voorziet onze beschermheer in de levensbehoeften van onze nonnenorde en deze Sint-Mauritiusstichting.'

Weer moest Luini terugdenken aan Anselmo's verhaal over die heilige. Hij miste zijn vriend opeens. 'Waarom vereert signor Bentivoglio speciaal Sint Mauritius?'

'Omdat signor Bentivoglio als *condottiere* met de Zwitsers in de slag bij Novara heeft gediend. Sint Mauritius wordt in Zwitserland op grote schaal vereerd en zijn kerk staat hier in Agaunum. Kent u het verhaal?' Bernardino stond op het punt bevestigend te antwoorden, maar omdat hij Anselmo miste en hij dankzij de abdis aan hem moest denken, zei hij iets heel anders.

'Waarom vertelt u het me niet als u tijd heeft?'

'Tijdens de gezamenlijke heerschappij van de keizers Diocletianus, Maximianus, Constantius en Galerius was er, volgens de legende, in Boven-Egypte een Romeins legioen op de been gebracht, dat bekend stond als het Thebaanse Legioen,' begon ze. 'Het telde zesenzestighonderd man, allemaal christenen die onder het bevel stonden van een officier, Mauritius genaamd.' Ze had een melodieuze stem en ze bracht het verhaal tot leven. Bernardino had die gave nooit eerder meegemaakt, de gave de toehoorder te laten zien wat je beschreef. Hij begreep hoe zo'n gave haar bij haar roeping hielp, want ieder die haar een parabel hoorde vertellen of uit de Bijbel hoorde lezen zou het verhaal meteen woord voor woord geloven. Bernardino draaide zich om en keek naar haar en richtte zijn blik toen omhoog naar de lege muur boven haar hoofd. Voor zijn ogen begon de lege muur boven haar, de grote grauwe ruimte, kleur en vorm aan te nemen terwijl zij sprak. Bernardino knipperde met zijn ogen terwijl het Romeinse legioen boven zuster Bianca's hoofd voortmarcheerde. 'In het jaar onzes heren 286 was het legioen deel van een strijdmacht onder leiding van Maximianus die een opstand onder de christenen in Gallië moest onderdrukken. Nadat het oproer was neergeslagen, vaardigde Maximianus het bevel uit dat het hele leger om hun missie te doen slagen een offerplechtigheid moest bijwonen, inclusief het doden van christenen voor de Romeinse goden.' Bernardino hield zijn handen tegen zijn slapen want hij rook het bloed en hoorde het gekrijs van mensen die vermoord werden. 'Alleen het Thebaanse legioen durfde het bevel om aan het ritueel deel te nemen, te negeren. Het legioen trok zich terug en sloeg zijn tenten op bij Agaunum. Maximianus was woedend over de ongehoorzaamheid van Mauritius en zijn legioen en beval dat het gedecimeerd moest worden.'

'Gedecimeerd?' vroeg Bernardino.

'Elke tiende man moest geëxecuteerd worden.'

'En hielden Mauritius en zijn mannen dan voet bij stuk, ook al zou een op de tien van zijn soldaten sterven? Wie zou zoiets doen? Wie zou zo sterk zijn, of zo dwaas?'

'Een man die echt geloofde dat wat hij deed, goed was. De straf werd uitgevoerd, maar nog steeds weigerde het legioen te gehoorzamen. Maximianus was razend en er vond nog een decimatie plaats. Toen Mauritius en zijn legioen koppig bleven volhouden, beval Maximianus dat de resterende mannen geëxecuteerd moesten worden. De mannen boden geen weerstand, maar gingen de dood in met de overtuiging dat ze martelaren zouden worden.'

'En gingen ze dus allemaal zonder uitzondering dood? Alle zesenzestighonderd mannen?'

'Alle mannen werden over de kling gejaagd, inclusief Mauritius en zijn mede-officieren. De onderdelen van het legioen die niet in Agaunum waren, werden opgespoord en geëxecuteerd.'

Bernardino schudde zijn hoofd. Nu droop de scène die hij voor zich zag van het bloed, terwijl het martelarenlegioen dood op het slagveld lag. 'Wat een verspilling.'

'Hoezo een verspilling?' vroeg zuster Bianca vriendelijk. 'Ze geloofden ergens in, zozeer dat ze ervoor wilden sterven. U denkt misschien dat u nergens in gelooft.' Ze keek hem strak aan. 'Maar iedereen gelooft ergens in. Gelooft u, signor, niet zozeer in iets of iemand dat u ervoor zou willen sterven?'

Bernardino was even tot zwijgen gebracht, want er was iemand voor wie hij zijn leven zo zou willen geven. Toch bleef hij volhouden. 'Wat heeft zo'n offer voor goeds opgeleverd?'

De abdis wuifde met haar beringde hand. 'Deze stichting is in zijn naam opgericht en zal veel armen en hulpbehoevenden in Milaan steunen. En niet alleen deze stichting, maar er worden er vele ter ere van de heilige opgericht. Onze beschermheer meent net als ik dat het een hoopgevend verhaal is. Hoop en geloof blijven altijd bestaan, evenals liefde. Er is een kerk gebouwd op het graf van Mauritius. En signor Bentivoglio doet hier hetzelfde.'

'U lijkt zijn ideeën heel goed te kennen.'

'Dat moet ook wel. Want toen ik nog buiten het klooster woonde, voordat God mij zuster Bianca noemde, heette ik Alessandro Sforza Bentivoglio. Onze beschermheer is mijn vader.'

Bernardino wendde zich geschokt en verward af. Geen wonder dat de abdis hem aan Anselmo deed denken: ze was de biologische zus van de priester! Wist ze dat er zo'n broer bestond? Had haar vader deze spirituele vrouw over zijn zonden verteld?

Zuster Bianca zag dat hij zich afwendde en verklaarde dat op haar eigen manier. 'U wilt werken. Ik laat u nu met rust.'

Bernardino draaide zich weer om, om haar opnieuw te verzekeren dat hij haar niet weg wilde hebben, maar ze was al weer verdwenen naar de nonnenkant van het klooster. Hij klom van zijn steiger naar beneden en keek naar de muur waar hij getuige was geweest van de scènes die zij en haar broer hadden beschreven. Het bloed was weg, de dode legioensoldaten waren weg. 'Liefde blijft altijd bestaan,' zei hij tegen zichzelf. 'Inderdaad, Simonetta.' (Hij wist niet dat een deugdzame man hetzelfde tegen Simonetta had gezegd, een man van een ander geloof, met een ander verhaal, maar dezelfde boodschap. Op dat moment stonden ze niet in een kapel, maar in een amandelboomgaard.) Terwijl hij stond te kijken, zag hij het groene gras groeien en een stad voor zijn ogen oprijzen. Sint Mauritius, jong, sterk en weer levend, stichtte zijn kerk op het gebeente van de zesenzestighonderd. Hoop ontsproot aan de grond. Verwoed begon Bernardino, voordat het beeld verdween, te tekenen.

25

•

Het distilleertoestel

'Wat ga je nu doen?'

Simonetta en Manodorata zaten op de grond in de schatkelder. Het was geen comfortabele plek; het was er koud en restanten van amandeldoppen lagen verspreid over de vloer, maar Manodorata had kennelijk privacy gewild. Hij was als eerste gaan zitten, met gekruiste benen als een Moor, en zij, weer gekleed in Lorenzo's kostuum, had hem nagevolgd en vond die houding verbazingwekkend gemakkelijk. Simonetta zuchtte. 'Ik weet het niet.'

Manodorata sloeg zijn ogen neer. 'Die kunstenaar. Luini. Die is vertrokken.' Het was een bewering en geen vraag.

Simonetta sprak met krachtige stem om te voorkomen dat ze schor klonk. 'Ja. Hij is vertrokken.'

Manodorata knikte ernstig. Ze voelde geen behoefte zich nader te verklaren, noch hem te vragen hoe hij wist wat er was gebeurd in een kerk die niet de zijne was. Ze wist dat hij geen oordeel over haar zou vellen. Hij had gezegd dat ze weer verliefd zou worden en hij had gelijk gekregen. Hij had niet gezegd dat het meer pijn zou doen dan de eerste keer. In zijn grijze ogen, zo gelijkend op die van iemand anders en toch ook weer niet, was een heleboel medeleven en begrip te lezen. Hij begon te praten. 'Het is goed dat hij is vertrokken. De kardinaal is een wraakgierig man. Zijn wraakzucht kent geen grenzen. Hij haat en beidt zijn tijd.'

Simonetta trok haar cape om zich heen, want de dreiging voelde als een koude luchtstroom. 'Ken je die man?'

Manodorata liet verslagen een ademtocht ontsnappen, zoals het laatste beetje wind waarna de zeilen gaan hangen. 'Zeker. Want hij is degene die me mijn hand heeft afgenomen.' Ze sperde haar ogen wijd open. 'Ja,' ging hij verder, 'er is een tijd voor ieder verhaal en nu is dit verhaal aan de beurt. Je moet weten hoe het mij is vergaan.' Hij pakte een vergane amandel van de vloer en onder het praten pelde hij hem met één hand. 'Drie jaar geleden was Gabriel Solis de Gonzales in Toledo kardinaal en in dienst van een nieuw instituut, het "Heilig Officie" genaamd.'

Dit zei Simonetta kennelijk niets.

'Het heeft nog een andere naam. De Inquisitie.'

Verbeeldde ze het zich of ging Manodorata zachter praten toen hij dat angstaanjagende woord uitsprak? 'Toledo was mijn woonplaats. Ik was bankier, een geldschieter met een goede naam. Ik was nog maar net met Rebecca getrouwd en Elijah en Jovaphet waren nog heel klein.' Hij glimlachte bij die herinnering, maar algauw verdween zijn glimlach. 'We hielden heel veel van elkaar, maar de mensen begonnen ons te haten. We werden gedwongen in *Juderias* te gaan wonen, een oord dat de Venetianen een ghetto zouden noemen.'

Net als de jodenstraat in Saronno, dacht Simonetta.

'Maar dat was nog niet genoeg. Onder druk van deze pas in het leven geroepen Inquisitie werd ik gedwongen me tot het christendom te bekeren of anders het land te verlaten.'

Simonetta's adem stokte: wat moest hij geleden hebben dat hij die stap had genomen! Manodorata reageerde afwerend op haar uitroep. 'Ja, het is niet iets waar ik trots op ben. Het was alleen maar voor de buitenwereld, en thuis gingen we in het geheim door met onze religieuze gebruiken. Maar ik wilde mijn gezin en mijn huis beschermen.'

Simonetta stak in het halfduister haar hand uit en legde die op zijn arm. 'Je begrijpt me verkeerd,' zei ze. 'Ik veroordeel jou niet, alleen de mensen die jou tot zoiets hebben gedwongen.'

Hij knikte en ging verder. 'Ze lieten ons de jongens christelijke namen geven en we kozen Evangelista voor Elijah, en Giovan Pietro voor Jovaphet, want dat klonk tenminste ongeveer zoals hun eigen namen. We probeerden voor de buitenwereld als christenen te leven, maar we werden nog steeds bespot. Ze noemden ons *marranos*. Varkens.' Hij schudde zijn hoofd. 'Nog steeds was de Inquisitie niet tevreden. Ik werd gearresteerd en uitgehoord door dezelfde man die jouw geliefde zoekt, Gabriel Solis de Gonzales zelf, die bij het Heilig Officie goed aangeschreven stond omdat hij tegen mijn volk zoveel mogelijk de harde lijn volgde.'

Nu was het Simonetta's beurt om haar hoofd te schudden. Wat een ongelukkig toeval dat de kardinaal nu hier was en juist een man op het spoor kwam die hij al zoveel schade had berokkend! Ze had weinig tijd om na te denken over hoe klein de wereld was, want daar was Manodorata alweer met zijn exotische stembuigingen, als het getij dat slecht nieuws brengt.

'Mij werd gevraagd anderen van mijn ras aan te geven, andere *conversos*, die het christelijke geloof hadden aangenomen als dekmantel voor hun jodendom. En toen was voor mij de maat vol. Ik had in het belang van mijn gezin veel van mezelf en mijn eigen waardigheid prijsgegeven. Ik had mijn geloof opgegeven en mijn plaats in Abrahams armen. Maar dat deed ik allemaal voor eigen rekening. Ik had niet het recht die beslissing te nemen voor anderen. Ik keek hem in zijn lichte duivelsogen en zei dat ik daar niet toe bereid was.' Hij pauzeerde voordat hij de klap uitdeelde, hamerend op elk woord. 'Toen hakten ze mijn hand eraf.'

Simonetta was ademloos.

'Ik herinner me nog de stank van mijn brandende hand, terwijl de ogen van Gonzales nog heftiger vlamden dan het vuur dat mijn hand verteerde. Ze lieten me gaan toen ze wisten dat ik hen niet zou helpen. Op een avond kwam mijn vriend Abiathar naar me toe om me te waarschuwen dat de kardinaal het op mijn leven had gemunt. Hij had me alleen vrijgelaten opdat ik hem op het spoor bracht van andere vooraanstaande joden. De dag daarna voeren we af naar Genua. Toen we hier aan land kwamen, liet ik door de inwoners van Florence voor mezelf een gouden hand maken om te laten zien dat ik overal maling aan had. We vestigden ons hier, in deze rustige stad, want hier hoopten we verdraagzaamheid te vinden. En dat was ook zo.'

Simonetta stond versteld. 'Noem je wat je hier beleeft verdraagzaamheid? En wat ikzelf...' ze verstomde.

Manodorata glimlachte zuinigjes. 'Woorden? Beledigingen? Domme mensen die naar ons spugen? Zulke dingen doen niet echt pijn. Voor mijn soort is verdraagzaamheid een dag zonder een gebroken bot. Een dag dat je thuiskomt en je huis niet in brand staat. Een dag dat je eigendom niet wordt gestolen, en je kinderen en vrouwvolk in alle rust ongeschonden kunnen rondlopen. Zulke dagen hebben we meegemaakt in Saronno. Tot de dag van vandaag, toen deze kardinaal mij jammer genoeg weer op het spoor kwam.'

Simonetta fronste haar wenkbrauwen. 'Wat bedoel je? Is hij hier nog steeds?'

Manodorata lachte kort. 'Hij niet. Hij zal terugkeren naar zijn paleis in Milaan, naar zijn comfort en luxe, maar hij heeft een verpestende atmosfeer achtergelaten. Op zoek naar jouw vriend heeft hij onze huizen en onze zaken ontdekt en gezien dat er joden wonen en werken in zijn bisdom. Hij zal ons hier niet lang met rust laten.'

Simonetta zweeg. Ze waren nu beiden verschoppelingen, want toen ze de vorige week blindelings de kerk uit was gerend, hadden de stedelingen haar uitgejouwd en een of twee hadden voor haar voeten op de grond gespuugd. Ze had nooit eerder helemaal begrepen wat Manodorata elke dag te verduren had, maar nu wel.

Manodorata onderbrak haar gemijmer. 'Dus ik ben gekomen om je dit te vertellen. Als je besluit hier te blijven, moeten we snel maatregelen treffen om jouw toekomst veilig te stellen. Want misschien kan ik je niet lang meer helpen.'

'Maar... Je bedoelt toch niet dat Gonzales zal proberen jou kwaad te doen?'

Dat bedoelde Manodorata juist wel, maar hij probeerde Simonetta gerust te stellen. 'Natuurlijk niet. Hij weet niet dat ík hier woon. Ik bedoelde alleen dat hij het misschien gemunt heeft op het bezit van mijn soort of dat hij wil voorkomen dat we handel drijven. Dus,' zijn stem kreeg iets zakelijks, 'nu zijn we weer terug bij ons uitgangspunt. Wil je hier blijven?'

Simonetta staarde als gehypnotiseerd naar de amandel in Manodorata's hand. Die was het symbool van Lorenzo's familie en de hare, en van alles hier in villa Castello. 'Ja,' zei ze, en herhalend wat ze hem een jaar geleden had verteld, 'ik kan nergens anders heen. Juist jij weet hoe ver mensen gaan om hun huis veilig te stellen.'

Hij knikte begrijpend. 'Heel goed. Morgen breng ik een groep joodse arbeiders mee. Zij hebben bijlen bij zich en dan zullen we je boomgaard omhakken en de bodem bewerken tot bouwland. Ik weet dat de Arabieren er de goede gewoonte op nahouden wisselbouw toe te passen, zodat de grond van jaar tot jaar vruchtbaar blijft.'

Ze knikte en met zijn wijsvinger schoot hij de noot van zijn hand af het donker in en hij maakte aanstalten om op te staan.

De noot kwam ergens neer met een tinkeling van glas. De twee keken elkaar aan en Simonetta krabbelde overeind. Ze liep heel voorzichtig de donkere hoek in en kwam tevoorschijn met een vreemd geheel van flessen die door buizen met elkaar verbonden waren. Manodorata liep haar achterna en vond in de duistere hoek een komfoor en een koperen schaal.

Verbaasd zette Simonetta het ding neer. 'Wat zou dit kunnen zijn?'

Manodorata lachte. 'Het is een distilleertoestel. Iemand heeft hier sterkedrank zitten brouwen.' Hij snuffelde aan een van de flessen. 'Grappa. En hier,' hij verwijderde een kurk uit de hals van een stenen amfora en trok snel zijn hoofd weg alsof hij een klap kreeg. 'Brandewijn.'

'Hoe werkt dit?' Simonetta bekeek van alle kanten het eigenaardige apparaat, dat koud en kleverig aanvoelde.

'Het is een heel oude vaardigheid, waarmee ik niet vertrouwd ben. Maar ik denk dat het erom gaat dat je de gegiste sappen hierin doet.'

'Sappen van wat?'

'Je kunt overal sterkedrank van maken. Grappa, dat gemene brouwsel, wordt gemaakt van druivenpitten. Die verhit je van onderaf tot ze condenseren... weer vloeibaar worden en door deze filter hier heen gaan...'

'Hoe is dit hier terecht gekomen... niet door Lorenzo... hij hield alleen van wijn.'

Manodorata glimlachte spottend. 'Ik had het je schildknaap maar eens gevraagd. Hij zag er altijd nogal aangeschoten uit.'

Simonetta zou ook hebben geglimlacht, maar de gebeurtenissen van de afgelopen week en Gregorio's onbarmhartige bekendmaking van haar zonden lagen nog te vers in haar geheugen. Ze pakte de amfora en wilde die weggooien. Manodorata hield haar pols vast. 'Ik ben geen dokter, Simonetta, maar als ik jou was, zou ik die fles mee naar bed nemen en eens een nacht goed slapen. Want dat is sinds de mis niet meer gebeurd, als ik me niet vergis.'

Dat klopte. Ze kon niet slapen, omdat ze dacht aan Bernardino en de manier waarop hij afscheid had genomen. Manodorata ging er zelf vandoor voordat ze tegenwerpingen kon maken. Toen ze alleen was, keek ze naar de amfora, haalde haar schouders op en stond op het punt hem naar haar slaapkamer te brengen. Terwijl ze zich omdraaide, zag ze dat de amandel die Manodorata had gepeld en weggegooid, in het donker glom als een ster... Ze bleef staan, bukte zich en zette de amfora neer. Daarna liep ze het donker in om de amandel te pakken, en nog meer amandelen. Voor het eerst sinds zondag vergat Simonetta haar hartenpijn.

Ze had een idee gekregen.

26

•

Handig met hout

Nonna zat bij het haardvuur in haar nieuwe stoel op gebogen glijders te schommelen, zich verwonderend over comfort dat ze nooit had gekend. De man die ze als een familielid beschouwde, keek naar haar, de elleboog van zijn ene arm steunend op zijn andere arm, en zijn hand bij zijn mond. Hij had een ruwe poetsdoek om zijn middel geknoopt, net als de blauwe banier op het moment dat ze hem hadden gevonden. Hij keek met half dichtgeknepen ogen naar zijn maaksel. 'Zit-ie lekker?' vroeg hij.

'Het is wonderbaarlijk,' zei ze en glimlachte, met evenveel gaten als tanden in haar mond. Het was inderdaad wonderbaarlijk. En dat waren ook de nieuwe balken die hij in het lage dak had gezet, blank cederhout dat glansde in het schijnsel van het vuur en kleverig amberkleurig gomhars afscheidde. Haar deuren waren nieuw en stevig, haar openslaande ramen gerepareerd zodat het niet meer tochtte. Hij had zelfs op het kleine erf waar de kippen rondscharrelden een nieuwe loggia gebouwd. Je kon hem altijd bezig zien met het verzamelen en hakken van hout, met ontwerpen en bijschaven, en hij maakte de mooiste dingen, met een pas ontdekte vaardigheid waarvoor Sint Jozef zelf, de vader van Onze Heer en timmerman nummer één, zich niet zou hebben geschaamd. Ten slotte glimlachte hij, samen met haar genietend van het moment. Ze knikte op de maat van de stoel. Hij was een godsgeschenk.

En nu moest ze toegeven wat ze nooit eerder had beseft. Ze had hem altijd met Filippo vergeleken en in Selvaggio haar wedergeboren zoon gezien. Maar nu moest ze erkennen dat hij een veel beter mens was dan de zoon die ze had verloren. Ze herinnerde zich nu dat wanneer Filippo thuis was, hij óf met zijn laarzen aan bij het vuur zat, óf ging gokken met de Roma die zich bij zonsondergang verzamelden onder de bogen van de Ponte Coperto. Hij bracht liever zijn tijd door met de zigeuners, bij hun vuren in de openlucht die door de *Comune* waren verboden. Zij hadden hun dobbelstenen en zoete wijn, hun zwartharige meisjes en violen, en Filippo was daar vaker te vinden dan bij zijn moeder thuis. Nu waren de avonden voor haar een bron van vreugde. Zij en de twee jonge mensen zaten bij het haardvuur en genoten van de warmte en elkaars gezelschap.

Er was nu nog veel meer waarvan ze genoot, want laatst had Selvaggio op een bepaald moment ontdekt dat hij kon schrijven. Op een van die avonden bij het vuur met Amaria had hij een verkoold takje opgepakt en op de haard letters geschreven die duidelijk en geoefend waren en wezen op scholing. Hij vond het heerlijk dat hij Amaria kon leren schrijven, om iets terug te kunnen doen voor het feit dat zij hem het spraakvermogen had geschonken, maar hij had een vaag gevoel van onrust. Terwijl het meisje dezelfde letters opschreef die zij hem had leren uitspreken, werd zijn brein overstelpt door vragen. Hoe kwam hij aan deze vaardigheid? Was hij klerk of notaris geweest? Of schoolmeester?

Want gelijk met het schrijven bleek hij ook te kunnen lezen; toen Nonna deze nieuwe ontwikkeling zag, had ze de familiebijbel uit haar slaapkamer gehaald. De oude vrouw kon zelf de Latijnse teksten niet lezen, maar Selvaggio liet de verweerde bladzijden op een willekeurige plaats openvallen en begon meteen te lezen. Hij had nog steeds een schorre stem, maar hij sprak zonder hapering en zijn gedachten liepen vooruit op zijn nog niet zo geoefende tong.

Welzalig ieder die de Heer vreest, die in Zijn wegen wandelt. Want gij zult eten de opbrengst van uw handen. Welzalig gij, het zal u welgaan. Uw vrouw zal zijn als een vruchtbare wijnstok, binnen in uw huis; uw zonen als olijfscheuten rondom uw dis. Zie, zo zal de man gezegend worden die de Heer vreest. De Heer zegene u uit Sion, opdat gij het goede van Jeruzalem moogt zien, al uw levensdagen. En opdat gij uw kindskinderen moogt zien. Vrede zij over Israël.

Selvaggio deed het boek dicht, heel tevreden met de les. God hoorde niet in een kathedraal thuis; je zou hem niet te midden van de sneeuwwitte wolken op een onbetaalbaar fresco aantreffen, of in de prachtige contrapuntische melodie van een koor. God was te vinden in de eenvoudige dingen; in de vruchten van de wijnstok, voedsel, familie, kinderen. Hij keek om zich heen naar de onopgesmukte, door het vuur verlichte gezichten van de twee vrouwen die voor hem zorgden. Hier vond je ware schoonheid en goedheid.

Dus legde Selvaggio tegenwoordig 's avonds zijn houtsnijwerk opzij om parabels of bijbelcitaten te lezen; Nonna luisterde, knikkebollend boven wat verstel- of kantwerk, en Amaria oefende haar letters. De bijbelteksten kwamen Selvaggio bekend voor, maar niet alleen omdat hij ze nu las; hij wist dat hij ze ergens eerder had gehoord, met de stembuigingen van een priester in een kerk, lang geleden. En hij wist dat het ritme van wat hij voorlas, het stijgen en dalen van de woorden, niet van hemzelf was, maar werd opgeroepen door deze andere, schimmige prediker.

Algauw begon Selvaggio Amaria ook te leren lezen; ze zaten samen over het deugdzame boek gebogen, een donker en een blond hoofd, en Nonna besefte dat ze zich in Selvaggio had vergist. Hij had niet alleen een moeder nodig gehad die hem voedde en verzorgde, maar ook een kind. Hij die niets had en aan wie zoveel liefde was gegeven, had ook graag het gevoel gehad dat hij nodig was; om iets terug te kunnen geven. In Amaria had hij alle familie gevonden die hem ontbrak. Nonna zag dat hij genoot van zijn rol als privéleraar voor het meisje dat nog maar kort geleden hem had onderwezen. En het deed hem veel plezier dat hij nu in staat was hun eenvoudige huisje gezelliger te maken met het meubilair dat hij vervaardigde. Hij begon zo handig te worden dat hij zelfs wat van zijn waren in de stad verkocht, en nu konden ze zich een hogere kwaliteit vlees en groenten veroorloven, en betere wijn. Nonna zag Selvaggio's gezicht stralen van vreugde wanneer hij zijn buit mee naar huis bracht – gekocht met het werk van zijn handen – en ze wist dat hij voorwaar een goed mens was. Ze keek naar hem door haar gevouwen handen als ze zondags met z'n allen tijdens de dienst hun gebeden opzegden in de kerk van Sint Petrus van de Gouden Hemel. Nonna zag dat hij vurig en uit volle overtuiging bad, en ze wist dat hij met het lezen van de Bijbel was teruggekeerd naar een geloof dat al eerder in hem aanwezig moest zijn geweest. Ze zag in hem een morele kracht, en een vastbeslotenheid het nieuwe leven te leiden dat hem door de goddelijke wet was geschonken, om allen recht te doen wedervaren. Op zulke momenten had ze het bange vermoeden dat zijn eigen familie, die zo'n zoon of broer had verloren, hem wel zou missen. Maar daarna vertelde haar hart haar wat zij had gewonnen en onderdrukte ze die gedachte. Na de kerkdienst keerden ze terug naar hun huisje bij de rivier en aten ze gezamenlijk hun avondmaal van risotto of polenta, en soms ging Nonna dan vroeg naar haar slaapkamer zodat het stel even rustig samen kon zijn, wat ze volgens haar nu nodig hadden. Maar nu zat ze in haar nieuwe stoel heen en weer te schommelen, glimlachend om wat er allemaal gebeurde, en Selvaggio glimlachte ook, want hij dacht dat ze nog steeds met haar gedachten bij haar geschenk was.

‘’t Is een ontwerp uit Vlaanderen,’ begon hij, en hield toen abrupt op terwijl hij zijn wenkbrauwen fronste. ‘Ik weet niet hoe ik dat weet.’

Nonna stopte met schommelen. ‘Begint je geheugen soms terug te keren, Selvaggio?’ vroeg ze, plotseling angstig.

Hij wreef over zijn nek terwijl hij zijn hoofd schudde. ‘Af en toe komen er herinneringen boven; ze lichten even op als sterren in de nacht. Maar wanneer ik probeer er vat op te krijgen, lossen ze op alsof het dag wordt. Al mijn zintuigen hebben herinneringen; smaken, geuren, zelfs het voelen van dingen.’ Nonna begon weer zachtjes te schommelen, opgelucht.

‘Ook dingen die ik zie,’ ging Selvaggio verder. ‘Ik herinner me bijvoorbeeld een duiventil, een houten huisje voor duiven, maar ik weet niet waarvan.’ Hij schudde zijn hoofd en zei: ‘Het doet er niet toe. Misschien maak ik er wel zo een voor Amaria, en prikkel ik daarmee mijn geheugen.’ Verbeeldde Nonna het zich of bloosde hij en sloeg hij zijn ogen even neer toen hij de naam van haar kleindochter noemde?

‘Aha, Amaria,’ zei ze en glimlachte weer, ‘ze is even bij de kippen, mocht je je dat afvragen.’ Hij hoorde de plagende toon waarop ze het zei en gooide zijn poetsdoek naar haar toe. Ze ving hem met gemak op, en terwijl hij door de nieuwe achterdeur van het huisje naar buiten ging, bedacht ze dat zelfs als zijn hoofd zich herinnerde wat hem te doen stond, zijn hart hem misschien hier zou houden.

27

•

Proeven

Proeven, proeven en nog eens proeven.

Simonetta sloot haar ogen en hield haar oren dicht. Voor die ene nacht was ze ongevoelig voor haar hartenpijn. Ze zou niet haar best doen om door de ten dode opgeschreven amandelboomgaard Bernardino's stem te horen fluisteren toen ze er voor de laatste keer in de avondschemering doorheen liep. Ze zou niet zijn gezicht proberen te zien in de vormen van een avondlijke wolk, die in de zonsondergang vanboven donker en vanonder vurig rood kleurde. Ze liep het huis weer in en ging aan de afgeboende tafel zitten. Ze stak een bieskaars aan en inspecteerde het apparaat dat voor haar stond. Ze zou zich vannacht door haar tong laten leiden, haar smaakpapillen zouden haar de weg wijzen.

Ze had het distilleertoestel, onderdeel voor onderdeel, uit de schatkelder naar boven gebracht, waarbij ze het koperen skelet uit elkaar had gehaald om het in haar keuken weer op te bouwen. Ze droeg elke stoffige distilleerkolf of koperen buis afzonderlijk in haar armen alsof het kinderen waren. Ze zette het ding weer in elkaar en maakte het zorgvuldig schoon met een in azijn gedoopte zeemleren lap, terwijl ze vol bewondering keek naar de warme koperkleur van de schaal en het groene craquelé van het glas. Ten slotte goot ze grappa en water in de koperen schaal, en op het laatst een beetje oude brandewijn. Daarna pakte ze haar kaars en stak het komfoor aan. Terwijl het vuur in de haard uitging, werd het komfoor warm, waardoor de vloeistof begon de borrelen en zijzelf verwarmd werd door de vlam en de bedwelmende geur van het brouwsel. Pas nu voegde ze een handvol gepelde amandelen toe, die glanzend wit en stevig als been waren. Terwijl de damp oprees en in glinsterende druppeltjes neersloeg, proefde ze het heldere nat dat in het laatste vat viel. Het smaakte naar grappa en brandewijn, meer niet. Ze stond op en haalde een vijzel en stamper en deze keer maalde ze de amandelen fijn in een schone linnen doek. Ze voegde olijfolie aan het fijngestampte ivoor toe tot de pasta dik en glad was. Daarna wreef ze het mengsel door de doek in de koperen schaal en goot er water bij tot er een melkwitte emulsie ontstond. Nu proefde ze na het koken duidelijk een vleugje amandel. Simonetta sloeg geen acht op de kerkklokken, waarvan het geluid door de wind werd meegevoerd om haar te vertellen dat het nu de nonen, nu de vespers en nu de completen waren. Ze hoorde of zag niets, haar smaakzin vertelde haar dat er meer pasta nodig was, dus voegde ze nog wat toe, en vervolgens nog meer. Ze liep als een dolle heen en weer, ze voelde dat ze een race tegen de klok hield. Ze trok het grootboek naar zich toe, en sneed en splitste met haar schilmes een nieuwe ganzenveer. Ze doopte hem in de inkt en schreef alles op wat ze had gedaan, waarbij haar zorgvuldig geoefende handschrift steeds onregelmatiger werd naarmate de klokken de uren luidden.

Ze stond op en dwaalde door de keuken, waar ze Rafaela's potten opende en nu eens een specerij, dan weer een kruid toevoegde. In een met hout ingelegde doos vond ze een klont bruine kandij, een delicatesse die een rijke gast als geschenk had meegebracht. Ze deed die er ook bij en keek hoe het brok veranderde in een goudkleurige gom en daarna in honing en vervolgens door het heldere vocht een mooi amberbruin verspreidde. Dit borrelende geheel rook zoet en bedwelmend, en het resulterende brouwsel was zoet en bitter tegelijk.

Maar nog niet goed.

Simonetta had een fijne smaak, en had de heerlijkste wijnen geproefd vanaf het moment dat ze als baby een speen kreeg die was gedoopt in Venetiaanse marsala. Toen ze een getrouwde vrouw was, had Lorenzo haar kennis verbreed door haar bier en brandewijn, grappa en limoncello te laten proeven. Hun tafel was bijna bezweken onder de beste wijnen van Lombardije en omstreken; de Sassella en Grumello uit het Valtellina, de rode Valcalepio en witte Oltrepo Pavese. San Colombano uit Lodi en Chiaretto van de westoevers van het Gardameer. Ze wist wat de tong streelde en werkte daar nu naartoe. De hele nacht werkte ze door, terwijl ze de monniken van de Grande Chartreuse aanriep, die hun groene brouwsel distilleerden in de naam van God. Ze was die nacht een zuster van de Arabische nomaden die in de woestijn hun sterke, zoete arak stookten. Steeds weer proefde ze, tot haar hoofd tolde en ten slotte haar zintuigen het begonnen te begeven. Haar ogen konden niet scherp meer zien, en haar gedachten gingen, als huiswaarts kerende duiven, naar Bernardino terug. In haar verwarde toestand dacht ze dat het brouwsel dat ze maakte, voor hem was. Ze stopte alles wat in haar hart leefde in het drankje. Ze ging naar buiten en plukte 's nachts in het geurige donker abrikozen van de leibomen, terwijl hun vruchtvlees nog warm was van de zon en hun velletje zo zacht als dat van een jong muisje. Abrikozen voor de zoetheid, de overstelpende zoetheid die ze had gevoeld toen hij haar die ene heftige keer had gekust. Daarna voegde ze er uit een Chinese pot nog kruidnagelen aan toe, zo zwart als zijn haar, en eenmaal fijngestampt zo bitter als de herinnering aan zijn vertrek, de laatste keer toen hij zich van haar afwendde en wegreed in de richting van de heuvels. De spiralende schil van de groenste appel die onder het schillen over haar handen gleed als de slang van Eva, deed haar denken aan de gelukkige zondeval die haar in zijn armen had gedreven. Maar de gele schil van een goudkleurige citroen beet in de sneetjes in haar knokkels, als afstraffing voor de vingers die het warme haar op zijn hoofd hadden vastgegrepen toen ze zijn gezicht naar zich toe had getrokken. Pas toen, toen ze zich liet helpen door de herinnering aan hem, toen ze bitter en zoet combineerde, de essentie van hun ontmoeting, wist ze dat het goed was. Ze nam een grote slok van de drank die nu klaar was, terwijl ze snel met haar ganzenveer de precieze hoeveelheden en ingrediënten opschreef die ze had gebruikt. Ze zat te knikkebollen boven haar inktzwarte vingers, en toen haar voorhoofd de zachte bladzijden van het grootboek raakte, dacht ze dat ze een glas met hem deelde, lachend, ergens waar de zon hun huid tijdens het drinken verwarmde zoals ze wist dat nooit zou gebeuren.

Ze werd koud en verstijfd wakker door het schrapende geluid van een laars. Ze kwam overeind en het bonsde in haar hoofd. Ze had de smaak van as in haar mond, en haar ogen, dik van de slaap, brandden in haar hoofd. Ze sloeg met moeite haar ogen op en zag toen Manodorata staan, met een geamuseerde glimlach om zijn aristocratische mond. Haar hoofd voelde plotseling te zwaar en ze ondersteunde het met haar handen. Iemand kreunde, en dat was zij. Manodorata liet zijn blik over het distilleertoestel gaan. Maar gaf geen commentaar. In plaats daarvan zei hij: 'De houthakkers zijn er. Zal ik zeggen dat ze moeten beginnen met kappen?'

Zijn stem klonk anders. Onduidelijk. Ze wist nauwelijks wat hij zei, maar knikte. Hij liep naar de deur en riep een bevel naar zijn mannen, veel te luid voor Simonetta. Hij kwam terug en ging bij haar zitten. 'Je hebt zitten experimenteren?' Geen antwoord. 'Mag ik?' Hij wees naar de wilgenhouten beker. Ze wist dat het onmogelijk was te knikken en daarom deed ze alleen haar ogen dicht, wat hij als instemming interpreteerde. Hij hief de beker tot ooghoogte. '*Shalom*,' zei hij en nam een slok. Alleen doordat hij lang bleef zwijgen bracht ze het ten slotte op hem aan te kijken en zag toen zijn verbazing.

'Alchemie!' zei hij.

'Werkelijk?' zei ze kortaf, met gesmoorde stem.

Hij tilde zijn onechte hand op. 'Zo zeker als die Florentijnse joden van goud een hand hebben gemaakt, zo is jou dit gelukt. Wat zit er in Jahwehs naam in?'

'Voornamelijk amandelen.'

Bloeddoorlopen en staalgrijze ogen keken elkaar aan, en met stijgende verbijstering kwamen ze tot dezelfde gedachte. 'De bijlen!'

Hij stond meteen op. 'Ga jij maar naar bed. Ik hou ze tegen.'

Terwijl ze de trap opklom, die vandaag zo bochtig leek als de torentrap van een kasteel, hoorde ze hoe hij de amandelboomgaard in rende. 'Laat de bomen staan!' schreeuwde hij. Ze had Manodorata nooit eerder zien rennen, en nooit horen schreeuwen. Hij leek wel een dol geworden beer zoals hij de keuken was uitgestormd. Terwijl ze op haar bed neerviel en haar ogen sloot om niet meer alles te zien ronddraaien, veroorloofde Simonetta zich een glimlach.

28

De circustoren

Bernardino begon zich in het klooster thuis te voelen. In zijn cel bevonden zich alleen een bed, een kruis en het boek der boeken, maar meer had hij niet nodig. Hij legde Leonardo's *Libricciolo*-schetsboek, zijn trouwe metgezel, naast de bijbel; een combinatie die hem deed glimlachen: werkelijk een eigenaardig stel. Zijn kleding was hier het eenvoudige habijt van een lekenbroeder: bruin, ruw en algauw onder de verf, maar precies wat hij nodig had. Zijn voeten, alleen in sandalen gestoken, waren voortdurend koud, maar algauw vergat hij daarop te letten. Zijn kamer, aan het zuidelijke uiteinde van de kleine kloostergang, keek uit op een rustig grasperk dat grensde aan de welriekende kruidentuin. Waar de kloostergang een hoek vormde, stond een ronde rode toren, waarin op de benedenverdieping de plantenverzameling was geherbergd en boven aan de trap de welvoorziene bibliotheek. Zijn idee dat hij in een gevangenis zat, was niet helemaal verdwenen, want zuster Bianca had hem duidelijk gemaakt dat hij, om zijn achtervolger te ontlopen, beter niet de stad in kon gaan. De kardinaal had de reputatie een wraakzuchtig man te zijn, dus Bernardino waagde zich nauwelijks in de stad waarin hij woonde; maar het bezoeken van bezienswaardigheden interesseerde hem toch al niet. Hij had in zijn jeugd jarenlang in Milaan gewoond, toen zijn leermeester erheen was geroepen door de donkerhuidige hertog Ludovico Il Moro, die verrukt was over Leonardo's beeld van de ideale stad met automatisch werkende bruggen, verhoogde wandelwegen en andere mechanische fantasieën. Bernardino had lessen gevolgd bij Leonardo, toen de meester begon aan zijn beroemdste schilderstuk, de *Cenacolo* of *Het Laatste Avondmaal*. Drie moeilijke jaren lang waren ze met het fresco bezig in het naburige klooster van Santa Maria delle Grazie, waarmee het geduld van de broeders en de hertog gelijkelijk op de proef werd gesteld. Daarna had Bernardino als tegenwicht voor zijn kloosterdagen heerlijke, opwindende nachten doorgebracht met de al dan niet gerespecteerde dames van Milaan. Nu leefde hij hier in San Maurizio, zijn werkzaamheden speelden zich af tussen het Portaal der gelovigen en het Nonnenportaal, en hij hoefde niet zo nodig na de avondklok naar buiten te breken. Zijn gevangenis, als het dat was, beviel hem wel. Hij had zijn cipier al leren kennen en waarderen, en hij kwam er tot zijn verbazing achter dat zijn medebewoners allemaal welgemanierde vrouwen van goede inborst waren – het was alsof hij aan het hof was of de zomer doorbracht in een heerlijk huis. Verscheidene Sforza's, een paar Borgia's en een Este luisterden deze kloostergangen op. De kamenierster die zijn kleding waste en streek, was een Medici. De nonnen waren geenszins onverdeeld lelijk, noch nors van ouderdom. Er zaten een paar mooie gezichten tussen, gezichten die hem nog niet zo lang geleden in verleiding zouden hebben gebracht, of hem op z'n minst hadden doen betreuren dat ze non waren geworden. Maar hij had het wat de liefde betreft wel gehad met vrouwen, behalve met een, en als zij niet van hem kon zijn, wilde hij geen ander. Hij had alleen behoefte aan vriendschap, en hier in San Maurizio vond hij die in overvloed. Langzamerhand begon hij de nonnen te leren kennen. Zuster Ugolin beheerde de plantencollectie en maakte saliethee voor hem wanneer hij hoofdpijn had als hij urenlang bij kaarslicht had geschilderd. Zuster Petrus bracht elke ochtend en avond eten en bier naar zijn cel, want het was niet gepast dat hij in de eetzaal met de nonnen zou eten. De oude vrouw zat met hem te praten terwijl hij zijn eenvoudige maaltijd van pasta of vlees at – verhalen over de wereld buiten het klooster die zij hoorde van de bedelaars die aan de poort om een aalmoes kwamen vragen. Zuster Petrus was dol op griezelige verhalen, en Bernardino zat te kauwen terwijl de bejaarde non lyrisch werd over de laatste gruweldaad die er in de stad was gepleegd; een erkend pestverspreider was levend verbrand op de Piazza Vetra achter de basiliek van San Lorenzo. 'San Lorenzo!' kakelde ze, waarbij haar tandeloze mond wijd open ging terwijl ze Bernardino blijmoedig in zijn ribben porde. 'Zie je niet dat dit een staaltje van Gods humor is? Want was Sint Lorenzo niet degene die op een rooster levend werd verbrand, en de Romeinen gelastte hem om te draaien omdat hij aan de ene kant al klaar was? Ik vraag me af of die smerige pestverspreider zich in een gebed tot de heilige heeft gericht toen hij daar net als hij lag te branden!'

Bernardino genoot tegelijkertijd van het nieuws en het eten. Hij glimlachte en knikte terwijl de non wegslofte, maar het lot van de ongelukkige pestverspreider leek ver van zijn bed.

Wat hem meer zei, waren de verhalen die hij hoorde van zuster Conceptione, de bibliothecaresse. De vriendelijke non, die lang, androgyn en angstwekkend intelligent was, stond Bernardino toe boven in de rode toren te komen en in haar aanwezigheid de verluchte heiligenlevens door te kijken. Met name één boek vond hij van onschatbare waarde: de 'Golden Legend' van Jacobus de Voragine. Daar, in dat legendarische boek, daar, hoog in de lucht in het scriptorium waar de stilte alleen werd onderbroken door het geluid van de ijverig krassende ganzenveren van de nonnen, daar, in die volmaakte zwarte letters en als met edelstenen gekleurde marginaliën, vond hij inspiratie voor zijn werk. In het ochtendlicht boog hij zich over het boek en met behulp van de leeslessen die Leonardo hem had gegeven, leerde hij veel over de verschillende vormen van heiligheid. Onder het lezen dacht hij terug aan wat zijn oude leermeester had gezegd: 'Je moet Latijn leren lezen, Bernardino. Want dat is de taal van alle geheimen van de wereld; kerkelijke en niet-kerkelijke.' In dit boek, de Heiligenlevens, stond het verhaal van Sint Lucia. Toen hij las hoe de ongelukkige maagd tot prostitutie verviel, dacht hij aan zijn moeder. Zijn eigen ogen deden pijn toen hij las dat Lucia's ogen werden uitgerukt, en toch snoof hij spottend toen daar stond dat God de takken van haar brandstapel nat maakte zodat ze niet vlam wilden vatten en zij over de kling gejaagd moest worden.

'Mag ik vragen,' zei zuster Conceptione met haar vlakke stem boven zijn schouder, 'wat u in dat boek leest, dat u zo'n vreemd geluid maakt?' Maar ze glimlachte en hij glimlachte terug, niet precies wetend wat hij kon zeggen zonder beledigend te zijn.

'Ik vroeg me af... ik bedoel... beschouwt u wat hier staat als de letterlijke waarheid? Gelooft u dat God het vuur onder Lucia's voeten bluste? Of regende het gewoon die dag?'

'O ja. De martelaar van Syracuse,' Conceptiones stem was zo vlak als de bladen van het manuscript. 'Ze werd gered door het weer, maar wordt het weer niet gemaakt door Onze Hemelse Vader en beslist Hij niet over het soort weer dat het gaat worden?'

Bernardino haalde zijn schouders op. 'Waarom kon God dan niet voorkomen dat Lucia uiteindelijk door het zwaard werd gedood? Waarom kon Hij niet voorkomen dat haar ogen werden uitgestoken?'

'Soms sterven zielen de marteldood, zodat wij kunnen leren van hun lijden. De Heer heeft misschien Lucia voor het ene lot behoed zodat het andere haar te wachten stond, maar Sint Appollonia,' ze boog zich over hem heen en sloeg de bladzijde voor hem om, 'sprong liever gewillig op de brandstapel dan dat ze spotte met de naam van Christus.'

'Deed ze dat?' Bernardino was verbijsterd. 'Uit eigen vrije wil? Werd ze niet gedwongen?'

Conceptione schudde haar hoofd tot haar zwarte kap kraakte. 'Ze heeft veel geleden in handen van Decius en zijn soldaten; al haar tanden werden gebroken en ze wordt vaak afgebeeld met de tang waarmee ze getrokken werden. Maar ze sprong uit eigen beweging in het vuur. En wanneer u hier in de kapel Appollonia schildert met haar gebroken tanden, of Lucia met haar oogballen, zal hun lijden anderen tot God brengen.'

Bernardino schudde zijn hoofd. 'En Agatha?' vroeg hij terwijl hij de bladzijde omsloeg en het gouden blad even opvlamde in de zon die door het venster scheen. 'Haar borsten werden eraf gesneden! Waarom voorkwam God niet dat er zoiets gebeurde, dat ze de essentie van haar vrouwelijkheid verloor?'

'Signor Luini,' begon de lange non. 'God bracht geen van deze vrome vrouwen dit lijden toe. Deze folteringen werden hun aangedaan door de mens. Kom met me mee.' Kreupel, met stappen die een hoge leeftijd verraadden die niemand haar zou geven, leidde de bibliothecaresse Bernardino de trap af, naar buiten, de kloostergang in, en hij draaide zich om om te kijken waarheen zij wees, naar de rode ronde toren.

'Deze toren is niet gebouwd voor deze stichting. Hij is veel ouder. Het is de toren van het oude circus, het Romeinse circus, dat werd gebouwd toen de keizer Milaan tot hoofdstad van het West-Romeinse Rijk maakte. Deze plek, waar wij nu staan en waar wij nonnen zitten te lezen en onze godsdienstplichten vervullen en onze geneeskrachtige kruiden verbouwen, was een arena voor bloeddorstige sporten en de dood. De speelplaats van de goddeloze Romeinen. Lucia leed onder zuiveringsacties van Diocletianus, Agatha gedurende de vervolgingen van Decianus. De pijn die hun werd aangedaan was afkomstig van sterfelijke mensen en heidenen, machtige mannen in hun tijd, koningen en keizers. Deze zelfde toren was een gevangenis voor de vroegste christelijke martelaren: Gervase, Protase, Nabor en Felix. Hier in dit circus reden de triomfwagens rond en vochten de gladiatoren tot lust en vermaak van keizer Maximianus.'

'Maximianus?' Opeens kwam er een herinnering bij Bernardino boven.

Zuster Conceptione keek hem met haar waterige ogen aan. 'Ja. Hebt u van die keizer gehoord?'

'Ja,' zei Bernardino verwonderd, want hij dacht terug aan het verhaal van de abdis. 'Hij liet Sint Mauritius de marteldood sterven. Hij vermoordde de zesenzestighonderd.'

Zuster Conceptione glimlachte naar hem met haar tandeloze mond. 'Precies,' zei ze en begon weg te schuifelen, terug naar de toren. 'U leert, signor Luini,' zei ze terwijl ze zonder om te kijken wegliep. 'U leert.'

Hij leerde inderdaad. Hij liep als een tol door de kloostergang rond te draaien. Met verbazing besefte hij hoe alles samenhing. De geschiedenis van Sint Mauritius die voor hem tot leven was gekomen op de koormuur toen de abdis het verhaal vertelde, werd nu geloofwaardig gemaakt door het bestaan van het levende, ademende onmens van een keizer, die zich hier op deze plek had vermaakt met zijn macabere pleziertjes. Deze zelfde plek die nu geheiligd moest worden in naam van de man die hij had vermoord. Bernardino ging duizelig op het gras liggen terwijl de dikke wolken over hem heen joegen. Er was een verandering in hem opgetreden. Hij leerde.

Hij begon, zonder dat hij het wilde, te geloven.

29

Amaretto

'Amante?'

'Amare?'

'Amarezza?'

Simonetta en Manodorata stonden tegenover elkaar aan weerszijden van de tafel. Allebei hadden ze een wilgenhouten beker in hun hand met het zoete, amberkleurige elixer, en allebei proefden ze af en toe, terwijl ze probeerden een naam te bedenken voor Simonetta's vloeibare tovermiddel.

'Nou,' begon Simonetta. 'Laten we nog eens bij het begin beginnen. *Mandorla* is het woord voor amandel...'

'Een naam die veel op de mijne lijkt.'

'Inderdaad. Misschien kunnen we het dan "manodorata" noemen, als jij het goedvindt. Zonder jou was het niet gemaakt.'

Manodorata schudde zijn donkere hoofd, en het fluwelen uiteinde van zijn muts zwaaide tot achter zijn schouders. 'Dat zou nooit wat worden. Ik ben in deze buurt bekend, en een associatie met een jood zou de verkoop geen goed doen. Laten we je andere suggesties eens bekijken.'

'Nou... het oude Latijnse woord voor amandel is *amygdalus*...'

'En dat betekent...'

'Keelamandel, geloof ik.'

'Manodorata barstte in lachen uit. 'Dat klinkt niet echt aantrekkelijk. Wat heb je verder nog?'

Simonetta proefde het brouwsel weer. Ze vond het te emotioneel om te vertellen dat haar, terwijl ze de drank maakte, plotseling was geopenbaard dat ze het plezier en het verdriet van haar gevoelens voor Bernardino had gedistilleerd. 'Het viel me op dat de drank tegelijk zowel zoet als bitter is. En de woorden voor liefhebben, *amare*, en bitterheid, *amarezza*, lijken heel veel op elkaar.

Manodorata knikte. 'In feite zou je kunnen zeggen dat liefde in bitterheid besloten ligt: het woord *amare* is het begin van *amarezza*.'

Simonetta glimlachte spottend. 'Dus liefde eindigt met bitterheid? Geen erg bemoedigende uitspraak.'

'Maar hij klopt wel.'

'Niet voor jou. Jij hebt je Rebecca en je zoons.'

'Zelfs mensen die heel veel van elkaar houden, sterven zelden op dezelfde dag. Uiteindelijk is iedereen alleen, maar liefde heeft het eeuwige leven, zoals we al eens hebben gezegd.'

Simonetta huiverde want ze dacht aan Bernardino. Had hij nog aan haar gedacht of lag hij juist op dit moment in de armen van een ander, waar hij ook was? Werkelijk een bittere gedachte. 'Laten we dan *amare-tto* zeggen. Want onze drank is maar een béétje bitter. En we mogen hopen dat de smaak op z'n minst vrolijkheid kan geven voor de tijd dat we op aarde zijn.'

Vanaf de dag dat Amaretto zijn naam had gekregen, maakten Manodorata en Simonetta grote vorderingen met hun onderneming. Manodorata bracht een groep joodse arbeiders mee om de amandelen te verzamelen en de bomen op de juiste wijze te snoeien voor de volgende oogst. Simonetta hield toezicht op dit proces en ze vertelde de houthakkers wat Lorenzo haar had verteld: 'Er moet zoveel ruimte tussen de takken zitten dat een zwaluw tussen de bomen door kan vliegen zonder met zijn vleugels te slaan.' Toen het klaar was en de bomen er keurig bij stonden, keek Simonetta van onder de bogen van de loggia achterom en zag zowaar een klein vogeltje tussen de ineengevlochten amandelbomen heen en weer duiken. Net zoals ze had gezegd, hoefde de zwaluw zijn vleugels niet te vouwen. Ze rilde vanwege een angstig voorgevoel, want hadden de Romeinen niet in de vlucht van een zwaluw een slecht voorteken gezien? Ze schudde het gevoel van zich af en ging naar binnen, naar de keukens waar het vrouwvolk dat Manodorata in dienst had genomen als bijen druk in de weer was om van de amandelen melk te maken.

Manodorata had overal aan gedacht. Hij gaf geld uit om bruine kandijsuiker uit Constantinopel te halen, citroenen uit Cyprus en appels uit Engeland. Kruidnagelen en specerijen kwamen van de koopvaardijschepen van de Zwarte Zee en werden door koeriers vanuit Genua aangevoerd. Het distilleertoestel werkte dag en nacht, en de nijvere joden maakten het huis weer levendig door het te vullen met hun gekwebbel en mooi, vreemd gezang. Welluidende melodieën en keelklanken zweefden door de kamers.

Uit Venetië kwam de kostbaarste lading: doorzichtige flessen van *cristallo*-glas, in zijde ingebakerd als baby's. Toen Simonetta het eerste pakket openmaakte, stokte haar adem, want de fles was een juweeltje, glanzend als een spiegel, helder als water en in de sierlijke vorm van een Romeinse amfora, met een platte bodem zodat hij kon staan. Het geheel was afgewerkt met een amandelvormige stop, die op zijn plaats werd gehouden door een lint in dezelfde kleur blauw als het Castello-wapen.

Simonetta wist niet en vroeg niet hoeveel dukaten Manodorata in de onderneming had gestoken. Maar terwijl de flessen werden gevuld, dichtgebonden en in kratten verpakt, ontdekte ze dat Manodorata nog meer had geïnvesteerd. Hij klom de trap op naar haar kamer, klopte aan en ging naar binnen. In zijn armen hield hij een rood met gouden guirlande die hem bijna aan het gezicht onttrok.

Simonetta wendde zich van het raam af en legde haar boog neer, want ze had duiven zitten schieten voor in de pot. Ze droeg Lorenzo's oude kostuum. Haar haar was nu langer en samengeklit, een wang was rood van de druk van de boogpees, haar vingers waren rauw en gebarsten van het plukken van haar prooi. Manodorata zuchtte en gooide zijn bundeltje op het bed.

'Wat is dat?' vroeg Simonetta terwijl ze naar hem toe kwam.

'Die vraag had je vroeger niet gesteld. Het is een jurk. Ben je vergeten dat zulke dingen bestaan?'

Simonetta werd aangetrokken door het materiaal, dat van binnenuit leek te glimmen. Ze wreef haar hand schoon aan haar broek voordat ze de stof durfde aan te raken, die zacht en koel als sneeuw was. Het robijnrood was versierd met gouddraad en waar de draden elkaar kruisten, zaten zaadparels die wel sterren leken. Ze kreeg plotseling de behoefte de jurk tegen haar huid te voelen. 'Voor mij?' vroeg ze ongelovig.

'Ik denk niet dat hij mij zou passen.' Manodorata ging op het bed zitten. 'Simonetta. Ik kan jouw drank niet verkopen. Dat moet je zelf doen. Je bent een dame van stand, en tenzij ik alles ben vergeten wat ik ooit heb geweten over handel drijven, zul je binnenkort een heel succesvolle koopvrouw zijn.'

'Ik?' zei Simonetta verschrikt. 'Ik heb niet... ik bedoel, dat kan ik niet.'

'Wat is het probleem?' vroeg Manodorata korzelig, alsof hij het antwoord al wist.

Ze zuchtte. 'Ik ben niet in de wieg gelegd om handel te drijven. Ik ben van adel en hoor bij de *Signori*. Ik heb geen verstand van zakendoen. Mijn vader en moeder... Lorenzo, zij zouden zeggen dat ik mijn naam te schande maak, en hun naam.'

Manodorata ging op de beddensprei zitten. 'Veel dingen van jouw volk zijn voor mij een mysterie. Het voornaamste daarvan is de christelijke zienswijze dat het woord "handel" gelijkstaat aan de gemeenste vloek die een schlemiel maar zou kunnen uitbraken. Dingen veranderen, Simonetta. De wereld van vroeger bestaat niet meer. Jouw naam alleen brengt geen brood op de plank en ook geen brandhout in je haard. Maar gekoppeld aan deze drank kan je naam veel betekenen.' Hij nam haar kin in zijn hand. 'Jij wordt het gezicht van deze drank, het boegbeeld van het schip, en als zodanig kun je je niet kleden als een slecht betaalde stalknecht.'

Simonetta bevrijdde zich en sloeg haar blik berouwvol neer naar haar kostuum. Ze verlangde er heimelijk naar weer vrouwenkleding te dragen, maar had tot nu toe het gevoel gehad dat ze boete deed voor Lorenzo.

'Trek aan,' drong haar vriend aan, 'en hier,' zei hij terwijl hij nog een gift tevoorschijn haalde. 'Een spiegel, ook uit Venetië. Een kam. Rozenzalf voor je handen.' Er viel een klein flesje op het bed. 'En ten slotte,' – hij hield een glinsterend geheel omhoog dat zich ontplooide in zijn vingers. Het was een kapje of *cuffia* voor haar haar, gemaakt van hetzelfde gouddraad met parels – 'doe iets aan die bos haar; het lijkt wel een vogelnest,' zei hij en verdween.

Simonetta sloot het raam en trok snel haar kleren uit. Ze waste zich van top tot teen met water uit de regenbak, en van de kou kreeg ze pukkeltjes op haar huid, net als de duiven die ze had geplukt. Haar tanden klapperden van de kou en de opwinding en haar ogen straalden felblauw. Ze stapte in de jurk en reeg hem zo strak mogelijk dicht, terwijl de zijde tegen haar huid algauw warm werd. Daarna kamde ze haar in de knoop geraakte haar tot het in golven over haar schouders viel. Het was nu lang genoeg om op te steken, en ze begon het tot een *coazzone* te vlechten, waarbij haar ongeoefende vingers zich herinnerden hoe ze haar haar vroeger droeg, in de tijd dat ze een echtgenote en een dame was. Ze bracht de *cuffia* aan en duwde de weerspannige koperkleurige slierten met een lichte handbeweging onder het kostbare net. Ten slotte beet ze op haar nagels tot ze recht waren en wreef ze haar handen in met de rozencrème. Ze kneep in haar wangen en beet op haar lippen zodat ze goed doorbloed waren, en pas toen pakte ze de Venetiaanse spiegel. Wat ze daarin zag, deed haar huppelen van opwinding. Haar ogen waren heel groot en stralend, haar huid was parelwit. Haar lippen waren rozerood en haar ogen zo blauw als de lintjes van de amaretto. Ze leek magerder dan ze zich herinnerde en haar ogen waren meer omfloerst, maar haar haar was nog hetzelfde gloedvolle rood en het glansde door haar behandeling zo dat het de parels en het goud van de *cuffia* evenaarde. Ze liet de spiegel zakken om de weerspiegeling van de jurk te zien, en zag dat haar armen slanker waren en dat zich door het harde werken fijne spieren hadden gevormd; haar taille was nu zo slank als van een hazewind. Toen ze de trap naar de keuken af liep, stopten de werklui met hun bezigheden om naar haar te staren, en zelfs Manodorata verloor even zijn zelfbeheersing. Haar ogen prikten plotseling toen ze voelde hoe ze werd bewonderd, en ze wou dat Bernardino haar zo had gezien. Ze wendde zich tot Manodorata, en met een dankbare glimlach naar haar weldoener zette ze die gedachte van zich af. Toen hij niets zei, moedigde ze hem aan. 'En?' vroeg ze. 'Is het zo goed?'

Hij begon langzaam te knikken en te glimlachen. 'Ja,' zei hij. 'Zo is het heel goed.'

Het was de dag van de grote jaarmarkt in Pavia, de eerste markt in het voorjaar en de grootste van de streek. Simonetta trok haar rode jurk aan en liep de trap af naar de loggia. Haar nieuwe witte paard, dat ze Rafaela had genoemd ter herinnering aan haar dienstmeisje, was gezadeld en haar manen waren voorzien van feestelijke rode en goudkleurige linten. Er stond ook een pakezel te wachten, die beladen was met kratten vol flessen amaretto en klingelde als een Russische slee. Terwijl Simonetta haar rijhandschoenen aantrok, kwam Manodorata, die was gekomen om afscheid van haar te nemen, met een donkere jonge vrouw op de proppen. Ze was groot en flink, met treurige donkere ogen en een schoonheid die iets zuidelijks had. ‘Dit is Veronica uit Taormina,’ zei hij. ‘Zij zal je vandaag helpen. Zij zal geen commentaar uitlokken, want ze is een christenmeisje en geen jodin.’ Simonetta knikte en begreep hoe tactvol dit was. ‘Welkom Veronica,’ zei ze.

Manodorata ging verder. ‘Veronica zal je assisteren op de markt en ze beschermt je onderweg. Mag ik?’ Dit laatste tegen het meisje, dat knikte terwijl hij haar cape opensloeg, waaronder ze een keurig rijtje dolken droeg, elk in de vorm van een Maltezer kruis. ‘Zij zal jou verdedigen en het geld dat je hebt verdiend. Waar zij vandaan komt zijn meer struikrovers dan aardnoten.’

Simonetta was nieuwsgierig en sprak het meisje aan. ‘Misschien kun je me onderweg over die streek vertellen.’

Het meisje keek haar met haar treurige ogen aan en schudde haar hoofd. Manodorata kwam tussenbeide: ‘Het spijt me dat deze dame niet met reisverhalen zal komen.’

Simonetta keek van de een naar de ander. ‘Spreekt ze ons dialect niet?’

Manodorata keek naar het plaveisel. ‘Vroeger wel. Ik ken Veronica omdat ze getrouwd is met iemand van ons soort, Joce van Leon. Ze was een christenmeisje dat met een jood trouwde en haar soort heeft haar tong uitgerukt en haar man vermoord.’

Simonetta stond versteld en greep in een meelevend gebaar de hand van het meisje. Ze verwonderde zich erover dat liefde zoveel ellende aanrichtte en dat zulke grote obstakels het geluk van mensen in de weg stonden. In dit geval nodeloze obstakels, bedoeld voor mensen die liefhadden in de naam van God. Ze had nu weinig tijd voor haar God, en dat kwam juist door dingen als dit.

De twee vrouwen gingen op weg naar Pavia, allebei denkend aan degene die ze hadden verloren, maar er was onderweg veel om hen op te beuren. Simonetta vond de groene hagen en de warme zon verrukkelijk, en toen ze een liedje over de mei neuriede, neuriede Veronica met haar mee. Ze merkte dat ze heel goed een gesprek met haar metgezellin kon voeren; hun conversatie verliep met vragen van de ene kant en knikjes en glimlachjes van de andere kant.

Toen de vrouwen Pavia binnenreden, werd het gedrang van de mensen bijna benauwend; straathonden blaften en het vee verdrong elkaar. Hier jongleerde een zot in een narrenpak met vuur, en verderop spreidde een kippenhandelaar de vleugels van zijn koopwaar alsof het waaiers waren. Toen ze over de beroemde overdekte brug van Pavia reden, waren ze gedwongen af te stijgen en hun paarden aan de teugel mee te voeren; Veronica liep voorop en met haar eigenaardige, stilzwijgende gezag baande ze op een of andere manier de weg voor haar meesteres. Ze klommen steeds verder omhoog terwijl het steeds drukker werd, en ten slotte bereikten ze het plein aan de achterkant van de plompe rode Duomo, waar de kakofonie een hoogtepunt bereikte. Minstreels ontlokten volksliedjes aan hun jengelende instrumenten terwijl verkopers luidkeels hun waren aanprezen. De heerlijke geuren van taarten en pasteien wedijverden met de scherpe, smerige lucht van schapenpis en geitenpoep. De twee vrouwen vonden een marktmeester in een geblokte mantel die hen, geagiteerd en met gekwelde blik, naar hun standplaats bracht. Simonetta was aangenaam verrast dat de plaats die hun was toegewezen, precies in het midden van een zespuntige ster lag, die was gemarkeerd door witte keitjes te midden van de grijze. Ze besloot dit als een teken te zien en het stemde haar tevreden dat in wat louter als versiering was bedoeld, een joods symbool onbewust vlak naast een christelijk gebouw was aangebracht, en ze hoopte dat het hun expeditie geluk zou brengen. Simonetta haalde de flessen uit de kratten terwijl Veronica het juk van de ezel haalde en de tafel in elkaar zette. Honderden andere stalletjes streden om ruimte en Simonetta begon te betwijfelen of ze ook maar één fles van hun kostbare elixer zouden verkopen. Maar ze drapeerde blauw fluweel over het juk en rangschikte de kristallen flesjes op het kleed, waarbij ze haar waren zo aantrekkelijk mogelijk uitstalde. Op advies van Manodorata had ze een van de flessen geopend en een beker aan een ketting meegebracht die Veronica aan de tafelpoot vastmaakte, zodat de drank voor de prijs van een centime door eventuele kopers geproefd kon worden. Ze hielden zich op de achtergrond en wachtten af, terwijl de zon steeds hoger klom en de mensen om hun tafel heen draaiden. Zoals Manodorata had verwacht, verzamelden zich veel mensen om te kijken naar de dame in de rode jurk, maar sommigen bleven staan om te proeven en daarna te kopen. Simonetta werd dapperder met elke fles die ze verkocht en ze verloor haar verlegenheid en babbelde met de menigte, waarbij ze adellijke klanten voor zich innam door haar goede manieren maar voor de gewone man een eenvoudiger kwinkslag in petto had. Veronica stond achter haar als een stevige, welgevallige verschijning, die heel serieus met haar vingers het geld telde terwijl haar donkere ogen alles zagen. Ze joeg de brutale, onverschrokken boefjes weg die onder de tafel kropen om de druppels die uit de tinnen beker vielen in hun mond op te vangen. Tweemaal hield ze de pols van een zakkenroller in haar ijzeren greep, en eenmaal zag ze, zonder dat Simonetta het doorhad, dat een vriendelijke edelvrouw die de stof van Simonetta's jurk betastte, de parels van het gouden netwerk plukte. Ze hoefde de Malteser messen maar even te laten zien, of de vrouw dook weg in de menigte. Tegen de tijd dat de klokken van de Duomo de priem sloegen, hadden ze alles tot op de laatste fles verkocht, en door de hele stad ging het gerucht dat er een wonderbaarlijke nieuwe drank was. Toen de twee vrouwen hun boeltje pakten, werden de stadsbewoners zo lawaaierig met hun bestellingen dat Simonetta Veronica vroeg bij een notaris een ganzenveer en velijn te gaan lenen, zodat ze alles kon opschrijven. Tegen de middag waren ze vertrokken, met de belofte terug te zullen komen. Ze zongen nu allebei echt, en een dikke zak dukaten rinkelde en stuiterde tegen de nek van Veronica's ezel.

Amaria Sant'Ambrogio, die op de markt was om vijgen te kopen, zag die prachtige dame in de rode jurk en proefde uit de beker aan de ketting. Ze voelde, zoals altijd wanneer ze iets meemaakte dat haar in verrukking bracht, dat ze Selvaggio moest halen om dit met hem te delen. Vroeger zou ze haar rokken hebben opgehesen en de hele weg naar huis hebben gerend, maar haar pas verworven goede manieren indachtig haastte ze zich slechts zo snel mogelijk naar huis zonder zich op een onbetamelijke manier bloot te geven. Ze trof Selvaggio aan in de werkplaats die hij op hun erf had aangebouwd, en ze pakte zijn arm om hem meteen mee te laten komen, ook al had hij zijn timmermansschort nog voor. Ze snelden terug naar het plein bij de kathedraal om de legendarische schoonheid te zien en de heerlijke amandeldrank te proeven. Maar tegen de tijd dat ze bij de Duomo aankwamen, stond de zon al hoog en was haar standplaats leeg. Amaria kreeg van een passerende marktmeester, die ze herkende aan zijn geblokte mantel, te horen dat de dame net weg was. Het enige dat restte waren de beschrijvingen van de stadsbewoners; de brave burgers van Pavia leken door het dolle heen toen ze enthousiast vertelden over de adellijke dame in het rood met haar ongelooflijke drankje. Zelfs Amaria, wier conversatie de laatste tijd wat meer doordacht was, sprak de hele weg terug over de dame, die volgens haar net zo mooi was als de Hemelse Koningin zelf. Maar Selvaggio zweeg. Naar zijn smaak was de enige vrouw die ware schoonheid bezat zij die hem het verhaal vertelde.

30

•

Pogrom

Manodorata liep in zijn berenpels gewikkeld over het plein van Saronno. Als een van de brave burgers hem voor zijn voeten spuugde of een kruis sloeg als hij passeerde, lette hij daar vandaag niet op. Zijn gedachten werden in beslag genomen door een toenemend gevoel van ongemak, dat steeds nadrukkelijker aanwezig was sinds hij de vasten met Rebecca en de jongens had gebroken. Het was een koude, heldere dag en niets leek anders dan anders, en toch voelde hij zich niet op zijn gemak in zijn stoel of in zijn tuin. Hij kon niet rustig stilzitten of -staan, en hij dacht dat een wandeling zijn angst wel zou wegnemen, maar het akelige voorgevoel volgde hem als een schaduw. Hij droeg vandaag geen plooikraag, maar hij voelde een onaangename prikkeling in zijn nek. Hij ging met zijn vinger langs zijn boord, maar dat hielp niet. Hij voelde zich als een man die in de kou met ontblote hals op het blok lag te wachten tot de bijl naar beneden zou vallen.

Toen hij langs het Sanctuarium liep, viel zijn blik op iets wits dat hing te wapperen. Toen hij dichter bij de kerkdeuren kwam, werd hij nog banger, en daar zag hij de bron van zijn angst. De gevoelens die hem 's ochtends als rondvliegende wespen hadden bestookt, hadden hem hierheen geleid; en het werden er steeds meer, tot het een zwarte zwerm was, afkomstig uit dit wespennest; het was een plakkaat, in een sierlijk handschrift geschreven in onberispelijk Latijn, en voorzien van het zegel van de kardinaal. Wat hij daarop las, deed hem meteen naar huis terugkeren.

Zodra hij de deur met de ster achter zich had gesloten, liet hij zijn bontpels vallen en wilde hij Rebecca spreken. Voor de tweede keer in hun huwelijk vertelde hij haar dat ze hun huis moesten verlaten en rennen voor hun leven. Want de kardinaal had verordonneerd dat joden in dit gebied het recht werd ontzegd om eigendom te bezitten of handel te drijven, en wie probeerde deze verordening aan te vechten, zou tot de brandstapel veroordeeld worden. Rebecca sloeg haar armen om hem heen en hij voelde zich gerustgesteld, terwijl hij haar verzekerde dat er tijd genoeg zou zijn om in te pakken en in de ochtend te vertrekken.

Dat was een fatale vergissing.

In het belang van hun zoons brachten ze de avond op de gebruikelijke wijze door, ze aten samen en baden samen toen de jongens naar bed gingen. Elijah hield twee witte kaarsen in zijn handen terwijl hij het *hashkivenu* avondgebed opzegde, blozend vanwege dit zeldzame voorrecht. 'Leg ons in vrede te slapen, *Adonai*, onze God; laat ons levend opstaan, onze Koning, en spreid de beschutting van uw vrede over ons uit.' Zijn jonge stem klonk als een klok, de romige kaarsen waren bijna zo lang als hijzelf, en het talklicht kuste zijn gouden krullen en maakte een engel van hem. Maar zijn gezicht behield een aardse uitdrukking van half trots, half lef. Zijn ouders keken glimlachend naar hem en Manodorata's hart deed pijn. Hij had nooit zoveel van de jongen gehouden als deze avond. De alerte, intelligente Elijah wist dat Sarah hun koffers aan het pakken was, maar vertrouwde erop dat zijn ouders hem zouden vertellen wat hij moest weten wanneer het zover was.

Algauw lagen beide jongens te slapen en Rebecca ging terug naar haar man. 'Zal ik vannacht bij je komen slapen?' vroeg ze met een glimlach, terwijl ze één van haar donkere wenkbrauwen optrok.

Hij rook de wierookhars op haar huid en voelde dat ze ondanks haar vrolijke aard huiverde van angst. Hij glimlachte en schudde zijn hoofd. 'Mijn juweel,' zei hij. 'Nee. We moeten goed uitrusten, want morgen moeten we een verre reis maken.' Hij trok haar aan haar zwarte haren zachtjes naar zich toe voor een kus, precies zoals hij had gedaan toen ze pas getrouwd waren.

Toen ze naar haar slaapkamer was gegaan, kreeg hij bezoek. Isaac, de zoon van Abiathar; een goede vriend, die de kenmerkende zwart met witte kledij van de joodse geleerde droeg. Hij ging, zoals hem was gevraagd, bij het vuur zitten en nam een beker wijn, maar stond algauw weer op, waarbij zijn lelijke gezicht levendig en verontrust was. 'Zaccheus, heb je gehoord wat er tegen ons is verordonneerd? Waar ga jij heen?'

Manodorata zuchtte. 'Naar Genua. We vinden wel een schip en dan varen we naar het oosten, misschien naar het Ottomaanse Rijk. Het hangt ervan af waar nog plaats is.'

Isaac krabde aan zijn kin. 'Genua.' Hij dacht erover na. 'Vol jodenhaters en geteisterd door de pest. Een deprimerend oord.'

'Ja. Maar het is de dichtstbijzijnde grote haven, en het is in deze tijd moeilijk te zeggen waar ons volk wel welkom is.'

Isaac knikte wijs. 'Waarom treuzel je nog? Als je vanavond vertrekt, zou je met de sabbat in Genua kunnen zijn.'

Manodorata glimlachte zuinigjes, zijn ogen in de schaduw van het vuur. 'Isaac, beste vriend, je weet niet wat het is om een vrouw en kinderen te hebben. Ik mag mijn zoons niet verontrusten. Een paar uur langer zal niet uitmaken.'

Isaac dronk zijn beker leeg. 'Ik hoop dat je gelijk hebt. Ik ga vanavond nog richting Pavia.' Hij stak zijn hand uit. 'Ik zal je niet meer zien. Maar je bent een goede vriend voor me geweest, en ik wens je het beste. *Shalom.*'

'*Shalom,*' antwoordde Manodorata. 'Nogmaals ben ik jouw familie veel dank verschuldigd voor jullie goede vriendendiensten; want jouw eigen vader Abiathar was de man die mij waarschuwde dat ik Toledo moest verlaten, moge hij rusten in vrede.'

De geleerde knikte. 'Maar dat jij mijn vader geld hebt geschonken zonder rente behoedde ons voor ontberingen en stelde ons in staat ook hierheen te ontsnappen. Dus laten we het niet over schulden hebben.'

Als antwoord stak Manodorata zijn hand van vlees en bloed uit en trok Isaac naar zich toe voor een omhelzing. Toen zijn vriend weg was, zat hij bijna een uur naar het uitdovende vuur te kijken zonder iets te zien. Toen hij het koud kreeg, verdween hij ten slotte naar zijn slaapkamer en ging volledig gekleed op zijn bonten beddensprei liggen. Hij was plotseling te moe om zich uit te kleden.

Manodorata's dromen waren vreemd en angstaanjagend. Hij droomde dat hij was gekleed in een roodfluwelen wambuis en muts en een blauwe pofbroek, en dat hij aan een boom was vastgebonden. Naast hem stond een zwarte ladder die tot aan de sterren reikte. Zijn zoons Elijah en Jovaphet waren, allebei in het zwart gekleed, elk aan een van zijn benen vastgesnoerd. Wanneer hij naar beneden keek, zag hij hun blonde hoofden glanzen. Ze huilden. Om hem heen stonden tien mannen en vier paarden in de kleuren van de ruiters van de Apocalyps, die onaangedaan en met uitdrukkingsloze blik toekeken. De donkere lucht vormde een boog boven zijn hoofd, met witte sterren die als bloesems naar beneden hingen. In de boom boven hem zwaaiden dezelfde bloesems in de wind. Onder zijn voeten voelde hij de bobbel van een ronde steen. Daarna voelde hij de hitte toen ze de touwen om zijn borst aanstaken en hij vlam vatte en naar adem snakte. Hij hoorde de jongens gillen toen de vlammen hen bedreigden. Zijn gouden hand werd heet en hij brandde zijn pols.

Toen werd hij wakker.

Het bed stond in brand, de gordijnen en de palen waren al vergaan en de vlammen likten aan de sprei. Zijn gouden hand had in het vuur gelegen en hij had het niet gevoeld. Hij sprong van het bed af en rende naar Rebecca's kamer, maar het vuur joeg hem terug. Binnen was het een vuurhaard. Hij liep achteruit weg en rende naar de kamer van zijn zoons. Hij huilde bijna van opluchting toen hij zag dat ze onaangeroerd lagen te slapen. Hij tilde ze met dekens en al op en vloog de trap af. Bij de deur met de ster hoorde hij het akelige gezang van een lawaaierige menigte. Hij keerde terug over de binnenplaats, terwijl hij Elijahs vragen en Jovaphets geschreeuw probeerde te sussen. Hij trapte het hek naar de kruidentuin open en stormde door de omheining heen. Terwijl hij de jongens hoog in zijn armen hield, waadde hij in het aardedonker door de kuilen met uitwerpselen van zijn huis en die van de hele straat, tot ze aan de buitenkant van Saronno uitkwamen. Zonder zich ook maar één keer om te draaien, sloeg hij het vertrouwde pad naar villa Castello in.

Simonetta zag hen aankomen. Aangezien ze zoals altijd bij het raam zat en ze al vroeg in de ochtend op was omdat de amandeloogst deze dag zou plaatsvinden, zag ze hen door de amandelboomgaard het pad op komen wankelen. Ze rende naar beneden en zag meteen dat het helemaal mis was. De onberispelijke Manodorata stonk en was helemaal besmeurd, de jongens en hij waren zwart van de rook, en het oudste kind – Elijah? – had witte strepen op zijn gezicht die zijn tranen in het roet hadden achtergelaten. Manodorata schudde zijn hoofd toen ze hem vragen begon te stellen.

'Stel geen vragen. Geef de jongens alsjeblieft een bed. Ik moet terug,' zijn gezicht was vertrokken van angst. 'Rebecca...'

Ze begreep het en nam de jongens meteen in haar armen. Haar vriend draaide zich om en rende halsoverkop het pad af terwijl Elijah 'Vader!' schreeuwde.

Ze bracht hem tot bedaren. 'Hij komt wel terug,' zei ze en hoopte dat het waar was.

De blauwe ogen van de jongen staarden haar aan vanuit zijn zwart gevlekte gezicht. 'En moeder ook?'

Ze wist niet wat ze moest zeggen. 'Hij is haar gaan zoeken. Kom, we zullen jullie schoonmaken en een warme slaapplaats voor jullie vinden.'

Toen gaf Elijah zich over aan haar goede zorgen, en Jovaphet hield op met schreeuwen en stopte zijn duim in zijn mond. De kleine jongen speelde met haar haar terwijl ze hen naar de keuken bracht. Ze was uit het lood geslagen: ze had nooit iets met kinderen te maken gehad. Vrouwen van haar stand hadden altijd kindermeisjes, en ze had geen jongere broertjes of zusjes of kleine neefjes of nichtjes gehad. Ze legde Jovaphet op een bontdeken voor het vuur en zocht naarstig naar iets waarmee ze hem kon zoet houden. De Chinese kruidnagelpot beantwoordde aan de taak en hij speelde er tevreden mee, geboeid door de felle kleuren en de kleine kronkelende draakjes, terwijl zij een doek over Elijahs gezicht haalde. Ze rende naar Jovaphet, net toen hij op het punt stond de haard in te rollen, maar ze kon niet meer voorkomen dat hij nog meer roet op zijn kleren kreeg. Hij had de kruidnagelpot opengemaakt en stond op het punt een van de kruidige zwarte nagels in zijn mond te steken. Dat kon ze nog net voorkomen, maar de rest moest ze opvegen. Terwijl ze de kostbare kruidnagelen opveegde, schopte Elijah de kom met water om zodat zijn toch al ijskoude voeten doornat werden. Ze wist niet of ze moest lachen of huilen om haar eigen onhandigheid, maar toen ze Elijahs gezicht zag, was ze vastbesloten. De jongen rilde en zei geen woord terwijl zijn mondje een rechte lijn vormde. Zijn ogen waren bij het schijnsel van het vuur glazig van de ingehouden tranen. Ze praatte druk met hem zoals ze normaal nooit deed, terwijl ze hem schoonveegde en hem daarna liet helpen om het gezicht en de handen van zijn broertje te wassen. Daarna droeg ze hen beiden de trap op en legde hen op haar eigen bed, waarna ze de sprei van eekhoornbont over beide jongens heen trok. Ze wist dat ze naar beneden moest, naar de oogsters, om hun aanwijzingen te geven, en daarom was ze opgelucht dat Jovaphet bijna meteen in slaap viel, met zijn duim stevig in zijn mond. Maar toen ze Elijah neerlegde, stroomden ten slotte de tranen uit zijn ogen en in zijn oren. Hij hield haar hand stevig vast en draaide zijn ogen naar haar gezicht, en plotseling wist ze wat ze moest doen. Haar onhandigheid en onbeholpenheid verdwenen. Ze schudde haar cape af terwijl hij nog steeds haar hand vasthield, en klom naast hem in bed. Ze hield hem tegen zich aan en kuste zijn witblonde hoofd, terwijl ze haar ogen sloot en de zoete bitterheid van houtvuur inademde. Ze verbaasde zich over de blondheid van deze joodse kinderen, maar werd toen boos op zichzelf: waarom zouden ze niet blond zijn, waarom moesten ze zwart haar en donkere, oosterse gelaatstrekken hebben?

Terwijl haar lippen Elijahs haar beroerden en ze zijn tranen proefde, voelde ze een overweldigend verlangen om hem en zijn broertje te beschermen. Op dat moment hield ze van hem alsof hij haar eigen zoon was. Ze hield hem vast totdat hij sliep, en maakte toen met tegenzin haar vingers los uit de zijne, kuste zijn slapende oogleden en ging de trap af naar de werklui. Ze draaide zich bij de deur om en fluisterde tegen het slapende stel dat alles goed zou komen, ook al wist ze dat het niet zo was.

In het grijze ochtendlicht liep Manodorata terug naar Saronno. Hij hoefde niet op de verblekende sterren af te gaan om de weg te vinden, want een zwarte rooksluier rees in een zwarte kolom uit de jodenstraat omhoog. Toen hij dichterbij kwam, bleek er van zijn huis niets meer over te zijn behalve wat verkoolde stompen, zonder dak in de open lucht. De geblakerde trap leidde nergens meer heen. Hij bad en smeekte God dat Rebecca aan de vlammen ontsnapt was voordat ze haar hadden opgeëist. Hij bedekte zijn gezicht en sloot zich aan bij het plunderende gepeupel dat zijn huis vertrapte, als kauwen die in een kadaver pikken. Hij was er getuige van dat een man, de bakker met het schele oog, op zijn moeders doos van filigraan spuugde en hem met zijn mouw afveegde tot het zilver door het roet heen scheen, waarna hij hem in zijn zak stak. Manodorata kon hem wel vermoorden.

Hij zocht tussen de brokstukken tot hij vond waar hij al bang voor was. Een geblakerde gespreide hand reikte van onder een verkoolde balk hemelwaarts. De hand droeg een gouden ring met een davidster, de ring die hij haar in Toledo op de dag van hun verloving had gegeven. Toen knielde hij, want zijn benen hielden hem niet langer. Hij raakte even haar warme as aan en schoof toen de ring van haar donkere botten. De bakker sloeg hem op de schouder, zodat hij bijna in de as terecht kwam. 'Jij boft maar, schurk! Da's nog eens een kostbaar ding, veel te goed voor een jodenhoer. 'k Wou dat ik 'm eerst had gezien.' Daarna ging hij door met zoeken, met grote stappen tussen de spullen door denderend waarvan de familie had gehouden. Manodorata's ogen werden donker en hij vergat te ademen want hij kookte van woede. Hij zou de man hebben neergeslagen, ware het niet dat hij moest denken aan zijn zoons, Rebecca's zoons, en hij schoof de ring om zijn pink en ging snel, met gebogen hoofd, terug naar Castello.

Hij liep over het pad door de amandelboomgaard. De bomen lieten hun bloesem als tranen voor hem vallen en hij dacht terug aan zijn droom. Hij zocht de grootste, stevigste boom uit die er het mooist uitzag en haalde aan de voet de schors weg. Hij maakte een kuiltje in de holte tussen twee grote wortels en begroef de ring in de koude aarde. Hij zegde de *tehillim*, terwijl de wind de Hebreeuwse woorden uit zijn mond rukte en over de heuvels verspreidde. Daarna pakte hij, zoals de gewoonte was, een ronde steen en plaatste die op Rebecca's graf.

Toen liep hij naar het huis. Twee van de joodse oogsters staken groetend hun hand op maar slikten hun *shalom* in toen ze zijn gezicht zagen. Zijn ogen waren koud en zonder tranen, maar zijn hart was zwart, zo zwart als zijn verkoolde huis, zo zwart als Rebecca's botten, zo zwart als de aarde waarin haar ring lag, en vervuld van haat jegens de kardinaal van Milaan.

31

•

Kaarsenengel

Bernardino had gedroomd over Elijah, de jongen met de duif in zijn hand. Hij wist niet waarom die herinnering hem nu verontrustte. Al zijn dromen gingen over zijn tijd in Saronno, maar meestal sliep hij dan in de slanke armen van Simonetta. Hij droomde niet over de schilderingen die hij had gemaakt of de vriendschappen die hij had gesloten. Alleen over haar. Nadat hij ongerust wakker was geworden verliet hij vroeg in de ochtend zijn cel en liep door de kloostergang, terwijl hij eraan dacht hoe de jongen zich aan hem had vastgeklampt toen hij hem veilig naar huis had gedragen. Hij had zich nooit eerder in zijn leven verbonden gevoeld met een kind, maar dit kind had indruk op hem gemaakt. Hoewel de dag net was aangebroken, hoorde hij de nonnen in het Nonnenportaal al zingen en hij verbaasde zich over hun onverdroten vroomheid. Daarna glimlachte hij in zichzelf, want stond ook hij niet vroeg op om zijn eigen heilige plicht te vervullen?

Hij liep rechtstreeks naar het Portaal der gelovigen en pakte zijn penselen. Onder het mengen van zijn kleuren dacht hij, terwijl de droom vervaagde, nogmaals aan Elijah met zijn lieve gezichtje. Die vlaskop en die lachende ogen toen hij Bernardino een vloek hoorde slaken die niet door de beugel kon. Bernardino huiverde terwijl hij uit zijn hoofd het gezicht tekende. Hij hoopte maar dat de jongen niet dood was, want hij wist heel goed dat de doden in dromen langskwamen. Dood of in gevaar. Als dat zo was, zou dit een aandenken aan hem zijn. De houtskoollijnen vormden een engel, vleugels ontsproten aan de schouders en er ontstond een aanminnige putto; geen hooghartige cherubijn met een hemels gelaat die in de legendarische gelederen van de serafijnen thuishoorde, maar een mensenkind met een menselijke gelaatsuitdrukking. Bernardino werkte tot de middag en bracht schaduw en kleur aan. Hij plaatste twee lange witte rituele kaarsen in de handen van het kind, waar ze eenzelfde effect hadden als de weegschaal van de gerechtigheid. Ten slotte leverde hetzelfde talkwit de lichte partijen waarmee hij de gouden krullen glans gaf. Bernardino deed een stap naar achteren en liet zijn kin rusten op zijn hand, die pijn deed. Hij herinnerde zich dat, toen hij Elijah had ontmoet, de jongen Bernardino instinctief had vertrouwd en hem zijn echte naam had verteld voordat hij zichzelf corrigeerde met de christelijke versie 'Evangelista'. Dat bracht Bernardino aan het weifelen. De jongen was joods. Had hij het recht het kind hier af te beelden te midden van de christelijke heiligen, onder het wakend oog van een God die niet de zijne was? Zonder precies te weten waarom, mengde hij een dik scharlakenrood en versierde daarmee de veren van de vleugels tot ze bloedrood waren. Mocht het nageslacht vragen gaan stellen, dan zou uit de rode vleugels wel blijken dat hij een speciale engel was.

32

•

Hand, hart en mond

Amaria en Selvaggio gingen het bos in. Zodra ze in de beschutting van de bomen waren, grepen ze elkaars hand, zoals hun gewoonte was wanneer geen van de stadsbewoners hen kon zien. Vandaag voelde ze hoe hij haar meetrok, terwijl hij voorging. 'Waar gaan we heen?' vroeg ze.

Zijn bladgroene ogen keken even opzij en hij glimlachte. 'Dat zul je wel zien.'

Ze vroeg niet verder. Ze was gelukkig, met haar hand in de zijne, en bereid te gaan waarheen hij wilde. Af en toe keek ze naar hem, naar zijn geliefde, ernstige gezicht, gevlekt door de bladeren waar de zon doorheen scheen, nu eens licht en dan weer donker.

Selvaggio keek ook naar haar en het verheugde hem dat ze zo mooi was. Op deze schitterende dag leek ze helemaal in overeenstemming met de lente die in aantocht was – ze kon de godin *Primavera* zelf zijn. Haar huid straalde van gezondheid, haar haar glansde in de zorgvuldig opgestoken windingen en vlechten boven haar oren en in haar nek, en was vandaag ter ere van de lente versierd met witgele madeliefjes. Haar jurk, even groen als het gras, was geknipt uit een baal stof die hij met zijn zelfverdiende geld voor haar had gekocht, en was bij het vuur in elkaar gezet door Nonna. Haar donkere ogen glinsterden van opgewektheid en beloften. Ze was zo levend, zo vruchtbaar. Selvaggio zag haar boven op en onder hem liggen, lachend, met haar weelderige haar gespreid op een kussen. Hij stelde zich voor hoe ze zijn kind zou dragen, zijn kinderen, en hoe haar lichaam in de loop van de maanden steeds vollere rondingen zou krijgen. Zonnevlekken dansten in zijn ogen en begeerte bonsde in zijn borst, zo hard dat hij dacht dat hij wel flauw kon vallen. Hij verlangde zo naar haar, wilde haar niet alleen als zijn minnares, maar als de moeder van zijn gezin. Ze had hem uit de dood teruggevoerd en weer tot leven gebracht. Ze was een vruchtbare wijnstok, en hij hoopte dat hij hun kindskinderen nog zou meemaken.

Ze kwamen langs open plekken en stroken waar bomen waren gekapt en volgden de kristalheldere beek tot ze bij de *pozzo di marito* aankwamen. Toen Amaria de bron zag en het klateren van de waterval hoorde, stokte haar adem van verrukking. 'Hier hebben we elkaar voor het eerst ontmoet!' zei ze.

Selvaggio glimlachte en leidde haar naar de dichtstbijzijnde poel, waar een vis met een plotselinge zilveren flits opsprong en weer neerkwam. Toen het oppervlak weer glad was en zo helder als een spiegel, keken ze samen in het water, hij met zijn handen op haar schouders. 'Weet je wat ze van deze plek zeggen?'

Amaria bloosde. 'Ze zeggen dat... als je in het water kijkt, je het gezicht kan zien van... je man.' Ze sprak stamelend, als in een droom.

'En klopt dat?'

Ze keek hem aan, goed oplettend of hij haar wilde plagen. Maar hij leek serieus, en plotseling zag ze dat hij geen spelletje speelde. 'Zeg jij het maar.'

'Ik denk het wel.' Hij draaide haar naar zich toe en haar hart sprong op, net als de vis die ze zojuist hadden gezien. 'Ik hou van je, Amaria Sant'Ambrogio.' Hij zei de woorden die zij hem eerst had geleerd; '*mano*,' terwijl hij haar hand pakte, '*cuore*', toen hij die hand op zijn hart legde, en '*bocca*' toen hij haar zacht op haar mond kuste.

Toen ze elkaar ten slotte loslieten, waren haar ogen gevuld met tranen. Ze was mooi en ze lachte van pure vreugde. 'Kom mee naar huis,' zei ze. 'We moeten het Nonna vertellen.' Ze haastten zich terug door het bos en over de rivier, en deze keer hield Amaria de hele weg door de stad heen Selvaggio's hand vast zodat iedereen het kon zien, alsof ze hem nooit meer zou loslaten.

33

•

Sint Ursula en de pijlen

Bernardino had een onrustige nacht. Hij lag op zijn stromatras te draaien en als hij zijn ogen opende, zag hij gruwelijke visioenen over het plafond van zijn cel trekken. Vuur, gegil en Simonetta die in gevaar verkeerde. Uiteindelijk viel hij in slaap, maar de visioenen bleven komen, en hij werd in het grauwe ochtendlicht wakker met natte wangen, in paniek omdat hij zich tot zijn ontzetting Simonetta's gezicht niet meer kon herinneren. Hij liep naar het Lekenportaal om aan het werk te gaan, en toen hij hoorde dat de nonnen de gezangen van de terts beëindigden, wachtte hij tot hij zuster Bianca's voetstappen hoorde. Hij wist dat ze zou komen, zoals ze altijd deed voordat ze met haar dagelijkse taken begon. Ze vatte het onderwijs dat ze hem gaf ernstig op en hij was blij met haar gezelschap, en vandaag helemaal, nu hij niet alleen wilde zijn met zijn akelige voorgevoelens.

Weldra wist hij dat ze er was, hoewel ze zachtjes was binnengekomen; en hij voelde meer dan dat hij hoorde dat ze achter hem zat, en hij wist dat als hij zich omdraaide hij haar zou zien met haar handen devoot over elkaar geslagen, verbaasd toekijkend hoe een heiden een godsdienstig tafereel schilderde alsof hij geloof hechtte aan elk verhaal en symbool. Hij voelde haar troostende aanwezigheid, niet als een moederfiguur en ook niet als een zus, maar als iets dat los stond van elke vrouw die hij ooit had gekend. Hij had nog nooit zo weinig belangstelling voor de vrouwelijke persoon gevoeld en toch zo'n vriendschappelijke hartelijkheid, zonder de problemen en uitdagingen waarmee normaal gesproken mannen en vrouwen in hun gesprekken te maken hebben. Zijn moeder, herhaaldelijk aangeschoten of afwezig met een of andere minnaar, had weinig tijd voor hem gehad. Van Simonetta had hij met heel zijn hart gehouden en zij had hem in de naam van haar God weggestuurd. Maar zuster Bianca verlangde niets van hem en gaf toch haar tijd en haar kennis, haar troost en bemoediging.

'Wat is het onderwerp van vandaag?' hoorde hij haar zachtjes vragen.

'Sint Ursula.'

'Ah, Sint Ursula.'

'Vertelt u mij eens. Ik weet alleen dat ze wordt afgebeeld met pijlen. Ik wil graag weten waarom.'

Toen begon ze te vertellen, als een moeder die haar kinderen een verhaal vertelt, zoals zijn moeder nooit had gedaan. Zoals in de beste verhalen kwam er geluk in voor, maar ook verdriet, en zowel goed als kwaad. Ze bespaarde hem niets. 'Ooit leefde er in de landstreek Bretagne een goede koning die Theonotus heette. Hij had één dochter, die zijn oogappel was. Hij gaf haar goed onderwijs en algauw wist ze alles wat er te weten viel over de landstreken en de elementen, kende ze elke bloem en vogel en elk hemellichaam bij naam, en wist ze hoe de landen in alle vier de windstreken heetten. De prinses groeide op tot een meisje dat even mooi als verstandig was, en algauw werd ze ten huwelijk gevraagd door Conan, de zoon van de koning van Engeland aan de overkant van de zee, dat in die tijd een heidens land was dat het christelijke geloof niet had aangenomen.'

Terwijl de abdis vertelde, zag Bernardino net als de vorige keer de scènes die ze beschreef verschijnen op het lege paneel dat hij moest beschilderen. Hij begreep niet wat er met hem was gebeurd dat hij de dingen zo zag, dat hij nu verwant was met die zieners of waarzeggers of voorspellers van de goddeloze wereld, of zelfs met de religieuze profeten van de godsdienstige wereld. Hij wist alleen dat wat zich aan hem voordeed, echt was. Hij zag de uitnemende prinses, die steeds mooier en knapper werd, neerknielen om de gerimpelde wang van haar grijsbebaarde vader te kussen.

'De koning was bedroefd omdat zijn dochter hem zou verlaten,' ging de abdis verder, 'maar het meisje stemde met het huwelijk in op drie voorwaarden.'

Bernardino keek naar het tafereel en zag hoe Ursula zich oprichtte om de Engelse afgezanten te woord te staan, lang en recht als een wilgenroede. '"Ik wil graag dat de prins me tien van de meest vooraanstaande dames van uw land stuurt als gezelschapsdames en vriendinnen; en voor elk van deze dames en mijzelf duizend dienstmaagden om ons te verzorgen," zei Ursula. "Ten tweede moet hij mij voor de huwelijksdatum drie jaar de tijd geven, zodat ik en deze dienstmaagden intussen ons geloof kunnen bekrachtigen door de tomben van de heiligen in verre landen te bezoeken. En ten derde eis ik dat prins Conan het ware geloof aanneemt en als christen wordt gedoopt. Want ik kan niet met een prins trouwen, ook al is hij nog zo beroemd en volmaakt, als hij niet ook een volmaakt christen is."'

Bernardino glimlachte in zichzelf om het resolute karakter van de jonge vrouw naar wie hij nu keek. Hij ging zachter praten alsof Ursula echt aanwezig was. 'Dus ze weigerde zich aan hem te geven, zodat hij zich wel moest bekeren.'

'In feite geloofde ze dat haar voorwaarden voor Conan te veel zouden zijn en dat ze ongetrouwd zou blijven,' antwoordde zuster Bianca. 'Maar Ursula was de mooiste vrouw ter wereld: haar huid was als paarlemoer, haar haar als goud en haar ogen waren zo blauw als de jurk van de Heilige Maagd.'

Bernardino slikte bij de gedachte aan Simonetta, want zij had ogen die je zo zou kunnen beschrijven. Weer kostte het hem moeite om haar zo duidelijk te zien als de heilige vóór hem. Van haar had hij zo'n beschrijving niet nodig, want hij zag de prinses duidelijk op de muur voor hem; hij begon terwijl Bianca sprak met snelle, precieze bewegingen Ursula's gezicht te tekenen. 'De Engelsen stuurden brieven naar alle windstreken, naar Ierland, Schotland en Wales, waarin ze alle ridders en edelen opdracht gaven hun dochters naar het koninklijk paleis te sturen met hun begeleidende dienstmaagden, de mooiste en edelste van het land. Ursula verzamelde de elfduizend meisjes om zich heen, en in een groene wei met een zilveren rivier doopte ze allen die God nog niet hadden geaccepteerd. Ze begaven zich op weg naar Rome om de graftomben van de heiligen te bezoeken, en hun reis door de met ijs bedekte bergen was zo zwaar dat onze God zes engelen zond om de elfduizend onderweg te helpen. Weldra daalden ze af naar Italië en reisden langs de grote meren van ons eigen dierbare Lombardije, waar de witte bergen in het spiegelende water naar hun evenbeeld staarden. Ten slotte bereikten ze de Heilige Stad en daar kwam Conan achter hen aan, om aan het eind van de drie jaar met zijn dame herenigd en door de paus zelf gezegend te worden. Groot was de vreugde van het paar bij deze hereniging, want ondanks haar aanvankelijke tegenzin was Ursula van haar verloofde gaan houden. Hij was onderwezen in het christelijke geloof en zorgde ervoor dat hij gedoopt werd, en toen hij zich aan haar wil had onderworpen en aan haar voorwaarden had voldaan, accepteerde ze hem van ganser harte voor de aanblik van God.'

Opnieuw zag Bernardino een visioen voor zich en de muur kwam tot leven. Terwijl hij naar de getransfigureerde scène keek, wist hij dat zulk geluk het noodlot uitlokte, het noodlot dat hij in zijn droom had gezien. Alles wat aangenaam was, maakte op den duur plaats voor dood en wanhoop, zoals met zijn eigen liefde voor Simonetta was gebeurd. Hij wist dat Conan en Ursula niet bij elkaar zouden blijven, en terwijl hij keek hoe het gelukkige paar bij de legendarische graftomben neerknielde, voelde hij een huivering van medelijden.

'Ze vervulden hun godsdienstplichten bij de tomben van Petrus en Paulus en gingen toen op weg naar Keulen om hun bedevaart voort te zetten. Maar de barbaarse Hunnen die die stad belegerden, werden door hun komst gehinderd. Ze wisten dat zo'n gezelschap van goede pelgrims zich waarschijnlijk in de stad zou vestigen en algauw zou trouwen en hun mannen, en dus het hele gebied, tot het christendom zou bekeren. Daarom wierpen de Hunnen zich op de weerloze pelgrims en richtten hun dodelijke bogen op hen. Prins Conan was de eerste die, doorboord door een pijl, aan de voeten van zijn prinses neerzonk. Daarna vielen de wrede soldaten als een meute wolven op de onschuldige meisjes aan, en deze elfduizend witte lammeren werden stuk voor stuk afgeslacht.'

En weer zag Bernardino dankzij de non met haar lieflijke stem het bloedbad voor zijn ogen verschijnen. Hij zocht tussen de gesneuvelde vrouwen naar Ursula. Hij wist dat ze daar was, maar hij moest weten hoe het met haar afliep. 'Ursula doorstond alles dapper en standvastig, met moed en zelfbeheersing. Ze straalde zoveel schoonheid en moed uit, dat ze door de barbaren werd gespaard. En toen ze daar alleen te midden van de doden stond, namen ze haar mee naar hun koning. Hij was zo onder de indruk van haar schoonheid en moed dat hij aanbood met haar te trouwen. Ze weigerde met zoveel minachting en afkeuring dat hij de boog die hij in zijn hand had spande, en drie pijlen door het hart van prinses Ursula schoot, die op slag dood was. Maar Ursula en haar elfduizend maagden wonnen het van de dood; want ze werden beroemd als martelaressen, en Ursula verwierf, door haar aardse kroon te verliezen, de hemelse kroon. Ze is nog steeds de heilige van intercessie voor allen die gedood worden door een pijl; en dat zijn er tegenwoordig nogal wat, ben ik bang.' De non zweeg hierna, ongetwijfeld in de hoop dat Bernardino over haar woorden zou nadenken.

Bernardino balde zijn vuisten. Hij wilde zich met alle geweld verzetten tegen het vrome karakter van het verhaal, het voor de hand liggende gevolg van onafwendbaar martelaarschap. Hoe kon hij zo dwaas zijn geweest om te hopen, te denken dat Ursula er levend af kon komen, terwijl haar einde op elke kapel in de christenheid stond afgebeeld. Maar daarna dacht hij aan Simonetta, aan haar moed, niet in de strijd maar in het dagelijks leven, hoe ze met geheven hoofd naar hem toe was gekomen, voor het geld waarmee ze haar huis kon redden; haar standvastigheid toen de stadsbewoners haar in de kerk bekritiseerden, hoe ze tegenover hem had gestaan en hem had weggestuurd toen alles behalve Gods wet het uitschreeuwde dat ze samen moesten zijn. Hij dacht aan die keren dat ze hem had verteld over haar dagelijkse jachtpartijen met haar boog, hoe ze daarbij van dag tot dag steeds hogere eisen aan zichzelf had gesteld, denkend aan de Spanjaarden die haar man hadden doodgeschoten. Kende zij dit verhaal? Bad zij tot de patroonheilige van de pijlen? Hij gaf Ursula nu een goud met witte jurk en een paars met rode cape. Haar haar was naar achteren gevlochten maar toch werd haar mooie gezicht omgeven door roodgouden krullen. Hij werkte nog lang nadat zuster Bianca weg was, tot Ursula een bundel pijlen in de ene hand hield en een palmblad in de andere. Het penseel in zijn hand leidde de blik van de heilige naar de roodgevleugelde engel op het paneel daaronder, en hij completeerde de afbeelding met een gemene weerhaak die uit Ursula's borst stak. De serene, Lombardische halfgeloken ogen bleven ondanks de pijl die in haar stak, onbewogen, en waren gericht op het kind Elijah, alsof de stervende vrouw in kinderen de toekomst kon zien. Ten slotte mengde Bernardino zijn wit en goud en plaatste een hemelse kroon op haar hoofd, een kroon van ragfijn filigraan, met lelies en zilver- en goudkleurige ringetjes. Hij vroeg zich af of Simonetta ook zo'n moed zou tonen tegenover conflicten in het echte leven of de dood. Hij kon het gevoel van dreigende duisternis niet van zich afschudden, alsof het om hem heen donker werd zoals buiten het geval was. Hij klom van zijn platform naar beneden en knielde onhandig op het koude steen. Hij begon voor het eerst sinds jaren te bidden. Zijn taal was aarzelend, zijn toon onwennig. Hij richtte zich tot niemand, niet tot een heilige of een godheid, niet tot de Vader, de Zoon of de Heilige Geest. Hij vroeg alleen met heel zijn hart of de dag die zoveel van Simonetta zou vergen, nooit mocht komen.

34

•

Rebecca's boom

Manodorata en zijn twee zoons verbleven op aandringen van Simonetta op Castello. Ze maakte dat ze zich er thuis voelden, want met behulp van haar pas verworven rijkdom voorzag ze haar kamers van Castiliaanse kunstvoorwerpen, die ze vond in Pavia en in Como en Lodi, de andere markten waar ze met haar amarettolikeur naartoe ging. Manodorata sprak nooit over Rebecca, en Simonetta vroeg nooit naar haar, maar toen hij die rampzalige dag voor de tweede keer naar haar huis kwam, wist ze dat zij dood was. Jovaphet, nog te jong om het te begrijpen, vroeg dagelijks naar haar, maar liet zich makkelijk afleiden met een snoepje of een omhelzing. Elijah, stil en zwijgzaam, plaste elke nacht in bed en werd koortsig en schreeuwend wakker. Simonetta zag dat Manodorata te zeer was aangeslagen om zijn jongens te kunnen troosten, en daarom nam zij die taak maar op zich. Ze ging naast hen in bed liggen, zodat Elijah 's nachts met zijn hand de hare kon pakken en weer in slaap vallen zonder in zijn droomtoestand te weten dat zij Rebecca niet was.

Tegen de zomer begon hij zich thuis te voelen; hij kon weer glimlachen en ze hoorde hem schateren terwijl hij in de amandelboomgaard achter Jovaphet aan zat. Ze was er blij om, maar maakte zich zorgen om haar vriend. Manodorata leek zich alleen te concentreren op de verkoop en productie van de amaretto, en keek nooit in zijn eigen hart. Avond aan avond zaten ze in de hondsdagen, als het buiten nog licht was, als vrienden bij elkaar van het amandeldrankje te drinken en te praten over hun pas opgezette onderneming. Op zulke momenten dacht Simonetta dat hij misschien met haar zou praten over wat hij had verloren. Maar dat deed hij niet, en zij sprak niet over Bernardino, dus zaten ze daar maar, beiden gekluisterd door de liefde; tortelduiven met afgeknipte vleugels, gedoemd nooit meer te vliegen.

De volgende keer dat Simonetta en Veronica naar de markt in Pavia gingen, werden ze benaderd door een man in een wit met zwarte mantel. Hij groette Veronica in het Hebreeuws en vroeg Simonetta hoe het met Manodorata ging. Bang dat het een valstrik was, keek Simonetta naar Veronica, op wier gezonde oordeel ze inmiddels vertrouwde. De stomme knikte, en dus vertelde Simonetta de man zoveel mogelijk over haar vriend en zijn zoons. De jood stelde een paar beleefde vragen, maakte daarna een buiging en zei: 'Wilt u hem zeggen dat Isaac, de zoon van Abiathar van Toledo, hem het beste wenst. Ooit was ik zo gelukkig hem mijn vriend te kunnen noemen.'

Simonetta keek weer naar Veronica voor goedkeuring en zei: 'Waarom vertelt u hem dat niet zelf? U mag gerust mee naar mijn huis komen, waar hij op dit moment woont.'

Isaac reed met hen mee terug en onderweg vertelde hij Simonetta hoeveel hij en zijn overleden vader aan Manodorata te danken hadden, en terwijl Simonetta luisterde naar het ingewikkelde verhaal over woekerrente en redding van een faillissement, verwonderde ze zich nogmaals over de solidariteit van het joodse volk. Toen zij in nood zat, wilde geen enkele christen haar de hand reiken, alleen een jood had haar hulp en vriendschap geboden.

Ze wist dat haar intuïtie juist was toen de twee vrienden elkaar op de loggia van haar huis omhelsden. Ze trok zich vroeg terug en liet de mannen praten. Ze hoopte dat Manodorata troost kon vinden bij een oudere vriend en misschien uiteindelijk over Rebecca kon praten.

Isaac ging nooit meer weg uit Castello. Simonetta merkte dat hij de status had van een erudiet man en ze nam hem in dienst als huisonderwijzer voor de jongens, want ze was van oordeel dat ze een goede opleiding moesten hebben en een grondige kennis van de joodse heilige teksten. Haar eigen kennis nam toe met die van hen, toen Elijah haar verhalen en fabels begon te vertellen. Het verbaasde haar weer hoe verschillend en toch gelijksoortig de godsdiensten waren. Toen de zomer tot herfst kleurde, werd de stemming thuis ook beter. Manodorata leek mettertijd gelukkiger en meer ontspannen. Ze zag met vreugde hoe er een vriendschap begon te groeien tussen Isaac en Veronica, met een belofte van meer. Toen kwam de onvergetelijke dag waarop Elijah de keuken binnenrende om haar een rode hagedis uit de tuin te laten zien. Het diertje lag stil en warm in zijn hand, met een tong die heen en weer flitste alsof het een draakje was, en Elijah noemde Simonetta in zijn opwinding 'moeder'. Ze zei er niets over en berispte hem om de modder op zijn laarzen, maar ze was helemaal ontroerd en drukte hem dicht tegen zich aan. Hij begon algauw die naam meer te gebruiken en Jovaphet sloot zich daarbij aan. Simonetta keek bezorgd naar Manodorata wanneer de jongens haar zo noemden; zijn blik bleef ondoorgrondelijk, maar er klonk geen verwijt en hij corrigeerde zijn zoons niet. Ze was verrukt over deze nieuwe liefde die in haar leven was gekomen. Ze had niet geweten dat kinderen zoveel voor haar konden betekenen, dat haar liefde voor de jongens gebruik kon maken van de onbeperkte rijkdommen van een gebroken hart. Ze was altijd van plan geweest om deze kamers te vullen met kinderen van wie ze hield en die ook van haar hielden. Alleen had ze altijd gedacht dat ze van haar eigen vlees en bloed zouden zijn. Ze kwam erachter dat familie meer betekende dan bloedverwantschap, veel meer.

Alles ging goed tot de bakker uit Saronno brood en gebak naar het huis kwam brengen. Als teken van hun voorspoed van de laatste tijd had Simonetta wat lekkers voor de jongens besteld om de tweede amandeloogst te vieren. Er was een heel jaar verstreken sinds ze naar het huis waren gekomen, en ze wilde dat ze gelukkig zouden zijn op een dag die slechte herinneringen met zich mee zou kunnen brengen. Manodorata, die in de boomgaard werkte, herkende meteen het schele oog en de klompneus van de bakker, en staarde net even te lang naar hem. Omdat hij de schurk de laatste keer op Rebecca's as had zien spugen, kon hij niet nalaten een kille blik op het gezicht van de man te werpen. Later vervloekte hij zichzelf toen de bakker zijn ezel keerde om terug te gaan. Manodorata was niet gekleed in zijn bontmantel of fluwelen kostuum; hij droeg een rode muts en tuniek met een blauwe broek, zoals alle oogsters, en zijn gouden hand was in een handschoen gestoken, maar hij wist dat hij was gezien.

De volgende dag kwamen ze.

Het werd avond en de sterren begonnen aan de hemel te verschijnen. Manodorata stond bij de grote amandelboom, die hij voor zichzelf 'Rebecca's boom' noemde, en plukte de laatste noten van de oogst van de takken. De jongens waren aan zijn voeten blindemannetje aan het spelen; ze droegen vanwege hun moeder een zwarte tuniek, die een groot contrast vormde met het rood met blauwe oogstkostuum van hun vader, maar ze leken heel gelukkig. Om de beurt deden ze een geïmproviseerde blinddoek voor, waarna de ene broer de andere prikte met een takje. Lachend en duizelig probeerde de geblinddoekte zijn aanvaller te vangen, die net buiten zijn bereik bleef. Manodorata werd door het beeld van zijn stuk gebracht, want hij dacht plotseling aan

Synagoga, de vrouwelijke symbolische personificatie van het judaïsme. De jodin werd in religieuze kunst altijd afgebeeld met een blinddoek als teken van haar onnozele praktijken, en erger nog, met een geitenkop in haar hand als symbool van de duivel. Manodorata had ooit zo'n afbeelding gezien, Synagoga die treurend haar geblinddoekte hoofd liet hangen, terwijl ze, tot standbeeld versteend, hoog in een nis van de kathedraal van Straatsburg stond. Die dag had hij zich misselijk afgewend met de gedachte dat zo'n domme iconografie weinig met hem te maken had. Maar vandaag dacht hij eraan terug en wist hij dat zo'n vooroordeel alles met hem te maken had. Het had hem zijn hand en zijn vrouw gekost, en nogmaals rook Manodorata de smerige stank van dreigend gevaar. Toen de zon onderging, werd het koud en Jovaphets oogjes begonnen onder de blinddoek dicht te vallen, en Manodorata wist dat ze naar binnen moesten. Hij draaide zich om om hun dat te vertellen toen zijn blik werd getroffen doordat het plotseling weer licht werd, een licht dat het pad verwarmde, en toen nog een en nog een.

Fakkels.

Vuur had altijd alleen maar ellende voor hem en de zijnen betekend. Hij klemde de jongens tegen zich aan en haastte zich over het pad naar de loggia, maar daar in het licht stond, met zijn lelijke smoel en schele oog, de bakker.

Toen grepen ze Manodorata en bonden hem vast aan Rebecca's boom, met touwen die meermalen om zijn borst werden gewonden tot hij nauwelijks meer kon ademen. Hij schreeuwde tegen de jongens dat ze weg moesten rennen, maar ze stonden van schrik aan de grond genageld en werden ook gepakt. Toen hij zag dat ze niet konden ontsnappen, riep hij met verstikte stem tegen zijn zoons dat het maar een spelletje was, maar ze bleven gillen terwijl ze elk aan een been van hem werden vastgebonden en er zwarte takkenbossen aan hun voeten werden neergelegd. Nu worstelden en weeklaagden ze als konijnen in een valstrik, en ze riepen naar hem om hulp terwijl tranen op hun rouwkleren druppelden. Hij voelde hoe hun handjes naar zijn benen graaiden en hun schouders tegen zijn dijen draaiden. Hij kon niets doen. Ze waren in Gods handen; en God leek Zijn gezicht afgewend te hebben. Hij zocht tussen de lelijke tronies naar één meevoelend gezicht, iemand die aarzelde, niet zeker was van zijn zaak; iemand die voor rede vatbaar was. Als Manodorata in de menigte maar die ene weifelende man kon vinden, zou hij niet voor zijn eigen leven pleiten, maar tot zijn laatste adem smeken om de jongens vrij te laten. Maar ieder gezicht was gesloten, iedere blik kwaadaardig, en iedere mond braakte de gemene scheldwoorden uit waarvan hij zijn leven lang had geprobeerd te voorkomen dat Elijah en Jovaphet ze ooit te horen zouden krijgen. Manodorata keek omhoog naar de dikke sterren aan de zwarte hemel en naar de zwarte ladder die het gespuis had meegebracht om aanmaakhout te verzamelen, en opeens begreep hij het. Er zou geen ontsnapping mogelijk zijn. Dit uur stond voor hem in de sterren geschreven; hij wist dat zijn droom ging uitkomen. Hier stond hij, in de voorstelling uit zijn nachtmerries. Vastgebonden aan een brandpaal, met zijn kinderen vastgebonden aan hem, een drietal martelaars in afwachting van het doodsvuur. Er stonden tien mannen om hen heen, zes die, met de bakker als middelpunt, als een stelletje schorem stonden te jouwen, en vier op paarden. Net als in zijn droom bereden ze het lichte paard, het witte paard, het zwarte paard en het saffraankleurige paard van de ruiters van de Apocalyps. De lucht was zo donker als aan het einde van de wereld en hij wist dat het met hem gedaan was. Hij keek naar de blonde hoofdjes van zijn kinderen en wrong zijn handen tot de touwen knapten; hij wist dat hij zich niet kon losrukken maar hij wilde zijn handen nog een laatste keer op hun gouden haar leggen. Zo warm en zo zacht. 'Ik hou van jullie,' fluisterde hij. Dat had hij nooit eerder tegen hen gezegd en het was ook de laatste keer.

De bakker stapte met zijn fakkel naar voren en spuugde een

smerige fluim in Manodorata's gezicht. Manodorata wilde niet ineenkrimpen, noch hem zijn andere wang toedraaien zoals in het Nieuwe Testament stond, maar zijn blik boorde zich in de lelijke ogen van de bakker en hij vervloekte hem om wat hij deed. De bakker liet, in verlegenheid gebracht, zijn hoofd hangen en duwde wraakzuchtig zijn fakkel in de houtstapel aan de voeten van de jongens. Hij vloekte en spuugde toen de takken geen vlam wilden vatten. Manodorata trapte machteloos met zijn gebonden voeten naar de vallende vonken maar dat was niet nodig, het vuur wilde niet ontbranden. Plotseling voelde hij Rebecca's gedenksteen, de steen die hij daar een jaar geleden had neergelegd en die rond en hard onder zijn voet lag. Op dat moment wist hij dat zij bij hem was. Manodorata voelde even een sprankje hoop maar daaraan kwam algauw een eind toen de bakker de touwen om zijn borst met olijfolie overgoot en ze met een smeulend stuk hout in brand stak. Toen het vuur zijn huid verschroeide, wist hij dat het met hém gedaan was, maar het vuur rees boven de touwen omhoog, en liet de hoofdjes van de jongens ongemoeid. Misschien keek God toe en zou Hij hen redden als Hem dat werd gevraagd. Manodorata stopte zijn oren dicht voor het gejouw van de menigte en de tranen van zijn zoons. Hij sloeg zijn ogen op naar de hemel en begon in het Hebreeuws te praten. Zijn koortsachtige brein, verward en gloeiend van de ongelooflijke pijn, kon niet op de juiste smeekbeden komen. Het kon zich alleen concentreren op de woorden die Elijah had gesproken in hun laatste avondgebed voordat Rebecca stierf. 'Leg ons in vrede te slapen, *Adonai*, onze God; laat ons levend opstaan, onze Koning, en spreid de beschutting van uw vrede over ons uit.' Voordat hij bij het 'Amen' was, had het vuur zijn keel te pakken.

Simonetta werd door de vuurzee naar haar raam gelokt en dacht eerst dat haar bomen verwoest werden door een bosbrand. Maar haar met afschuw vervulde ogen zagen algauw de vastgebonden figuur in de kring van fakkels, en de mannen en paarden die om de grote amandelboom heen stonden. Ze twijfelde niet tussen oude of nieuwe wapens; ze wist weinig van de haakbus, niet hoe je die moest vasthouden, noch hoe je ermee moest schieten, en ze zag dat de kinderen aan hun vader waren vastgebonden. Ze had geen tijd te verliezen. Ze pakte meteen haar boog en had binnen een seconde een pijl tegen de pees gelegd. Ze kneep haar ene oog dicht en richtte meteen op de bakker, die de bende leek aan te voeren, maar het gezicht van haar vriend boven de vlammen deed haar aarzelen. Ze dwong zichzelf om naar Manodorata te kijken, hij liet niet zien dat hij pijn leed terwijl zijn borst in brand stond, maar keek haar recht aan, zijn staalblauwe ogen licht in zijn verschroeide gezicht, en ze zag dat hij zijn ogen op haar richtte, daarna langzaam knikte en ze toen voorgoed sloot. Ze wist dat hij verloren was. Ze wist wat haar te doen stond, en toen in een kraag van vuur zijn baard vlam vatte, schoot ze hem eenmaal precies in zijn borstkas waar de touwen zaten vastgeknoopt. Ze wist dat ze zijn hart had doorboord, want hij liet meteen zijn hoofd zakken. Het was allemaal in een oogwenk gebeurd. Trillend rende ze de trap af en trok Isaac bij de deur weg toen hij kwam aangehold om te helpen. Veronica wilde wraak nemen en was zwijgend bezig haar Malteser messen in gereedheid te brengen, maar haar meesteres schudde haar hoofd. 'Blijf binnen,' siste ze, 'ze zijn met te veel; ze pakken jou ook nog!'

Terwijl Simonetta naar buiten liep, pinkte ze haar opwellende tranen weg en hield ze bewust haar kin geheven. Ze hield haar boog stevig in haar ene hand geklemd en een bundel pijlen in de andere om het trillen te doen stoppen. Ze droeg een nieuwe goudkleurige jurk, afgezet met wit eekhoornbont. Ze was een levensechte Sint Ursula. Ze wist dat de test nog moest komen. Het voelde alsof de wereld was vergaan en inderdaad begonnen de sterren te vallen toen zij op de menigte afstapte. Het drong nauwelijks tot haar koortsachtige brein door, maar toen de koude bloesems haar gezicht raakten wist ze dat het sneeuwvlokken waren. In september. Het boek Openbaringen was werkelijkheid geworden en de hemel treurde.

Ze stond tegenover de bakker terwijl het vuur het lichaam van haar vriend verbrandde met de afschuwelijke stank van vreemd, verkoold vlees. Brandende olie droop op de hoofden van de huilende jongens en ze was bang dat hun haar vlam zou vatten, maar ze dwong zichzelf een andere kant op te kijken en met een hardvochtige glimlach het gepeupel tegemoet te treden.

'Een knap schot, mevrouw,' zei de bakker met uit verbazing voortgekomen eerbied. Hij had horen vertellen dat de hoer van Saronno hier joden herbergde en voor zich liet werken. Kennelijk was dat niet zo.

'Ik heb immers het recht af te rekenen met zulk ongelovig gespuis dat op mijn land komt.' Simonetta dwong zichzelf deze woorden te zeggen.

Er volgde een goedkeurend gemompel.

'Hadden jullie die snotjongens van die jood ook maar in brand gestoken,' zei ze. 'Maar ik zie dat de sneeuw jullie hout heeft doorweekt.' En wonderlijk genoeg was dat ook gebeurd.

'Ja,' antwoordde de bakker, duidelijk de leider. 'We moesten de touwen eerst doorweken. Die olijfolie vatte lekker vlam, en hij heeft meer geleden, want eerst is zijn hart verbrand.'

Simonetta hield haar oren dicht om niet te hoeven horen hoe haar beste vriend aan zijn eind was gekomen, en liep door de vallende sneeuw naar de boom. Ze pakte Elijahs gezicht vast en hief zijn kin op totdat hij haar aankeek. Met haar gezicht van de menigte afgewend vormde ze met haar lippen geluidloos de woorden: 'Vertrouw mij maar.' Vastberaden draaide ze zich om. 'Beste mensen,' zei ze. 'Wees zo vriendelijk deze heidense vlegels bij mij achter te laten.' Ze dwong Elijah om zijn vingers uit te spreiden. 'Ze hebben kleine handen en kunnen voor mij werken. Ik beloof jullie dat ze als christenen zullen worden opgevoed. Ze zijn nog te jong om al helemaal door de Hebreeër te zijn aangestoken. God zal ons allen gunstig gezind zijn wanneer we twee verloren schapen opeisen.'

Het groepje mompelde weer wat en Simonetta hield van angst haar adem in.

'Da's waar,' zei de aflaatverkoper ten slotte. 'Zo staat het in de Schrift.'

'Ja,' zei de kroegbaas. 'Ik heb zelf twee jonge jongens. We kunnen ze maar beter sparen. Hun vader heeft voor zijn zonden geboet.'

Simonetta kon niet naar het verkoolde lichaam van haar vriend kijken. Maar ze pakte haar jachtmes en sneed de jongens los, terwijl haar huid prikte van de angst dat het gepeupel haar zou tegenhouden. Ze verlangde ernaar haar jongens in haar armen te wiegen, maar dat soort dingen kon wachten – ze hield ze allebei ruw bij hun pols vast terwijl ze jammerden en huilden.

De menigte begon zich op te lossen, maar de bakker treuzelde en zijn ogen glinsterden als die van een ekster bij de gedachte aan de gouden hand die door het vuur niet was aangetast.

'Laat de kraaien in hem pikken,' zei ze minachtend, maar hij bleef maar talmen. Toen moest hij het wel vragen.

'En die hand?'

Simonetta dacht snel na. 'Die geef ik aan pater Anselmo. Het goud van een ongelovige behoort voor goddelijk gebruik te worden aangewend.'

'Ze heeft gelijk,' zei de aflaatverkoper, haar belangrijkste advocaat. 'Waarom zou jij die arm moeten krijgen? Als hij naar de kerk gaat, komt het ons allemaal ten goede, en niet alleen jouw hebzuchtige beurs.' Hij sleurde zijn vriend mee, maar beiden maakten voordat ze vertrokken een vluchtige buiging voor de dame, een teken van hun hervonden respect. Simonetta, misselijk van de bewondering van zulke mannen, liet even een minzame glimlach zien. Voor het geval dat ze nog bekeken werd, trok ze de jongens het huis in, en zodra ze over de drempel stapte, begaven haar benen het en zakte ze in elkaar, voor de voeten van Isaac en Veronica. Ze greep Isaacs arm. 'Nu mogen jullie hem gaan helpen,' zei ze. 'Wacht even tot we zeker weten dat ze weg zijn. Maar snij hem dan los en leg hem neer en doe wat jullie geloof van je vraagt. Hij heeft een betere dood verdiend, maar nu hij er niet meer is, zullen we alles op de juiste manier afhandelen. Ik moet de jongens naar bed brengen.'

Ze liet Veronica helpen toen ze de doodsbleke, zwijgende jongens in bad deed en probeerde te kalmeren. Ze dacht aan die keer dat ze hen had vastgehouden nadat hun moeder was gestorven, en wist dat het wel een tijd zou duren voordat ze weer rustig waren. Maar de hevige emoties van die avond hadden hen genekt. Ze kuste hun dichtvallende ogen en deze keer verzekerde ze hun niet dat alles goed zou komen. Deze keer deed ze een belofte waarvan ze wist dat ze die kon nakomen. 'Ik zal voor jullie zorgen.'

Simonetta liep de trap af naar Isaac die bij de grote boom stond, en hij had al een greppel voor het lichaam gegraven, zwart in de witte grond. Ze beefde van de kou en de emotie terwijl haar geest zich inspande om te bevatten wat er gebeurd was. Hoe kon het dat haar grootste vriend hier lag en in een mum van tijd zo akelig aan zijn eind was gekomen? En dat zij dat zelf had gedaan? Manodorata lag nu zolang onder Isaacs zwart met witte cape. Aan de plooien van de stof zag Simonetta dat de pijl die zij had geschoten uit zijn borst was getrokken. Ze was blij dat Isaac deze taak op zich had genomen; dat ze niet de naar buiten stekende schacht hoefde te zien. Ze vervloekte zichzelf om haar lafheid en stond toe te kijken terwijl de neerdwarrelende sneeuw de tweekleurige cape zuiver wit kleurde.

'Het is passend,' zei Isaac.

Simonetta knipperde de sneeuw uit haar ogen. 'Wat bedoel je?' Want niets leek deze avond passend: de wereld was op zijn kop gezet. Door de sneeuw leek het alsof de sterren uit de hemel naar beneden tuimelden en ze had het gevoel dat ze wegzonk in het oneindige. 'Wat is passend?'

Isaac wees naar het lichaam van zijn vriend. 'Het doodskleed is nu wit. De juiste kleur voor een *tachrihim*, de lijkwade van ons volk. God is aan het werk.'

Stilzwijgend rolde Simonetta di Saronno haar gouden mouwen op en pakte de tweede schop. Het ontroerde haar dat Isaac op zo'n moment aan God kon denken, wanneer Hij Zijn trouwe dienaar leek te hebben verlaten en bij zijn onschuldige kinderen had weggehaald. Plotseling zag ze voor haar geestesoog het beeld dat Manodorata voor haar had beschreven toen ze voor de eerste keer hier onder deze bomen echt hadden zitten praten. Het brandende, doorboorde hart dat Sint Augustinus in zijn hand hield, de heilige die de joden de schuld had gegeven van de dood van Christus. Het beeld leek nu een enorme impact en betekenis te hebben, maar Simonetta kon er met haar rondtollende gedachten niet uit wijs worden. Ze wist alleen dat wanneer ze zulke beelden weer zou zien, ze dat brandende hart zou kennen, dat, door haar eigen pijl doorboord, in de hand van de heilige klopte. Ze zou het herkennen als het hart van haar vriend. Ze bleef zwijgen en in stilte werkten ze door, algauw vergezeld door Veronica. Samen groeven ze het graf, terwijl de sneeuw bleef vallen. Simonetta's schop stuitte op iets van metaal en er kwam een gouden ring uit de aarde tevoorschijn. Ze wreef hem schoon aan haar jurk en in de maanwitte nacht zagen ze duidelijk een zespuntige ster.

'Van Rebecca,' zei Isaac. Terwijl Simonetta knikte, voelde ze hoe een snik haar keel als een koude hand dichtkneep. Uiteindelijk waren ze klaar en ze legden Manodorata in de koude aarde. Isaac sprak de laatste woorden en de *tehillim* psalmen, zoals Manodorata op deze plek eens voor zijn gestorven vrouw had gedaan. Simonetta sloeg de cape niet open, maar voordat ze de kuil begonnen op te vullen, knielde ze en tastte onder het doodskleed naar de gouden hand. Ze schoof Rebecca's ring over het koude metaal en voelde het onder haar aanraking meteen warm worden, welhaast alsof hij nog leefde. Hete tranen begonnen uit haar ogen te glijden. Want hoewel het lichaam mettertijd zou vergaan, zouden de twee gouden symbolen van de man en de vrouw voor altijd in de aarde rusten. Ze beloofde hier en nu dat de hand nooit dichter bij Anselmo's schatkamer zou komen dan in dit graf onder deze boom, en Simonetta wist dat de priester het zou goedkeuren.

Ze maakten het graf dicht, en de zwarte hoop aarde werd in een oogwenk wit doordat het gestaag bleef sneeuwen. Veronica pakte Simonetta's arm om haar naar binnen te geleiden, gebarend dat ze Isaac alleen moesten laten. De huisonderwijzer knikte kort naar zijn meesteres en raakte even haar trillende schouder aan. 'Gaat u maar naar binnen, mevrouw,' zei hij. 'In afwezigheid van zijn familie moet ik de *shomrim* zijn, de bewaker van de dode. Ik blijf hier een tijdje de wacht houden en bidden.'

Simonetta knikte. Ze was plotseling doodmoe, maar wist niet of ze, na wat ze had meegemaakt, ooit nog kon slapen. Ze liep arm in arm met haar dienstmeisje, haar vriendin, naar het huis en ging de trap op om bij de jongens te gaan liggen voor het geval dat ze haar 's nachts nodig zouden hebben.

Ze was lichamelijk en geestelijk totaal ontredderd door wat ze had gedaan. Haar handen trilden en haar tanden klapperden ondanks de warme kamer. Haar knieën trilden bij elke stap, haar maag kwam in opstand en ze had braakneigingen; als haar nu was gevraagd een pijl tegen de pees van haar boog te leggen, dan had ze het niet gekund. En toch had ze nog maar een klein uur geleden in een moment van koele doeltreffendheid, een ogenblik van snel denken en prompt handelen, iemand gedood. Ze had haar schicht door een brandend hart geschoten en het feit dat dat hart stervende was, leek geenszins een verzachtende omstandigheid. Was dit echt wat Lorenzo dagelijks had gedaan wanneer hij zonder haar langdurig op campagne was? Ze had uit mededogen iemand van het leven beroofd maar hij had het gedaan ter wille van de glorie en de overwinning en politiek gewin; allemaal veel minder zwaarwegende beweegredenen dan die van haar. In een gebaar dat haar zelf verbaasde, drukte ze haar trillende handen tegen elkaar, boog haar slappe knieën en sprak al klappertandend een gebed uit. Ze was de afgelopen paar maanden een vreemde voor God geweest en had na de schokkende, misselijkmakende gebeurtenissen van deze avond bewondering gehad voor Isaacs standvastige geloof zonder het te begrijpen. Ze had niet meer gebeden sinds Bernardino weg was. Ze wist dat ze geen vergeving hoefde te vragen voor het feit dat ze iemand van het leven had beroofd, want ze had het gedaan om Manodorata pijn te besparen en om zijn kinderen te redden. Daarom bad ze niet om vergiffenis en zelfs niet voor de ziel van haar vriend. Dat kon allemaal later. Nee, Simonetta voelde plotseling dat ze moest bedanken voor een wonder; voor de abnormale sneeuwval die het hout dat bedoeld was als brandstapel voor de jongens nat had gemaakt. De bijbellessen kwamen haar weer voor de geest en ze herinnerde zich dat Sint Lucia van de vuurdood was gered toen de takkenbossen geen vlam wilden vatten. Ze herinnerde zich ook Sint Appollonia die zich gewillig overgaf aan het vuur, zoals ook haar vriend had gedaan. De verhalen waren plotseling beschikbaar, alsof ze, net buiten bereik van haar herinnering, hadden gewacht tot ze weer welkom werden geheten en uitgenodigd werden om binnen te komen als een reiziger die ze in geen jaren had gezien. Ze keek uit haar raam naar de maan en de sterren en sprak, met haar handen ineen, tegen deze heiligen; een die zonder ogen en een die zonder tanden in het paradijs woonde. ‘Ik dank u,’ zei ze.

35

•

De gravin van Challant

Bernardino raakte helemaal gewend aan het ritme van de canonieke uren. Lauden, priem, terts, sext, noon, vespers en completen. Het klonk als voetstappen; na lauden kwam de gestage tred van de eenlettergrepige – priem, terts, sext en noon – , gevolgd door het drafje van de meerlettergrepige – vespers en completen – aan het eind van de kerkelijke dag. Proberen de ondergaande zon voor te blijven, je haasten om je godsdienstplichten waar te nemen voordat de nacht ten einde is en bij het ochtendgloren gebeden de nieuwe dag inluiden. En toch was er hier nooit sprake van jachten en haasten en urgentie. Bernardino wist alleen door de gebeden die de nonnen zongen hoe lang hij met ieder schilderstuk bezig was. Hij raakte gewend aan de rust die er heerste; de peinzende nonnen die in de tuin wandelden of de kruiden plukten of hardop uit de Schrift lazen. Hij woonde in een wereld waar geen harde woorden en geen lastige passies voorkwamen. Hier sprak men alleen op zachte toon gebeden uit, er klonk geen harder geluid dan het geruis van een lang habijt over de vloertegels, zijn oren werden hooguit blootgesteld aan de modi en cadensen van het gregoriaanse gezang. Hij ervoer de troost van zijn vriendschap met Bianca als een natuurlijke ontwikkeling, een natuurlijke voortzetting van zijn vriendschap met haar broer, een positief gevolg van zijn bastaardschap. Hij glimlachte in zichzelf wanneer hij bedacht hoe de twee telgen van het geslacht op elkaar leken, hoe de wettige en de onwettige allebei veel van hun vader hadden.

Bernardino maakte zich klaar voor een nieuwe dag van schilderen in deze rustige omgeving, een nieuwe dag waarop de religiositeit die hem omringde langzaam tot zijn huid zou doordringen. Sinds hij de vorige avond had gebeden, was hij aarzelend begonnen tot God te spreken wanneer Bianca er niet bij was. Dus terwijl hij uitkeek naar zijn vriendin op deze dag, de dag waarop hij zou beginnen aan het paneel met de afbeelding van Sint Catharina, voelde hij zich vervuld van tevredenheid. En rust. Daarom was hij verbaasd toen hij zag dat de abdis rusteloos heen en weer liep. Ze doorbrak zijn cocon van sereniteit en voerde hem onmiddellijk mee naar die andere wereld, een wereld van geweld, passie en dood.

'Wat is er?'

'Ik heb je hulp nodig. Ga je mee?' Bianca sprak op een dringende en gebiedende toon die hij niet van haar kende.

'Wat is er aan de hand?' Bernardino was verbijsterd.

'We hebben niet veel tijd,' zei de abdis. 'Een vriendin verkeert in groot gevaar. Het is goed dat je het habijt van onze lekenbroeders draagt. In die kleding kan je in de menigte niets gebeuren.'

'Welke menigte?' Bernardino was dankbaar voor de vermomming – hij was de laatste maanden maar een enkele keer in de stad geweest, noodzakelijke uitstapjes, alleen om zijn beschermheer te ontmoeten en verfstoffen te kopen, want hij was zich ervan bewust dat de kardinaal nog steeds naar hem op zoek kon zijn. Alsof ze hetzelfde dacht als hij, zei de abdis: 'Ik weet dat je je leven op het spel zet als je buiten deze muren komt. Ik zou het je niet zomaar vragen. Ga je mee of niet?'

Bernardino hoefde maar even na te denken. Hij bezat een zekere hoeveelheid aangeboren moed, maar veel aangeboren nieuwsgierigheid, en plotseling voelde hij sterk het verlangen te zien wat er in Milaan gaande was. 'Natuurlijk,' zei hij.

Zondere verdere uitleg leidde zuster Bianca hem door het herbarium, via het poortgebouw de oude circustoren uit. Ze vorderden maar langzaam door de Corso Magenta, want het was druk op straat en de mensen die er rondliepen roezemoesden onrustig als een zwerm bijen. Bernardino voelde plotseling de drang achterom te kijken naar de voorkant van het klooster met zijn Ornavasso-stenen gevel en marmeren lijstwerk, zoals een kind dat naar huis verlangt terwijl het zich als een slak naar school voortsleept. Hij ervoer een vreemd gevoel van dreiging en kwetsbaarheid nu hij zich buiten de veilige haven van de kloostermuren bevond. De zon was nog maar net op en scheen achter een scherm van bleekgeelgrijze wolken als het wazig oranje licht van een komeet die de voorbode is van oorlog of verderf. Bernardino trok zijn capuchon dichter om zich heen en wendde zich af van de lelijke gezichten die er kwaadaardig uitzagen na de kalme, vrome gelaatstrekken van de nonnen. Hij trok de abdis aan haar mouw.

'Wat is dit voor een drukte? Waar gaan ze allemaal heen? Waar gaan wij heen?'

'Naar een executie. Kom, anders zijn we te laat.'

'Vertelt u het maar onder het lopen. Wie wordt er uit de weg geruimd?' Bianca leek duidelijk van streek, en Bernardino beet op zijn lip om zijn oneerbiedige woordkeus.

'De gravin van Challant, een goede vriendin van mij en mijn familie.'

'Van uw vader? Dan kan hij toch zeker een goed woordje voor haar doen?'

'Daarvoor is het waarschijnlijk al te laat. De mensen eisen haar dood.'

'De mensen? Waarom?'

'Ze hebben een moreel standpunt ingenomen tegenover een vrouw die bekend staat als vrijdenkend. Een vrouw wier misdaad is dat ze van meer dan één man houdt; of eigenlijk van meer dan twee.'

Dit klonk Bernardino onheilspellend in de oren. Dit hier was een bewijs van de afkeuring die vrouwen te wachten stond als ze vrijuit de liefde bedreven. Zijn eigen rivaal voor Simonetta's hart was dood, en toch was de geest van Lorenzo genoeg om hen voorgoed te scheiden. Simonetta werd bespot door de mensen van Saronno, en hier in Milaan kon een vrouw haar hartstochten met de dood bekopen. 'Hoe is dat zo gekomen?'

Bianca vertelde het verhaal terwijl ze door de straten liepen, als bladeren in de stroom voortgedreven in de menigte die zich langs de Duomo bewoog. 'De Contessa di Challant was het enige kind van een rijke woekeraar die in Casal Monferrato woonde. Haar moeder was een Griekse; en zij was een meisje van zo'n exquise schoonheid dat ze ondanks haar lage afkomst op haar zestiende de vrouw werd van de adellijke Ermes Visconti.'

Bernardino had van zulke huwelijken gehoord. 'Hoe oud was haar man?'

Bianca glimlachte en voor even verdwenen de rimpels in haar voorhoofd. 'Oud genoeg om haar grootvader te zijn. Hij ging met haar in Milaan wonen, waar ze regelmatig bij mijn vader thuis kwam, maar verder nergens anders. Ze speelde heel vriendelijk en vrolijk met mij in de jaren dat ik opgroeide, maar verder zag ze geen mensen. Haar vroegere echtgenoot vertelde aan mijn vriend Matteo Bandello dat hij haar temperament te goed kende om haar bij haar bezoekjes de vrijheid toe te staan waarover andere Milanese dames beschikten. Na de dood van Ermes, toen ze nog maar net twintig was, trok ze zich terug in Casale en leidde een vrolijk leventje te midden van vele minnaars. Een van hen, de graaf van Challant in de Val d'Aosta, werd haar tweede man. Hij was gefascineerd door haar buitengewone schoonheid, maar ze konden niet goed met elkaar overweg. Ze verliet hem en vestigde zich in Pavia. Ze was rijk dankzij het vermogen van haar vader en haar eerste echtgenoot, en op middelbare leeftijd nog steeds mooi, en nu gaf ze zich over aan een leven van losbandigheid. Ze nam een hele stoet minnaars.'

Bernardino bedacht in het gedrang van de menigte dat de gravin voor zichzelf het volmaakte leven had gevonden, maar voelde dat het verhaal verkeerd zou aflopen. Hij moest de mouw van het habijt van de abdis vasthouden zodat ze elkaar niet zouden kwijtraken en hij de rest ook te horen kreeg.

'Twee van haar minnaars moeten bij name genoemd worden. Ardizzino Valperga, graaf van Masino; en de Siciliaan Don Pietro di Cardona. Ze kreeg genoeg van de graaf van Masino, maar Don Pietro hield van haar met de dwaze hartstocht van een heel jonge man. Wat zij verlangde, beloofde hij blind te zullen doen; en ze gaf hem opdracht om de man die vóór hem bij haar in de gunst had gestaan, te vermoorden.'

Bernardino was geschokt dat de libertijnse een moordenares was geworden. Hij wist niet precies wat de bedoeling van de abdis was maar moest schreeuwen om zich verstaanbaar te maken. 'Maar zuster Bianca, het lijkt erop dat deze dame echt een slechte invloed had. Kunt u, als dienares van God, zo'n vrouw verdedigen? Kunt u hopen een goed woordje voor haar te doen?'

'Wij zijn allen zondaars, Bernardino. Maar geen mens heeft het recht iemand van het leven te beroven, alleen God. Als ze nu ter dood wordt gebracht, is hertog Sforza geen haar beter dan de moordenaar Don Pietro.'

'Dus de moord werd ten uitvoer gebracht? Wat gebeurde er precies?'

'In die tijd woonde ze hier in Milaan. Don Pietro wachtte de graaf van Masino op toen hij op een avond laat van een soirée terugkwam. De graaf werd vermoord, maar Don Pietro werd gegrepen. De wreedheid van zijn maîtresse kwam aan het licht en zij belandde in de gevangenis. Ze zit nu in het fort Porta Giova, het kasteel van de Sforza's, en verwacht deze ochtend nog geëxecuteerd te worden.'

'Maar wat kunt u dan doen?'

'Ik hoop dat ik haar kan vrijkopen. Want hoewel ze verkeerd heeft gehandeld, geloof ik dat ze zich heeft gebeterd, en ik vind het triest dat zij moet boeten voor de daden van een ander. Al draag ik een habijt, ik ben toch een vrouw en het doet me pijn dat een vrouw gedood zou worden voor wat een man heeft gedaan, hoe groot haar invloed ook is geweest. Ik hoop haar te mogen verzoeken een van de nonnen te worden en haar leven in berouw te leiden binnen de muren van ons klooster.' De menigte hield even stil en de abdis stond tegenover hem. 'Zie je, Bernardino, wanneer ik aan de gravin denk, zie ik geen libertijnse en ook geen moordenares. Ik zie de beminnelijke dame die speelde en lachte met een eenzaam kind in het huis van mijn vader.'

De menigte ging langzamer lopen ter hoogte van de Duomo, waar verkopers probeerden de onoplettenden hun handel aan te smeren. Er waren afbeeldingen van de gravin, een befaamde schoonheid met geel haar en een knap gezicht. Bernardino en de abdis bogen hun hoofd om zich door de mensenmassa heen te dringen. Straathandelaren verkochten wijwater om het lichaam te zegenen, en de meer voortvarende types stopten handenvol geel paardenhaar in hun monnikskappen met de bewering dat dit haar van het hoofd van de gravin was. Op een houten podium speelden toneelspelers met groteske maskers het verhaal na van lust en moord, waarbij de twee minnaars rondliepen met een gigantische fallus van papier-maché op hun onderbuik. Een acteur met een lange gele pruik streelde hen wellustig, waarna de donkere Siciliaan de Napolitaan vermoordde, die rollen rood lint, dat bloed moest voorstellen, de menigte in gooide. Aan het einde viel een enorme zilveren bijl neer op de blanke nek van de gravin, waarna er nog meer bloed vloeide.

De mensenzee bereikte een graad van opwinding die voor Bernardino na zijn maandenlange rust tegelijkertijd weerzinwekkend en verwarrend was. Hij begreep heel goed waarom de abdis op een dag als deze bescherming had gewild, want stellen drukten zich openlijk tegen elkaar aan in een wellustige uiting van hun opwinding, en hij zag een meisje alleen zich verweren tegen een hele kring mannen die een fluitconcert aanhieven en aan haar kleren trokken. Hij richtte zijn blik hemelwaarts en zag de heiligen boven op de gothische pinakels van de Duomo staan, treurig naar beneden kijkend, zelf toneelspelers tegen de bleekgele achtergrond van de hemel. Ook hij begon het verontrustend te vinden dat een dame van adellijke afkomst vermoord moest worden vanwege de zonden van haar minnaars, en hij baande zich snel een weg door de menigte.

Ze naderden de wallen van het grote, rode fort Porta Giova, waarvan de kantelen eruitzagen als de inkepingen van een duizendtal sleutels die dienden om de Sforza's binnen en de stad buiten te houden. Maar niet vandaag. Vandaag stonden de grote poorten van de Torre del Filarete open, en de menigte stroomde naar binnen onder de dreigende blik van de opgerolde Sforzaslang die de kasteelwapens sierde. Klaar om toe te slaan, dacht Bernardino; klaar om te doden. Vandaag hielden de wachters van de *paghe viva*, bezoldigde soldaten die het kasteel moesten bewaken, hun pieken niet gekruist en lieten ze de mensenmenigte door. Binnen stond de grote paradeplaats van de Piazza d'Armi stampvol mensen, die allemaal drongen voor een plek. Zuster Bianca pakte Bernardino bij zijn arm en trok hem naar de buitenste rand van de menigte, waarbij ze hem een stenen trap op leidde naar de *ghirlanda*, de hoofdwal. Hier stond een in helderblauwe zijde geklede figuur te wachten. De figuur knielde bij het zien van de abdis en kuste de granaatrode ring.

'Gegroet Matteo,' zei de abdis, 'was het niet zo'n trieste dag, dan zou dit werkelijk een ontmoeting van gelijkgestemden zijn.

Matteo Bandello, een groot schrijver, ontmoet Bernardino Luini, een groot kunstenaar.' Beide mannen maakten een buiging en keken elkaar nieuwsgierig aan. De een, die niets met heiligheid te maken had, droeg het habijt van een broeder, maar was knapper dan een monnik ooit kon zijn. De ander, lelijk en onaantrekkelijk, was in feite een monnik, maar droeg de mooiste kleren die een hoveling ooit sierden. De ogen van de schrijver schitterden van levenslustige schranderheid.

'Ik hoop dat we later nog de gelegenheid krijgen elkaar te spreken, want ik heb bewondering voor het werk dat ik van u heb gezien, signor,' zei Bandello.

Bernardino, die nooit een echte lezer was geweest, kon niet antwoorden met gunstige kritieken van Bandello's romans. Maar de man was al met andere dingen bezig; snel van geest en met gebarende handen ging hij over op wat die dag urgent was. 'Hebt u het hele bedrag?' vroeg hij de abdis.

'Ja,' antwoordde zuster Bianca. 'Vijftienduizend kronen.'

'Van het Monastero?'

Zelfs op zo'n moment glimlachte ze. 'Eigenlijk niet. Van iemand die de gravin kent en het goed met haar voor heeft.'

Bandello knikte. 'Alessandro Bentivoglio. Uw vader was altijd de ware edelman, zo'n milde gift is typisch voor zijn grootmoedigheid.'

Zuster Bianca lachte haar vreemde halfglimlach en fluisterde vlug: 'En een diplomaat; hij weet dat ik deze zaak voor hem moet afhandelen, dat het hem geen goed doet wanneer hij als een aanhanger wordt gezien. De gravin heeft de mensen ernstig ontstemd en mijn vader kan zich dat niet permitteren. En de hertog ook niet. Is hij hier?'

Bandello schudde zijn hoofd. 'Hij niet. Francesco Sforza wil zijn leven niet wagen in de menigte, ondanks al zijn campagnes in oorlogstijd. Toch kun je er zeker van zijn dat hij toekijkt, veilig vanuit de Rochetta.' Ter verklaring knikte hij naar het veilige, van ramen voorziene deel van het kasteel. 'De Rochetta kan alleen bereikt worden via een ophaalbrug, die zoals jullie zien omhoog staat. Laten we hopen dat de naam van de gracht onder de brug niet voorspellend is.'

'Hoe heet die dan?' vroeg Bernardino.

'*Fossato morto*. De dodengracht.' Bandello trok een demonische grijns en pakte de zware leren tas van de abdis aan. 'Nou, laten we eens kijken wat we met deze middelen kunnen doen. Wacht hier. Ik kom zo terug.' Ze keken hoe de blauwe figuur de wallen beklom en verdween in de grote ronde toren die genoemd was naar Bona van Savoie, de lang geleden gestorven kasteelvrouwe. Onder aan de *ghirlanda*-muur begon de menigte ongedurig te worden en steeds klonken er weer andere spreekkoren op de binnenplaats; vreugdezangen wedijverden met obscene kroegliederen terwijl de menigte wachtte op het bloedvergieten dat hun beloofd was. Bianca sloot haar ogen voor het tafereel, en haar lippen bewogen in gebed. Bernardino voelde zich zo verward dat hij haar gebeden onderbrak. 'Kon er geen ontsnappingspoging worden gedaan?' fluisterde hij.

De abdis deed haar ogen niet open. 'Dat is geprobeerd. Er zijn veel gangen waardoor je je vanuit dit kasteel in veiligheid kunt brengen: een die uitkomt in het Barco-jachtreservaat en van daaruit op het platteland, en een andere leidt naar het klooster van Santa Maria Grazie.'

'Santa Maria delle Grazie?'

De abdis opende haar ogen. 'Ken je het?'

'Ja. Mijn leermeesters beroemde werk, de *Cenacolo*, hangt daar.'

Ze knikte. '*Het Laatste Avondmaal*. Ik heb het nooit gezien. Maar er is een geheime overdekte weg die dit fort daarmee verbindt; hij is aangelegd door Ludovico Il Moro zelf, omdat hij nachtelijke tochtjes maakte om het lichaam van zijn dode vrouw te bezoeken in de kapel daar. Ze zeggen dat je in die passage 's nachts nog steeds het gesnik van de oude hertog kunt horen.' De abdis sloeg een kruis. 'Een week geleden probeerde de gravin via die route naar het klooster te ontsnappen, maar ze werd verraden. Het geld is nu onze enige hoop.' Ze sloot haar ogen weer en begon de kralen van de rozenkrans die om haar middel hing door haar vingers te laten glijden.

Bernardino zweeg. Zijn ogen doorzochten de menigte, waarbij zijn aandacht uitging naar de lelijke smoelen, en zijn geheugen registreerde de details van de spottende gezichten. Hij dacht aan het boek dat in zijn cel naast de bijbel lag, het *Libricciolo* dat Leonardo had gemaakt van de groteske figuren die hem interesseerden, maar Bernardino's hoofd was een bibliotheek voor zulke figuren. Er waren er heel wat in de menigte die zichzelf vereeuwigd op de muren van San Maurizio zouden terugvinden toen Bernardino *De bespotting van Christus* zou schilderen.

Een monnik in het zwart met witte habijt van de Dominicanen beklom het vierkante blok boven aan de wallen en begon op nasale jammertoon een Latijnse schimprede over de kwade eigenschappen van vrouwen, te beginnen met Eva en zo door de eeuwen heen tot aan de huidige dag. Zijn mening ontlokte de massa een goedkeurend gebrul – de ontwikkelde mensen, die Latijn kenden en het met de verkondigde mening eens waren, en de onwetenden, die alleen maar hun gevoelens de vrije loop lieten met hun rauwe ja-geroep. De monnik was al een flink tijdje aan het woord voordat Bernardino besefte waar het blok waarop de monnik stond toe diende, en ondanks zijn wollen habijt kreeg hij het er koud van.

Op dit moment kwam Bandello terug. Hij droeg de zak en schudde zijn hoofd terwijl hij de trap afliep. 'Niemand wilde het aannemen,' zei hij. 'Zelfs in deze tijd van corruptie durven ze de menigte hier niet voor de gek te houden. Ze is ten dode gedoemd.'

Bianca bewoog haar hoofd op en neer in plechtige aanvaarding en met z'n drieën keken ze naar wat er verder ging gebeuren. Uit de Torra di Bona di Savoia kwamen twee ceremoniemeesters tevoorschijn, gevolgd door een figuur met koperkleurig haar. Toen het trio tussen de kantelen door liep, besefte Bernardino dat de gravin een gezette figuur was, gekleed in een goudkleurig gewaad bewerkt met zilverdraad. Terwijl de treurige stoet uit de schaduw van de grote toren tevoorschijn kwam, maakte de menigte zich vrolijk en siste, en gooide met planten en uitwerpselen die ze van huis hadden meegenomen. Kreten als 'hoer!' werden overgenomen en echoden over het plein. Bernardino bewonderde de zelfbeheersing van de gravin tegenover zulke kritiek, maar was eigenlijk verbaasd dat zo'n vrouw er de oorzaak van was geweest dat twee harten zo heftig waren gaan kloppen dat het op moord was uitgedraaid. Ze had haar beste jaren wel gehad, haar figuur was bij haar taille uitgedijd en haar huid was gebruind als die van een boer. Bernardino zag dat de natuur weinig te maken had met haar lichtblonde haarkleur, maar dat ze kennelijk dezelfde kunstgrepen en smeersels gebruikte die de Venetiaanse dames toepasten om hun lokken op te fleuren. Toen draaide ze zich om naar de huilende dienares die haar sleep droeg, kuste haar op haar wang en schonk haar een glimlach die kuiltjes in haar wangen deed ontstaan, en Bernardino zag dat haar opgeheven gezicht een belofte kon inhouden van schoonheid en lichamelijk genot. De dame maakte haar plooikraag los en legde haar hoofd op het zwarte blok terwijl de beul, verscholen onder een kap, naar voren stapte. Toen ze haar hoofd neerlegde, zag Bernardino vanuit zijn bevoorrechte positie een breed spectrum aan emoties op haar gezicht: rampzalige angst, verdriet, vreugde om een welbesteed leven, een herinnering aan wat het betekende te beminnen en bemind te worden, aan de smaak van goede wijn, aan de geur van het zweet bij seks, aan het verscheuren van een lendenstuk van delicaat hertenvlees, en dat alles vermengd met verdriet om wat ze moest achterlaten, en een mensonterende paniek. En boven dit alles uit, zoals bij de beste acteurs, trots en waardigheid, en de wil om de wereld te verlaten met het adeldom waarvan ze de erfgename was. Bernardino voelde tranen in zijn ogen prikken toen tot hem doordrong hoe echt alles was wat zij voelde; hier stond geen heilige van pleisterkalk, maar een echte vrouw onder de dreiging van de bijl. Het ging allemaal zo snel dat Bernardino niet kon geloven wat er gebeurde tot het voorbij was. De bijl viel suizend naar beneden en de bleke zon kuste ten afscheid het vallende bijlblad. Het bloed spoot naar alle kanten en het was gebeurd. Het hoofd van de gravin werd omhoog gehouden, met haar ogen weggedraaid tot je alleen het wit zag; er zouden geen kuiltjes meer in haar wangen verschijnen.

Bernardino wist dat zuster Bianca op dat moment leed, en hij sloeg een arm om haar schouders.

Bandello pakte de hand van de abdis en zei: 'Ik zal een verhaal over de gravin schrijven. Maar nu moet ik gaan, voordat ik word gemist door mijn meesters.' Met nog een laatste kus op de ring en een knikje naar Bernardino verdween hij in de mensenmassa.

De minstreels begonnen te spelen en de menigte danste als een waggelende draak zwaar en verzadigd van het bloed terug naar het plein van de Duomo om het voor de rest van de dag op een zuipen te zetten.

'Blijf hier,' zei zuster Bianca plotseling. 'Ik moet de ceremoniemeester spreken. Er is nog één ding dat ik misschien voor haar kan doen.'

Bernardino wachtte terwijl de zon hoger klom en het rondom het kasteel stil werd. De rode stenen werden warm en het bloed stolde in de muren, die doordrongen waren van de herinnering aan deze en andere executies, maar hun onschuld bezwoeren toen de lichtval de schitterende architectuur deed uitkomen: de kracht van de muren, de draaiing van een trap en de ronde torens die hoog de oranje lucht in reikten.

Zuster Bianca kwam terug met de leren tas, die niet langer rinkelde, maar vol en rond was en van onderen donker. Terwijl zijn maag samenkromp, begreep Bernardino wat erin zat, en dat vijftienduizend kronen, die niet voldoende waren geweest om een leven te kopen, hiervoor wel voldoende waren. 'Kom,' zei Bianca, 'dan zorgen we ten minste dat de laatste sacramenten worden toegediend.'

Alleen Bernardino en de abdis wisten dat het hoofd van de gravin van Challant in de kruidentuin van het klooster van San Maurizio lag. Ondanks haar zonden werd ze toegelaten tot het geheiligde klooster en vond ze werkelijk een plaats te midden van de nonnen, al was het dan niet zoals de abdis het zich had voorgesteld. Zuster Bianca legde haar onder de witte, ver uitwaaierende bloemen van de valeriaanplant, het kruid dat bekend staat als middel tegen alle kwalen, dat beschermt tegen het kwaad en rust en kalmte geeft. Toen de klokken voor priem luidden, viel de schaduw van de circustoren als een zonnewijzer over het lapje grond, en Bernardino voelde nu wat deze tuin betekende, die ooit het dorre, zanderige midden van de arena van de dood was geweest. Deze speelplaats van keizer Maximianus had veel meegemaakt. Meer dan één hoofd of ledemaat had hier gelegen, en lag hier misschien nog, en bloed had dagelijks het zand onder deze graszoden donker gekleurd. Het bloed bonsde in Bernardino's hoofd terwijl hij de menigten vanuit de *cavea* hoorde brullen, en de bloeddorstige keizer vanuit de *metae* zag wuiven. 'De vreugde van het volk,' had Ausonius gezegd, *populique voluptas circus*. Bij god, dat had Bernardino vandaag gezien. Het schreeuwende gepeupel en de bloeddorst. Nu wist hij dat de rust in het klooster die hij pas deze ochtend had gevoeld, een illusie was. Om dat stille centrum heen bleef de wereld ronddraaien, even wreed en gewelddadig als altijd. Toen ze ten slotte het Portaal der gelovigen binnenkwamen, was het nog maar twaalf uur 's middags, hoewel Bernardino het gevoel had dat het een jaar geleden was dat hij door de kloostergang had gelopen in de ochtendlijke stilte en bezinning. Bernardino pakte zijn penselen, maar kon aan niets anders denken dan aan de taferelen van die ochtend. Toen hij de gewonde Catharina schetste, tekende hij haar vanzelf met het alledaagse gezicht van de gravin, waarbij hij haar niet bezielde met de heftige passies die ze tijdens haar leven had gekend, maar met de rustige en waardige houding waarmee ze de dood tegemoet was getreden. Hij tekende het gouden gewaad, geborduurd met zilverdraad, en haar edele hoofd dat zich boog voor het zwaard van haar moordenaar.

'Sint Catharina,' zei hij tegen Bianca. 'Wat is er met haar gebeurd?'

Opnieuw vertelde de abdis hem over het leven van een heilige, maar deze keer beefde haar stem, klonk ze verdrietig en kwam het verhaal er haperend uit, vervuld als het was van de betekenis van wat ze beiden hadden gezien.

'Catharina was zowel van adel als moedig, want op haar achttiende verscheen ze voor keizer Maxentius, die met veel geweld de christenen vervolgde, en hekelde hem om zijn wreedheid. Haar tussenkomst was hard nodig, want Maxentius was een tiran van hetzelfde kaliber als zijn vader, Maximianus.'

Bernardino keek op van zijn schilderwerk. 'Maximianus? Van het Circus?'

'Ja, dezelfde. Catharina kwam als overwinnaar uit het debat. Verscheidene van haar tegenstanders, door haar welsprekendheid overtuigd, verklaarden dat ze christenen waren geworden en werden meteen ter dood gebracht. Woedend omdat hij verslagen was, liet Maxentius Catharina geselen en vervolgens gevangennemen. Maar toch bewerkstelligde Catharina, zelfs vanuit haar cel, zoveel bekeringen, inclusief die van de vrouw van de keizer, dat ze werd veroordeeld tot de dood door middel van het rad, maar bij haar aanraking ging dit martelwerktuig op wonderbaarlijke wijze kapot.'

Bernardino bleef verwoed doorschetsen. Maar vandaag schilderde zijn geest op de muur voor hem geen geïdealiseerde heiligentaferelen die hij kon naschilderen. Vandaag zag hij alleen de gravin en haar einde. Hij tekende de raderen waarop ze letterlijk en figuurlijk gebroken zou worden, en liet ze door engelen opblazen tot het raderwerk eruithing. Hier verwees hij even naar het technisch tekenen van meester Leonardo, niet God in de machine maar de machine in God, en hij verwonderde zich wederom over de martelingen die het mensdom voor zichzelf bedacht. Hij hoorde de stem van zijn vriendin achter hem schor worden toen ze het verhaal beëindigde. 'De keizer, buiten zinnen van woede, liet haar daarna onthoofden en engelen droegen haar lichaam naar de berg Sinaï, waar later ter ere van haar een kerk en een klooster werden gebouwd.'

De abdis zeeg op een kerkbank neer en bedekte haar ogen terwijl ze bad, of huilde, of hij wist niet wat. Bernardino keek bewegingloos toe terwijl zij treurde om wat ze had verloren: veel meer dan alleen een jeugdvriendin. Ze was ook haar onschuld kwijt. Toen ze haar hoofd optilde, stroomden de tranen over haar wangen.

Plotseling had martelaarschap een menselijk gezicht gekregen, nu beiden er voor het eerst in hun beschermde leven getuige van waren geweest dat de ene mens werd vermoord door de andere. 'Het is goed dat we dit hebben gezien,' zei zuster Bianca ten slotte. 'Ik heb je nu vele verhalen verteld, over heiligen en zondaars, martelaren en uitnemende mensen. Hier zit ik dan vlot tegen je te preken over mensen die heilig zijn verklaard en de gruwelen die ze hebben verdragen. Dat ik het in mijn hoofd haalde dat ik jou een beter mens zou maken en jou voor het geloof zou winnen. Dat was arrogantie en eigendunk.' Ze stond op en begon geagiteerd voor Bernardino heen en weer te lopen. 'Maar tot vandaag wist ik niet waarover ik sprak. Ik wist niet wat echte moed is in een confrontatie met de dood. Ik heb hier een beschermde functie en een leven van rustige contemplatie. Ik ben opgegroeid in rijkdom en comfort en heb nooit de zieken geholpen of stervenden om me heen gehad. Hier geven we aalmoezen aan de armen, maar het zijn nette armen; de fatsoenlijke mensen, die gezond van lijf en leden zijn, worden hier gebracht en dan strooien we munten aan hun voeten. Degenen met syfilis of zonder ledematen, die door lepra zijn verminkt, wachten buiten het Portaal der gelovigen op hun kameraden. Ze geloven allemaal vurig, maar ze worden niet toegelaten opdat wij, de nonnen, niet door hen worden besmet. Ik heb mezelf nog nooit met ziekte of gevaar of de dood in aanraking gebracht. Hier houden we ons schuil; we noemen onszelf bruiden van Christus, maar we zijn maagden; we hebben nooit de hitte van het bed gekend of waartoe die het menselijk hart kan aanzetten. We weten niets van de liefde of wat het betekent om iemand het leven te schenken, of van welke zorgen dan ook van sterfelijke vrouwen. Van nu af aan zal mijn functie anders worden,' verklaarde de abdis, terwijl ze haar vuist in de palm van haar andere hand duwde. 'Mijn geloof zal van meer praktische aard worden. Mijn nonnen en ik moeten naar buiten, de wereld in, en de mensen van deze stad onze diensten aanbieden, het leven draaglijk maken voor de ongelukkigen in dit oord.'

Bernardino was ontroerd door de verandering die bij de abdis was opgetreden. Als tegenzet gaf hij toe dat er bij hem ook iets was veranderd. Hij kwam van zijn steiger af en pakte de hand met de ring die ze ambtshalve droeg. 'Dat geldt ook voor mij,' zei hij. 'Ik had nog nooit zoiets gezien. Ik ben nooit een krijgsman geweest en ben daarom ook bespot,' refereerde hij aan Gregorio's woorden, die hij maar niet kon vergeten. 'Terwijl jonge mensen sterven, schilder ik stervende mensen. Terwijl ze bloedend op het slagveld liggen, probeer ik de juiste kleur karmijnrood te vinden om hun bloed te schilderen. Elk gezicht dat ik afbeeld, vertoont uiteindelijk een kalme aanvaarding van een gruwelijk lot, maar dat is louter een stijlfiguur, mijn idee van wat ik dacht dat het moment van de dood kon zijn. De gravin kan mij veel leren over het menselijke gezicht van opoffering.'

'Maar als je haar hier schildert, doe je haar toch recht. God maakt ons allemaal anders. Jouw talent ligt niet in zwaardvechten of strijden, je zou waarschijnlijk al bij de eerste schermutseling sneuvelen.' Bernardino glimlachte bedroefd. 'Maar je schildert als een engel. Misschien verandert deze dag ons allebei. We zijn allebei de Rubicon overgestoken,' erkende de abdis, 'en kunnen nooit meer terug. Het is heel vreemd dat de dood van een zondares en niet een heilige ons zo heeft veranderd. En als jij wat echt, wat menselijk is, kunt schilderen, zowel als wat goddelijk is, ben je niet te evenaren en is mijn vriendin niet tevergeefs gestorven.'

En dat kon hij. En een andere man die door die noodlottige dag was veranderd, hield ook woord en schreef een roman over het leven van de gravin van Challant. En aan het eind van zijn verhaal schreef Matteo Bandello: 'En dus werd de arme vrouw onthoofd; dat was het einde van haar ongebreidelde begeerten; en hij die haar gaarne naar het leven geschilderd wil zien, laat die naar de kerk van het Monastero Maggiore gaan, en daar zal hij haar portret aanschouwen.'

36

De duiventil

Selvaggio was klaar. Hij had geschaafd en betengeld en geschuurd, en nu was de duiventil perfect en stond het levend hout beenwit te glanzen in het zwakke zonlicht. De sterke paal was stevig de grond in gedreven, de ombouw was rond, met een kegelvormige witte dakkap en twee boogvormige ingangen voor de bewoners. Het torentje kwam hem op een of andere manier bekend voor toen hij ermee bezig was, en het deed hem denken aan een beeld van de in wolken gehulde kantelen van Camelot, maar de scène verdween weer even snel als ze bij hem was opgekomen. Hij ging op een afstandje staan en overzag zijn werk met trots. Het was een paleisje van een duiventil. Hij had onvermoeibaar aan dit vogelhuis gewerkt, want het moest een geschenk worden voor degene die hem het dierbaarst was, voor haar naamdag.

Want het was nu bijna een jaar geleden dat hij om Amaria te verdedigen met de Zwitserse huursoldaten had gevochten. Amaria en Nonna waren samen naar de markt, want het lesje dat ze vorig jaar op de dag van haar heilige had geleerd, lag nog vers in haar geheugen, en Amaria ging nu nergens meer alleen heen. Grootmoeder en kleindochter waren boodschappen voor het feest gaan halen; ze zouden *zuppa alla Pavese* eten, de vleesbouillon met eieren, brood en boter die als avondmaal was bedacht voor de koninklijke gevangene François I. Op Amaria's aandringen zouden ze ook naar de dame in het rood gaan die de beroemde amberkleurige drank verkocht die bekend stond onder de naam 'amaretto', om te kijken of ze voor een paar schamele centimes een klein slokje konden kopen om een dronk uit te brengen op Sint Ambrosius. Het noemen van de heilige had Selvaggio doen terugdenken aan die noodlottige dag een jaar geleden, toen hij drie Zwitsers had vermoord, maar zich alleen kon herinneren dat hij Amaria voor het eerst in zijn armen had gehouden.

Er waren sindsdien meer keren geweest, gestolen momenten bij het uitdovende vuur, wanneer Nonna al naar bed was. Ze waren kuis gebleven, maar Selvaggio wist dat hij zijn hartstochten niet lang meer in bedwang kon houden. Hij wilde Amaria voor zichzelf, maar had hij het recht een vrouw te nemen wanneer hij zich nog steeds niets van zijn verleden kon herinneren?

Gefladder aan zijn voeten trok zijn aandacht en hij glimlachte naar de rest van zijn geschenk. In een op de bevroren grond staande mand die met een net was afgedekt, zaten twee sneeuwwitte tortelduiven tegen de tralies van hun gevangenis op te springen. Hij tilde ze er met ervaren handen uit en zette ze neer in de boogvormige deuropeningen van de til. Hij moest ze eigenlijk kortwieken zodat ze niet weg konden vliegen, maar dat leken ze niet van plan, en daarom zag hij er voorlopig van af, want hij wilde hun geluk niet bederven. Terwijl ze stonden te tortelen en zich mooi maakten dacht hij na over namen voor zijn geschenk, en zijn geheugen verbaasde hem weer toen hij zich verhalen uit de Oudheid begon te herinneren, even duidelijk alsof hij ze op dat moment las. Hercules en Megara? Tristan en Isolde? Troilus en Cressida? Of het verhaal dat hij het mooist had gevonden, de ongelukkige liefde van Lancelot en Guinevere, die door de bedrogen Arthur waren betrapt toen ze schuldbewust in elkaars armen lagen? Nee, want al deze geliefden waren treurig geëindigd; hij wilde dat deze duifjes werden genoemd naar een paar met wie het goed was afgelopen. Ha! Hij had het. Hij glimlachte toen hij, vanuit hij wist niet wat, op het ideale stel namen kwam.

Perfect.

37

•

De kardinaal ontvangt een geschenk

Gabriel Solis de Gonzales, kardinaal van Milaan, was gewend aan kleine blijken van waardering zoals zijn kudde hem graag gaf. Een leven van armoede en zelfopoffering was niets voor hem. Hij mocht graag in de Duomo preken over kamelen en het oog van de naald, maar hij zag er het nut niet van in zichzelf te verarmen om in de hemel te komen. Hij meende dat zijn plaats in het paradijs was gewaarborgd doordat hij de wereld had bevrijd van de joodse dreiging. Daarom was hij niet geheel verbaasd toen er een interessant uitziende fles drank bij hem werd bezorgd. De drank had de kleur van gebrande suiker, en toen hij de stop – van Venetiaans glas, constateerde hij waarderend – eruit haalde, rook hij de zoete geur van amandelen. Hij was niet verbaasd over het geschenk, maar de bediende die het binnenbracht, was niet zijn gebruikelijke kamerdienaar. Deze man was klein en lelijk. 'Waar is Niccolo?' vroeg de kardinaal gebiedend na een korte pauze om weer op de naam van zijn kamerdienaar te komen.

'Hij is ziek geworden, Uwe Eminentie. De modderkoorts.'

De kardinaal snoof kieskeurig. Dan kon hij Niccolo maar beter vervangen, want hij wilde niet ook buikkrampen oplopen. Het beste was een plaatsvervanger te vinden. Dat was de manier waarop de kardinaal vele jaren van toegewijde dienst beloonde. 'Hoe heet je?' vroeg de kardinaal.

'Ambrogio, monseigneur.'

'Hmmm.' Een echte Milanese naam. Maar deze man was niet geschikt: hij had te veel in zijn gezicht dat aan de Hebreeërs deed denken. Ook hij zou ontslagen worden, maar morgen was vroeg genoeg. De drank bracht de kardinaal in verzoeking. 'Wie heeft dit gebracht? Er staat geen adressering op.'

De man weifelde. 'Ik weet het niet, Uwe Eminentie. Ik geloof dat het komt van Zijne Excellentie de hertog, want de man van Sforza was hier nog maar kort geleden.'

De kardinaal sputterde wat vanwege de incompetentie van de man. Hij stuurde hem weg met een handgebaar, ervan overtuigd dat hij deze lamlendige bediende nooit weer hoefde te zien. In zoverre had hij gelijk.

Nu Niccolo of een geschikte vervanger afwezig was, doofde de kardinaal zelf de kaarsen en klom met zijn slaapmuts op en zijn nachthemd aan in zijn met fluweel beklede hemelbed. Hij pakte een glas dat op zijn nachtkastje stond en dronk het drankje op terwijl hij een boek las met zedenpreken over de kwalijke invloeden van de joden op de Spaanse taal. Hij genoot zowel van de ideeën als van de drank en bleef doordrinken tot het flesje leeg was. Werkelijk, die amandelsmaak was verrukkelijk. Ten slotte viel het boek uit zijn hand en sliep hij.

Hij sliep natuurlijk niet. Hij was dood. Want wat de kardinaal niet wist, is dat een andere vloeistof die naar amandelen ruikt, de dodelijke chemische verbinding blauwzuur is. Dit poeder, uit de bladeren van de laurierkers, is zo levensgevaarlijk dat zelfs de gifmenger die het verkocht, in de kleine steegjes achter de kathedraal van Mantua, zich geroepen voelde om de dame die het bij hem kocht te waarschuwen voor de gevolgen ervan. Ze had vlug geknikt en de flacon in haar blanke hand genomen, een hand, zag hij, waarvan de drie middelste vingers even lang waren.

De kardinaals nieuwste en laatste bediende rende snel de trap af van het paleis van zijn dode meester. Hij hield alleen even stil om snel een cape over zijn livrei aan te trekken en de lege fles die hij naast het bed van zijn meester had gevonden, te verbergen. Hij rende naar zijn paard dat rustig achter een taxushaag stond te wachten. Hij reed hard tot hij in open veld kwam. De rivier was een breed zilveren lint dat zich een weg zocht door het donker. Hij smeet de fles een eind van zich af en hoorde boven het hoefgetrappel uit een plons toen de rivier de kristallen fles opnam en tot zijn eigendom maakte. Bij het aanbreken van de dag bereikte hij villa Castello en zag zijn meesteres uit haar raam kijken terwijl de lucht verbleekte. Ze kwam meteen naar beneden om hem te spreken, en hij was zo uitgeput dat hij alleen nog zijn teugels over de duiventil kon gooien zodat zijn paard op het gras kon grazen, voordat hij zowat omviel. Ze bestookte hem niet met een lange reeks vragen. 'Heb je hem gezien?'

'Ja.'

'Is het gelukt?'

'Ja.'

Ze was zichtbaar opgelucht. 'Je hoeft vandaag de jongens geen les te geven. Ga maar wat slapen.' Toen hij naar binnen liep, riep ze hem terug. 'Isaac?'

'Ja, mevrouw?'

Ze zocht naar de juiste woorden. 'Je God zou trots op je zijn.'

Hij lachte de glimlach die zijn enige sieraad was, en gebaarde met zijn hand een *shalom*. 'Die van u ook, mevrouw.'

38

•

Een doop

'Ik kan niet langer blijven. Sint Catharina was de laatste. Ik moet gaan. Als ik gisteren één ding heb geleerd, dan is het wel dat niets belangrijker is dan het leven te leiden dat je is gegeven, ook al is het in zonde. God is een vriend van me geworden terwijl ik hier woonde. Ik weet nu dat Hij echt bestaat, terwijl ik vroeger dacht van niet. Ik denk dat Hij ondanks mijn vele gebreken ook van mij houdt. Maar het leven is kort. Ik weet nu eindelijk hoe ik moet schilderen. Dat heb ik gisteren geleerd. En nu moet ik gaan en het leven leiden waar ik niet omheen kan, ook al word ik erom verwenst.'

'Wie is het?' De ogen van de abdis waren open en eerlijk. Bernardino was verrast. 'Wie?'

'De dame.'

'Welke dame?' Bernardino ging in gedachten na waarover hij had gesproken, niet wetend waar Simonetta's naam was opgedoken. Bianca ging een eindje verderop staan en wees naar Sint Ursula. 'Deze,' zei ze, en daarna liep ze naar het paneel waar Sint Mauritius op stond en daar haalde haar vinger er de vrouw op de voorgrond in een rode jurk uit. 'En deze.' Haar zwarte rokken streken langs de vloer toen ze zich omdraaide en verder wees: 'En

Sint Agatha en Sint Lucia en Sint Appollonia. En zelfs,' ze wees naar de allerlaatste, 'Sint Catharina. Hier in haar eigen kapel ziet ze er weliswaar uit als de gravin van Challant. Maar hier op dit paneel, waar ze naast Sint Agatha staat, is ze weer die geheime dame. Je hebt niet één keer over haar gesproken, terwijl ze overal te zien is. Zelfs als mijn moeder.' Ze wees naar de knielende schim in het wit op de lunet boven Sint Catharina en Sint Agatha. 'Ze was inderdaad een schoonheid, maar jij hebt haar mooier gemaakt, met superieure gelaatstrekken. Zelfs ik, die veel van haar heb gehouden, moet dat toegeven.'

Bernardino glimlachte quasi-zielig en legde zijn hoofd in zijn handen. Hij lachte. 'U bent niet erg vleiend wat mijn schildersvaardigheden betreft.'

De abdis ging op de kerkbank naast hem zitten. 'Bernardino. Je weet hoeveel waardering ik voor je werk heb. Maar kijk nu nog eens. Er zijn subtiele verschillen, maar al deze dames zijn in grote trekken hetzelfde type.'

Hij wreef in zijn ogen totdat ze zowat los in hun kassen zaten en toen hij ze weer opende, keek hij andermaal naar zijn werk. Bianca had gelijk. Hij had sinds hij hier was gekomen steeds maar weer Simonetta geschilderd. Hij had haar geschilderd als Sint Ursula die keek naar de roodgevleugelde engel die Elijah was. Hij had haar heel gedetailleerd geschilderd in een rode jurk die hij haar nooit had zien dragen, terwijl ze de inwijding van de Sint Mauritiuskerk bijwoonde. Daar stond ze, schitterend in haar mooie kleren, het scharlakenrood van haar jurk met een web van gouddraad overtrokken, haar haar in een met juwelen afgezette band, versierd met zaadparels. Er gebeurde van alles op dat schilderij waarop Sint Mauritius te midden van de doden zijn kerk stichtte; maar het was de dame in het rood met haar eigenaardige handen in gebed gevouwen, die de blikvanger was en de toeschouwer het schilderij in trok. Ik ben één van jullie, leek ze te zeggen. Ik ben getuige van deze dag. En – hij moest bijna lachen

– hij had haar naast haar eigen huis geschilderd, die villa met de muren van roze pleisterkalk en de sierlijke zuilengang, die hij maar één keer had gezien, toen hij haar vaarwel zei. Hij had zelfs het raam geschilderd waarbij ze die dag had gestaan toen hij afscheid nam, en er een figuur in geplaatst met schouderlang roodblond haar die een roestbruine jachttuniek van een man droeg.

En er was nog meer. Hij draaide zich om en zag zijn mooiste werk overal om zich heen. Elke vrouw die hij had geschilderd sinds hij hier was gekomen, had iets van haar, in vorm of figuur, gezicht of handen. De meeste van de vrouwen hadden haar gelaatskleur, en zelfs als dat niet zo was, hadden ze haar ogen of haar gebaren. Hij wist niet of het gevoel dat in zijn borst opwelde, in gelach of in tranen zou eindigen. Dat hij had gedacht dat hij haar was vergeten! Dat hij in zijn cel wakker had gelegen en wanhopig had geprobeerd zich haar gezicht te herinneren! Ze stond hier vóór hem, honderd keer opnieuw, realistischer afgebeeld dan toen hij haar in Saronno naar het leven had geschilderd. Toen was hij, gefascineerd door haar persoon, niet in staat geweest haar te zien zoals ze werkelijk was. Hier, van haar gescheiden door meer dan afstand alleen, had zijn verloochende hart haar onthouden in ieder detail, en zijn trouwe handen hadden haar gelaatstrekken elke dag getekend. Er waren hier maar twee vrouwen die niet Simonetta waren: Sint Scholastica en een treurende volgelinge in *De graflegging van Christus*. Beiden droegen het zwarte habijt van een non en hadden het openhartige, vriendelijke gezicht van zuster Bianca.

'Nou?' glimlachte zuster Bianca.

'U hebt gelijk. Er is iemand. U bent een slimme vrouw dat u zoveel hebt gezien zonder dat erover werd gesproken.'

'Deze dames waren natuurlijk veelzeggend. Maar er was nog een aanwijzing, en dat is dit.' Ze liep weer naar de scheidingswand en vond een klein symbool op het paneel met het fresco, zo klein dat het in een brief had kunnen staan die in een blanke hand kon worden verfrommeld; een blad velijn waarmee een geliefde vaarwel werd gezegd. Het was een hartje met binnenin een door bladeren gevormde Franse lelie. 'Net als de dame,' zei Bianca, 'zie je dit symbool overal. Hier op de omslagdoek van Sint Catharina. Op het lijfje van Sint Ursula. En het vaakst op de cape van Magdalena, als zij getuige is van de dood van haar minnaar en Heer, en wanneer Hij Zijn handen naar haar uitstrekt van de overzijde van het graf.' In het Nonnenportaal wees de abdis naar de met bladeren gevulde hartjes op de bloedrode cape om de schouders van de bedroefde, verlaten vrouw van wie Christus boven allen had gehouden. 'Toen ik dat zag, wist ik dat je geketend was.' Ze keerde zich weer om en glimlachte. 'En daarna schilderde je je mooie cipier keer op keer.' De abdis ging weer naast hem zitten met een aandachtige, onderzoekende blik. 'Wie is deze dame met rood haar en een blanke huid en amandelvormige ogen? Wie is zij die zich zo gracieus beweegt en haar hoofd buigt als een heilige met de houding van een koningin? Ze moet wel een uitzonderlijke schoonheid zijn.'

'Ze is een uitzonderlijke schoonheid,' antwoordde Bernardino en zuchtte verslagen. 'Maar ze is geen heilige. Ze heet Simonetta di Saronno. Ze is een mens, gewoon een vrouw zoals andere vrouwen. En vanwege een zonde die zij en ik hebben begaan, ben ik hier. Maar nu weet ik dat ik niet zonder haar kan, en wat er gisteren is gebeurd, heeft me duidelijk gemaakt dat onze zonde misschien toch niet zo groot was.'

'Zou je het me willen vertellen?' De vraag werd vriendelijk gesteld, als aan een kind dat van het rechte pad was afgeweken.

'We werden te snel na de dood van haar man verliefd, en ook op de verkeerde plek. Ze was in Saronno mijn model voor de Heilige Maagd en we omhelsden elkaar in de kerk. We werden gezien en verklikt. Ze is godvrezend en stuurde me weg. Het was meer voor haar dan voor mezelf dat ik ben weggegaan, maar nu weet ik dat ik niet weg kan blijven. Het leven is geen leven zonder haar.

Ze is het enige wat er nu toe doet.'

Zuster Bianca schudde haar hoofd terwijl ze naar de fresco's keek. 'Ik denk dat je haar voor de rest van je leven zult schilderen.'

Bernardino haalde zijn schouders op, alsof zijn talent niet veel voorstelde. 'Ik denk dat ik inmiddels wel genoeg schilderijen heb gemaakt. Mijn beste werk bevindt zich hier. Mijn leermeester had gelijk.'

'Je leermeester?'

'Meester Leonardo. Hij zei dat ik pas in staat zou zijn te schilderen als ik leerde te voelen. En hij had gelijk. Wat ik in de witte kerk van Saronno heb geschilderd, was louter standaardwerk. Ik bracht versiering op de witte muren aan alsof ik een taart opmaakte. Hier liep ik een donker klooster binnen en ik heb het veranderd in een juwelenkistje. Ik weet dat ik het nooit beter zal kunnen en dat de geschiedenis me hiernaar zal beoordelen.' Zijn zwaaiende handgebaar omvatte het hele portaal en de vele kapellen, die nu verlevendigd waren met talloze figuren. Nu zag hij dat de fresco's geen van de geënsceneerde klassieke houdingen bevatten van zijn werk in Saronno, noch de krachteloze, ouderwetse stijlfiguren uit zijn eerdere werk. Ze waren niet langer verfijnd, aristocratisch en hoofs. Hier leefden de figuren met een krachtig naturalisme; het wollige *chiaroscuro* waarmee hij Leonardo had nageaapt, had plaats gemaakt voor scherpe beelden die echt, welomlijnd en levendig waren. Bernardino werd niet meer beperkt door conventie of gematigdheid. Zijn passies hadden hem de vrijheid gegeven: het penseel was vlees geworden.

Nu zag hij ook dat zijn werk gelijk was opgegaan met zijn groeiende geloof; nu straalden de figuren een innerlijke devotie uit, die niet van buitenaf kwam. Bernardino voelde dat hij zich tot een erudiet gezelschap van heilige figuren had gericht die zich hadden verzameld om naar hem te luisteren. De lang geleden gestorvenen en de levenden kwamen bijeen: Alessandro Bentivoglio, de vader van zuster Bianca, knielde neer in zijn schitterende gewaad van wit, grijs, zwart en goud, en achter hem stond Sint Stefanus met aan zijn voeten de rotsen die hem hadden gedood. Ippolita, de overleden moeder van de abdis, boog zich over de heilige Agatha en Lucia, en alledrie hadden ze het gezicht en postuur van Simonetta di Saronno. En daar stonden ook Bianca en haar broer Anselmo, afgebeeld als Sint Scholastica en haar tweelingbroer Sint Benedictus, vanaf de pilasters gelukzalig glimlachend. In hun kleding in prachtige kleuren, kostbare pigmenten van lapis lazuli, maagdenpalm en malachiet, straalden verleden en heden je tegemoet vanaf de gewelven en boogvullingen, de oculi en lunetten. De kleuren en de drapering van de stoffen waren spectaculair; het *sottinsù* of perspectief van de figuren was zo wonderbaarlijk dat het leek alsof ze zich bukten om hun genade te schenken aan de wereld beneden. Bernardino had werkelijkheid uit illusie geschapen: het marmer en de nissen die hij had geschilderd, weergegeven met schaduwen en vormen die niet van henzelf waren, leken zo echt alsof ze door een metselaar waren gemaakt. Hij wist dat dit zijn meesterwerk was. 'Maar het is niet langer bewondering waarnaar ik smacht,' zei hij welhaast tegen zichzelf, alsof hij een vraag beantwoordde die niet gesteld was. 'Ik wil alleen haar, en we zullen leven in zonde, zo het zonde is, als ze mij wil hebben. Ik zal op haar drempel wachten en haar elke dag lastigvallen als het moet.'

De abdis dacht even na voordat ze sprak. 'Beste Bernardino. Heb je nooit bedacht dat zo'n stap misschien niet nodig is? Je bent een vriend van God geworden, zeg je. Hij houdt echt van je, ondanks je gebreken, zoals Hij van al zijn kinderen houdt. Zou je niet volgens Zijn weg te werk kunnen gaan?'

'Wat bedoelt u daarmee?'

'Ik bedoel trouwen. Het huwelijk is een van de sacramenten, een status die bij God zeer geliefd is.'

'Trouwen?' Bernardino sprak het woord uit alsof het voor de eerste keer was.

'Natuurlijk.' De abdis lachte haar halve glimlach. 'Heb je daar nooit eerder aan gedacht?'

'Nooit... Hoe is het mogelijk?'

Zuster Bianca lachte. 'Ik weet weliswaar weinig van de wereld, maar ik denk dat het de gewoonte is om de dame te vragen en dan te wachten tot zij ja zegt.' Ze dreef een beetje de spot met hem.

'Maar...'

'Je bent hier bijna twee jaar geweest. Haar man is wanneer overleden?'

'In Pavia. Een jaar voordat ik hier kwam.'

'Dan is de arme kerel al drie jaar dood, God hebbe zijn ziel. Ze heeft genoeg tijd gehad om te rouwen. We zijn de doden eerbied verschuldigd, maar jonge mensen moeten hun eigen leven leiden en niet blijven stilstaan bij het verlies van hun dierbaren. Volgens de kerkelijke en canonieke wet mag een weduwe na enige tijd hertrouwen, en die tijd is nu voorbij. Ze is van jou als ze je wil hebben.'

Bernardino's hart begon heftig te kloppen en zijn ogen brandden. Trouwen. Hij had nooit gedacht dat Simonetta en hij in de ogen van God wettig samen konden zijn. Maar als haar gewetensbezwaren het toestonden, als hij genoeg boete had gedaan, was het mogelijk. Er waren geen beletselen voor de Kerk of de wet, alleen het schandaal dat hun in het begin het leven zuur had gemaakt, en aan alle schandalen moet ten slotte een eind komen.

'Maar ik weet niets van haar leven sinds ik ben weggegaan. Ik had haar opgegeven. Ik weet niet eens of ze nog op Castello woont. Of dat ze misschien een ander heeft ontmoet.'

'Lijkt een van deze gebeurtenissen waarschijnlijk? Leek ze aan haar huis gehecht?'

'Heel erg. In feite ging ze voor mij werken om haar huis te behouden als eerbewijs aan haar overleden man.'

De abdis knikte goedkeurend. 'En leek ze wispelturig? Iemand die snel een andere band zou aanknopen?'

'Nee. Ik weet zeker dat ze van me hield, en dat kwelde haar omdat ze dat voelde als een gebrek aan respect tegenover haar eerste liefde.'

'Ga haar dan maar opzoeken. Waarom niet? Je kunt het allicht proberen.' De abdis stond op voordat Bernardino kon protesteren. 'Er is nog één ding dat gedaan moet worden. En dat kan vanavond bij de vespers geregeld worden.'

Toen de klok van de vespers luidde op Bernardino's laatste avond in het klooster van San Maurizio, stond hij blootshoofds bij het doopvont. Hij droeg een wit hemd en hield een kaars vast. De kapel zat vol met nonnen die hem het afgelopen jaar in de kloostergangen, het herbarium of de bibliotheek vriendschap hadden geschonken. Hij kende maar een handvol namen, maar ze waren allemaal met hem bevriend. En vóór hem stond een van hen, van wie hij als een bloedeigen zuster was gaan houden. Ze goot het wijwater over zijn hoofd en hij hapte naar adem van schrik, van de pure kou. Terwijl hij uit de beker van zijn eerste communie dronk en in de donkere kornalijnrode diepte van de kelk keek, richtte hij zijn blik omhoog naar het paneel waarop hij de Man van Smarten had afgebeeld. Jezus lag languit en zijn levensbloed spoot uit hem in de graal, hetzelfde bloed dat Bernardino nu dronk, en hij vond het heel vreemd dat hij bij al zijn toenemende kennis van de levens van de heiligen tot nu toe nooit had gedacht aan het ultieme lijden van de eenzame, treurende Christus. Het was echt '*Noli me tangere*', Raak me niet aan, en zo had Bernardino hem ook geschilderd, hier in dit portaal. Hij sloeg zijn ogen op naar de beschilderde lunet, en toen brak er een grote openbaring, een bewustwording bij hem door. Daar op het paneel strekte een hand zich uit tussen geliefden, een hand om de ander aan te raken, maar Bernardino had het tegenovergestelde geschilderd van de traditionele voorstelling van het *Noli me tangere*. Hier, in dit geval, stak de Herrezen Christus zijn hand uit naar Magdalena ter verwelkoming, precies zoals Simonetta ooit haar hand medelijdend naar Bernardino had uitgestoken en was afgewezen. Bernardino was bereid aan te raken en aangeraakt te worden, en hij wist waarom; het lichaam van Gods zoon werd ondersteund door degenen die van Hem hielden; Magdalena, Zijn moeder Maria en Sint Jozef bogen zich bij Zijn einde over Hem heen: Hij was niet alleen in Zijn vreselijke lot. Op dat moment besloot Bernardino dat hij niet in eenzaamheid wilde sterven. Hij wilde dat een vrouw en zijn eigen kinderen bij hem zouden zijn. Niet-vergoten tranen stonden in zijn ogen toen hij dat besefte, maar ze begonnen algauw te stromen toen de nonnen 'Gloria, Gloria!' zongen in een jubelend crescendo. Hij keek op terwijl de engelen, zíjn engelen, boven zijn hoofd vlogen, ronddraaiend en wentelend in hun hemelse dans. Op dat moment waren het niet de serafijnen die hij had geschilderd, maar waren ze echt. Ze waren gekomen om te getuigen van zijn uiteindelijke acceptatie van God, hier in het Portaal der gelovigen, waar dit verloren schaap ten slotte thuishoorde, voordat ze terugkeerden naar hun plek in de donkerblauwe hemel met de gouden sterren.

Toen hij afscheid nam bij de circuspoort, maakte Bernardino een buiging en kuste de handen van de abdis. Hij keek niet naar de edelstenen van haar ring zoals hij had gedaan toen ze elkaar voor het eerst ontmoetten, maar sloot zijn ogen en kuste de ruwe huid met echte genegenheid. Ook zij merkte het verschil en zei: 'Je hebt me een groot compliment gegeven. Want wanneer we onze ogen sluiten bij het kussen, of het nu het hoofdje van een kind, de voeten van een heilige of de lippen van een geliefde zijn, dan betekent die kus alles. Want alleen dan sluiten we de wereld buiten en vergeten we niet te vóélen.'

Toen Bernardino zijn gezicht ophief naar de ogen die zo leken op die van Anselmo, had hij plotseling een moment van vastbeslotenheid. Gisteren waren ze allebei veranderd, hadden ze allebei hun onschuld verloren, en zij had de wens uitgesproken meer van de wereld te weten. Ze hadden beiden een verlangen uitgesproken elke dag van hun leven op een andere manier aan te pakken. Hij wilde niet dat zij de wereld zou verlaten zonder te weten dat ze een broer had.

'Ik moet gaan,' zei hij. 'Maar u zou met me mee moeten komen. Er is een man, een goed mens... de beste vriend die er bestaat. Hij zou blij zijn u te leren kennen, want al is hij nog niet uw broer, hij is de zoon van uw vader.'

39

•

Een bruiloft

Selvaggio en Amaria trouwden in Pavia in de kerk van Sint Petrus van de Gouden Hemel. Het vergulde plafond welfde zich boven hun hoofd en het plechtige Latijn van de priester steeg aan alle kanten op naar het gouden firmament en daalde weer neer naar zijn kinderen op aarde. Nog nooit waren twee mensen zo gelukkig geweest als deze die hier verenigd werden, en de icoon van Sint Ambrosius was een blije getuige van het tafereel.

Nonna zat voor in de kerk en droeg zwarte kant over haar witte haar. Ze leunde met haar voorhoofd op haar ineengevouwen handen terwijl ze bad. Ze had geweten dat pater Matteo deze plechtigheid zou leiden, want hij kende Amaria goed, zoals hij ook Selvaggio had leren kennen. De priester had er niet voor teruggeschrikt twee mensen met dezelfde naam in de echt te verbinden – ook Selvaggio trouwde onder de naam Sant'Ambrogio – want het was niet de eerste keer dat hij een huwelijk van twee weeskinderen van de heilige had ingezegend. Hij kende het verhaal van de bruidegom en was er gerust op dat er in dit geval geen bloedverwantschap kon zijn.

Terwijl de vriendelijke oude man de bijbeltekst reciteerde die bruidegom en bruid om hun eigen speciale redenen hadden uitgekozen, ontdekte Nonna dat de woorden een nieuwe betekenis hadden nu ze haar twee geliefde kinderen met geloken ogen elkaars hand zag vasthouden.

Welzalig is ieder die de Heer vreest,
die in zijn wegen wandelt,
want gij zult eten de opbrengst van uw handen;
welzalig gij, het zal u welgaan.
Uw vrouw zal zijn als een vruchtbare wijnstok
binnen in uw huis;
uw zonen als olijfscheuten
rondom uw dis.
Zie, zo zal de man gezegend worden,
die de Heer vreest.
De Heer zegene u uit Sion,
opdat gij het goede van Jeruzalem moogt zien
al uw levensdagen,
en opdat gij uw kindskinderen moogt zien.
Vrede zij over Israël.

De woorden leken te zijn geschreven voor hen, en voor de familie die ze waren geworden en de kinderen die ze misschien zouden krijgen. Tijdens het bidden sloot Nonna haar oren voor de woorden en dankte God op haar eigen manier, oprecht en eerbiedig. Ze was altijd godvruchtig geweest, zelfs in de donkere dagen van Filippo's dood. Maar vandaag was zelfs Nonna bereid een dansje te wagen op het plein waar Filippo was verbrand. Want God had haar Amaria gegeven en nu ook Selvaggio, en hun kinderen zouden als olijfscheuten rond haar dis opgroeien. Ze voelde zich voldaan.

De bruid en bruidegom zagen er even stralend uit als de heiligen die vanaf de muren toekeken. Amaria was gekleed in het nieuwe groen van lenteblaadjes, haar donkere haar doorvlochten

met zaadparels die Nonna had losgepeuterd uit de oesters die ze 's avonds hadden gegeten. Amaria's vroegere vriendin Silvana fungeerde als bruidsmeisje, en zo blij als de bruid keek, zo zuur was haar blik. Wie had gedacht dat een weesmeisje uit het bos eerder dan zij naar het altaar zou worden geleid?

Selvaggio droeg het donkerrode feestelijke wambuis van Filippo zelf en hoewel het een tikkeltje krap zat, viel dat niemand op, zo knap was hij met zijn bijgeknipte baard en zijn glad gekamde haar. Ja, Amaria zag eruit als de meikoningin en Selvaggio was haar koning. Niets, niet de handvasting met zilveren linten, noch het plaatsen van hun handen op het Heilige Boek, en zelfs niet de Latijnse cadansen van de schriftlezing die de priester gewoonlijk bij huwelijksdiensten ten gehore bracht, drong tot het geheugen van de bruidegom door; waardoor hij misschien zou hebben beseft dat hij dit allemaal al eens eerder had gedaan.

40

•

Phyllis en Demophon

Het was een weergaloze zomerdag toen de abdis en de kunstenaar bij Castello aankwamen. Bianca herkende het van het fresco van de wijding van Sint Mauritius, want Bernardino had ditzelfde huis geschilderd in het klooster van San Maurizio, tot het laatste raam en de laatste poort, dakpan en steen aan toe. De rozenhoningkleur van de bakstenen, de schaduwrijke bogen van de loggia, dat zag ze hier allemaal voor haar ogen; precies zoals ze waren afgebeeld op het grote paneel in het Portaal der gelovigen, waar ze een prachtige achtergrond vormden voor het verhaal van Sint Mauritius. Rechthoekig, sierlijk en nadrukkelijk op zichzelf staand, was het huis tegelijkertijd uitnodigend en afschrikwekkend.

Toen Bernardino, die de laatste paar uur onderweg nogal nerveus was geweest, voor de poort stond, was dat bijna precies twee jaar nadat hij daar de vorige keer had gestaan, de dag dat Simonetta zich met zijn tekening in haar hand van hem had afgewend. Hij vond dat alles erg was veranderd.

De heg van winterrozen waar hij afscheid had genomen van Simonetta, was nu groen met glanzende bladeren en een massa koraalrode knoppen. De amandelbomen waren geknot en stonden

in nette rijen opgesteld, de fruitbomen waren nu keurig tegen de tuinmuren geleid. Zelfs de lusthoven van vroeger waren in ere hersteld en nieuwe forellenvijvers weerspiegelden de lucht. Het huis zelf was opgeknapt, de bogen van de loggia waren gerepareerd, de oude klimop was weggehaald en de blauwe regen met zijn lichtpaarse bloesem kronkelde zich omhoog tegen de voorgevel. Er zaten nieuwe hekken op de nieuwe palen en glazen ruitjes in de vensters. Deze nieuwe voorspoed ontging Bernardino niet en de moed zonk hem in de schoenen. Was het een nieuwe echtgenoot die hier nieuw leven had gebracht? Zuster Bianca legde ter geruststelling een hand op zijn arm, maar hij schudde die af en liep met grote stappen het pad op, niet in staat nog een seconde langer de spanning te dragen. Hij moest haar spreken, ook al was het voor de laatste keer.

Zuster Bianca kwam achter hem aan en zag haar tegelijk met Bernardino. Wonder boven wonder droeg ze de rode jurk die hij had geschilderd, overdekt met een netwerk van gouden draden en versierd met zaadparels. Haar haar was opgebonden met een paarlemoeren band en glansde kornalijnrood. Maar ze was zo levend, zo bezield. Ze was geen schilderij. Haar blanke gezicht had een kleur van het lachen, en haar rode lokken piepten uit de haarband en krulden rond haar nek en oren. Ze hield haar rokken als een tunica om haar middel opgeschort terwijl ze om de grootste boom in de boomgaard heen rende in een scène van huiselijk geluk. Maar er was geen man te zien; alleen een stel goudblonde kinderen die lachten en buitelden, terwijl ze allebei met een tak groen met witte amandelbloesem in hun hand de dame achternazaten. Hakkend en stotend met hun onschuldige zwaarden. Uiteindelijk ving ze een van beiden en kuste hem op zijn wang of in zijn nekje als toonbeeld van moederliefde.

Bernardino was diep ontroerd; ze had hun moeder kunnen zijn, ware het niet dat er twee dingen niet klopten: hun leeftijd, en het feit dat hij de oudste herkende. Kon dat waar zijn? Het was

Elijah, de joodse jongen voor wie hij de duif had geschilderd en de stuiter had gekocht. Evangelista, de roodgevleugelde kaarsenengel die voor eeuwig leefde op de muren van het San Mauriziooklooster.

Bernardino verwonderde zich over deze onbekende Simonetta, de lachende, vrolijke, levende vrouw, die niet werd gekweld door de pijnen van liefde of het verlies van een dierbare, of trouweloosheid en schande. Niet straatarm of hooghartig, zoals toen ze in de kleren van haar man naar hem toe was gekomen voor hulp. Niet koel en gereserveerd zoals ze voor hem had geposeerd als de Hemelse Koningin, even ver boven sterfelijke passies verheven als de kille maan. Ook zij was veranderd en hij had haar nog nooit zo begeerd. Zuster Bianca zag het ook, en haar goede hart was ontroerd door deze scène en ze herkende Sint Ursula die met de kaarsenengel speelde, maar ze was bezorgd om Bernardino: hoe kon hij een vrouw als deze vergeten? Dit was niet de afstandelijke, hooghartige dame die ze zich had voorgesteld; de koele kasteelvrouwe die haar geliefde kwelde. Hier zag ze een warm, lieftallig wezen dat het leven van een man tot een aards paradijs kon maken. Wat zou haar vriend doen wanneer zij hem niet wilde?

Ten slotte kreeg Simonetta genoeg van het spel en liet ze zich vallen in de holte tussen de wortels van Rebecca's boom, op het groene gras boven Manodorata's graf. Ze leunde uitgeput achterover tegen de boomstam waar haar vriend zijn laatste adem had uitgeblazen en haar zoons lieten zich in haar schoot vallen. Ze had ervoor gezorgd dat ze hier speelden, ze had bijgelovigheid uitgebannen en had dit tot hun speelterrein gemaakt, en ze sprak openlijk over hun vader en moeder tot ze het zelf ook deden.

Ze hield de jongens stevig vast met elk hun hoofd op haar schouder en ze sloot haar ogen. De zon scheen zo fel dat ze nog steeds de amandelbladeren boven zich zag bewegen als donkere vissen die met de stroming mee heen en weer draaien. Toen ze haar ogen weer opende, dacht ze dat ze zonneblind was geworden, want daar stond Bernardino Luini.

Zuster Bianca's twijfels verdwenen toen Simonetta verbaasd opstond en hem in haar armen nam, lachend en huilend tegelijk. Beiden zeiden steeds maar weer de naam van de ander, en beiden dankten de God die ze elk voor zich in de moeilijke donkere dagen van hun scheiding hadden leren kennen. Hun monden vonden elkaar in een lange stevige kus, terwijl ze met gesloten ogen zich aan elkaar laafden; dankbaar, diep dankbaar dat alles wat mis was geweest, nu weer goed was. De abdis, al met al ook maar een mens, deed haar best om te horen wat ze zeiden, maar begreep niet wat er vervolgens gebeurde. Want tussen de kussen door noemde Bernardino Simonetta 'Phyllis' en zij antwoordde lachend alsof ze een wachtwoord aanvulde 'Demophon'. De abdis was misschien geschokt geweest als ze had geweten dat de twee verloofden refereerden aan een heidense mythe uit het oude Griekenland, waarin een vrouw die dacht dat ze haar geliefde kwijt was, in een amandelboom veranderde maar werd gered door zijn terugkeer, en in zijn armen opbloeide, opnieuw in staat tot leven en liefhebben. Maar de abdis begreep de verwijzing niet en ze was ook niet in de stemming om kritiek te leveren. In plaats daarvan pakte ze beide jongetjes bij een hand en nam hen bij zich. 'Kunnen jullie me laten zien welk spelletje jullie zojuist aan het spelen waren?' vroeg ze. 'Ik zou het heel graag willen leren.'

Dus terwijl Bernardino en Simonetta elkaar trouw beloofden onder de amandelbomen, en de bloesemblaadjes over hun lippen en wimpers neerdwarrelden, hees de abdis van San Maurizio haar habijt tot boven haar knieën, waarbij haar bleke harige benen voor het eerst sinds jaren aan de zon werden blootgesteld, en rende ze om een amandelboom heen, achternagezeten door twee joodse jongetjes die zich een aap lachten en als derwisjen rondtolden.

Simonetta di Saronno en Bernardino Luini trouwden in het Sanctuarium van Santa Maria dei Miracoli in Saronno, de kerk van de wonderen. Simonetta besloot dat ze het verleden onder ogen moest zien en publiekelijk ter kerke moest gaan om openlijk een begin te maken met haar nieuwe leven. Maar anders dan bij haar eerste huwelijk trouwden ze niet voor het hoofdaltaar, maar in de Mariakapel, waar de bruid zichzelf vanaf de muren bekeek – naar beneden starend vanaf de fresco's die de bruidegom had geschilderd. Ze werden begeleid door een broeder en zuster in Christus, en een broer en zus van vlees en bloed, want Alessandra en Anselmo Bentivoglio hadden elkaar ontmoet en meteen vriendschap gesloten; de band die ontstond doordat ze hetzelfde karakter en dezelfde vader hadden, woog ruimschoots op tegen het feit dat ze elk een andere moeder en opvoeding hadden gekend.

Zelfs de stadsbewoners wensten het paar geluk want de amarettolikeur had het gebied grote welvaart gebracht, en de vrouwe van Castello was de rijke patrones van de wijnhandelaar, de slager en iedere andere verkoper van levensmiddelen in de stad. Maar niet van de bakker: hij was een paar weken geleden op mysterieuze wijze overleden; en alleen pater Anselmo, die de laatste sacramenten had toegediend, was een dolk in de vorm van een Maltees kruis opgevallen die diep in de borstkas van de man was gestoten. Maar de priester zweeg en Simonetta ook; en ook al wist ze dat een groot deel van haar populariteit voortkwam uit het feit dat ze algemeen werd beschouwd als een antisemiet die persoonlijk de smerige jood Manodorata uit de weg had geruimd, ze stelde hierover geen vragen. Ze kon maar beter die naam hebben, als dat betekende dat haar gezinnetje veilig was.

Want thuis, bij haar gezin, vond de werkelijke bruiloft plaats. Onder Rebecca's boom legden ze opnieuw hun trouwbelofte af terwijl de jongens een boog van bloesem boven hun hoofd hielden. Bernardino en Simonetta wisselden een amandel uit, en deze keer beet ze hem fijn met haar tanden, kauwde er goed op en slikte hem door, waarbij ze onmiddellijk de volle zoete smaak van de noot proefde. Een ander verschil was dat ze bij deze bruiloft toastten met amaretto, de drank die Simonetta voor Bernardino had gemaakt. Ze dronken van twee kanten uit dezelfde zilveren beker en Bernardino stond verbaasd over deze weergaloos lekkere drank die zijn nieuwe vrouw had gemaakt. 'Wat denk je?' vroeg ze met een klein bezorgd rimpeltje boven haar wenkbrauw.

Hij glimlachte. 'Ik denk dat echte kunst niet alleen op kerkmuren te vinden is,' zei hij.

Ze vierden feest onder de bomen tot de jongens hun blonde hoofdjes lieten hangen. Een heel vreemd feest, bijgewoond door een non en een priester die hen aan weerskanten flankeerden, sprekend een moderne Benedictus en Scholastica. Ook aanwezig en uit dezelfde schenkkan drinkend, waren een joodse huisonderwijzer en zijn vrouw, een bekeerlinge uit Taormina die niet kon praten maar niettemin even gemakkelijk lachte en zong als de rest. Voor hun feest was er een mengeling van christelijke en joodse gerechten, en de liedjes die ze zongen terwijl de amaretto rijkelijk vloeide, waren uit alle windstreken afkomstig; volksliederen uit Lombardije, huwelijkshymnen uit Milaan, Hebreeuwse melodieën uit het oosten en boerenliedjes uit Taormina en het warme zuiden.

Uiteindelijk bracht Veronica de jongens naar bed, en Anselmo en de abdis namen afscheid en gingen terug naar het huis van de priester in de stad. Bianca had een week verlof genomen in het klooster en haar taken daar overgedragen aan haar vertrouwde onderpriores. Ze was van plan die week als gast bij haar broer door te brengen met gebed en bezinning en genoeglijke gesprekken om elkaar op de hoogte brengen van wat ze al die jaren als broer en zuster hadden gemist. Daarna zou ze met alle plezier weer naar huis terugkeren, verfrist en klaar om de veranderingen in haar ambt te verwezenlijken waartoe ze had besloten op de sterfdag van de gravin van Challant. Ze hoopte stiekem dat ze Anselmo kon overhalen met haar mee te gaan voor een kort verblijf in Milaan, om met zijn vader te worden herenigd.

De jonggehuwden bleven zitten terwijl de sterren opkwamen en de maanmotten boven hen begonnen te gloeien en rond te fladderen. De nacht was een andere wereld, en hun gesprek veranderde mee met hun omgeving. De lichtzinnigheid van overdag was weg. Hun diepgevoelde blijdschap bleef, maar ze spraken met een nieuwe ernst over alles wat de laatste twee jaar was gebeurd. Simonetta vertelde Bernardino over haar distilleerderij en het vreselijke verhaal van Manodorata en Rebecca.

Bernardino vertelde uitvoerig over de verhalen van de heiligen die het gezicht van zijn vrouw hadden gekregen, en over de afschuwelijke en veelbetekenende dood van de gravin van Challant; een gebeurtenis die hem voorgoed had veranderd. Ten slotte zwegen ze en hielden ze alleen elkaars hand vast, blij dat ze allebei de weg terug naar huis hadden gevonden.

'Heeft dit moeten gebeuren?' vroeg Bernardino ten slotte. 'Hebben we die twee jaar verspild? Hadden we onze reis niet toen al kunnen beginnen?'

Simonetta's hoofd rustte op zijn borst en terwijl hij sprak luisterde ze naar zijn hartslag. Hij voelde dat ze haar hoofd schudde. 'Nee. Het waren geen weggegooide jaren. En onze reis begon toen al, die begon op de dag dat we elkaar ontmoetten. Maar we moesten een tijdlang onze wegen alleen bewandelen.'

'Waarom? Ik die ouder ben dan jij, heb minder tijd te gaan. Hadden we niet bij elkaar moeten blijven?'

Simonetta werd nu verontrust door zijn hartslag; ze wist dat het aantal slagen eindig was en ze verschoof haar hoofd zodat ze niet meer kon horen hoe ze aftelden. Toch bleef ze bij haar standpunt. 'Ik kon jou toen niet accepteren. Ik had te veel te doen – te veel goed te maken. Nu is er genoeg tijd verstreken – we hebben allebei geboet voor wat we hebben gedaan en we hebben allebei ten slotte het geloof gevonden. Ik, die godsdienstig ben opgevoed, heb het geloof een tijdje de rug toegekeerd toen ik dacht dat God me had verlaten. Maar Hij was er al die tijd, en keek toe. Hij heeft me mezelf en mijn huis teruggegeven. Hij heeft de jongens gered en ik ben weer naar Hem teruggekeerd.'

'En ik,' zei Bernardino, 'een ongelovige heiden zonder gevoel voor godsdienst, heb de ware weg gevonden in San Maurizio. Jij bent teruggekeerd en voor mij was het nieuw.'

'En is het niet vreemd,' ging Simonetta door, 'dat mijn contact met mensen van een ander geloof me dichter bij God heeft gebracht en niet verder van Hem vandaan. Ik heb uiteindelijk geleerd dat God God is; Hij is dezelfde voor ons allemaal, alleen de manier waarop wij Hem aanbidden verschilt.'

Bernardino vouwde zijn handen om de hare. Haar lange vingers spitsten zich binnen die van hem; een gebed in een gebed. 'Hadden we dit niet samen kunnen leren?'

Simonetta schudde haar schrandere hoofd. 'Ik denk het niet. We moesten genezen, heel worden voordat we samen verdergingen. En uit onze treurige scheiding zijn goede dingen voortgekomen: je hebt het beste werk van je leven gemaakt, dat generaties lang zal worden bewonderd.'

'En jij hebt amaretto uitgevonden en daar zullen de mensen even lang plezier van hebben!'

Bernardino's stem klonk plagend en Simonetta glimlachte; maar algauw keek ze weer ernstig. 'En toch waren deze dingen nog niet het beste. Het beste waren de vrienden die we hebben gemaakt en weer verloren.' Simonetta dacht aan Manodorata, en Bernardino aan de gravin om wie Bianca rouwde.

'En de vrienden die we hebben gemaakt en nog steeds hebben. De abdis, en Anselmo.'

'En de jongens.' Bernardino glimlachte liefdevol.

Simonetta werd warm bij de gedachte aan haar zoons, en hoe

ze zonder te aarzelen en vragen te stellen Bernardino's aanwezigheid hadden geaccepteerd. Elijah, die al had kennisgemaakt met de man die ooit zijn hand had beschilderd, had met zijn heldere verstand gemerkt hoe gelukkig zijn moeder was geworden sinds Bernardino bij hen was. De jongens misten hun vader genoeg om naar een vervanger te verlangen, maar veel was nieuw. Bernardino had een levendig temperament, was gevat en plaagde graag een beetje, wat Manodorata, in heel veel opzichten een uitstekende vader, niet had gehad. Bernardino's toegankelijkheid en speelse neiging tot spotten, juist de eigenschappen waarin hij zo hemelsbreed van hun overleden vader verschilde, maakten hem des te meer geliefd bij de kinderen. Bernardino was op zijn beurt vastbesloten met de jongens bevriend te raken. Wanneer Simonetta hen met z'n drieën zag spelen, waarbij het leek alsof er geen leeftijdsverschil was, dacht ze na over de verhalen die Bernardino haar had verteld over zijn eenzame jeugd. Ze voelde nu dat hij ervoor openstond van hen te houden; hij was er klaar voor. De sluisdeuren waren geopend en zijn genegenheid stroomde naar buiten. Ze wist dat hij van plan was van hen te houden zoals er van hem als jongen nooit was gehouden, en ze was er oprecht blij om. Simonetta zag dat Bernardino in de korte tijd dat hij op Castello was, de kinderen al meer had gekust en vastgehouden dan ze Manodorata in de loop van een paar jaar had zien doen. Ze zag dat hij naar de jongens keek alsof hem iets geopenbaard werd; en in de woorden die hij vervolgens sprak, weerklonken haar gedachten.

'Het allerbest zijn de jongens.' Hij haalde zijn arm van haar schouders en wreef over zijn nek alsof hij stomverbaasd was. 'Het is heel vreemd voor mij. Ik heb nooit naar kinderen verlangd, altijd gedacht dat ik te egoïstisch was om er aardigheid in te hebben. Ik dacht dat ik nooit gelukkiger kon zijn dan wanneer ik jou eindelijk had.' Hij drukte haar nog eens tegen zich aan. 'En hier zit ik dan, met niet alleen de vrouw van mijn hart, maar ook een kant-en-klaar gezin waar ik dol op ben.'

'En nu zal het hen goed gaan,' antwoordde ze. 'De stadsbewoners zullen ons met rust laten. We zullen beroemd worden; jij om je kunst, en ik om de amaretto, en de jongens zullen veilig zijn.'

Ze waren even stil, met hun gedachten bij het verleden en de toekomst. De lucht werd donker en de sterren begonnen te stralen, en de wind ruiste door de amandelbladeren, waardoor hun mooie eigenares werd herinnerd aan iets wat ze was vergeten. Simonetta haalde een klein velletje velijn uit haar lijfje tevoorschijn. Ze overhandigde het aan haar man; het was gehavend, want ze had het elke dag sinds hij weg was gegaan bij zich gehad, en warm, want ze had het op haar hart gedragen. 'Kun je je dit herinneren?' vroeg ze met een halve glimlach.

Bernardino pakte het perkament. 'Natuurlijk. Ik heb het geschilderd op de ongelukkigste dag van mijn leven, de dag dat ik meende dat ik je voorgoed kwijt was. En ik heb dit tientallen, honderden keren opnieuw geschilderd op de muren van San Maurizio. Elke Magdalena en de meesten van jouw heiligen dragen dat embleem ergens op hun kleding. 't Was de geheime code van mijn liefde voor jou, die zowel wanhopig als hoopvol was, en alleen Bianca vond de sleutel.' Hij liet zijn vingertoppen over het hem zo welbekende symbool gaan. 'En weet je nu, liefje, wat deze rune betekent, jij voor wie hij is bedoeld?'

Simonetta liet haar hoofd tussen zijn nek en schouder rusten, en snoof de geur van zijn huid op. 'Ik denk het. Ik heb het heel lang niet geweten, maar ik heb tijdens jouw afwezigheid veel geleerd.'

'Ga verder.'

Ze wees naar het teken met handen die bleek waren in het maanlicht. 'Het is een hart natuurlijk, en daarin een drietal bladeren, als een Franse lelie.'

Ze voelde dat hij knikte. 'Wat voor bladeren zijn het?'

'De bladeren van de amandelboom.'

‘En zie je nog meer?’ drong hij voorzichtig aan.

‘Nee. Er is geen noot of vrucht afgebeeld. Alleen bladeren in een hart.’

‘Waarom?’

Ze hoorde de aandrang in zijn stem; het was nu te donker om zijn lieve gezicht te zien, maar het leek opeens vreselijk belangrijk dat zij het antwoord op het raadsel wist. ‘Omdat we niet bij elkaar waren; en zonder onze verbintenis konden er geen vruchten komen. De boom zou onvruchtbaar zijn. Geen bloemen of oogst; alleen maar schone schijn en versiering. Schoonheid zonder vruchtbaarheid. Phyllis bloeide niet tot haar Demophon thuiskwam en haar uit haar eenzaamheid bevrijdde.’

Bernardino leek opgelucht en trok haar naar zich toe voor een lange kus, want er viel niets meer te vragen. Zo bleven ze zitten tot ze warme regendruppels op hun gezicht voelden vallen. ‘Kom,’ zei hij. ‘Ik ben pasgetrouwd. En aan de maan te zien, is het, denk ik, al mijn huwelijksnacht.’ Hij trok haar overeind en lachte zachtjes bij dit heerlijke vooruitzicht, maar terwijl ze door de geurige, schemerige boomgaard liepen, begon hij weer te praten. ‘Vreemd,’ zei hij, ‘dat in Saronno, waar we elkaar hebben ontmoet, ik jou zag als de Maagd en je steeds weer schilderde als de Madonna. Maar in San Maurizio schilderde ik je niet als de Hemelse Koningin, maar als een heilige of een martelares, sterfelijke vrouwen; en als die andere Maria, Magdalena.’

Simonetta pakte zijn arm, en toen ze sprak, klonk haar stem plagend. ‘Misschien zag je mij toen als een gevallen vrouw, zoals de schildknaap Gregorio me noemde; een vrouw die jou lichtzinnig kuste op de traptreden van de kerk.’ Het verbaasde haar hoe gemakkelijk ze nu luchtig kon spreken over die schokkende gebeurtenis.

Hij glimlachte niet. ‘Misschien. Misschien idealiseerde ik je, maakte ik je tot mijn icoon van vrouwelijke perfectie, de Madonna in persoon. Moeder, echtgenote en in ieder opzicht liefhebbend en goed.' Zijn stem klonk ernstig en haperend terwijl hij zijn weg zocht door de doolhof, in een poging de waarheid te achterhalen. 'Daarna leerde ik mezelf je te verachten zodra ik je had veroverd, ondanks het feit dat ik je zelf omlaag had gehaald. Misschien had het meer te maken met mijn eigen moeder en de manier waarop zij weigerde mij liefde te geven, zoals jij ook weigerde jezelf aan mij te geven. Want zij was echt een Magdalena, ze hadden zelfs hetzelfde beroep.' Nu glimlachte hij, maar zelfs in het duister kon ze zien dat de pijn nog niet was verdwenen. Ze verlangde er hevig naar alle pijn weg te nemen en voor de rest van zijn leven van hem te houden zoals hij verdiende.

Nu lieten ze de lommerrijke paden achter zich en liepen de trap op naar de loggia, en zij was degene die daarna het woord nam. 'En als je me weer schildert, man van me, wat zal ik dan zijn?'

Hij draaide haar naar zich toe en nam haar gezicht in zijn handen. Ze baadde in het ambergele licht dat naar buiten scheen, en in het kaarslicht leek ze van goud. Maar ze was geen icoon of standbeeld, ze was echt en ze was zijn vrouw. Hij voelde zijn hart overslaan. 'Ik zal je schilderen zoals je bent,' zei hij. 'Een sterfelijke vrouw. Maar het kan zijn dat ik je nogmaals zal schilderen als de Maagd. Want in San Maurizio heb ik, door alle verhalen die me zijn verteld, geleerd dat alle vrouwen, hoe vroom ze ook zijn, allemaal mensen zijn; en mannen evenzeer.' Hij kuste haar ten bewijze en ze gingen naar binnen.

Ze slopen de trap op naar haar kamer boven, langs het pad van amandelbloesem dat Veronica voor hen had uitgestrooid. Bernardino was in gedachten verzonken en Simonetta wachtte af.

'Nog één ding, en dan hebben we het er niet meer over,' zei hij ten slotte. 'Weet je nog dat je in de kerk in Saronno een keer je hand naar mij uitstak en ik me afwendde?'

Ze draaide zich om op de trap en keek op hem neer. *Noli me tangere*. Zijn gezicht was zo open en kwetsbaar. Ze hield op dat moment zoveel van hem dat ze niet kon praten. Ze knikte.

'Dat zal ik niet weer doen,' zei hij zo zacht dat het bijna fluisteren was.

Ze stak haar hand naar hem uit, hij pakte die hand en samen klommen ze naar boven.

Zijn harde lichaam lag op het zachte lichaam van haar en ze kusten elkaar wel honderd, wel duizend keer tot haar lippen en wangen rauw waren van het schuren van zijn stoppelbaard. Zijn handen, die het landschap van haar lichaam in kaart brachten, waren overal; op haar borsten, tussen haar benen, overal waar ze hem al zo lang had gewild. Soms haar zo stevig vastgrijpend dat het bijna pijn deed, en soms zo zacht over haar huid strijkend dat ze het niet langer uithield en schaamteloos zijn handen de weg wees en zijn aanraking afdwong. En toen drong hij in haar binnen en kwam er een eind aan het smachten. Hij lag vaak even stil, in haar, boven haar; wolfgrijze ogen verzonken in de diepte van meerblauwe ogen. Dit moment van vereniging, dat Simonetta, zoals ze nu wist, zich al drie jaar lang voor de geest had gehaald, overspoelde haar met zoveel genot dat ze op haar lip moest bijten om het niet uit te schreeuwen. Ze verwonderde zich erover hoe anders deze vleselijke daad was en hoe anders deze nieuwe man aanvoelde dan de vorige. Hij paste precies, hij vulde haar op. Met Lorenzo was ze nog maar een meisje geweest, jong en onervaren, een halve vrouw die een halve man nodig had, een jongen die soldaatje speelde, om haar heel te maken. Met Bernardino had ze het gevoel dat twee mensen, die los van elkaar hadden geleden en geleerd te overleven, uiteindelijk bij elkaar waren gekomen om een paar te vormen. Een koppel, gelijkwaardig in de liefde en in het leven en in hun afzonderlijke bezigheden. Dit was geen jeugdliefde, dit was een liefde van rijpheid en de jaren des onderscheids; van volwassen passies die zoveel werkelijker waren en zoveel meer voldoening gaven dan de hoofse ijdelheden van het huwelijk uit haar jongemeisjesjaren. Het was zo goed en zo juist, dat ze het nauwelijks kon verdragen. Ten slotte begon Bernardino weer te bewegen. En ze vergat Lorenzo.

Uren later stond Bernardino op om het venster te sluiten tegen een plotselinge kille wind. Hij zag vanuit de richting van Pavia over de flessengroene vlakte donkere onweerswolken naderen. Het zou die nacht gaan donderen en bliksemen, maar het maakte hem niet uit. Hij kon niet langer bij het raam blijven rondhangen wanneer er binnen iets veel mooiers op hem lag te wachten. Zijn nieuwe vrouw, mooier dan ooit, zoals ze daar in al haar pracht languit op het bed lag. Hun gemeenschap was meer, veel meer geweest dan hij ooit had kunnen dromen. Hoe dankbaar was hij nu dat ze zich al die jaren geleden niet zomaar aan hem had gegeven; dat ze nu werkelijk in alle openheid als man en vrouw konden leven, zonder gewetensnood vanwege dreigend schandaal. Zijn hart was vervuld, hij was opeens volkomen gelukkig en vroeg nergens meer om, verlangde nergens meer naar. En toen hij onder de deken schoof en haar armen om zich heen voelde, wist hij dat niets hen ooit nog kon scheiden.

41

•

Selvaggio wordt wakker

Het noodweer wekte Selvaggio midden in zijn huwelijksnacht, en zijn hart was zo van geluk vervuld dat hij niet meer kon slapen. Hij draaide zich op zijn zij naar zijn beminde Amaria en de donkere waaier van haar haar onder zijn hand was kletsnat van de regen die door het open venster naar binnen waaide. Hij glimlachte, hij had het raam geopend nadat ze voor het eerst de liefde hadden bedreven, een heerlijke, hartstochtelijke, korte huwelijksvoltrekking voor God en de Wet, waarna ze elkaar vervolgens urenlang nauwkeurig hadden bekeken. Ze waren door het vrijen bezweet geraakt en daarom had hij het raam geopend en was de koude lucht opeens naar binnen gestroomd. Nu stond hij stilletjes op en liep heel voorzichtig om zijn bruid niet te storen, of zijn Nonna, die beneden op het rolbed lag te slapen. Hij sloot het venster tegen de regen en het dreigende onweer. Hij zocht om zich heen naar iets waarmee hij Amaria's haar kon drogen, maar hij wist in deze kamer niet de weg. Doorgaans sliep hij in het bed bij het haardvuur, waar Nonna vannacht lag. Dus toen hij op zoek was naar een schort of kledingstuk waarmee hij de regen van de deken kon vegen, dacht hij dat de kist bij het voeteneind van het bed een voor de hand liggende plek was. En dat bleek te kloppen:

hij vond meteen een opgevouwen doek, die blauw was in het maanlicht. Hij was een beetje vlekkerig, maar hij vouwde hem toch open. De krakende bliksem bescheen gedurende één hartslag de doek alsof het klaarlichte dag was, maar dat was genoeg. Hij ging met zijn vinger over de drie zilverkleurige ovalen die zijn voorouders als amandelen hadden bedoeld, en hij viel op zijn knieën neer. In zijn geest ging er een venster open en de koude herinneringen stroomden naar binnen.

Op dat moment wist hij alles, van het begin tot het eind.

42

•

De kerk van de wonderen

Ik ben Lorenzo Giovanni Battista Castello di Saronno.

Nu herinner ik het me allemaal weer. En herinnering brengt zijn onwelkome broer, bewustwording, mee. Ik weet dat ik moet weggaan.

Ik kus haar eenmaal voordat ik ga. Amaria, degene van wie ik hou, maar die ik niet langer mijn vrouw mag noemen. Ik zweer dat ze glimlacht in haar slaap en mijn hart breekt. Ik zwicht en sta op het punt om haar wakker te maken, maar dwing mezelf om het niet te doen. Hoe kan ik uitleggen dat ik al getrouwd ben en haar dus heb onteerd met de dubbele zonde van echtbreuk en ontucht? Het is maar beter dat ze het slechtste van me denkt, ik kan maar beter een lamlendige, trouweloze echtgenoot, een deserteur zijn dan een bigamist. Ze kan me maar beter vergeten, en wanneer de kerk haar van haar verplichtingen ontheft, kan ze opnieuw verliefd worden. Waarom doet deze gedachte het meest pijn?

En Simonetta, mijn jeugdliefde, wat moet ik tegen jou zeggen bij onze vreugdeloze hereniging? Jouw naam was ooit poëzie voor mij, maar nu kan ik hem nauwelijks uitspreken. Je bent nu niet werkelijker voor me dan een droom, of een tweedimensionale muurschildering die niet in staat is te leven in deze nieuwe wereld van me. Arme, schuldeloze vrouw, hoe kan ik je liefde beantwoorden nu deze nieuwe liefde in mijn leven is gekomen? En toch moet het. We zijn getrouwd, en ik zal je echtgenoot zijn tot ik in waarheid sterf, zoals al bijna was gebeurd.

Ik neem niets mee behalve de blauwe banier en mijn cape. Ik sluip de trap af als de echtbreker die ik ben, langs Nonna, die zachtjes snurkt. Ze was meer dan een moeder voor me, ik wou dat ik ook haar een kus kon geven en zeggen dat ze goed voor mijn Amaria moet zorgen. Maar dat hoef ik haar niet voor te schrijven.

Het kost me meer dan een week om naar Saronno te lopen, bedelend als een pelgrim en in de openlucht uitrustend waar dat mogelijk is. Ik ga naar de Sanctuariumkerk van Santa Maria dei Miracoli, waar dat eerste, onwezenlijke huwelijk heeft plaatsgevonden. Ik denk dat ik die goede pater Anselmo daar wel zal aantreffen; ik weet nu dat het zijn preek was die ik een keer door mijn geheugen hoorde weerklinken. Het was zijn stem die de mijne leidde toen ik de bijbelteksten aan mijn Amaria voorlas; waarbij ik me de talloze missen herinnerde die ik hier in deze kerk ooit heb gehoord. Misschien weet de *padre* hoe het met mijn vrouw Simonetta gaat en hoe ze zal reageren op mijn plotselinge komst. Ik ga niet rechtstreeks naar Castello, zodat ze niet wordt overrompeld door het verschijnen van Lorenzo alias Lazarus.

Het is hier erg veranderd: wat ooit een eenvoudige witte kerk was, is nu een kakelbont geheel, een schatkamer, een regenboog. Overal zie ik schilderingen, elke vierkante centimeter is bedekt met fresco's, en mijn ogen bevinden zich in het paradijs, ook al brandt mijn hart in de hel. Ondanks dit schouwspel brandt mijn lichaam van radeloosheid, als was ik mijn naamheilige Sint Laurentius. Behalve de menigte heiligen is er niemand binnen, afgezien van één man die hoog in de lucht bij de dakspanten met een verfkwast in de weer is. Het gezicht dat hij schildert boeit me meteen, want het is Simonetta di Saronno, zo zeker alsof ze voor me staat. Ze is precies zoals ik me haar herinner; beeldschoon, maar nu onwerkelijk. Haar blondheid doet me niets meer. Voor mij is de ware schoonheid donkerder: die heeft de olijfwarme huid en het ravenzwarte haar van Amaria.

Eindelijk vind ik mijn stem terug. 'Hebt u dat gemaakt?'

De man draait rond aan zijn touwen, alsof hij iemand anders verwachtte.

'Ja,' antwoordt hij. 'Het is een lange weg geweest, maar uiteindelijk is het af. Dit gezicht is het laatste, en het beste, lang over tijd.' Hij glimlacht alsof hij binnenpretjes heeft.

'Het is werkelijk wonderbaarlijk,' zeg ik en ik spreek de waarheid. 'Als hier echt wonderen plaatsvinden, is dit ongetwijfeld het grootste wonder.'

Hij komt naar beneden, blij met het compliment. 'Dank u,' zegt hij terwijl hij weer op zijn voeten staat. Hij is een handbreed langer dan ik en bij nader inzien een flink stuk ouder. Maar hij is slank en heel knap.

'Ze is heel mooi, de vrouw die u schildert,' zeg ik.

Hij glimlacht en is plotseling van mijn eigen leeftijd. Hij ziet eruit als een man die de wereld in zijn zak heeft en zielstevreden is. Ik benijd hem. 'Leuk dat u dat vindt,' zegt hij. 'Ze is mijn vrouw.'

Ik voel het hameren in mijn borstkas en ik denk dat mijn oren me hebben bedrogen. 'Uw... vrouw?'

'Inderdaad. Ik ben Bernardino Luini, de kunstenaar,' en ik geloof dat ik inderdaad die naam weleens heb gehoord, 'en dit is Simonetta, vroeger Simonetta di Saronno, en nu Simonetta Luini.' Trots sprak hij haar naam uit. 'Ze heeft voor mij model gestaan voor de Heilige Maagd, zoals u ziet. De fresco's zullen in feite morgen worden ingewijd, op de dag van Sint Ambrosius.'

Ik knikte, verbijsterd. Ik wist wel dat het de dag van de heilige was. Simonetta en ik waren ieder jaar van ons huwelijk naar de processie komen kijken. Maar wat ik me nu herinner, is dat ik vorig jaar om deze tijd voor het eerst Amaria in mijn armen had genomen en weggehaald bij die Zwitserse huursoldaten.

Mijn nieuwe vriend en rivaal kijkt aandachtig naar me, dus de hemel mag weten wat hij op mijn gezicht geschreven ziet. Ik doe een poging beleefdheden uit te wisselen. 'Wordt er nog steeds een feest gehouden en een processie met de relikwieënschrijnen?'

'Jazeker. Bijgewoond door de nieuwe kardinaal, die we veel sympathieker vinden dan de oude, moge God zijn botten laten rotten.' De kunstenaar kneep zijn ogen tot spleetjes. 'Bent u hier bekend?'

'Vroeger wel.'

De man gaf me een klap op mijn schouder. 'Dan moet u erbij zijn,' zei hij, duidelijk in de stemming om met de hele wereld bevriend te zijn, zelfs met een pelgrim die hij nog nooit had ontmoet. 'Ik zal u aan mijn vrouw voorstellen.' Hij was er zonder meer op gebrand met zijn buit te pronken.

Ik snakte naar adem bij de herinnering dat ik nog maar een weekje geleden net zo'n gelukkige, trotse bruidegom was geweest, die zijn Amaria wel aan de hele wereld had willen laten zien.

'Tot morgen dan. U moet kennis met haar maken,' zei hij.

Morgen. Morgen zou ik Simonetta zien. Zij die mijn vrouw was geweest en nog steeds mijn vrouw was, tot de dood ons scheidde. Hier waren we getrouwd voor het aangezicht van God, en voor de goddelijke wet waren we nog steeds met elkaar verbonden. Ik schudde de hand van de kunstenaar, die hij mij toestak. Arme kerel. Hij wist niet dat ik hier was om zijn wereld teniet te doen, dat ik Arthur was en hij Lancelot, en dat ik op het punt stond mijn Guinevere terug te eisen. Het speet me dat hij zich spoedig zou voelen zoals ik me nu voelde.

'Met alle plezier,' zei ik.

43

•

De banier

Eerst kon Amaria niet geloven dat Selvaggio weg was. Ze zocht overal en ging kijken op alle plekken in Pavia waar ze samen waren geweest. De bronnen waar ze elkaar ontmoet hadden en hij haar had gevraagd de zijne te worden. San Pietro waar hij haar leven had gered, en daarna nogmaals door met haar te trouwen. Ze ging terug naar alle bossen en wandelwegen, bruggen en watervallen waar ze zo'n gelukkige tijd hadden doorgebracht, voor het geval hij weer zijn geheugen kwijt was en verdwaasd ergens zat te wachten tot zij hem in haar armen zou nemen en alles weer goed zou komen. Ze vroeg aan iedereen die ze tegenkwam of ze haar man hadden gezien. De meeste mensen kenden hem wel, want ze hadden een vertrouwde aanblik geboden zoals ze overal samen heen gingen, net als de dieren uit de Ark. Maar niemand had hem sinds zijn trouwdag nog gezien.

In de loop der dagen werd Amaria mager en stil. Ze kon niets eten. Ze was nog maar een schim van zichzelf. Nonna, ook aangeslagen, wist niet hoe ze haar kleindochter kon helpen. De twee vrouwen liepen om elkaar heen te draaien, niet in staat elkaar aan te kijken, zo groot was het verdriet dat op hun gezicht stond te lezen.

Toen de dagen een week werden, begon Amaria steeds meer tijd door te brengen bij de duiventil die Selvaggio voor haar had gemaakt. Ze begon zich obsessief bezig te houden met het witte duivenpaar dat hij als een geschenk voor haar had gekocht, alsof het kinderen waren die hij had achtergelaten. Ze koesterde ze in haar handen, koerde net als zij en streek hun sneeuwwitte veren glad. Hij had hen Phyllis en Demophon genoemd, maar gezegd dat hij niet wist waarom. Ze noemde hen bij die namen, namen die haar vreemd voorkwamen, maar die ze wel moesten houden omdat hij ze voor hen had bedacht. Toen Selvaggio een week weg was, ontdekte ze dat Demophon, de mannetjesduif, 's nachts uit de til was weggevlogen. Ze nam Phyllis in haar handen en kuste haar kopje. Ze voelde geen sympathie voor de verbijsterde vogel, die haar kopje van links naar rechts bewoog, op zoek naar haar ontrouwe partner. In plaats daarvan pakte Amaria haar konijnenmes en deed wat ze op haar trouwdag niet had gekund omdat ze toen nog te verliefd op de vogels was geweest: ze spreidde de rechtervleugel van Phyllis als een waaier en sneed de twee lange hoofdveren door. Het bloed stroomde donker over haar handen. De vogel protesteerde al fladderend maar Amaria gaf geen krimp. Ze dacht plotseling aan de dag waarop ze zonder een moment te aarzelen voor Selvaggio de rode hen had gedood. Die dag had ze gevoeld dat ze een volwassen vrouw was geworden, want er was nu iemand om voor te zorgen, iemand om van te houden. De pijn van het verlies was plotseling zo hevig dat ze nauwelijks op haar benen kon blijven staan. Ze zette Phyllis in de duiventil terug, alleen. 'Zo,' zei ze triomfantelijk. 'Nu kun je niet meer wegvliegen en moet je hier blijven, bij Nonna en mij. Drie oude vrijsters bij elkaar.' Vanuit het niets begon ze met haar magere lijf opeens schokkend te lachen, vrolijk kraaiend als een waanzinnige, tot het schokken overging in kokhalzen en ze heftig boven het stro stond te braken. De kippen kwamen aangelopen om in het braaksel te pikken en opeens was ze bang. Ik kan niet leven zonder hem, dacht ze. Dit wordt mijn dood.

Intussen zat Nonna zoals ze gewend was geraakt te schommelen in de stoel die Selvaggio voor haar had gemaakt. Voor de tweede keer in haar leven liet ze haar tranen de vrije loop. Hoeveel groter was haar verdriet bij dit tweede verlies in haar leven, dan bij de dood van Filippo! Want deze keer leed ook Amaria, haar dierbare kind.

En er zou nog meer vreugde en pijn komen, want Nonna wist wat er in de wereld te halen was en begreep waarom Amaria moest braken. Ze betreurde het dat het meisje veroordeeld was hetzelfde leven te leiden als zij, en al haar liefde te schenken aan het kind dat Selvaggio had achtergelaten. Dat kind zou als een olijfscheut rond hun dis opgroeien, nu echter geen deel uitmakend van een vrolijk gezin, maar als steun en toeverlaat voor twee eenzame, in de steek gelaten vrouwen. Een kind dat hen dagelijks zou herinneren aan de man die was verdwenen.

Verdwenen. Een sombere gedachte maakte dat ze ophield met schommelen en de trap opliep naar de slaapkamer. De blauwe banier, opgevouwen en weggeborgen, had Selvaggio die gevonden? Nonna opende de kist aan het voeteneinde van het bed. De banier was weg.

Hij was niet opnieuw zijn geheugen kwijt. Hij had het teruggevonden.

Nonna nam het zichzelf vreselijk kwalijk. Zij had de banier weggestopt, opgevouwen en weggeborgen met de gedachte dat ze hem die op een dag zou laten zien, maar het was er nooit van gekomen. Ze had voor alle zekerheid het ding moeten verbranden, of anders had ze het hem meteen moeten laten zien, op de dag dat hij genezen wakker was geworden, dan had hij direct zijn geheugen teruggekregen, voordat die grote liefde tussen hem en Amaria was gegroeid. Maar ze had het ding verstopt en niets gezegd, omdat ze wilde dat hij bleef. En nu had ze het meisje van wie ze het allermeest hield een onmetelijk, dodelijk verdriet bezorgd.

Ze ging traag op het bed zitten, met haar hand op een van de vier zware stijlen die hij voor dit bed had gemaakt. Een koude, grauwe hand omklemde haar hart en ze hijgde van de pijn. Ze voelde dat ze moest gaan liggen, wat voor een actief mens als zij heel ongewoon was. Heel even liggen. De kille hand kneep haar hart nogmaals samen en gelaten sloot ze haar ogen. Ze had één groot verlies in haar leven gekend en dat was ze te boven gekomen. Ze wist dat het haar niet een tweede keer zou lukken.

44

•

Het feest van Sint Ambrosius

Ik loop door de bekende straten van Saronno en het verbaast me dat ik zoveel kon zijn vergeten. Hoe kon mijn geest al die jaren kwijt zijn dat ik hier heb geleefd en bemind en een vrouw heb getrouwd? En nu, terwijl ik me in mijn pelgrimskleed onder de feestende menigte meng, klopt het hart me in de keel bij de gedachte dat ik mijn vrouw zal weerzien, de vrouw die ik niet meer wil en van wie ik niet meer hou, en dat ik haar uit haar nieuwe leven zal losrukken. Maar het is Gods wet. Vergeef me, Simonetta!

Ik ga tussen de mensen langs de kant van de weg staan en wacht op de processie van de relikwieënschrijn van de heilige. Veel van de brave burgers van Saronno zijn al aangeschoten, ook al is het nog maar terts. Mijn ogen zoeken de menigte af naar haar en haar man die ik al heb ontmoet, maar ze zijn er niet. Ik begrijp algauw waarom niet. Er klinkt gejuich en ik draai me om met de menigte; daar zit ze, in een prieel van bloemen, op het balkon van het huis van de burgemeester. Mijn hart staat stil: ze is heel mooi en glimlacht zoals nooit tevoren. Simonetta. Waren wij ooit met elkaar getrouwd? Het lijkt een eeuw geleden, echt in een ander leven. Er is iets aan haar veranderd. Haar haar is een beetje korter, haar gezicht is wat ronder geworden. Maar bovenal lijkt het alsof ze van binnenuit door een fakkel wordt verlicht. Zou de man naast haar, de donkerharige kunstenaar die ook naar de menigte wuift, de reden van deze verandering kunnen zijn? Hij houdt haar stevig vast, op een bezitterige manier, terwijl de menigte hun Hemelse Koningin begroet, die model heeft gestaan voor de fresco's die spoedig zullen worden ingewijd.

Nog een mysterie. Simonetta was in de stad geen bekende persoon in de tijd dat ik haar man was, we leidden een teruggetrokken leven. Hoe komt het dat ze nu zo wordt bewierookt? Doordat ze een schildersmodel is? Ik neem aan dat dat de *Comune* van Saronno tot eer strekt. Of heeft ze de stad tijdens mijn afwezigheid een of andere dienst bewezen? Terwijl de processie begint en de gekostumeerde misdienaars voorbijlopen, probeer ik uit alle macht tussen de bonte mengeling van kostuums het echtpaar in het oog te houden. Ik duik onder een van de voorbijlopende paarden door om aan hun kant van de straat te komen, wat me een vloek van een van de plaatselijke *Signori* oplevert. Ik ken hem. Ik heb hem deze zelfde merrie verkocht die nu over mijn hoofd heen danst.

Ik kom nu meer in de buurt. De twee hoofden, het ene rood en het andere zwart, zijn dicht bij elkaar. Kussen ze elkaar? Nee. Ze fluisteren en schateren van het lachen. Mijn maag krimpt ineen. Zo was ik ooit met Amaria, totdat mijn bedrieglijke geheugen me op mijn plicht wees. Ik kijk nog eens goed door de fraaie opengewerkte ommuring van het balkon om te zien of ze elkaars hand vasthouden. Maar ik zie iets anders.

Twee blondharige kinderen, jongens, zitten laag achter de ommuring naar het schouwspel te kijken. De ene, de oudste, deelt snoepjes en speelgoed met zijn broer, zo lief en netjes, dat het aandoenlijk is. En nu zie ik dat het echtpaar inderdaad als geliefden elkaars hand vasthoudt. Maar beiden hebben hun andere hand op het blonde hoofd van een kind liggen en strelen liefkozend hun lokken.

Als ouders.

Het duizelt me. Hoe is dit mogelijk? Zo lang ben ik toch niet weg geweest! Ik vestig mijn ogen op de mooiste meisjes van de stad die voorbijlopen met bogen van amandelbloesem in hun handen, mijn amandelbloesem, en ik probeer mijn gedachten te ordenen. Natuurlijk. Die kinderen moeten van hem zijn. Hij is wat ouder dan Simonetta, misschien is zijn vrouw dood en noemen zijn kinderen mijn vrouw nu moeder. Ik kijk naar het familietafereel en het spijt me dat ik hen uit elkaar ga halen. Maar het moet gebeuren. Ik kom naderbij – want het moment is aangebroken om mezelf bekend te maken – wanneer ik door een boel gedrang van dit huiselijke tafereel word weggevoerd. De meisjes met de amandeltakken delen iets uit aan de menigte. Ik dring naar voren en zie dat ze houten bekertjes vullen vanuit de flessen die ze dragen; de amberkleurige vloeistof stroomt eruit alsof ze najaden zijn die hun eigen levenssap afscheiden, en de menigte drinkt er zo enthousiast van dat de bekers alweer worden aangereikt voor meer als ze nog maar net klaar zijn met schenken. Ik krijg een beker in mijn hand gedrukt en drink. Het drankje is zoet en toch ook bitter, met de smaak van amandelen van thuis. Het smaakt heerlijk. Het is hartverwarmend en bemoedigend. Dit is het moment. Maar een nieuwe juichkreet eist mijn aandacht op; deze gulheid heeft iets te maken met Simonetta, want moeizaam komt ze overeind en ik sla zowat steil achterover. Want dit is iets waardoor ik werkelijk ga aarzelen.

Ze verwacht een kind.

Nu moet ik erbij gaan zitten, midden tussen de paardenmest en de amandelbloesem, want door de drank en deze aanblik begint alles te draaien. Simonetta en de kunstenaar krijgen een kind. Hoe kan ik hen dan van elkaar scheiden? Dan worden ze beiden echtbrekers, het kind wordt een bastaard, en de twee blonde jongens van wie ze zo te zien veel houden, worden wezen. Ik druk mijn handen tegen mijn oogballen en wanneer ik ze weghaal, zie ik het antwoord voor me. Want Sint Ambrosius trekt voorbij, in de prachtige gouden draagstoel waarop zijn relikwieënschrijn ligt, en door de kristallen ruitjes van zijn kist zie ik zijn gebleekte botjes. Mijn hart staat even stil als ik naar zijn gemummificeerde hoofd kijk en zie dat zijn dode oogbollen me recht aanstaren. Amaria's heilige, mijn heilige, Sint Ambrosius, probeert me iets te vertellen. Ik bid tot hem om advies, terwijl ik door de menigte dring om contact te houden met zijn ogen, want ik wil dat hij zich uitspreekt. Maar de heilige blijft zwijgen, en verdwijnt door de menigte uit mijn gezichtsveld. Hij zegt niks om mij de weg te wijzen, en plotseling begrijp ik het. Hij zwijgt; dat moet ik ook doen. Het kan niet Gods wil zijn dat ik twee gezinnen uit elkaar haal en pijn veroorzaak terwijl we allemaal al veel hebben geleden. De heilige heeft me zijn goedkeuring gegeven. Ik ben vastbesloten en vrijgesproken. Ik zal het sacrament van één huwelijk breken om er twee te redden.

Lorenzo Giovanni Battista Castello di Saronno is dood. Laat hem rusten.

Ik trek mijn capuchon dichter om mijn hoofd en werp nog een laatste blik op Simonetta voordat ik me afwend. Ze is mooi en weelderig, en dat ze is veranderd, verklaar ik uit de zwelling onder haar jurk. Ik wens haar geluk voordat ik vertrek. Ik wens hun allemaal geluk, al haar nieuwe gezinsleden, terwijl de heilige toekijkt.

Nu moet ik snel zijn. Ik draag een baard en een capuchon en ben erg veranderd, maar hier wonen mensen die mij hebben zien opgroeien. Ik verlaat de menigte en sluip door een smalle straat. Ik ben veilig. Een man stoot hard tegen mijn schouder, ziet mijn pelgrimscape en mompelt een excuus. Zijn adem ruikt naar grappa, niet naar amandelen. Tot mijn ongeluk sla ik mijn blik naar hem op en beiden zetten we grote ogen op. Het is Gregorio.

Hij valt op zijn knieën en kust mijn hand en noemt de naam die ik al bijna ben vergeten.

'Signor Lorenzo! Wat een wonder! De heilige heeft u thuisgebracht!'

Ik slinger hem alle verwensingen die ik ken naar zijn met klitten overdekte hoofd. Hij is opgeblazen en draagt ook een baard, maar is nog steeds de schildknaap van wie ik ooit hield als van een broer. Ik bevrijd mijn hand en verander mijn stem zo goed mogelijk terwijl ik het lijzige toontje van de Lombarden imiteer. 'Kan ik u ergens mee helpen, mijn zoon?'

Hij kijkt onzeker naar me op. Hij is dronken; een aanleg die hij in zijn jeugd al had heeft op latere leeftijd duidelijk vat op hem gekregen. 'Bent u niet?... Ik dacht toch...'

Ik zie dat hij niet meer zeker van zijn zaak is en maak daar gretig gebruik van. Ik voel me net de Heilige Petrus die zijn Heer verloochent. 'Zoon, ik ben in deze stad een vreemdeling.'

Hij trekt zijn zware wenkbrauwen samen terwijl zijn vreugde verdwijnt. 'Neem me niet kwalijk... Ik zag u aan voor... Bent u niet signor Lorenzo di Saronno?'

Ik schud mijn hoofd en het is besloten, nu en voorgoed. Driewerf verloochend, de haan kraait. 'Nee. Mijn naam is Selvaggio Sant'Ambrogio.' Ik draai me om en loop weg, en het bedroeft me meteen dat ik hem heb afgewezen. Ik weet wat ik aan hem te danken heb en wat we ooit voor elkaar betekenden. Ik weet ook dat als hij het verhaal in de stad rondvertelt, hij weggewuifd zal worden als een dronkenlap en dat zijn kletspraat het gelukkige gezin dat ik heb achtergelaten, geen kwaad zal doen. Hij roept me na en mijn bloed wordt koud.

'Pelgrim! Blijf dan tenminste nog even en drink wat, in Christusnaam! Want u lijkt op mijn vroegere meester van wie ik veel heb gehouden!' Ik loop door, want ik weet nu dat ik veilig ben en dat zij veilig zijn. Hij roept weer, nu zo zacht dat ik hem nauwelijks kan horen.

'Pelgrim! Waar gaat u heen?'

Ik draai me niet om, maar roep als antwoord de woorden die

mijn hart verwarmen. 'Naar huis,' zeg ik en uiteindelijk sta ik mezelf toe te glimlachen.

45

•

Selvaggio gaat naar huis

De weg terug van Saronno naar Pavia kost me minder tijd dan de heenweg me heeft gekost. Toen waren mijn voetstappen vertraagd door tegenzin en zwaarmoedigheid. Nu ben ik lichthartig en loop ik snel. Ik rust niet voordat mijn benen het begeven, en dan slaap ik maar een paar uur voordat ik wakker word met mijn gedachten bij haar. Amaria. Als jij mij maar wilt vergeven, dan komt alles weer goed!

Ik weet waar ze waarschijnlijk is. Ik vind mijn weg door de bossen buiten de stad, tot ik bij de *pozzo di marito* kom. Als ik de bronnen zie en het gespetter van de waterval hoor, ga ik naar haar op zoek. Daar zit ze en ze staart in de poel waar wij elkaar trouw hebben beloofd. Ze lijkt zo mager en zo bleek en verdrietig dat het me pijn doet. Van haar ronde vormen is nu niets meer over; de groene trouwjurk hangt slap om haar heen. Haar haar hangt in futloze slierten langs haar hoofd en haar ogen zijn dof en uitgeblust. Wat heb ik haar aangedaan? Maar dan begrijp ik het. Ik heb haar leven afgenomen. Dit is het moment om het terug te geven.

Ik benader haar langzaam van achteren, mijn voetstappen zijn zacht in het bedauwde gras. In het water verschijnt mijn gezicht naast het hare, en haar ogen kijken me aan, wijdopen van de schrik en onmiddellijk vol tranen. Ik wil haar meteen in mijn armen nemen, maar moet de vraag stellen. Mijn handen liggen op haar schouders. 'Weet je wat ze over deze plek zeggen?'

'Ze zeggen dat... als je in de poel kijkt, je het gezicht van... je man kunt zien,' zegt ze verwonderd, als in een droom.

'En klopt dat?'

Dan kijkt ze me aan terwijl de tranen uit haar ogen stromen, en ik weet hoeveel ze de laatste week heeft geleden. 'Zeg jij het maar.'

'Ik denk het wel.' Ik draai haar om zodat ze me aankijkt. 'Ik hou van je, Amaria Sant'Ambrogio.' Ik zeg de woorden die ik het eerst van haar heb geleerd. '*Mano*,' zeg ik en pak haar hand. '*Cuore*,' en leg haar hand op mijn hart. '*Bocca*,' zeg ik en kus haar voorzichtig op haar mond. Ze kust me heftiger dan de laatste keer, en houdt me steviger vast, en ik kus haar steeds maar weer, terwijl ik tussen ons beider tranen door fluister dat ik haar nooit meer zal verlaten, liefje, vrouw van me. Ze krijgt haar kleur en schoonheid weer terug en ze lacht van pure vreugde. Ik weet wat ze nu zal gaan zeggen.

'Kom mee naar huis,' zegt ze. 'We moeten het aan Nonna vertellen.' Maar deze keer voegt ze er nog woorden aan toe, woorden die in mijn borst klinken als een doodsklok. 'Ze is heel ziek geworden.'

We haasten ons naar huis terwijl mijn vrouw uitlegt wat er is gebeurd, en mijn voetstappen gaan nog sneller, gedreven door de angst dat we te laat zullen komen.

46

•

Simonetta sluit een deur

Simonetta stond alleen op het slagveld.

Veronica uit Taormina had, op aandringen van Bernardino, Simonetta in het rijtuig – een van de voordelen van een goed lopende zaak – naar Pavia gebracht, want Simonetta kon niet meer paardrijden. Veronica bleef met het rijtuig bij het nabijgelegen riviertje achter terwijl ze de paarden tot rust liet komen en geduldig op haar meesteres wachtte. Veronica streek over hun fluwelen neuzen en neuriede haar Napolitaanse liedjes in hun zenuwachtig trekkende oren om ze te kalmeren. De paarden zouden de gehavende vlakte aan de andere kant van de beek niet hebben willen betreden, ook al had ze het hun opgedragen. Ze wisten wat daar was gebeurd. Ze roken de dood, hoorden nog de spookachtige strijdkreten, en bij iedere windvlaag schrokken ze en sprongen schichtig op. Veronica kneep haar ogen halfdicht tegen de striemende wind en hield haar scherpe blik op haar meesteres gericht. Simonetta was een heel eind weg gelopen.

Juist Veronica wist wat haar meesteres te doen stond, want ook zij had haar man verloren. Net als Simonetta had ze een tweede, grotere liefde gevonden, in Isaac; maar ze wist dat herinneringen je er soms toe brachten aandacht te schenken aan die eerste band.

Veronica wist ook dat je zulke riten in je eentje moest uitvoeren. Maar haar blik liet Simonetta niet los, zelfs niet toen haar meesteres nog verder weg liep, helemaal naar het midden van de grote vlakte. Ze was duidelijk zichtbaar, want behalve dat ze een dikke mantel van berenbont droeg, was haar lichaam vol en zwaar: ze verwachtte een kind en het was bijna voldragen.

Simonetta dook in de berenpels weg tegen de gure wind die het bont deed rimpelen. Een windvlaag rukte aan haar haar en trok de glanzende lokken onder haar capuchon vandaan, waarbij het verschietende zonlicht de strengen in een felle koperkleur veranderde. De cape rook vaag naar zoet sandelhout; de geur van Manodorata, de vroegere eigenaar. Plotseling miste ze hem heel erg. Terwijl ze haar tranen wegpinkte, moest ze bijna om zichzelf lachen. Ze was hier gekomen om om één man te rouwen en huilde om een ander. Ze had nooit om haar eigen vader gerouwd toen hij aan de pest was overleden, maar erkende nu dat Manodorata een soort vader voor haar was geweest, terwijl ze nooit bewust had verlangd naar een vader, nooit bewust een vader had gemist. Hij was haar raadgever en haar vriend geweest toen ze hem het meest nodig had, en ze miste hem elke dag weer. Ze was blij dat hij nog voortleefde in Elijah en Jovaphet, zijn zoons, haar zoons, en nu ook Bernardino's zoons.

Dit was de eerste keer dat ze haar drie jongens alleen had gelaten. Bernardino had haar aangemoedigd te gaan. Mateloos gelukkig als hij was, kon hij haar niets weigeren, zelfs dit niet. Sinds het feest van San Ambrogio, toen ze daar met haar gezin had gezeten en door de menigte was gehuldigd, had ze een toenemende rusteloosheid gevoeld; ze was niet ongelukkig, dat niet, dat nooit meer. Bernardino had haar geplaagd en gezegd dat ze een moedervogel was die bezig was haar nest te bouwen, en dat zulke gevoelens gewoon waren voor een vrouw wier bevalling naderde. Maar ze wist dat het dat niet was: er was die dag iets in haar veranderd; er was iets wat op haar geweten had gewerkt en haar herinnerde aan een taak die nog volbracht moest worden, werk dat nog niet af was. Langzamerhand was tot haar bewustzijn doorgedrongen wat er ontbrak, wat noodzakelijk was, en ze was met Bernardino's goedkeuring hierheen gegaan. Hij was alleen bezorgd om de tol die deze lange reis zou eisen van haar en hun baby, maar hij had zich laten vermurwen doordat zij ermee akkoord ging Veronica mee te nemen en de tocht in hun met schapenvacht beklede rijtuig af te leggen. Ze had hen achtergelaten in de grote keukens, die ondanks de rijkdom die de familie nu weer kende, nog steeds het hart van villa Castello waren. Met vreugde dacht ze terug aan het tafereel waarvan ze bij haar vertrek getuige was geweest: Bernardino had al zijn kostbare houtskool en kleuren op de grote tafel uitgespreid, en velijn voor de jongens neergelegd dat ze mochten versieren. 'Ik ga de jongens leren schilderen,' verklaarde hij met zijn gebruikelijke zelfvertrouwen, 'want dat gaan ze doen als ze groot zijn.'

Ze glimlachte liefdevol. 'Worden het allebéí schilders?'

Hij wees naar haar buik 'Alle drie.'

Ze gaf hun allemaal een kus, en verwachtte tranen van de jongetjes, maar realiseerde zich ineens opgelucht dat ze blij waren met hun nieuwe vader. Elijah was al helemaal voor Bernardino gewonnen vanwege het voorval met de duif, maar zelfs de kleine Jovaphet nam met plezier deel aan de dagelijkse bezigheden. Tegen de tijd dat ze wegging, waren de drie jongens meer versierd dan het velijn, Bernardino nog meer dan de kinderen. Ze had geglimlacht en geen kritiek geuit. Het maakte haar niet uit wanneer bij haar terugkeer de villa net zozeer met fresco's was beschilderd als de kerk in Saronno. Er was een proces in gang gezet en dat deed haar plezier.

Nu had ze het gevoel dat ze kilometers ver van die warme, gezellige plek was verwijderd. Hier was het niet warm maar koud, was ze helemaal alleen in plaats van in gezelschap, en liep ze tussen de doden in plaats van tussen de springlevenden. Ze ademde een teug kille lucht in en draaide zich een hele slag om. De vlakte was bedekt met donkere en lichte vlekken omdat zware wolken langs de hemel scheerden waardoor het zonlicht telkens werd onderbroken. Het terrein lag daar vlak, rustig en onschuldig en gaf zijn geheimen niet prijs. In het noorden lag de stad Pavia als een ineengedoken, scharlakenrode draak, de huizen als schubben opeengepakt, de torens de scherpe punten op zijn rug. Een tijd lang liep ze over het slagveld. Ze zou nooit de juiste plek vinden, ze zou nooit weten waar hij was gesneuveld. Ze wist alleen dat het nu op de dag af vier lange jaren geleden was dat het veld zijn lichaam en de plengoffers van zijn bloed had opgenomen. Vier jaar. En welke lessen waren hieruit getrokken? Nog maar een paar maanden geleden had Simonetta in Saronno horen vertellen hoe een Frans leger in Landriano onder maarschalk St. Pol beslissend was verslagen door de Spaanse strijdkrachten van Antonio di Leyva, de gouverneur van Milaan. De cyclus was weer opnieuw begonnen. En terwijl die cyclus, net als de draaiende wielen van de grote belegeringswerktuigen die het lichaam van Sint Catharina hadden gebroken, onverbiddelijk doorging en weer oorlog naar dit gebied bracht, kwam aan de cyclus van domheid en de gebedsmolens van de vooringenomenheid ook geen eind. Want ook in Saronno was het nieuws doorgedrongen dat in Bazin in Hongarije, in ditzelfde jaar 1529, dertig joden levend waren verbrand vanwege de rituele moord op een kind dat later levend werd teruggevonden. Simonetta schudde haar hoofd. Dit was dezelfde verdachtmaking waarvan ze bij Manodorata's deur met de ster voor het eerst had gehoord.

Maar hier in Pavia was de gehavende grond al lang geleden weer geheeld, en sterke grassoorten kwamen uit de schuldige aarde tevoorschijn; er groeiden hier en daar zelfs bloemen tussen. De wereld mocht dan in kringetjes ronddraaien, de natuur deed dat ook en altijd kwamen er weer hoopgevende, gezonde jonge planten op, hoe bezoedeld de grond ook was. Op één zo'n plek, waar wilde bloemen groeiden en het gras door een flard zonlicht helder groen was, knielde Simonetta ten slotte neer en legde haar hand plat op de grond. Ze wist nu waarom ze was gekomen. Het was geen onzinnige bevlieging van een zwangere vrouw. Ze had de behoefte gevoeld de deur te sluiten. Ze was gekomen om afscheid te nemen.

Al die jaren geleden, toen het nieuws nog recent was en het verdriet nog nieuw, had de gemeente van Pavia mensen verboden hun doden te komen zoeken, wegens gevaar voor pestepidemieën en omdat duizenden verminkte lichamen in een complete wanorde door elkaar lagen. Simonetta had nooit de mogelijkheid gehad Lorenzo naar huis te brengen, hem in een doodskist te zien liggen en missen te celebreren voor zijn zielenheil. Er was geen graf dat ze jaarlijks kon bezoeken, waarmee ze haar verdriet in de loop der seizoenen had kunnen lenigen. Nu zou dat rechtgezet worden.

Simonetta wenkte vanuit de verte naar Veronica, die de paarden vastmaakte en naar haar toe kwam met de twee identieke bundels die nu te zwaar voor haar meesteres waren. Ze droeg over haar rug een schop, en in haar armen twee lange pakketten, gewikkeld in de zilver met blauwe banieren van Di Saronno, aan alle kanten ingezwachteld als baby's. Veronica legde haar last neer en groef een ondiepe kuil in de harde grond terwijl haar meesteres uitrustte. Simonetta zag aan het ernstige gezicht van haar dienstmeisje dat ze terugdacht aan de begrafenis van haar eigen man, en vond het naar als het meisje er pijn van ondervond; ze hoopte dat ook zij iets aan deze dag zou hebben. Want wat toen voor Veronica het eind had geleken, was ook een begin geweest, omdat Isaac op haar weg was gekomen.

Ten slotte legde Simonetta de twee langgerekte bundels in de kuil. Ze kon door het windsel heen nauwelijks het verschil tussen de twee zien – beide waren lang, koud en van staal – maar dat maakte niet uit. Beide waren verwerpelijk, beide waren moordwapens.

Het zwaard en het geweer.

Veronica verspreidde de aarde over de wapens tot ze onzichtbaar waren.

Simonetta's geest was zo leeg als de zwarte aarde; ze kon geen laatste woorden bedenken, geen gebed of lied of afscheidswoord, ze had alleen het overweldigende gevoel dat dit goed was. Ze wilde niet Lorenzo's voorouderlijke zwaard bewaren voor melodramatische herinneringen op winteravonden, en het ook niet overhandigen aan een zoon die niet van hem was.

Hier eindigde het.

De naam Di Saronno zou nu met handeldrijven worden geassocieerd en niet met oorlogvoeren, en ze zou er nu even trots op zijn als haar voorouders in het verleden. De wereld draaide door en aan de strijd kwam geen eind, maar zij zou er niets mee te maken hebben. Het was haar bestemming leven te schéppen. Ook Bernardino vermoordde of verminkte niemand; hij besteedde zijn leven aan het verfraaien van de aardbol, en na zijn dood zou de wereld erop vooruit zijn gegaan. Zijn passie voor zijn werk was met hun huwelijk weer teruggekomen, en hij was begonnen aan een laatste schilderij van haar als de Maagd, geboeid als hij was door de veranderingen die haar lichaam en gezicht door haar zwangerschap hadden ondergaan, weer een andere manier waarop zijn sterfelijke madonna zich manifesteerde. Op dit schilderij, dat half af was en bij het vuur stond te wachten tot de laklaag was gedroogd, stond ze rond en sereen, haar hele lichaam molliger en glanzend, behalve haar blanke handen. Ze was bezig Elijah in een wieg te leggen, terwijl zuster Bianca welwillend toekeek. 'Ik zal het *De Maagd en Kind met non in aanbidding* noemen,' kondigde Bernardino aan, als eerbetoon aan zijn vriendin die naar haar post in San Maurizio was teruggekeerd. Simonetta was klaar met poseren en merkte op dat elke achtergrond of omgeving op het schilderij ontbrak. Zij en Elijah en Bianca leken in de ruimte te zweven, met niets achter hen dan de vlakke glans van de laklaag. Elijah had zijn nieuwe vader geplaagd: 'Misschien zijn we geesten, moeder, spoken en kobolds die over de vlakten van Lombardije zweven.' En hij had rond het huis gerend terwijl hij 'woeoeoeoeoe' riep en spookachtige gezichten trok om zijn broertje bang te maken. Bernardino had geglimlacht, maar zijn mond gehouden. Toen Simonetta het aan haar man vroeg, weigerde hij haar te laten zien wat hij verder voor de achtergrond van het schilderij van plan was. ''t Is een verrassing,' zei hij. 'Je zult het zien op je naamdag, over een kleine maand, wanneer je eenentwintig wordt.'

Ze had niet verder gevraagd, blij met haar zwangerschap en tevreden met hun twee kinderen. Het verheugde haar dat hun zoons grootgebracht zouden worden om 'van het penseel te leven en niet van het zwaard'. Ze glimlachte een beetje bij het suikerzoete motto dat ze had bedacht, een passend blazoen voor het wapen van de Luini's. Plotseling verlangde ze ernaar weer thuis te zijn, maar ze was nog niet klaar met haar taak. Ze stuurde Veronica weer weg: 'Ik kom zo.'

Ze legde haar hand weer neer, op de grond die Veronica had geëgaliseerd, waar het zwaard en de haakbus en het bloed van Lorenzo onder lagen. 'Je was mijn jeugdliefde,' zei ze, 'maar nu ben ik volwassen. De wereld is veranderd en heeft je van me weggenomen, en ik ben ook veranderd.' Daarna haalde ze van achter de rijgveters van haar lijfje een melkwitte amandel tevoorschijn, die warm was van haar boezem, en ze stopte hem in de koude grond. Net zo'n noot als hij haar op hun bruiloft had gegeven. Ze bedekte de noot helemaal, gaf hem terug aan de aarde zoals de offers die de Romeinen brachten aan de grond, om hun gewassen te stimuleren en de goden te verzoenen. Haar eigen God zat weer in Zijn hemel, de jaren van twijfel lagen achter haar. Ze was gelukkig. Het was tijd afscheid te nemen van Lorenzo. 'Dag,' zei ze.

Simonetta kwam moeizaam overeind, met haar handen onder haar buik, die rond was als een kalebas. Het kind in haar schopte met een kracht en een drang die ze nooit eerder had gevoeld. Ze hijgde van pijn en vreugde, even niet in staat zich te bewegen. Ze zag Veronica met een bezorgd gezicht naar haar toe komen, maar ze schudde haar hoofd naar haar dienstmeisje en glimlachte. Het bewegen werd minder en alles was weer in orde. Meer dan in orde. De wolken braken plotseling open en de zon scheen op haar neer toen ze zonder om te kijken naar het rijtuig liep. Ze besloot met een blij gevoel aan Lorenzo terug te denken en elk jaar op deze dag voor zijn zielenheil een requiemmis te laten opdragen in de Santa Maria dei Miracoli in Saronno. De laatste sacramenten, waarvoor ze destijds te zeer door verdriet verlamd was geweest, zouden hem ten slotte worden toegediend.

Saronno. Ze was helemaal ontroerd bij de gedachte dat ze binnen een paar uur weer bij haar gezin zou zijn. Simonetta ging met haar hand naar haar gezicht om haar eigenzinnige krullen glad te strijken, en de ring aan haar vinger schitterde in het zonlicht. Ze spreidde haar vreemde, blanke vingers op armlengte uit om het ontwerp te bewonderen, zoals elk pasgetrouwd meisje trots op haar trouwring.

Bernardino had hem voor haar laten maken; hij was er helemaal mee naar Florence gegaan, waarmee hij eindelijk terugkeerde naar de stad van zijn jeugd. Daar, op Ponte Vecchio, waar de beste goudsmeden van de wereld hun kunsten beoefenden, werkten de allerbeste ambachtslieden – de eersten onder huns gelijken – in een eenvoudig winkeltje met een zespuntige ster boven de deur. Simonetta had Bernardino daarheen gestuurd, want ze wist dat de joodse handwerkslieden daarbinnen degenen waren die de gouden hand van haar overleden beste vriend hadden gemaakt. Bernardino hoefde de drempel maar over te stappen en de naam van de dode man te noemen, of hij kreeg alle aandacht. Dat was maar goed ook. Want het ontwerp van Simonetta's ring, bedacht en geschetst door haar aanstaande, was niet eenvoudig, niet iets wat je aan een amateur kon toevertrouwen. Het was een fijn, gevlochten hart van gouden krulletjes. Binnen het hart drie vergulde amandelblaadjes in de vorm van een uitwaaierende Franse lelie. Maar boven de blaadjes stonden de drie ovale amandelen van het Di Saronnowapen, vertegenwoordigd door een stralend drietal zoetwaterparels. Ook het rad van fortuin was gedraaid; een hele slag, en de boom had vrucht gedragen.

Veronica kwam dichterbij en pakte met een van haar zeldzame glimlachjes de uitgestrekte hand. Terwijl ze haar meesteres het rijtuig in hielp, begon het te sneeuwen; kleine delicate bloesems, die geen bedreiging voor hun reis zouden vormen.

Zonder te weten waarom boog Simonetta di Saronno haar hoofd achterover en opende haar mond voor de sneeuwvlokken.

47

•

Nawoord

Lorenzo Giovanni Battista Castello di Saronno is in Pavia gestorven op vierentwintig februari in het jaar Onzes Heren 1525. Maar Selvaggio Sant'Ambrogio leeft nog. Dat weet ik omdat ik hem ben. Ik woon tot volle tevredenheid in Napels; ik dacht dat mijn geheim beter bewaard zou blijven als mijn gezin en ik uit Lombardije weggingen. Gezin? Ja, laat me je vertellen over de mensen die me dierbaarder zijn dan wie dan ook.

Nonna leeft nog; ze leefde weer op op de dag dat ze haar ogen opende en mij over haar ziekbed gebogen zag staan, de dag dat ik Amaria terugvond bij de *pozzo di marito*, de dag dat ik terugkwam uit Saronno. Haar ziekte zat in haar hart, en het enige medicijn dat ze nodig had was mijn terugkomst. Dat is te veel eer voor mij, en ik verdien zo'n grootmoeder, zo'n vriendin niet. De warme wind uit het zuiden bevalt haar uitstekend, en ik denk nu niet dat ze ons ooit nog zal verlaten.

Mijn zoon is geboren in de zomer en we hebben hem Gregorio genoemd, naar iemand uit het verre verleden die die eer verdient. Hij is een lust om te zien en nu hij wat groter wordt, speelt hij met de houtkrullen op de grond in de werkplaats van zijn vader. Want ik moet je zeggen dat ik nu een heel welvarende man ben en een gerespecteerd inwoner van Napels. De meubels die ik maak, worden goed verkocht, en ik heb een groot huis in Napels kunnen aanschaffen. Het is toch vreemd dat ik, de laatste van de adellijke tak van Di Saronno, timmerman en handelaar ben geworden! Maar ik heb plezier in mijn werk en ben dol op hout; het heeft betekenis, een echtheid en directheid die je nergens aantreft in het dunne vernislaagje van hoofse bezigheden. We hebben maar één aandenken uit Pavia meegenomen, en dat is iets wat ik gemaakt heb en waar ik trots op ben; de duiventil staat midden op onze mooie nieuwe binnenplaats, en onze duif geniet van haar nieuwe vrienden, en dat is iets waarvan mijn vrouw op haar beurt weer geniet.

Ah, mijn vrouw. Ze is dolgelukkig en onze voorspoed doet haar goed, maar ondanks al haar mooie zijden kleren is ze nog steeds het liefste schepsel op aard. Nu zal ze voor onze eigen kinderen zorgen, zoals ze ooit voor haar man zorgde; en zoals ze eens ook voor onze kindskinderen zal zorgen.

Soms hoor ik nieuws uit Saronno. Ik heb horen zeggen dat Simonetta en Bernardino ook een zoon hebben gekregen, die ze Aurelio hebben genoemd. Ik ben aan het werk gegaan en heb van hout een hele Ark van Noach gemaakt met kleine dierparen, elk niet groter dan een duimnagel, met daarbij een houten boot waar ze in kunnen. Ik heb een boodschapper helemaal naar villa Castello gestuurd, met het geschenk in een roodzijden pakje gewikkeld, en de opdracht in geen geval mijn naam als weldoener te noemen. Ik hoopte dat hij er blij mee was. (In die tijd wist ik nog niet hoe blij; want vele jaren later trad Aurelio Luini in de voetsporen van zijn vader en schilderde hij in het klooster van San Maurizio in Milaan een fantastisch fresco van de Ark van Noach, als een waardige erfgenaam van het talent van zijn vader. Vandaag is het daar nog steeds te zien.) Ik weet dat Evangelista leerde de man vader te noemen die ooit een duif in zijn handpalm had geschilderd, en dat de kleine Giovan Pietro zijn broers voorbeeld volgde.

En Simonetta? Ik weet dat ze, als vrouw van Luini en moeder van zijn zoons, echt gelukkig is geworden. Ik heb haar nooit weergezien, maar wel haar evenbeeld. Bernardino heeft eens gezegd dat Lombardije is overdekt met bloed en verf; het bloed vloeit weg maar de verf blijft voor eeuwig. Je kunt Simonetta zelf zien als je, zoals Amaria en ik deden, naar het Museo Civico Gaetano Filangieri in Napels gaat. Kijk uit naar een schilderij van Bernardino Luini dat *De Maagd en Kind met non in aanbidding* heet. Dan zie je een madonna met kind in een amandelboomgaard zitten terwijl een non met een vriendelijk gezicht uit de Bijbel voorleest. Op de achtergrond, tussen de bomen, loopt een man. Een man die maar één hand van vlees en bloed laat zien, want zijn andere, gouden, hand zit onder zijn cape verborgen. Een man die daar ter plekke in naam van de vriendschap werd gedood door de pijl van de madonna. Het kind in haar armen is zijn oudste zoon, wees geworden door de oorlog tussen de ene god en de andere. De Maagd heeft blanke handen, en haar derde en vierde vingers zijn even lang. Het zijn de handen van de vrouw van de kunstenaar en de moeder van zijn kinderen.

Het zijn de handen van Simonetta, de madonna van Saronno.

Noot van de auteur

•

De eenhoorns in de Ark

Het idee voor *De madonna van Saronno* kwam van de legende van de alom geliefde likeur amaretto di Saronno, nu bekend als Disaronno Originale™. Het verhaal gaat over een liefdesverhouding tussen een mooie weduwe (een waardin in de legende) en de kunstenaar Bernardino Luini uit de school van Da Vinci. Luini schilderde naar alle waarschijnlijkheid in 1525 de weduwe als de Maagd in de Sanctuariumkerk van Saronno, en zij bedacht amaretto voor hem als liefdesgeschenk. Hoewel dit verhaal de essentie van het boek vormt, moet duidelijk gesteld worden dat de amarettodrank die op deze pagina's wordt genoemd verder geen verband houdt met Disaronno Originale™, noch wat de ingrediënten, noch wat de productiemethode betreft. De geheimen van Disaronno Originale™ blijven vanzelfsprekend in bewaring bij de familie Reina uit Saronno.

Het zou echter zinloos zijn het bestaan te ontkennen van Bernardino Luini, die nu wordt bewonderd als de beroemdste renaissancekunstenaar van Lombardije, en zich zelfs laat vergelijken met zijn leermeester, Leonardo da Vinci. In feite werd Bernardino's aanwezigheid in het klooster van Sint Mauritius in Milaan zo geheim gehouden en was het werk daar met zoveel talent gemaakt, dat de fresco's jarenlang aan Leonardo zelf zijn toegeschreven.

Er is weinig bekend over Bernardino's levensgeschiedenis, en ik heb me dan ook grote vrijheden veroorloofd met zijn levensverhaal, in het bijzonder wat betreft het ouderschap van zijn twee oudste zoons, Evangelista en Giovan Pietro. Zijn werk spreekt echter voor zich. Brengt u in elk geval een bezoek aan de mooie sanctuariumkerk van Santa Maria dei Miracoli in Saronno (nu het Santuario Beata Vergine dei Miracoli geheten), maar als u Bernardino's ware genie wilt zien, stap dan over de drempel van het Monastero San Maurizio (het vroegere Monastero Maggiore) in Milaan, waarvan de decoratie Luini's belangrijkste kunstwerk is.

Alle drie de zoons van Bernardino zijn hem opgevolgd in zijn beroep, en allemaal hebben ze, bij verschillende gelegenheden, bijgedragen aan zijn werk in San Maurizio.

Evangelista (Elijah) Luini werd een belangrijk schilder en vestigde zich in Genua, waar van hem bekend is dat hij er in 1544 de gemeentewapens op de vuurtoren heeft geschilderd.

Giovan Pietro (Jovaphet) heeft het befaamde *Laatste Avondmaal* in het Nonnenportaal in San Maurizio geschilderd. De apostel Johannes (die zijn hoofd liefdevol tegen de schouder van zijn Heer laat rusten) is duidelijk afgebeeld als een vrouw, en komt in feite ook op een andere fresco van Giovan Pietro voor als Magdalena.

Aurelio Luini was de jongste en meest getalenteerde van Bernardino's zoons, en als zodanig erfde hij het legendarische *Libricciolo*, Leonardo's schetsboek met afwijkende mensengezichten. Misschien werd hij daardoor een getalenteerd schilder van groteske figuren. Zijn bijdrage aan de decoratie van San Maurizio was een prachtig frescopaneel waarop heel gedetailleerd de Zondvloed wordt weergegeven. Als je goed kijkt zie je tussen de bestaande dierparen ook een paar eenhoorns de Ark binnengaan.

En Simonetta di Saronno? Zij leeft voort op de muren van het San Mauriziooklooster in het gezicht van elke vrouwelijke heilige en elke Magdalena, en in Saronno, waar elke Madonna dezelfde dame is. Veel van deze heilige dames dragen ergens bij zich het symbool van het hart van amandelbladeren. Volgens mij duidt dat erop dat deze schoonheid met het rode haar en de blanke handen en de geloken Lombardische ogen, in Bernardino's leven en hart een grote rol heeft gespeeld. Of misschien heeft ze helemaal nooit bestaan. Er zitten eenhoorns in de Ark, en net als op Aurelio's fresco, zijn in dit boek sommige dingen echt, en andere niet.

Dankbetuiging

De essentie van het verhaal van de madonna van Saronno ontstond toen ik tijdens Kerstmis met mijn man een glas (of twee) amaretto dronk. Hij las achter op de doos waarin de fles verpakt was de legende van de herkomst van Disaronno. Hij wendde zich tot mij en zei: 'Dát is je nieuwe boek.' Dus bedankt, Sacha, voor het idee en voor je aanwezigheid tijdens het hele 'distillatieproces'.

Mijn dank gaat uit naar mijn geschiedenisdocente Jennifer Gill, die eerst mijn belangstelling voor de Italiaanse oorlogen heeft gevoed en me heeft geïnformeerd over de Slag bij Pavia. Dank aan mijn zus Veronica Fiorato en aan Elizabeth Glover voor hun hulp aangaande vroege ballistiek, en aan mijn vader Adelin Fiorato, die van onschatbare waarde was wat het werk van Bernardino Luini betreft.

Nogmaals veel dank aan mijn fantastische agent Teresa Chris en het geweldige team van Beautiful Books, met name Simon Petherick, Tamsin Griffiths en Katherine Josselyn.

Het boek gaat deels over de joodse wederwaardigheden in het Italië van de Renaissance, en ik ben Linal Haft dan ook bij uitstek dankbaar omdat hij het boek vanuit een joods perspectief heeft gelezen.

Bij de beschrijvingen van de jongens in dit boek volgde ik de stijl van mijn eigen kinderen, dus dank jullie wel, Conrad en Ruby, dat ik jullie eigenschappen mocht overnemen.

En ik dank de makers van Disaronno van toen en nu, en de lang geleden gestorven Bernardino Luini – dat je uiteindelijk uit Leonardo's schaduw moge treden.